图书在版编目（CIP）数据

老残游记 / (清) 刘鹗著；严薇青校注；严民整理
. -- 济南：齐鲁书社, 2024.1（2024.8重印）
ISBN 978-7-5333-4784-0

Ⅰ. ①老… Ⅱ. ①刘… ②严… ③严… Ⅲ. ①《老残游记》 Ⅳ. ①I242.4

中国国家版本馆CIP数据核字(2023)第184756号

责任编辑　孔　帅　张　超
装帧设计　刘羽珂

老残游记（典藏版）
LAOCAN YOUJI DIANCANGBAN
〔清〕刘鹗 著　严薇青 校注　严民 整理

主管单位	山东出版传媒股份有限公司
出版发行	齊魯書社
社　　址	济南市市中区舜耕路517号
邮　　编	250003
网　　址	www.qlss.com.cn
电子邮箱	qilupress@126.com
营销中心	（0531）82098521　82098519　82098517
印　　刷	山东临沂新华印刷物流集团有限责任公司
开　　本	880mm × 1230mm　1/32
印　　张	15
插　　页	10
字　　数	350千
版　　次	2024年1月第1版
印　　次	2024年8月第3次印刷
标准书号	ISBN 978-7-5333-4784-0
定　　价	128.00元

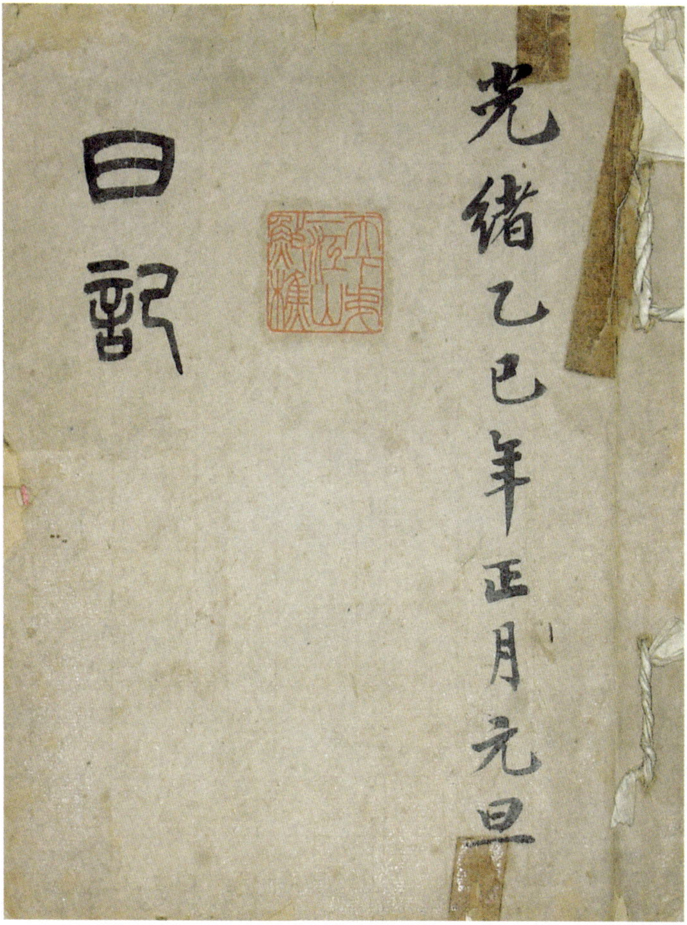

刘鹗光绪乙巳年日记封面

《老残游记》于光绪二十九年八月一日（1903 年 9 月 21 日）首发于商务印书馆《绣像小说》第玖号，后因故停刊。光绪三十一年八月廿四日（1905 年 9 月 22 日）天津《日日新闻》刊出广告，中国第一本白话小说《老残游记》出现："今定于九月初一日（1905 年 9 月 29 日）起，先印百炼生《自叙》，以后每日付印初集一版，以餍海内君子之望。"现据先祖刘厚泽先生珍藏之铁云公光绪乙巳年日记有关记录整理。丹徒刘瑀谨识。

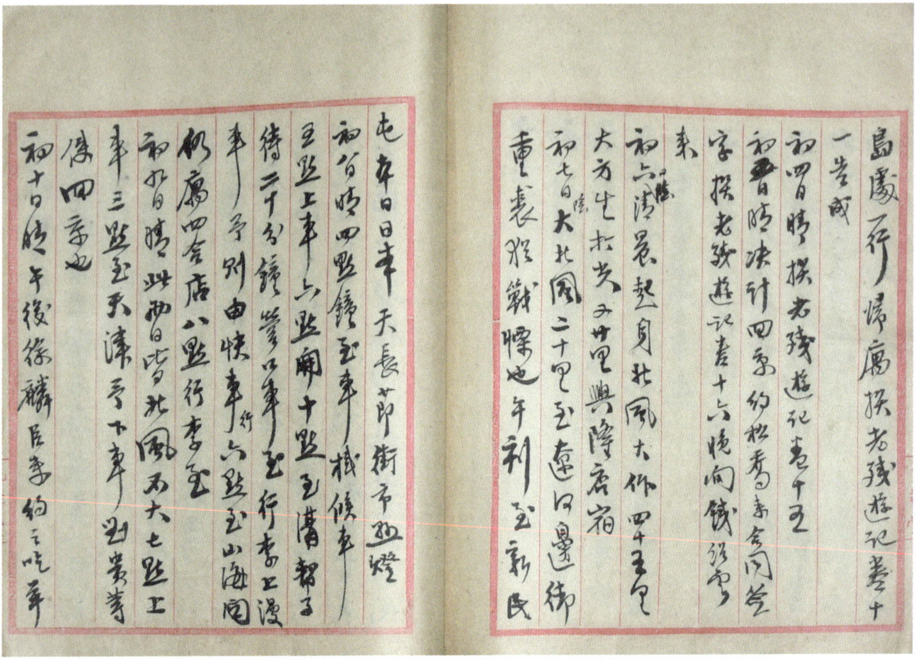

刘鹗光绪乙巳年日记内页壹

十月初三日（1905年10月30日）：归寓，撰《老残游记》卷十一告成。十月初四日（1905年10月31日）：撰《老残游记》卷十五。十月初五日（1905年11月1日）：撰《老残游记》卷十六。

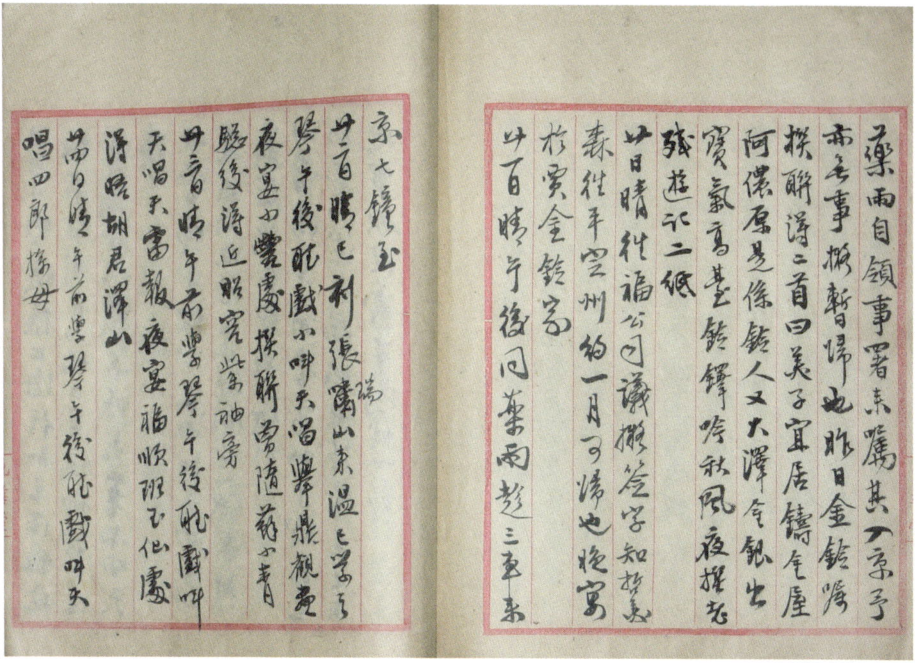
藻雨自領事署來屬其丁京子
亦無事擬暫歸也昨日金鈴囑
撰聯得二首曰美子宜居鑄金屋
阿儂原是係鈴人又大澤金銀出
寶氣高臺鈴鐸吟秋風夜撰老
殘遊記二紙
廿日晴往福公司議擬合字知杜美
森往平定州約一月可歸也晚宴
於寶金鈴家
廿一日晴午後同藻雨趁三車來
京七鐘至
廿二日晴巳刻張嘯(瑞)山來溫巳學
琴午後聽戲小叫天唱摩鼎觀畫
夜宴四豐處撰聯贈隨莊小青
題後得近照寫紫袖旁
廿三日晴午前學琴午後聽戲叫
天唱天雷報夜宴福順班玉仙處
得晤胡君澤山
廿四日晴午前學琴午後聽戲叫天
唱四郎探母

刘鹗光绪乙巳年日记内页贰

十月十九日（1905 年 11 月 15 日）：夜撰《老残游记》二纸。

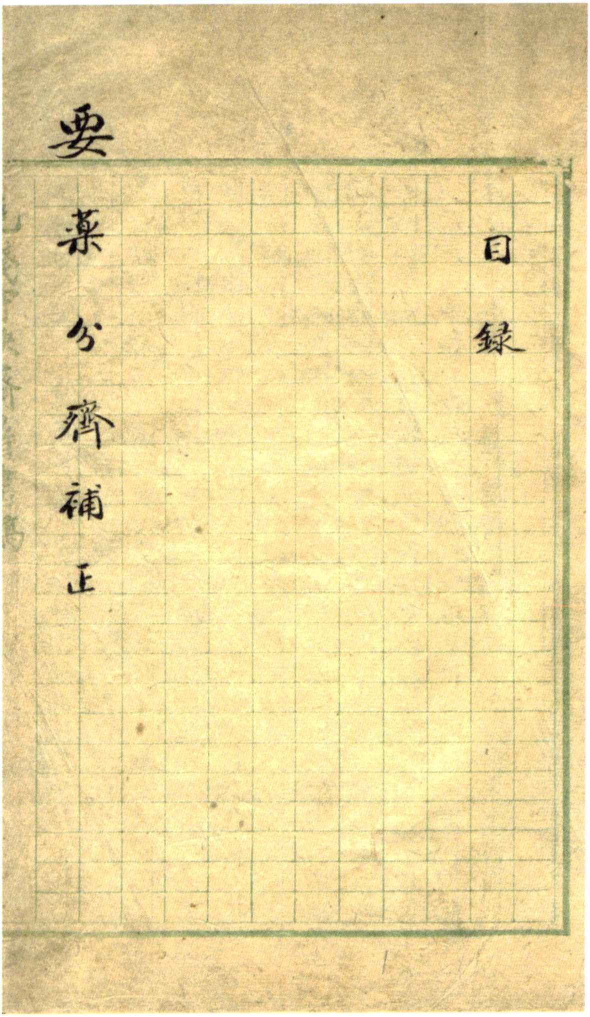

《要药分齐（剂）补正》封面（原件存中国中医科学院图书馆）

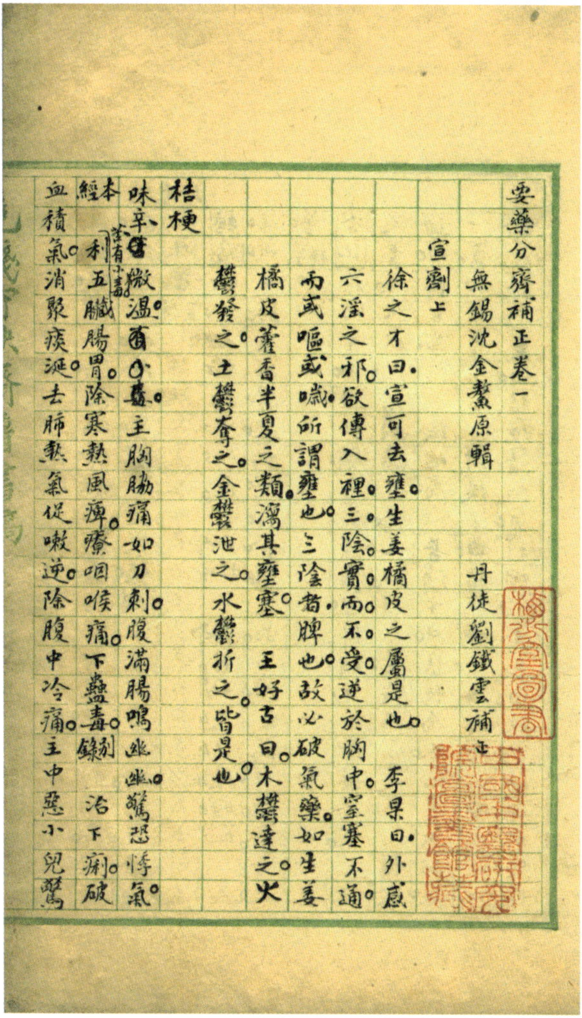

《要药分齐（剂）补正》首页（原件存中国中医科学院图书馆）

刘鹗所著《老残游记》一书中的主人公老残是走街串巷的“游医”，而现实生活中的刘鹗是一位卓越的医学专家。医学实践：1897 年任津海关道官医。医学活动：为招商局、电报局开设诊所；拟定《施诊章程》。医学著作：现存医学著作两部，即《温病条辨口诀》《要药分齐（剂）补正》。《人寿安和集》一部，存目。医学专家编辑有《老残医记》。丹徒刘瑀谨识。

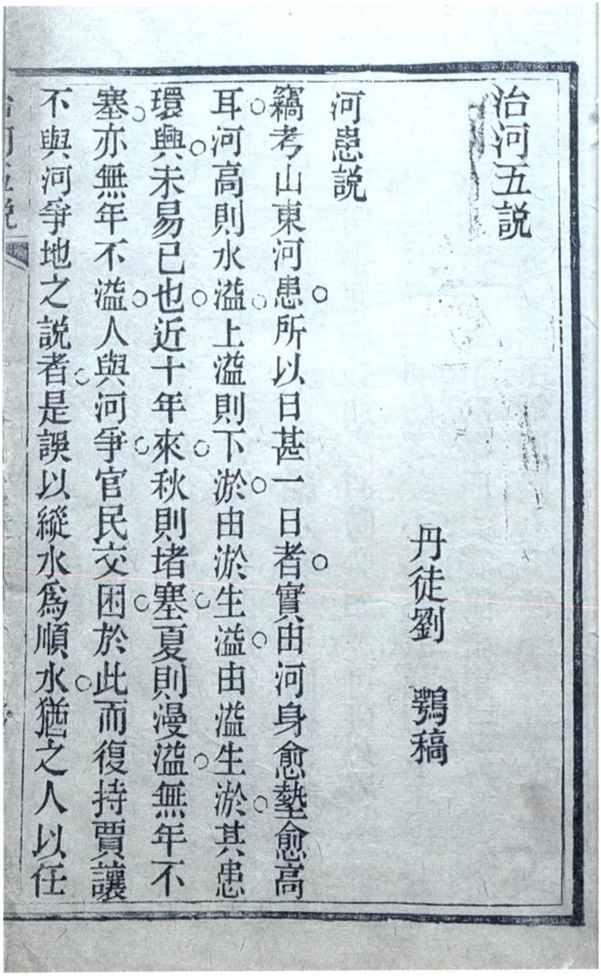
治河五說
丹徒劉　鶚稿
河患說
竊考山東河患所以日甚一日者實由河身愈墊愈高
耳河高則水溢上溢則下淤由淤生溢由溢生淤其患
環興未易已也近十年來秋則堵塞夏則漫溢無年不
塞亦無年不溢人與河爭官民交困於此而復持賈讓
不與河爭地之說者是誤以縱水爲順水猶之人以任

刘鹗著《治河五说》首页（原件刘厚泽先生珍藏）

1888年，刘鹗参与河南郑州黄河大工，踏勘黄河下游河道。1891年，刘鹗亲自负责济南至黄河入海口治理，后在所著《老残游记》中状绘黄河的动人心魄。《治河五说》是刘鹗的河工著作之一。此乃先祖刘厚泽先生珍藏之原件。丹徒刘瑀谨识。

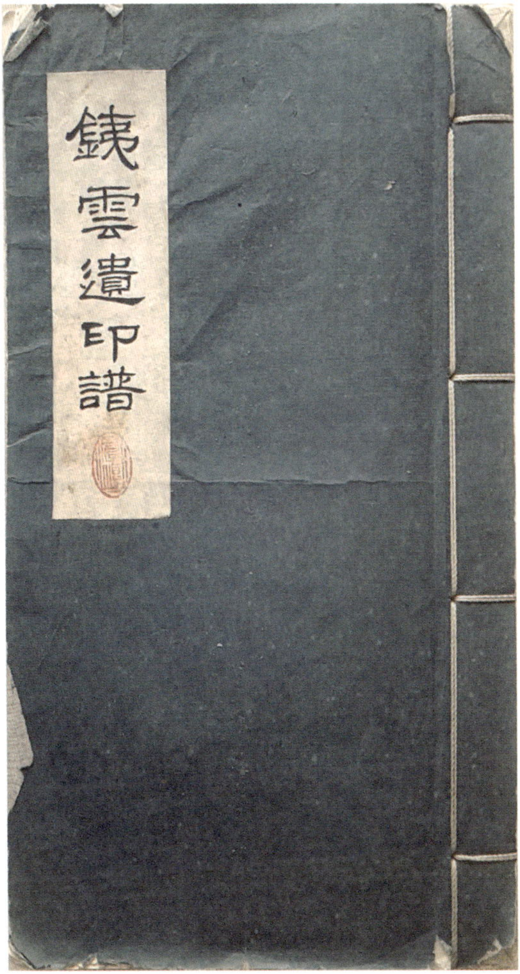

《铁云遗印谱》封面（原件刘德隅先生珍藏）

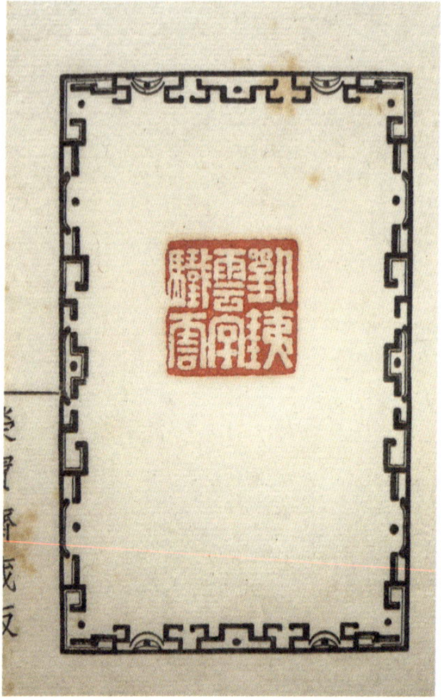

左：“刘铁云字铁云”印兑（《铁云遗印谱》印兑之一，原件刘德隅先生珍藏）

右：“名铁云字铁云”印兑（《铁云遗印谱》印兑之一，原件刘德隅先生珍藏）

刘鹗字铁云。《铁云遗印谱》，题签或为《百二瓦登斋遗印》，或为《抱残守缺斋遗印》，均为先祖刘厚泽先生 1961 年亲手钤拓。此封面及印兑录自伯父刘德隅先生珍存本。丹徒刘瑀谨识。

大明湖历下亭

（摄于1893—1897年，是迄今发现的最早的济南影像。雍坚先生供图）

清末大明湖铁公祠（雍坚先生供图）

清末大明湖北极阁一带风光（雍坚先生供图）

清末黑虎泉（赵晓林先生供图）

前 言

一

《老残游记》作者刘鹗（1857—1909），字铁云，清末江苏丹徒（今江苏镇江）人。

刘鹗虽然出生于一个封建官僚家庭，但是没有按照他的先人和前辈们走过的道路，一开始就循规蹈矩地读书应试，从科举或捐纳中寻求出身，而是从青年时代起，就继承和钻研他父亲所专长的算学、医药和治河等实际知识，交往了一些当时所谓的“井里少年”①，并想发奋图强，和他们一起做出一番有益于国计民生的事业，成为一个为时人看不惯的“放旷不守绳墨”② 的青年人。

光绪二年（1876），刘氏到南京参加乡试，不第而归。这时，他除继续学习一些有实用价值的“家学”外，还进一步博览群书，并曾经商、行医，但在这两方面都无成就。光绪十三年（1887），黄河在郑州决口，刘鹗根据自己治河

① 罗振玉《五十日梦痕录·刘铁云传》。

② 罗振玉《五十日梦痕录·刘铁云传》。

的专长，到河南投效，得到河督吴大澂的重用。黄河合龙以后，负责测绘河南、山东、直隶（今河北省）三省的黄河，并著有《历代黄河变迁图考》。[①] 光绪十六年（1890），经山东巡抚张曜咨调到山东[②]，充任黄河下游提调，写了《治河七说》《治河续说》。他根据东汉王景的治河经验，力主“束水攻沙”，反对当时张曜幕僚中坚持实行西汉贾让所主张的“不与河争地”的做法。他坚持王景治河的主张，是有一定的见地的。所以后来山东巡抚福润咨送刘鹗到总理各国事务衙门“考验”时，也首先提到他“向习算学、河工”[③]，足见刘氏确实具有丰富的治河实际经验和成就。经“考验”后，以知府任用。

刘鹗因受当时洋务派的影响，主张开矿筑路，兴办实业，认为这样可以富国利民。光绪二十二年（1896），上书直隶总督王文韶，建议利用外资修筑从天津到镇江的“津镇铁路”（相当于后来的津浦铁路）。在守旧派官僚的遏阻下，受到了旅京同乡的强烈反对，甚至开除他的乡籍，不承认他是丹徒人。不久他又应德商福公司的聘请，充任华经理，筹采山西矿产，并提出“国无素蓄，不如任欧人开之，我严定其制，令三十年而全矿路归我。如是，则彼之

---

① 《历代黄河变迁图考》，四卷，宣统二年（1910）庚戌山东河工研究所石印本。卷首以山东巡抚福润奏荐刘鹗“学术渊深，通晓洋务”咨送总理衙门考验片代序。

② 山东巡抚福润奏荐刘鹗附片，见《历代黄河变迁图考》卷首。

③ 山东巡抚福润奏荐刘鹗附片，见《历代黄河变迁图考》卷首。

利在一时，而我之利在百世矣”[1] 的大胆主张，加以受任福公司华经理的前后，生活豪华，挥金如土，不断受到舆论指责，认为他接受了外商的贿赂和收买，因而被视为“汉奸”。庚子之役，清政府顽固派之一的刚毅，即以“通洋”的罪名，要求把刘氏“明正典刑”。当时刘氏在沪，才幸免于难。

光绪二十六年（1900）庚子，八国联军侵占北京，当时交通梗阻，粮运断绝，京津一带发生粮荒。北京居民除受帝国主义侵略军的蹂躏之外，还遭受饥饿的威胁。刘氏听说“京官宅中，有陈设依然，而男子逃走，女子自尽，尸横遍地者；有大门紧闭，而举家相对饿死者”[2]，遂自告奋勇，主动捐凑银两给当时以李鸿章为背景、由陆树藩（伯纯）出面组成的救济会，并亲自从上海带领一批人北上，先到天津和陆见面商谈，而后到京办理平粜和护送避难官商人口出京，以及掩埋被帝国主义军队惨杀的无主尸体。[3] 当时俄军占领了清政府的国家粮仓（太仓），他们不吃米，准备烧掉。刘氏遂以贱价从俄军手中买来，规定以白米每包四元五角、籼米每包三元五角的价格，每人限买一斗，卖给老百姓，解决了北京居民的粮荒问题。后来救

① 罗振玉《五十日梦痕录·刘铁云传》。

② 刘氏致陆树藩函，见阿英《小说二谈·庚子联军战役中的〈老残游记〉作者刘铁云》。

③ 刘氏致陆树藩函，见阿英《小说二谈·庚子联军战役中的〈老残游记〉作者刘铁云》。

济会对于办理平粜，意欲中止，刘氏筹借款项，独力承担。[1] 虽然他因此弄得很窘，可是他的慷慨解囊、勇于任事、自愿分劳的精神给人留下了很深的印象。[2] 但是由于历史和阶级的局限性，他对革命和义和团运动持否定的态度。

刘鹗在学术方面的成就，值得注意的是对甲骨文字的收集和研究。甲骨文字最初出土时，人们并不认得它是古代文字，后来山东福山王懿荣认出上面是古代的“契文”，并开始收购。这时，刘氏也从古董商手中买到一批。八国联军攻陷北京后，王懿荣投井而死，所藏甲骨均为刘氏所有。以研究龟甲文字著名的学者罗振玉和王国维都是从刘氏收购之后，才知道有所谓甲骨文字的。[3] 为了满足朋友们索取拓片的需要和广泛传播古文字，刘氏于光绪二十九年（1903）从所藏五千余甲骨片中，精选了一千多片，拓印成书，即《铁云藏龟》，成为我国第一部著录甲骨文字的著作。以后《铁云藏陶》《铁云泥封》等相继成书，为后人“欲考篆籀之原者”[4] 和考古者进一步提供了研究的资料。

自光绪二十九年（1903）至光绪三十二年（1906），刘鹗又以“鸿都百炼生”的笔名，写成《老残游记》二十

---

① 蒋逸雪《刘铁云年谱》引陆树藩《救济日记》，见《老残游记资料》。

② 《救济文牒》第四卷，陆伯纯致时蓬仙函，见阿英《小说二谈》。

③ 刘铁云《铁云藏龟·自序》、罗振玉《五十日梦痕录》及王国维《最近二三十年中国新发现之学问》、赵万里《王静安先生年谱》。后二文据蒋逸雪《刘铁云年谱》引，见《老残游记资料》。

④ 《铁云藏陶》自序，光绪二十九年石印本《铁云藏陶》卷首。

回，为晚清时期反映社会现实比较有影响的章回小说之一。

光绪三十二年的春天和秋天，刘氏还两次到日本游历，著有《东游草》一卷，共收诗三十九首。①

刘氏著作除上述各种外，还有《勾股天元草》、《弧角三术》、《铁云藏印》、《要药分剂补正》、《人命安和集》(未完成)②、《老残游记》续集及外编等。此外，1976年，刘蕙孙先生汇集刘氏诗词一百零六首，编为《铁云诗存》四卷。

当刘鹗在山东巡抚张曜幕中办理河工时，据说袁世凯也在张曜幕中。袁为张的故交子弟，因长期不得外放任职，很不得意，特托刘氏向张请求。张曜认为袁"才可爱而性未定，资可造而识未纯"，现在把他留在身边，正是让他增长阅历，以便将来担当重任。如果及早地派他到外地做官，"则爱之适以害之"③。刘氏把话转告给袁世凯。袁认为是刘不给他帮忙，只是拿话搪塞他，因而怀恨在心。后来袁世凯进入军机处，掌握大权，遂蓄意报复。终于在光绪三十四年（1908），密电两江总督端方，逮捕刘氏，并以刘氏私购仓米和在浦口集资购买荒地是替外国人买地的罪名，遣戍新疆。第二年，即溥仪宣统元年（1909），刘鹗病死在

---

① 见刘蕙孙编《铁云诗存》卷二。

② 刘大钧《刘铁云先生轶事》，原注六。

③ 刘大绅《关于〈老残游记〉》"六、《游记》作者被祸始末"原注六，见《老残游记资料》。

迪化（今乌鲁木齐）。[1]

总之，刘氏生活在灾难重重的晚清时代，经历了清政府腐朽统治和帝国主义武装侵略的黑暗岁月。当时社会上层出现了维新派、洋务派和顽固派的斗争，社会下层爆发了反对帝国主义、震动全国的义和团运动。这就促使他这个不守绳墨的书生放弃科举考试，努力追求实际应用知识，进而走上洋务派的道路，并提出了主观上认为是富国养民的让外人来中国开矿筑路的主张。在八国联军侵华战争的极大震荡中，他主动出资和亲自出面解决京中居民的粮食问题。他在学术上和文学创作方面也都有自己的见解和成就。他反对、诬蔑革命和义和团运动，也没和维新派、保皇党有任何关系，但最终还是被诬陷，死在中国的大西北。他的一生，可以说是不平凡的一生，也是不守绳墨、勇于作为的一生。

二

刘鹗一生除受时代的影响之外，所受太谷学派的影响也很显著。他一生的思想、行事有不少地方是根源于太谷学派的。

---

① 《关于〈老残游记〉》“六、《游记》作者被祸始末”及蒋逸雪《刘铁云年谱》，见《老残游记资料》。后又考证，当时袁世凯随吴长庆在朝鲜，并不在山东。及袁回国，刘鹗已离开山东，二人并未同时在张曜幕中。因此究竟是袁陷害刘氏还是另有原因，有待进一步考证。

所谓“太谷学派”，过去也叫泰州学派、泰州教、太谷教、崆峒教、大学教、大成教、黄崖教等①，但它与王阳明弟子王艮（心斋）的泰州学派，除有些精神比较近似外②，不论在学术思想还是师承关系上，均无共同之处。近人卢冀野在1927年发表的《太谷学派之沿革及其思想》一文中，才定名为“太谷学派”，并“视为一家言”③，逐渐得到学派内外人士的承认，成为这一学派的正式名称。

太谷，指清朝道光年间的安徽石埭县人周星垣。周星垣，名穀，字星垣，一字太谷，别号空同（一作崆峒）子，为府学庠生，家世不可考。道光、咸丰间讲学扬州，

---

① “泰州教”见于邓之诚《骨董琐记》及李详《媵语》；“大成教”，见于清张焘《津门杂记》、马叙伦《石屋续沈》；“崆峒教”亦见于马氏《石屋续沈》，因周太谷号“空同子”，“空同”一作“崆峒”。黄崖教，见于《山东军兴纪略》《肥城县志》《清朝野史大观》等书。因张积中讲学肥城黄崖山，被诬陷为“教匪”。以后记载沿袭官书，遂称为教名。甚至还有人称之为“髑髅白骨教”。据刘厚滋《张石琴与太谷学派》云：“后闻友人朱进之君说谓泰兴传有某翁者，为太谷弟子，太谷谓其无道根，令归享庸福不肯。而此君素不识字，有吝名，乃命其赴丛冢间负髑髅葬之以求智慧云：此所谓齐东野语也，本不足信，果有之亦掩骼埋胔之用心，传者过甚其辞耳。或即此名之来源耶?”载1940年《辅仁学志》第九卷第一期。

② 王艮所传泰州学派，其传授对象，有封建制社会的上层分子，也有封建制社会的下层被压迫人民；泰州学派的学者具有坚强不屈的战斗性格，他们对统治阶级进行斗争，毫不屈服；泰州学派除了广泛传播之外，另一方面也有似禅宗的传授衣钵……必须当面口传心授，而不假笔舌谆谆……这种情况是与一般的教授门人不相同的，含有一定的宗教意味。（见侯外庐主编《中国思想通史》第四卷下册。）这与后来的太谷学派颇有相似之处。

③ 卢文见1927年《东方杂志》第二十四卷第十四号。

“其学尊良知，尚实行，于陆、王为近；又旁通老佛诸说”①。后来传说他能炼气、辟谷、会符咒，能役鬼隐影等，曾一度被两江总督百龄当作“妖人”逮捕入狱，不久释出。以后病重，召弟子李光炘亲侍汤药，百日而殁。② 周氏弟子记其遗言，号《太谷经》，一名《周氏遗书》，现有写本，其中并没有讲“妖术邪法”的内容。③

太谷弟子可考的有五人。④ 其中之一为江苏仪征人、优贡生张积中，字石琴，曾在山东长清、肥城之间的黄崖山，继承太谷衣钵，定居讲学。张积中除讲《周易》《论语》《孟子》及儒家的性理外，参以道藏、释典诸子之学，并“兼及军旅、技击”⑤，条贯古今，自成派别，“闻者惊为创论”⑥。一时来拜师听讲的人很多。山上设有“文学房”，专门接待远方来的人；还设有“武备房”，可以筑寨自守。因为山上读书人多，不能从事农业生产，张积中就在肥城、济南、东阿、利津、安丘、潍县等地开设商号，以所获利润

---

① 刘厚滋《黄崖教案质疑补》引《云在山房丛书·檐醉杂记》，载 1937 年国立北平研究院《史学集刊》第三期。

② 刘厚滋《张石琴与太谷学派》引《安徽通志列传稿》及忏因子《龙川诗序》，见《辅仁学志》第九卷第一期。又见同前作者《周太谷的思想及其朴素唯物主义观点》“二、安徽通志稿诸书中的太谷事迹”（未刊）。

③ 见《黄崖教案质疑补》。

④ 太谷弟子除李光炘（龙川）、张积中（石琴）外，还有汪金泰（竹海）、韩仰瑜（子俞）和陈一泉（少华）。

⑤ 《张石琴与太谷学派》引刘铁云语。

⑥ 《肥城县志·黄崖记事略》，见《山东近代史资料》第一分册。

补助山中的费用。在土地问题上，《龙川弟子记·内篇》说：“令凡有田者纳士，相其才，可官则官之；不可，则予以世禄，或以世职。……庶人授田，制惟百亩；士受则倍之，半以士兼耕，半使人代耕。”①张积中提出了按人授田的初步设想，但他在黄崖讲学时和他的遗著②中都没有公开宣扬和论述过这种主张。③

由于门弟子众多，而当时所谓“奸民鬻盐劫掠为盗者，亦著籍称弟子”④，因而不断为地方官吏所缉捕，并进一步牵涉在黄崖山讲学的张积中。同时，“士子读书者，以八股为文章，以讲章为圣经，骤闻积中异说，喜而从之者固多，怪而骇之者亦不少，议论纷纷，疑积中为邪教”⑤。后来山东巡抚阎敬铭认定张积中是传布邪教，纠众谋乱⑥，并认为和当时的捻军有联系，遂于同治五年（1866）十月，

① 刘蕙孙《太谷学派政治思想探略》引《周氏遗书》卷五、卷三十七，载1962年10月11日上海《文汇报》。

② 张氏遗著中有《语录》《诗文集》《张氏遗书》《楞严、法华诸经释义》等，均未刊。见《张石琴与太谷学派》。

③ 据《肥城县志》所记黄崖事略云，凡入山者，不得私其财，纳其半立籍，由积中左右之。见《山东近代史资料》第一分册。又据《太谷学派政治思想探略》，认为张氏在黄崖山讲学时，聚族而居的寨子组织，也是一种土地共有，且耕且读，类似村社的共同体。但此外并无其他资料可证。如上述记载属实，则张氏讲学时还是在执行太谷学派一贯的政治纲领。

④ 见《小三吾亭随笔·泰州教》。又据清人蒋庆第《友竹草堂随笔》云，张氏为了帮助守山，曾主动援引一些不遵守清政府法令、贩卖私盐的人入教。

⑤ 胡韫玉《张积中传》。

⑥ 据尹承源《黄崖山访问记》，张积中讲学和祭祀的地方，当时叫作“圣人堂”或“朝房”，后人认为这也是引起清政府注意的一个原因。

督率大兵，将黄崖山剿洗。张积中全家自焚，门生、群众从死者两千余人，成为山东近代史上有名的所谓“黄崖教案”。

这个惨死两千多人的“黄崖教案”，一直到40年后的光绪三十二年（1906），才有御史乔树枏出来为张积中奏请昭雪。清政府要求当时山东巡抚杨士骧彻查具复。但杨氏以案情重大，恐怕当年主持剿洗黄崖山的阎敬铭死后受到“非常”处分，虽经幕宾拟稿，而官官相护，终于搁置未复。因而黄崖一案始终没能昭雪。

周太谷的另一个影响大的弟子和传人李光炘（一作昕），字晴峰，号龙川，一号平山，也是江苏仪征人，和张积中是表兄弟。太谷死时，他在身边，当时才二十几岁。① 黄崖案起，经张氏劝说，他离开黄崖，走避江北。虽然生活困难，不能举火，但仍讲学扬、泰之间。李龙川后以弟子蒋文田继承张积中，在江北讲学。李龙川不像张积中那样讲求事功，引人注意，而“止谈性命，不及其他”②。光绪十一年（1885），李龙川卒于上海。著作有《语录》《龙川诗钞》《龙川诗文补钞》等。刘鹗于光绪六年（1880）二十四岁时，和毛庆蕃等同到扬州，正式师事李龙川，是李氏最年轻的弟子。③ 相传李龙川生前，曾有“将来天下，

---

① 见《张石琴与太谷学派》。

② 《张石琴与太谷学派》引刘铁云语。

③ 蒋逸雪《刘铁云年谱》，见魏绍昌《老残游记资料》（第三辑）。

二巳传道”的话。所谓“二巳”，即指刘鹗与黄葆年，因刘生于咸丰七年，丁巳；黄生于道光二十五年，乙巳。可见李龙川对刘鹗的器重。

李龙川死后，门弟子公推黄葆年为李氏继承人，光绪二十八年（1902）在上海愚园聚会，又请黄葆年和蒋文田合南北两宗，成立学社，在当时苏州葑门内十全街联合讲学，而由刘鹗、毛庆蕃等承担经费。[①] 刘鹗对黄葆年推崇备至，并愿意和黄葆年“同为空同之子孙，同培古今之道脉，同身同命，海枯石烂，无有贰心”[②]。后来刘氏又印行周太谷、张积中、李龙川诸人遗墨传世。可见刘鹗对太谷学派学说奉行和宣扬的虔诚。

太谷学派对刘鹗思想、行事的影响，主要有以下几方面：

第一，从《周氏遗书》看，太谷讲河图、易象，推崇宋儒周敦颐及朱、陆、二程，认为周敦颐是直接继承孔子的哲人。在论述“格物致知”方面，接近于王阳明[③]；而又旁通释老术数，自辟门户。特别是张积中、李龙川的遗著和讲学内容，都随时援引佛教经典及老庄等道家学说，供其阐发言论，既不仅仅限于宋儒，也不是讲三教合一。从《老残游记》第九回、第十一回所写黄龙子的六首七

① 见《张石琴与太谷学派》。
② 刘鹗致黄葆年函，见蒋逸雪《刘铁云年谱》引。
③ 见《张石琴与太谷学派》。

绝，以及申子平和黄龙子、玙姑的对话中，都可以看出刘鹗所受太谷学派的深刻影响。

《老残游记》第九回黄龙子写的六首诗里，讲到陈希夷、张紫阳，讲到野马、尘埃和壶公，都是道教人物和《庄子》中的典故；同时讲到人我相、功德水、曼陀罗，以及鹫岭法华、菩提、鹿女（小夫人）等佛教内容。所以申子平觉得黄龙子的诗“非佛非仙”，“既不是寂灭虚无，又不是铅汞龙虎”，“又像道家的话，又有许多佛家的典故”。这正是太谷学派所特有的思想反映。它和《龙川诗钞》中的某些诗非常相近，但又绝不同于明人林兆恩的所谓“三教合一”。张积中曾论述过儒、释、道三教的关系。他在《白石山房语录》中说：“圣功之所以大者，为从人事上修也。明知为火坑而出入其中，却不烧一根毫毛，如此方是干干净净。二氏（引者按即佛老）之学则畏火坑而避之矣。”① 他在《致秦云樵论二氏书》中又说：“其教既异，道亦不同，而欲于兵农礼乐之身，希冀乎作佛升仙之路，明其理则可，成其道则难。夫朝而《楞严》，暮而《参同》，出而礼乐兵刑，入而君臣父子，譬之北辙，乃驾南辕，扞不相入，有由然矣。”② 这说明三教对入世、出世态度的不同和三教绝不能合一。这在《老残游记》第九回里玙姑介绍黄龙子和对儒、释、道三教的解释中也有所反

① 张积中：《白石山房语录》，载《太古学派遗书》（第一辑）。
② 刘蕙孙《太谷学派政治思想探略》。

映：玙姑说黄龙子“既非道士，又非和尚，其人也是俗装”，“不拘三教，随便吟咏的”。在三教之中，她认为：“惟儒教公到极处。……若佛道两教，就有了褊心：惟恐后世人不崇奉他的教，所以说出许多天堂地狱的话来吓唬人。这还是劝人行善，不失为公。甚则说崇奉他的教，就一切罪孽消灭，不崇奉他的教，就是魔鬼入宫，死了必下地狱等辞，这就是私了。……”这就充分说明太谷学派虽然采用释典、道藏中的一些理论，但仍以儒家思想为中心，而不是什么三教合一。

不过从李龙川起，讲学论艺，似乎已经不那么推崇宋儒。据近人兴化李详《媵语》“李龙川先生”条记载李氏讲学：“一日，使弟子言志，戒勿矫饰。有某言：弟子不好色。先生呵之曰：非人情，曾狗彘之不若耶？”[1] 如果这段记载属实，刘鹗在《老残游记》中对程、朱等理学家采取了批评的态度，也就不奇怪了。比如第九回：“女子又道……圣人说的，‘所谓诚其意者，毋自欺也。如恶恶臭，如好好色’。孔子说：‘好德如好色。’孟子说：‘食色，性也。’子夏说：‘贤贤易色。’这好色乃人之本性。宋儒要说好德不好色，非自欺而何？自欺欺人，不诚极矣！他偏要说‘存诚’，岂不可恨！圣人言情言礼，不言理欲。删《诗》以《关雎》为首，试问‘窈窕淑女，君子好逑’，‘求之不得’至于‘辗转反侧’，难道可以说这是天理，不

① 见《山东近代史资料》第一分册。

是人欲吗？……若宋儒之种种欺人，口难罄述。然宋儒固多不是，然尚有是处；若今之学宋儒者，直乡愿而已，孔孟所深恶而痛绝者也！”

这里指出好色乃人之本性，宋儒偏要说好德不好色，真是自欺欺人，可以说是对上举《脞语》中所记李龙川思想的进一步发挥。至于对“今之学宋儒者”的道学先生，刘鹗在《老残游记》中更是不断地予以讽刺和嘲笑。除上面所举玙姑的话，老残和黄人瑞两人在对话中还说过：“其实我也不是道学先生想吃冷猪肉的人。”“得了，得了！别吃冷猪肉了。”（第十三回）这里既显示了太谷学派后期思想的发展，也可以看出刘鹗在太谷学派思想影响下的个人认识和见解。

第二，太谷学派主张“富而后教”，以养民为本。张积中在讲学中曾说：“《易》称‘后以财成天地之道’。‘何以聚人，曰财。’此群圣发微之秘旨，非世儒所能晓也。”[①] 他在黄崖时，即在山东各地设立泰来、泰亨、泰祥、泰运通等商号，经营贸易。为了说明设立商号的动机，他在《示四记诸子书》中说：“予以学导诸子，而纳诸子于利，岂予之心？然而由此而从者门人可以得万钟之养。”[②] 而刘鹗在光绪二十八年（1902）致函黄归群（葆年）时说：“今日国之大病，在民失其养，各国以盘剥为宗，朝廷以朘

① 胡韫玉《张积中传》。

② 刘蕙孙《太谷学派政治思想探略》。

削为事，民不堪矣。……圣功大纲，不外教养两途，公以教天下为己任，弟以养天下为己任。各竭心力，互相扶掖为之。……”①

刘鹗不仅在理论上继承了太谷学派“养民”的主张，而且确实也见之于行动：他先后在上海开设石昌书局，经营石印（1887）；又开办五层楼商场（1900）和坤兴织布厂（1905）；在天津和别人合股创办海北公司，制造精盐（1905）。虽然都以失败结束，但都是为了实现“兴利养民”这个主观愿望（当然也是为了他自己的收入）。特别是他个人受洋务派的影响，应外商福公司之聘，主办山西煤矿，认为“晋矿开，则民得养而国可富也”，甚至被“汉奸”之名而不惜。以上这些情况足以说明太谷学派教义对刘鹗思想的深刻影响。

第三，李龙川继承太谷学派传统，在各地讲学时，要求弟子们“立功，立言，立德”，“希贤、希圣、希天”；“穷则独善其身，达则兼善天下”；要认识到“万物皆我胞与，不惟一夫之饥，犹己饥之；一夫之寒，犹己寒之。即一草一木不得其所，亦以为由己所致”；“天复地载，一切有情，皆我眷属，无所谓是非，无所谓爱憎”，甚至提出以救度全人类为指归。② 最初学派创始人周太谷晚年在扬州时，就曾于道光十二年壬辰（1832）水灾之后，放赈济贫。

---

① 刘鹗致黄葆年函，见蒋逸雪《刘铁云年谱》引。

② 见《张石琴与太谷学派》。

据《周氏遗书》卷七所记他对儿子少谷的训示："君子以仁为富，不以田为富。斯岁也，数诸往，未闻斯水之盛也：浸者六七，饥者八九。以周乡党之急，汝勿吝。"①

这种举动说明他确实具有"一夫之饥，犹己饥之；一夫之寒，犹己寒之"的胸怀。这也就是后来李龙川所说的"立功"。根据学派的解释，不仅功在社会、民间是立功，专攻学术、献身文艺同样也是立功。立功越大，怀念的人越多；时间越长，个人精神存在得也越久。"所以太谷弟子在做事业和做学问时，多是勇往直前，百折不挠，不畏缩，不颓丧，遇到需要牺牲时，也毫不犹豫。"② 张积中和门弟子在黄崖山中从容就死，是为了这个信念；刘鹗在八国联军侵华战争中主动携款进京，和帝国主义侵略军周旋，办理平粜、放赈等，做出种种为当时一般人所不敢设想的事，而从未考虑其后果和得失。在学术方面，他甚至被诬陷；遣戍新疆之后，他还致力于中医学的研究，并编写《人命安和集》。③ 正如他在给黄归群函中所说："谤言满天下不觉稍损，誉言满天下不觉稍益。"所有这些行动，显然也是由于太谷学派"立功、立言、立德"思想的鼓励和影响。

此外，刘鹗还有一些行事可以体现出其所受太谷学派的影响。鲁迅在《中国小说史略》中评介《老残游记》时

① 见《周太谷的思想及其朴素唯物主义观点》。

② 见《周太谷的思想及其朴素唯物主义观点》。

③ 蒋逸雪《刘铁云年谱》，见魏绍昌《老残游记资料》（第三辑）。

就已指出："作者信仰，并见于内。"现在以太谷学派的思想和主张，比照刘鹗一生的主要活动和在《老残游记》中的思想反映，由此可以看出他所持奉的信仰和所受的影响。

三

鲁迅在《中国小说史略》第二十八篇《清末之谴责小说》中说道："其在小说，则揭发伏藏，显其弊恶，而于时政，严加纠弹，或更扩充，并及风俗。……"下面讲到《老残游记》时又说："其书即借铁英号老残者之游行，而历记其言论闻见，叙景状物，时有可观，作者信仰，并见于内，而攻击官吏之处亦多。……"

这里，鲁迅指出晚清谴责小说的共同特点和《老残游记》"叙景状物，时有可观"与"攻击官吏之处亦多"的特点，而攻击官吏和"叙景状物，时有可观"恰恰概括了《老残游记》的思想倾向和艺术成就。作者刘鹗在《自叙》中也说："吾人生今之时，有身世之感情，有家国之感情，有社会之感情，有种教之感情。其感情愈深者，其哭泣愈痛：此鸿都百炼生所以有《老残游记》之作也。"可见作者正是通过老残的种种经历，来抒写自己的身世以及在家国、社会等各方面的感触和体会。其中主要是塑造了晚清社会上层一系列封建官僚的群像和一些社会下层的"小人物"，并通过他们反映当时的政治、经济以及社会生活的情况。但是，《老残游记》"攻击"官吏，不像《官场现形记》那样搜集“话柄”，连缀成书，“将屠夫的凶残，使大家化为一笑”①，而是“名可托诸子虚，事须征诸实在”的“野史”②。具体地说，作者在全书二十回中刻画了三种不同类型的封建官僚：一种是急于做大官，因而不惜诬良为盗的下流酷吏（玉贤和刚弼）；一种是食古不化，以黄河两岸老百姓的身家性命为儿戏的无知庸吏（庄宫保、史钧甫）；再一种是所谓“细意推求”、断案神速、人人称赞的清官、能员白子寿和同情受害百姓但居于下位、不敢开口的申东造、黄人瑞、王子谨等。对于前两种人，作者分别情况，给以不同程度的“攻击”或批评；对于后一种人，则当作正面人物来肯定。

在第一种酷吏当中，作者对玉贤用了地主于朝栋父子（第四、五回）、王姓卖杂货的儿子（第五回）和马村集车店掌柜的妹夫（第五、六回）等人被害的故事，揭发了玉贤“未到一年，站笼站死两千多人”“所办的人，大约十分中九分半是良民”的万恶罪行。特别是于朝栋被站笼站死，儿媳吴氏自杀以后，三班衙役头儿和稿案等人都去为于朝栋的二儿子于学礼求情，玉贤却说：“这人无论冤枉不冤枉，若放下他，一定不能甘心，将来连我前程都保不住。俗语说的好，‘斩草要除根’，就是这个道理。……”（第五回）这充分说明了玉贤凶残狠毒，连历史上一贯鱼肉老百

① 鲁迅《南腔北调集·〈“论语一年”〉》。

② 《老残游记》第十三回原评。

姓的差役、蠹吏也不如。后来捉住了五六个真正的强盗，玉贤却把其中专犯于家移赃案的强盗都放了，更说明玉贤是非颠倒，不肯认错，真是死有余辜！但是身受其害的老百姓，虽都侧目而视，却只能噙着眼泪，称他“是个清官！是个好官！”“不冤枉！不冤枉！”至多也只能说声：“天爷有眼，总有一天报应的。”作者自己是封建官僚家庭出身，面对这种悲惨的现实，也不能不“深服古人‘苛政猛于虎’真是不错”，而痛恨玉贤“冤埋城阙暗，血染顶珠红”了。所以他指出，“无才的要做官很不要紧，正坏在有才的要做官”，像玉贤这样的人，“官愈大，害愈甚：守一府则一府伤，抚一省则一省残，宰天下则天下死！”

另一个酷吏的典型刚弼自以为“清廉得格登登的”，主观武断，刚愎自用。① 作者通过他处理魏谦父女月饼毒死人的案件，说明他和玉贤同样是无辜人民的死对头。当乡绅胡举人替魏谦家中管事人向刚弼行贿之后，刚弼收下银子，不动声色，心里却认定这正是魏谦父女谋害人命的铁证。等到第二天提审的时候，就自以为是地“开导”魏氏父女：“倘若人命不是你谋害的，你家为什么肯拿几千两银子出来打点呢？这是第一据。……倘人不是你害的，我告诉他照五百两一条命计算，也应该六千五百两，你那管事

---

① 刘大绅在《关于〈老残游记〉》中认为，刚弼是影射刚毅；阿英、胡适均认为即“刚愎”。见《小说三谈·清末四大小说家》及胡适《〈老残游记〉序》。

的就应该说：‘人命实不是我家害的，如蒙委员代为昭雪，七千八千俱可，六千五百两的数目却不敢答应。’为什么他毫无疑义，就照五百两一条命算账呢？是第二据。——我劝你们早迟总得招认，免得饶上许多刑具的苦楚。”（第十六回）

刚弼还对行刑的差役说：“今日替我先拶贾魏氏，只不许拶得他发昏，但看神色不好，就松刑，等他回过气来再拶，预备十天工夫，无论你什么好汉，也不怕你不招！”（第十六回）真是穷凶极恶，达到极点。面对这种惨痛的场面，作者借了老残的口，向刚弼这个酷吏提出了质问：“我且问你：一个垂死的老翁，一个深闺的女子，案情我却不管，你上他这手铐脚镣是什么意思？难道怕他越狱走了吗？这是制强盗的刑具，你就随便施于良民，天理何存？良心安在？”（第十七回）

从玉贤和刚弼两个酷吏身上，作者得出了清官比贪官尤为可恨的结论，并以此作为《老残游记》的创见而自豪：“赃官可恨，人人知之；清官尤可恨，人多不知。盖赃官自知有病，不敢公然为非；清官则自以为我不要钱，何所不可，刚愎自用，小则杀人，大则误国。……作者苦心：愿天下清官勿以不要钱便可任性妄为也。历来小说皆揭赃官之恶，有揭清官之恶者，自《老残游记》始。”（第十六回原评）

这里指出，作为清官，“勿以不要钱便可任性妄为”

确实是《老残游记》的一大特色和创见。不过，作者所谓的“清官”，其实指的是酷吏。作者之所以不用“酷吏”而用“清官”一词，可能是因为“酷吏”中也有赃官，如用“酷吏”这个字眼，便混为一谈了。同时在“有钱才能办事”的旧社会里，清官当然比贪官好；但是对于所谓不要钱的“清官”，要做具体分析，要看他对人民的态度如何，并不是所有清官都是好的。

第二种官僚写了庄宫保和史钧甫两个不学无术的庸吏，主要是写庄宫保。作者写庄宫保（原型为下文的张曜。张曜曾为山东巡抚，督办过河工，后被加封太子少保，赠太子太保，所以大家称其为宫保），表面上是作为正面人物写的，但作者笔下的人物形象和具体事例，其实是有所批判的。老残第一次到抚台衙门见庄宫保时，对他的印象是“身体甚是魁梧，相貌却还仁厚”（第三回）。旧说张曜是“军功”出身，其实是镇压捻军和少数民族起义的刽子手。这里写他的相貌，用“却还”两个字，是很耐人寻味的。他赏识玉贤“办强盗办得好”，为此“专折明保”；以后又决定废弃黄河民埝，退守大堤，以致十几万老百姓的生命财产付之浊流；还委派另一个酷吏刚弼到齐河县会审魏谦父女。这都是他的“政绩”。后来为齐东村十三条命案，老残第二次见他时：“宫保说：‘前日捧读大札，不料玉守残酷如此，实是兄弟之罪，将来总当设法。但目下不敢出尔反尔，似非对君父之道。’老残说：‘救民即所以报君，

似乎也无所谓不可。’宫保默然。”（第十九回）

这里庄宫保的“不敢出尔反尔”和“默然”，实际上是不肯承认自己的错误。“救民即所以报君”，看来老残比他高明。实际上玉贤（毓贤）的扶摇直上，他是负有一定责任的。

在黄河废埝守堤这件关系无数人生命财产的大事上，黄人瑞听说当时庄宫保说他舍不得这十几万百姓的身家；妓女翠花也说：当时庄宫保还落了几点眼泪。但他是操持着“杀这几十万人的一把大刀”的人，居然轻信那些“总办候补道王八旦大人们”的话，终于置十几万人民的身家性命于不顾，任凭“喊爹叫妈的，哭丈夫的，疼儿子的，一条哭声，五百多里路长”，他假惺惺地落几点眼泪又有什么用呢？所以作者在叙述翠环一家被祸之后，在原评中严肃地指出：“庄勤果慈祥恺悌，齐人至今思之。惟治河一端，不免乖谬，而废济阳以下民埝，退守大堤之举，尤属荒谬之至。……”（第十三回原评）

在第十四回原评中，作者还写了他目睹的惨状，其目的也正是揭露和抨击庄宫保的不学无术和草率决定废民埝的乖谬与无知。

至于史钧甫，虽然并未在书中直接出现，只是从黄人瑞口中说出当时黄河决口完全是由于他的创议和坚持。即便是侧面的简要介绍，也可看出史钧甫是个毫无治河实际经验、只是读了贾让的《治河策》，就把其当作唯一办法的书生和官僚。他死抱住贾让“不与河争地”的一句空话，胡说什么：“汉朝方制，不过万里，尚不当与水争地；我国家方制数万里，若反与水争地，岂不令前贤笑后生吗？”“宫保若能行此上策，岂不是贾让二千年后得一知己？功垂竹帛，万世不朽！”（第十四回）这完全是脱离实际的书生论调，并非对治河有什么见解。对于这样的人，作者认为：“并无一毫为己私见在内，只因但会读书，不谙世故，举手动足便错。”“天下大事，坏于奸臣者十之三四，坏于不通世故之君子者，倒有十分之六七也。”（第十四回）今天我们看来，史钧甫并不是什么“君子”，而是妄想以治河的“读书人”和贾让的千古知己自居；企图在庄宫保面前显示自己的博学多才，并非“无一毫为己私见在内”：他不仅不负责任，不顾后果，而且动机不纯。

作者对上述两种官僚的揭发和抨击，基本倾向是进步的。这让我们对当时腐朽的封建政治和制度有了进一步的认识，具有较深刻的意义，是全书的精华部分。它的“最主要的缺点，就是徒有愤慨，而无解决，不能指点出路”①。

第三种官僚是白子寿和申东造、黄人瑞、王子谨等“干员”和“循吏”。其中主要是写了白子寿，而且完全是当作正面人物来写的。在白子寿出场之前，作者先通过黄人瑞的话做了介绍，认为他比刚弼更为清廉，而且“人品

① 阿英《小说三谈·略谈晚清小说》。

学问，为众所推服”（第十六回）。他到齐河县的头一天，将全案看过一遍，“就事论事，细意推求”。第二天逐一审问了吃过月饼而没有死的人，并仔细验看了月饼馅子，就明确了：“既是一样馅子，别人吃了不死，则贾家之死，不由月饼可知。”“月饼中既无毒药，则魏家父女即为无罪之人，可以令其具结了案。”（第十八回）这样，不到一个时辰，就“已审明月饼中实无毒药”，把魏谦父女毒死十三条人命的“冤枉全洗刷净了”，“沿路口碑啧啧称赞”，使读者感到白子寿真是“明镜高悬”的“青天大人”，在人前树立起一个“清官”“能员”的高大形象。

对于申东造、黄人瑞，作者则着笔较少。作者写城武县申东造，只写了他虽在玉贤属下任职，但不忍心像玉贤那样“伤天害理”地对待老百姓，因而向老残求教，请他筹划一个“以为民除害为主”，“使地方安静”的“化盗为民”之法。作者对黄人瑞，虽然用了不少篇幅写他和老残的谈话，但主要只写了他“人到也不甚俗”，以及他出于义愤，要老残给庄宫保写信，请派白子寿来齐河县会审，说明他有一定的正义感。

齐河县令王子谨虽是一个陪衬人物，但作者写了他“虽是个进士出身，倒不糊涂”。当听黄人瑞说老残在齐河，并可以给庄宫保写信时，不禁“欢喜非常，说：‘贾魏氏活该有救星了！好极，好极！’”（第十五回）在看到胡举人送给刚弼的银票和书信时，“心中却暗暗的替魏家父女叫苦”（第十六回）。当他知道刚弼打算进一步诬陷魏谦时，“气得要死”，很像是个“爱民如子”的“父母官”，使读者感觉到他不仅不糊涂，而且非常符合他进士出身的官僚性格。

作者以上所写的三类封建官僚，让我们对当时的封建政治、制度以及社会生活情况有了较为深刻的认识，但是没有涉及这些官僚的阶级本质和局限。不论是清官还是循吏，他们有守正不贪、奉法循理的一面，但必然也还有剥削人民、作威作福的一面。他们代表的是封建统治阶级的利益，执行和维护的是封建王朝的“王法”，反对的只是超出封建法制所许可的各种罪行。即便他是一文钱不要、关心人民疾苦的“青天大人”，到底也还是封建统治集团的成员，是为统治阶级服务的。我们要肯定他们正确的一面，也要看到他们各自的罪行、错误和缺点。比如第十五回写店房失火。这时“黄人瑞站在院心里，大叫道：‘赶先把那账箱搬出，别的却还在后！’”显然账箱中除去银两钱财，肯定还有买办材料的报销票据和各种伪造的花账之类，所以一定要尽早搬出，免得烧掉。这里作者只是有意或无意地轻轻一带而过，没做任何表示。再如对黄人瑞挟妓纵酒，老残不但自己纳翠环为妾，而且还要王子谨“替人瑞再挥一斧”，买翠花给黄人瑞为妾等，作者都认为是人情世故、理所当然，甚至认为是对别人的“慈悲”和“恩典”。

他们之间也是狗咬狗，有矛盾的，如黄人瑞对老残讲的："省城里那们些人，不是比我强的，就是不如我的。比我强的，他瞧不起我，所以不能同他说话；那不如我的，又要妒忌我，又不能同他说话。"（第十三回）至于王子谨和刚弼的矛盾，也并不单纯是由于魏谦父女的冤枉。假如贾魏氏在刚弼的严刑拷掳之下，承认是毒死公公的凶手，那就是十恶不赦的逆伦案。根据封建社会的法律，不仅贾魏氏要受到"凌迟"的极刑，各级地方官吏，包括王子谨在内，都要受到不同程度的处分。王子谨为了个人利害，恨不得刚弼早日滚蛋，希望来个"好官"洗刷魏家父女的冤枉，自己也可以免受处分。对于他们之间的种种纠纷，以及产生这些问题的根源——腐朽的封建统治和制度，作者都毫未涉及。这正是由于作者生活的时代、所受的教育以及阶级出身的局限。

作者除写了他所熟悉的各种类型的封建官僚，还写了一些社会下层的"小人物"。虽然他并无意歌颂这些人物，但是通过种种具体事例，写出了他们的聪明、善良、正直和关心别人的良好品质，实际上是肯定或歌颂了他们。

首先是说鼓书的艺人王小玉（白妞）。作者一面着意刻画她的艺术成就，一面还通过高升店茶房的介绍，写出了她的聪明和对改革曲调的努力："他十二三岁时就学会了这说书的本事。他却嫌这乡下的调儿没什么出奇，他就常到戏园里看戏，所有什么西皮、二黄、梆子腔等唱，一听就会；什么余三胜、程长庚、张二庚等人的调子，他一听也就会唱。……他又把那南方的什么昆腔、小曲，种种的腔调，他都拿来装在这大鼓书的调儿里面。不过二三年工夫，创出这个调儿，竟至无论南北高下的人，听了他唱书，无不神魂颠倒。……”（第二回）最后还通过一个名叫“梦湘”的读书人的评论，称王小玉为“小玉先生”，可见作者对这个青年民间女艺人的赞颂。

其次，作者写了董家口客店掌柜老董、马村集店伙等人。他们虽出身低微，但在《老残游记》中却是老百姓的代言人。他们向老残如实地介绍了玉贤杀人的“政绩”(第四回至第六回)。老董还从被害人受害的事例中，总结出一条封建社会里民家被官家害了，除却忍受，更无其他法子的惨痛教训。当老残说“我若有权，此人在必杀之例时”，老董亲切地关照他：“你老小点嗓子！你老在此地，随便说说还不要紧；若到城里，可别这们说了，要送性命的呢！”（第五回）马村集的店伙，也一再嘱咐老残：“明天倘若进城，千万说话小心！俺们这里人人都耽着三分惊险，大意一点儿，站笼就会飞到脖儿梗上来的。”（第六回）曹州府城里客店的店家看到老残在墙上题的诗，立即提醒老残：“这是你老写的吗？写的是啥？可别惹出乱子呀！这可不是顽儿的！”(第六回)

旧时在统治阶级眼里，从事车、船、店、脚、牙这五类行业的人，是最不守“王法”的“刁民”。在作者的笔下，他们却都是憨厚、善良和主动关心别人的。

再如东昌府的书店掌柜，虽然是个没有学识的县城小书商，可是他听店小二说曹州府来了差人，等着老残回去，就慌忙低声问老残，店里的行李值多少钱，此地有无可靠的朋友，并劝告老残舍了行李逃走，“还是性命要紧”。他和老残萍水相逢，毫无瓜葛，却主动关心老残的生命安全。

再次，作者从第十二回起以较多的笔墨，写了平原二十里铺的妓女翠花和翠环，特别是写了翠环。翠环就是由于庄宫保放宽河道、废民埝、守大堤所造成的无数灾民之一。在家破人亡的情况下，她以二十四吊钱的身价被卖到鸨儿手里。从她谈诗的一段话里（第十三回），可以看出这个被害的还不大认识世界的“良家子女”也是个老实的女孩子。她整天含着眼泪，忍辱偷生，只不过是为了养活自己六岁的小兄弟，保存“田家就这一线的根苗”。这是多么善良的女性！

至于翠花，年龄比翠环大一些，所经历的生活的酸辛更多一些，因此显得比翠环成熟得多。她经常帮助、指点翠环，随时提醒她应该做些什么和不应该做什么。所以作者在第十七回里把她概括地写作是个“有良心的”。后来翠环跟老残过河回省，她一早赶到黄河边上送行；老残救活十三条人命，从齐东村回到齐河县住的店里时，发现翠花和翠环睡在一起。这些都说明翠花也是个心地善良的女孩子。尽管作者在整个故事当中，在处理翠环、翠花这两个人物上有不少问题，但无疑是非常同情她们不幸的身世的。

此外，作者为了反衬玉贤的“伤天害理”、惨无人性，在第五回里，还作为正面人物，写了曹州府三班头儿陈仁美和稿案门上。作者从这一观点出发，甚至还从老董口里写了“移赃的强盗”对于家父子惨死的悔根：“我当初根他报案，毁了我两个弟兄，所以用个‘借刀杀人’的法子，让他家吃几个月官事，不怕不毁他一两千吊钱。谁知道就闹的这们利害，连伤了他四条人命！——委实我同他家也没有这大的仇隙。”（第五回）这不正说明玉贤连杀人越货的“强盗”也不如么？

总之，作者不仅熟悉当时社会上层的封建官僚，做了大量描述；对于社会下层，他也具有洞明的观察力和深厚的感情。因而对结构上虽是陪衬，出场也很短暂的许多善良朴实的社会下层人物，不管是艺人、妓女、店伙、衙役甚至强盗，只要有一点点善良的言行，作者也都给予肯定或称颂，说明这些小人物，比之玉贤、刚弼、庄宫保之流，要善良、高尚得多。当然，他们也都各有其二重性格：为了生活，他们不得不使用些处世的技巧和虚伪的应付。因为在当时封建社会制度和经济基础的桎梏下，他们也得生活下去。对于作者的这些描写，我们都应予以指出和肯定。

对于《老残游记》在叙景状物方面的艺术成就，早有定评。20 世纪 20 年代至 30 年代初中语文教科书和语文活页文选，就分别以《明湖居说书》《黄河上打冰》为题，选录了《老残游记》第二回和第十二回的部分内容。由于作者以实际生活和深入细致的观察为基础，所以不论是写景还是状物，都能给人以极其鲜明深刻的印象。

除上述过去已选为语文教材的两部分，还有一些比较出色的描写。比如第八回写申子平进桃花山的一段："子平进了山口，抬头看时，只见不远前面就是一片高山，像架屏风似的，迎面竖起，土石相间，树木丛杂。却当大雪之后，石是青的，雪是白的，树上枝条是黄的，又有许多松柏是绿的，一丛一丛，如画上点的苔一样。"

这段描写自然比不上写老残看过黄河上打冰之后，回到店里，吃过晚饭，又到堤上散步的那段描写："抬起头来，看那南面的山，一条雪白，映着月光分外好看。一层一层的山岭，却不大分辨得出，又有几片白云夹在里面，所以看不出是云是山。及至定神看去，方才看出那是云、那是山来。虽然云也是白的，山也是白的，云也有亮光，山也有亮光，只因为月在云上，云在月下，所以云的亮光是从背面透过来的。那山却不然，山上的亮光是由月光照到山上，被那山上的雪反射过来，所以光是两样子的。然只就稍近的地方如此，那山往东去，越望越远，渐渐的天也是白的，山也是白的，云也是白的，就分辨不出什么来了。"（第十二回）

作者在写白妞说书以后，在第十回里又写了玙姑和黄龙子弹奏琴瑟，以及玙姑和桑家姊妹、黄龙子等弹奏箜篌。

虽然不及白妞说书写得精彩，但也有一定的成功之处。如写四人弹奏箜篌一段，不仅写了箜篌、角、铃、啸声的合奏齐鸣，音响动人，而且写了弹奏时各种乐器先后配合的过程。作者之所以能做出这样层次分明的精彩描写，主要是由于他懂得乐器的性能，并能弹奏古琴①，因而在状写音乐方面能达到别人所不易达到的艺术高度。

《老残游记》状物的另一个成就，是对人物的心理描写。中国古典小说特点之一即直接通过人物的具体行动来表现人物的性格特征和内心活动，而不做大段的心理刻画。《老残游记》在这方面有其独特的创造，即较细致地状写人物的心理状态。例如翠环听老残写信给庄宫保，当天就来了回信，马上让魏谦父女取保回家之后的心理活动："却说翠环听了这话，不住的迷迷价笑，忽然又将柳眉双锁，默默无言。你道什么缘故？他因听见老残一封书去，抚台便这样的信从，若替他办那事，自不费吹灰之力，一定妥当的，所以就迷迷价笑。又想他们的权力，虽然够用，只不知昨晚所说的话，究竟是真是假；倘若随便说说就罢了的呢，这个机会错过，便终身无出头之望，所以双眉又锁起来了。又想到他妈今年年底，一定要转卖他，那蒯二秃子凶恶异常，早迟是个死，不觉脸上就泛了死灰的气色。

---

① 作者曾从劳泮韵、张瑞珊学弹《平沙落雁》《高山流水》等琴曲，并曾在北京板章胡同寓所花园中弹奏古琴。分别见蒋逸雪《刘铁云年谱》、刘大钧《〈老残游记〉作者刘铁云先生轶事》。

又想到自己好好一个良家女子，怎样流落得这等下贱形状，倒不如死了的干净，眉宇间又泛出一种英毅的气色来。又想到自己死了，原无不可，只是一个六岁的小兄弟有谁抚养，岂不也是饿死吗？他若饿死，不但父母无人祭供，并祖上的香烟，从此便绝。这们想去，是自己又死不得了。想来想去，活又活不成，死又死不得，不知不觉那泪珠子便扑簌簌的滚将下来，赶紧用手绢子去擦。”（第十七回）这种心理描写显然是受当时林纾译小说的影响。

此外，他还描写了赌场和赌棍（第十九回）的种种丑态，也是极其生动深刻的。

总之，《老残游记》对于景物的描写，在晚清小说中是比较出色的。现在有些六十岁以上的老人还能背得出第二回中对济南附近自然景物的描绘：“一路秋山红叶，老圃黄花，颇不寂寞。到了济南府，进得城来，家家泉水，户户垂杨，比那江南风景，觉得更为有趣。”很多没有到过济南的人都是通过《老残游记》才知道济南的千佛山、大明湖等处的优美风景，这都说明了作者在叙景状物方面的巨大成就和影响。

四

我们在肯定《老残游记》某些进步倾向和艺术成就的同时，还必须看到它蕴含的反动、错误的思想内容和其他糟粕等。

其中已为人指出并加以严峻批判的，是对义和团运动和资产阶级革命的反对和诬蔑。作者认为义和团运动和革命是“天降奇灾”；把义和团比作“疫鼠”“害马”，把革命辱骂为“瘈犬”和“毒龙”；认为“北拳南革”是“乱党”“恶人”，都是“阿修罗部下的妖魔鬼怪”等。此外，他还说：“北拳以有鬼神为作用，南革以无鬼神为作用。说有鬼神，就可以装妖作怪，鼓惑乡愚。”“若说无鬼神……一切违背天理的事都可以做得。”“那些南革的首领……只知有己，不知有人。”“一谈了革命，就可以不受天理国法人情的拘束，岂不大痛快呢？”“这种痛快，不有天灾，必有鬼祸，能得长久吗？”当时义和团运动虽已失败，但是旧民主主义革命早已开始，中国同盟会也已成立，在革命形势已经具备的情况下，作者还在恶毒攻击革命和从事革命活动的先驱者。因此，有人说《老残游记》是一部坏书，是一部反动的书。①

根据刘鹗所处的时代、他的阶级属性以及由此形成的世界观，他的这种反动思想表现是十分自然的。特别是像他这样出身的人，肯定会和当时一般资产阶级知识分子一样，对于轰轰烈烈的义和团运动感到恐惧和不安。《老残游记》里着重写了玉贤（毓贤）和刚弼（刚毅）两个酷吏，而义和团从山东进入直隶和北京时，正是打着已经成为山

① 张毕来《〈老残游记〉的反动性和胡适在〈老残游记〉评价中所表现的反动政治立场》，载《人民文学》1955年2月号。

东巡抚的毓贤的“毓”字大旗公开活动的；1900年，清政府又命载勋和刚毅统率义和团。[①] 这些事实虽然没有写进《老残游记》里去，但作为《老残游记》的作者，结合他庚子之役到北京前后的种种见闻，不可能对义和团运动抱有好感。

同时，由于刘氏之热心维护清王朝的封建统治，他不可能接触到真正的革命派。他所见到的可能就是那种不务实际、不负责任，以革命为口头禅，专门高谈阔论的人，因而他错误地认为革命党人都是“用几句文明的辞头骗几个钱用用”“只管自己敛钱，叫别人流血的”。而革命派活动的最终目的，却是要推翻他所依附的封建统治政权，这就不能不使他恶毒咒骂。当然，有时他也不满于清政府的统治，但他是出于恨铁不成钢的态度，并非怀疑清朝的政权和它的统治。他似乎也知道自己的这一立场会引起读者的不满，因此，和第一回假托梦境一样，他把第八回至第十一回的大段描述，托之于遇狐，企图冲淡书中的这些不经之谈。[②] 但是，不管

---

① 参见左步青、章鸣九《评戚本禹的〈爱国主义还是卖国主义?〉》，载《历史研究》1979年第12期。

② 据刘大绅《关于〈老残游记〉》“二、著作《老残游记》之源委”注七，谓第八回原目为“桃花山月下遇狐”，商务印书馆《绣像小说》发表时，为破除迷信，改“狐”为“虎”。刘厚泽谓，《老残游记》早期的各种版本均将《绣像小说》所改文字恢复原状，从未将“虎”复原为“狐”。刘大绅先生之说，只能存疑。见《老残游记资料》。但第九回中玙姑自称：“敝姓涂氏。家父在碧霞宫上值，五日一班。”这和《聊斋志异·青凤》里胡叟自称是“涂山氏”的苗裔一样；玙姑又说她父亲“上值”“退值”，制造不少神秘气氛。如果说是“遇狐”，似乎也说得通。

如何假托和冲淡，作者的这种立场显然是无法掩饰和改变的，因而必然会受到严肃的指摘和批判。

其次，作者在第七回、第八回中写了申子平“雪中访贤”，即请刘仁甫到城武县帮助申东造“为民除害”和“化盗为民”一段：以为刘仁甫精通武功，“江湖都是大有名的”，“若是此人来时，待以上宾之礼……不消十天半个月，各处大盗头目就全晓得了，立刻便要传出号令；某人立足之地，不许打搅的”。“至于小盗，他本无门径，随意乱做，就近处，自有人来暗中报信，失主尚未来县报案，他的手下人倒已先将盗犯获住了。若是稍远的地方做了案子，沿路也有他们的朋友，替他暗中捕下去，无论走到何处，俱捉得到的。”这里暴露了作者的另一种思想，即把稳定社会秩序和保护人民生命财产的幻想，寄托在擅长武功的江湖侠客身上。

所谓“侠客”，本来是旧社会人民面对黑暗的封建社会和自己所受的压迫与冤愤无处申诉时的一种幻想。他们幻想有见义勇为的侠客、英雄出来“除暴安良”，为人民抱不平和平冤愤。这当然是不现实的，但是客观上多少还有一定的反抗封建统治的意义。晚清时代的侠客却已成为清官手下的爪牙，共同维护封建秩序。这时侠客的所谓“除暴安良”，已从反抗封建统治变为巩固和稳定封建统治。老残推荐刘仁甫，正是为了让他帮助申东造更好地统治城武县人民，进而为清政府粉饰太平。老残还对申东造说："所以要十名小队子，其实，只要四五个应手的人已经足用了。那多余的五六个人，为的是本县轿子前头摆摆威风，或者接差送差、跑信等事用的。"这就说明侠客及其部下已成为为统治阶级服务的帮凶了。这也正是作者思想上不肯动摇当时封建制度的又一证明。他没有认识到大小强盗和所谓盗案迭出，都是官逼民反、封建制度下的产物。腐朽黑暗的封建制度和封建统治存在一天，根本就没有什么"化盗为民"的良策。

在《老残游记》的艺术表现方面，也存在着一些糟粕和问题。首先，作者以全书四分之一的篇幅，写了齐东村十三条人命的案件（第十五回至第二十回），其中除去赌场及破案经过的部分描写，大都没有现实基础，因而极不真实，特别是使十三条人命死而复活的情节，更是荒谬绝伦。因此有人怀疑这几回内容是别人伪托的。[①]

人死而复生，一般说来，只能是人的主观愿望，而绝非现实。即便真的能用药物医疗，使死人再活转来，也必须有一个先决条件，即尸体不坏。齐东村的命案发生于八月十四日，第二天经过相验之后，就已棺殓起来（第十五回）。到了官衙快要"封印"的时候，即当年十二月二十日前后，老残才找到"返魂香"到齐东村去救活那十三个人。中间已经过了四个月，居然"尸体未坏"，这已经很

---

① 刘大绅《关于〈老残游记〉》"二、著作《老残游记》之源委"注九："后半几全为描写齐东村一案，故颇有人疑后半为他人伪托，实则不然。"

不可能；而炙香救人，还分人“体质善恶”：“如质善的，一点便活；如质恶的，只好慢慢价熬，终久也是要活的”；不但分人善恶，甚至还分男女：“这香治男人，须女人炙；治女人，须男人炙”（第二十回）。这里的老残和第一回里出现的能使用千里镜、罗盘、纪限仪的老残，在性格上简直判如两人。这段描写十足表现了作者的封建落后和违反科学的唯心主义精神面貌，也是全书中最大的“败笔”。

在人物塑造方面，虽然作者创造了一些封建官僚和社会下层人物的生动形象，但也写了一些像玙姑、黄龙子等毫无现实基础、虚构假设的人物，因而性格上既不统一，也不真实。例如玙姑，一个十八九岁的女子居然畅谈三教异同和宋儒的自欺欺人，和她的年龄、身份极不相称。而她“端庄莹静”，具有“林下风范”，“举止大方”，彬彬有礼地接待客人；但在“领悟”到黄龙子说的上帝之外的“势力尊者”即儒家的“无极”时，竟然在客人面前“拍掌大笑”，显得极不协调。

在景物描写方面，比如对王小玉说书和大明湖风景的几处描写，我们虽已肯定他描写技巧的高超，但从全书来看，它们大都是孤立地存在，和全书的主要内容关系不大，没有成为整个故事有机的组成部分。

在语言上，大家已肯定了它明朗、生动、干净、流利的特点[1]，但也有些方言或不合口语的地方。例如："走从高大老爷房门口过"（第四回），"直没有屋子住"（第十二回），"然听说他武艺很高"（第二十回），等等。还有一些可能是排印上的错误。这都是应予以指出的。

① 见范文澜《中国近代史》上册、《中国小说史稿》。

凡　例

一、本书以《绣像小说》、天津《日日新闻》连载本为依据，并根据光绪三十三年（1907）上海神州日报馆排印本、1957年人民文学出版社排印本进行了校订。

二、旧本《老残游记》多附有作者自己写的第一回至第十七回的原评（第十回、第十二回除外），对读者了解本书内容颇有助益。现依据1962年魏绍昌编《老残游记资料》所收十五卷评语，分别补入各回。

三、本书标点，根据1957年人民文学出版社排印本做了进一步的订正。如第八回“子平便将奉家兄命特访刘仁甫的话说了一遍”，改为“子平便将‘奉家兄命特访刘仁甫’的话说了一遍”。又如第十回“既叫做‘此中人语’，必‘不能为外人道’可知矣”，改作“既叫做‘此中人语’，必不能‘为外人道’可知矣”。

四、本书注释，参照1957年人民文学出版社戴鸿森注，做了较多的补充和必要的订正；有的沿用戴注，根据需要增减了字句；卷首《自叙》，原无注释，现已注出。每回中注释，均采用了行文夹注的形式，以便于读者及时理解文意。

五、本书第一回作者以蓬莱阁上所见之帆船比喻旧中国；第九回七言绝句六首，作者把过去的史实写成未来的预言，故作神秘，隐晦难解。现分别参考吸收了刘大绅先生《关于〈老残游记〉》的有关部分，补入注释。

六、本书于《老残游记》二十回之外，另附录《老残游记》续集遗稿（九回）、《老残游记》外编卷一（残稿）、《老残游记》相关评论资料。因1935年上海良友图书公司出版《老残游记》二集时，续集遗稿只收入六回，今将后三回及外编卷一（残稿）一并收入，使读者得窥全豹。

七、本书《前言》，蒙刘蕙孙先生审阅，并赐予指正；又承李鲁人兄、王仲同志协助收集资料，谨致谢忱。

八、本书改用简体字横排，以便于广大读者阅读。

九、由于历史和阶级的局限性，作者对资产阶级革命和义和团运动持否定的态度。为了保持小说的原貌，不再对相关描述进行技术处理。

十、限于注者水平，错误必多，敬希读者不吝是正，为盼为幸。

目　录

自　叙

婴儿堕坠，落。堕，duò。地，其泣也呱呱；小儿哭声。呱呱，gūgū。及其老死，家人环绕，其哭也号啕。然则哭泣也者，固人之所以成始成终出自《易经·说卦》："艮，万物之所成终而成始也。"成，成就。始，人的初生。终，死亡的别称。也。其间人品之高下，以其哭泣之多寡为衡。衡量，这里指衡量的标准。盖哭泣者，灵性指人的精神、性情和情感。之现象也，有一分灵性即有一分哭泣，而际遇之顺逆不与无关。焉。

马与牛，终岁勤苦，食不过刍秣，草料。刍秣，chú mò。与鞭策相终始，自始至终和鞭子在一起，意思是一直在人的鞭打下生活。策，马鞭子。终始，即始终。可谓辛苦矣，然不知哭泣，灵性缺也。猿猴之为物，跳掷跳跃。掷，与跳同义。于深林，厌同"餍"，吃饱。饱乎梨栗，至逸乐最为快活。至，最。逸乐，安乐。也，而善啼；啼者，猿猴之哭泣也。故博物家知识渊博的人。云：猿猴，动物中性最近人者，以其有灵性也。古诗云："巴东三峡即瞿塘峡、巫峡、西陵峡。巫峡长，猿啼三声断人肠。"其感情为何如矣！它的感情是如何（丰富）！何如，怎样。

灵性生感情，感情生哭泣。哭泣计有两类：一为有力类，一为无力类。痴儿呆女，失果则啼，遗簪亦泣，此为无力类之哭泣。城崩杞妇指杞梁之妻。之哭，竹染湘妃即湘夫人，舜的妃子。

之泪，此有力类之哭泣也。有力类之哭泣又分两种：以哭泣为哭泣者，其力尚弱；不以哭泣为哭泣者，其力甚劲，强大。劲，jìng。其行乃弥远更为深远。弥，甚、更。也。

《离骚》为屈大夫屈原，曾为楚国三闾大夫。之哭泣，《庄子》为蒙叟庄周，战国宋人，曾为蒙漆园吏，自号蒙叟。之哭泣，《史记》为太史公西汉史学家司马迁。之哭泣，《草堂诗集》为杜工部唐代诗人杜甫。之哭泣。李后主南唐李煜，时称“南唐后主”，著名词人。以词哭，八大山人朱耷，明朝皇帝的宗室。明亡后为僧，号“八大山人”，长于书法，并善画山水、花鸟。以画哭。王实甫元代著名戏曲家，《西厢记》为其代表作。寄哭泣于《西厢》，曹雪芹寄哭泣于《红楼梦》。王之言曰：“别恨离愁，满肺腑难陶泄。也作‘陶泻’‘陶写’，发泄忧闷。陶，喜。泄，宣泄、舒散。除纸笔代喉舌，我千种想思向谁说？”曹之言曰：“满纸荒唐言，一把辛酸泪。都云作者痴，谁解其中意？”见《红楼梦》第一回。“谁解其中意”原作“谁解其中味”。名其茶曰“千芳一窟”，“千芳一窟”和下句“万艳同杯”均见《红楼梦》第五回。“千芳一窟”原作“千红一窟”。名其酒曰“万艳同杯”者：千芳一哭，万艳同悲也。

吾人生今之时，有身世人一生的遭遇。之感情，有家国之感情，有社会之感情，有种教人种和宗教。这里指的是黄种人和儒教。之感情。其感情愈深者，其哭泣愈痛：此鸿都百炼生所以有《老残游记》之作也。

棋局已残，棋盘。这里指下棋，比喻清朝的统治。吾人将老，欲不哭泣也得乎？吾知海内千芳，人间万艳，必有与吾同哭同悲者焉！

且不制
水歷年
成患

風能鼓浪到處可危

第一回
土不制水历年成患　风能鼓浪到处可危

话说山东登州府东门外有一座大山，名叫蓬莱山。山上有个阁子，名叫蓬莱阁。这阁造得画栋飞云，珠帘卷雨，语出初唐诗人王勃《滕王阁》诗“画栋朝飞南浦云，珠帘暮卷西山雨”。十分壮丽。西面看城中人户，烟雨万家；形容四周景色广阔模糊，像在烟雨中，看不清楚。东面看海上波涛，峥嵘本义形容山势高峻，这里形容波涛汹涌险恶。千里。所以城中人士往往于下午携尊同“樽”，古代的酒器。挈携带。挈，qiè。酒在阁中住宿，准备次日天未明时，看海中出日，习以为常。这且不表。

却说那年有个游客，名叫老残。此人原姓铁，单名一个英字，号补残；因慕懒残和尚煨芋的故事，传说唐朝李泌读书衡岳寺时，与高僧明瓒禅师经常来往。明瓒性懒，僧徒叫他“懒残”。一夜，李泌听见他宣诵佛号，断定他是仙人谪降，即将离世，遂于深夜前往访问。懒残知其来意，让李泌坐下，从火中取出烧熟的芋头给他吃，并对他说：“不要多咀！好好去做十年宰相。”后来李泌果然做了唐德宗的宰相。遂取这“残”字做号。大家因他为人颇不讨厌，契重即“器重”，尊重。他的意思，都叫他老残，不知不觉，这“老残”二字便成了个别号了。他年纪不过三十多岁，原是江南人氏。

当年也曾读过几句诗书，因八股文章做得不通，所以学也未曾进得一个，教书没人要他，学生意又嫌岁数大，不中用了。其先他的父亲原也是个三四品的官，因性情迂拙，不会要钱，所以做了二十年实缺，有实际地位和权势的官职。缺，职位。回家仍是卖了袍褂做的盘川。盘缠，旅费。你想，可有余资给他儿子应用呢？

这老残既无祖业可守，又无行当这里指职业。可做，自然“饥寒”二字渐渐的相逼来了。正在无可如何，可巧天不绝人，来了一个摇串铃一种中空的铁环，中间有滚珠，套在食指和中指上摇动发声。它是过去走江湖的医生行医时招徕人的工具。的道士，说是曾受异人传授，能治百病，街上人找他治病，百治百效。所以这老残就拜他为师，学了几个口诀，从此也就摇个串铃，替人治病糊口去了，奔走江湖近二十年。

这年刚刚走到山东古千乘汉代郡名，相当于现在山东省博兴县西北一带地方。地方，有个大户，姓黄，名叫瑞和，借指黄河。下文“浑身溃烂”，影射黄河决口。害了一个奇病：浑身溃烂，每年总要溃几个窟窿，今年治好这个，明年别处又溃几个窟窿，经历多年，没有人能治得。这病每发都在夏天，一过秋分，就不要紧了。

那年春天，刚刚老残走到此地，黄大户家管事的，问他可有法子治这个病。他说：“法子尽有，倒是有的。只是你们未必依我去做。今年权且略施小技，试试我的手段。若要此病永远不发，也没有什么难处，只须依着古人方法，那是百发百中的。别的病是神农、黄帝传下来的方法，只有此病是大禹传下来的方法。后来唐朝有个王景东汉人，以治水出名。书中说王景是唐朝人，可能有意讽刺当时山东负责治黄的人，竟不知道王景是哪个朝代的人。得了这个传授，以后就没有人知道此方法了。今日奇缘，在下到也懂得些个。”于是黄大户家遂留老残住下替他治病。却说真也奇怪，这年虽然小有溃烂，却是一个窟窿也没有出过。为此，黄大户家甚为喜欢。

看看秋分已过，病势今年是不要紧的了。大家因为黄大户不出窟窿，是十多年来没有的事，异常快活，就叫了个戏班子，唱了三天谢神的戏，又在西花厅上，搭了一座菊花假山，今日开筵，明朝设席，闹的十分畅快。

这日，老残吃过午饭，因多喝了两杯酒，觉得身子有些困倦，就跑到自己房里一张睡榻上躺下，歇息歇息。才闭了眼睛，看外边就走进两个人来：一个叫文章伯，一个叫德慧生。这两人本是老残的至友，一齐说道：“这们长天大日的，老残，你蹲家里做甚？”老残连忙起身让坐，说：“我因为这两天困于酒食，觉得怪腻的慌。”二人道：“我们现在要往登州府去，访蓬莱阁的胜景，因此特来约你。车子已替你雇了。你赶紧收拾行李，就此动身罢。”老残行李本不甚多，不过古书数卷，仪器这里指下文所说的罗盘等航海用具。几件，收检也极容易，顷刻之间便上了车。无非风餐露宿，意思是在风中吃饭，在露水底下过夜，形容旅途中的生活艰苦。不久便到了登州，就在蓬莱阁下觅了两间客房，大家住下，也就玩赏玩赏海市的虚情，蜃楼的幻相。

次日，老残向文、德二公旧时对人的敬称。说道：“人人都说日出好看，我们今夜何妨不睡，看一看日出，何如?”二人说道：“老兄有此清兴，弟等一定奉陪。”

秋天虽是昼夜停匀即“亭匀”，均匀、平均。这里指昼夜时间长短相等。时候，究竟日出日入，有蒙气传光，由于空中大气的折光作用，在日出之前和刚刚日落之时，地面上仍然明亮的现象。蒙气，大气。还觉得夜是短的。三人开了两瓶酒，取出携来的肴馔，酒菜和饭食。馔，zhuàn。一面吃酒，一面谈心，不知不觉，那东方已渐渐发大光明了。其实离日出尚远，这就是蒙气传光的道理。三人又略谈片刻。德慧生道：“此刻也差不多是时候了，我们何妨先到阁子上头去等呢?”文章伯说：“耳边风声甚急，上头窗子太敞，恐怕寒冷，比不得这屋子里暖和，须多穿两件衣服上去。”

各人照样办了，又都带了千里镜，望远镜。下文的“远镜”，与此同义。携了毯子，由后面扶梯曲折上去。到了阁子中间，靠窗一张桌子旁边坐下，朝东观看，只见海中白浪如山，一望无际，东北青烟数点，最近的是长山岛，再远便是大竹、大黑等岛了。那阁子旁边风声呼呼价呼呼地。价，副词语尾，相当于“地”。响，仿佛阁子都要摇动似的，天上云气一片一片价叠起。只见北边有一片大云，飞到中间，将原有的云压将下去，并将东边一片云挤的越过越紧，越紧越不能相让，情状甚为谲诡。奸诈。这里指变化多端。谲诡，juéguǐ。过了些时，也就变成一片红光了。

慧生道：“残兄，看此光景，今儿日出是看不着的了。”老残道：“天风海水，能移我情，即是即便是，纵然是。看不着日出，此行亦不为辜负。”章伯正在用远镜凝视，说道：“你们看！东边有一丝黑影随波出没，定是一只轮船由此经过。”于是大家皆拿出远镜对着观看。看了一刻，说道：“是的，是的。你看，有极细一丝黑线，在那天水交界的地方，那不就是船身吗？”大家看了一回，那轮船也就过去，看不见了。慧生还拿远镜左右观视。正在凝神，忽然大叫：“嗳呀，嗳呀！你瞧，那边一只帆船在那洪波巨浪之中，好不危险！”两人道：“在什么地方？”慧生道：“你望正东北瞧，那一片雪白浪花，不是长山岛吗？在长山岛的这边，渐渐来得近了。”两人用远镜一看，都道：“嗳呀，嗳呀！实在危险得极！幸而是向这边来，不过二三十里就可泊岸了。”

相隔不过一点钟之久，那船来得业已甚近。三人用远镜凝神细看，原来船身长有二十三四丈，这里的船，比喻在清政府统治下的旧中国。“二十三四丈”，比喻当时全国所设行省数目。原是只很大的船。船主坐在舵楼之上，楼下四人专管转舵的事。管舵的四人，比喻当时军机大臣的人数。前后六枝桅杆，挂着六扇旧帆；又有两枝新桅，挂着一扇簇新的帆，一扇半新不旧的帆，算来这船便有八枝桅“八枝桅”比喻当时全国各行省的总督人数。前文“新”“旧”比喻总督倾向于守旧或维新的政治面貌。了。船身吃载很重，由于船上装载的货物重，船身入水很深。吃，船身入水的深度。载，车船上所载的东西。想那舱里一定装的各项货物。船面上坐的人口，男男女女，不计其数，却无篷窗等件遮盖风日，——同那天津到北京火车的三等客位一样。——面上有北风吹着，身上有浪花溅着，又湿又寒，又饥又怕。看这船上的人都有民不聊生的气象。那八扇帆下，各有两人专管绳脚的事。船头及船帮上有许多的人，仿佛水手的打扮。

这船虽有二十三四丈长，却是破坏的地方不少：东边有一块，约有三丈长短，比喻东三省。已经破坏，浪花直灌进去；那旁，仍在东边，又有一块，约长一丈，比喻山东。水波亦渐渐浸入；其余的地方，无一处没有伤痕。那八个管帆的却是认真的在那里管，只是各人管各人的帆，仿佛在八只船上似的，彼此不相关照。那水手只管在那坐船的男男女女队里乱窜，比喻1898年资产阶级改良主义的戊戌变法运动。不知所做何事。用远镜仔细看去，方知道他在那里搜他们男男女女所带的干粮，并剥那些人身上穿的衣服。章伯看得亲切，真切、清楚。不禁狂叫道："这些该死的奴才！你看，这船眼睁睁就要沉覆，他们不知想法敷演义同'敷衍'，凑付。着早点泊岸，反在那里蹂躏好人，气死我了！"慧生道："章哥，不用着急。此船目下相距不过七八里路。等他泊岸的时候，我们上去劝劝他们便是。"

正在说话之间，忽见那船上杀了几个人，抛下海去，捩扭转。捩，liè。过舵来，又向东边去了。章伯气的两脚直跳，骂道："好好的一船人，无穷性命，无缘无故断送在这几个驾驶的人手里，岂不冤枉！"沉思了一下，又说道："好在我们山脚下有的是渔船，何不驾一只去，将那几个驾驶的人打死，换上几个？岂不救了一船人的性命？何等功德！何等痛快！"慧生道："这个办法虽然痛快，究竟未免卤莽，恐有未妥。请教残哥以为何如？"老残笑向章伯道："章哥此计甚妙，只是不知你带几营人去？"章伯愤道："残哥怎么也这们糊涂！此时人家正在性命交关，关系人的生命安危。不过一时救急，自然是我们三个人去。那里有几营人来给你带去！"老残道："既然如此，他们船上驾驶的不下头二百人，一二百人。我们三个人要去杀他，恐怕只会送死，不会成事罢。高明有见识的人，旧时当面对人的敬称，相当于现在的'您'。以为何如？"章伯一想，理路道理、路数。却也不错，便道："依你该怎么样？难道白白地看他们死吗？"老残道："依我看来，驾驶的人并未曾错，只因两个缘故，所以把这船就弄的狼狈不堪了。怎么两个缘故呢？一则他们是走'太平洋'的，只会过太平日子。若遇风平浪静的时候，他驾驶的情状亦有操纵自如掌握机器运转，熟练自然。之妙，不意今日遇见这大的风浪，所以都毛了手脚。慌了手脚。毛，惊慌。二则他们未曾预备方针。这里指指南针。平常晴天的时候，照着老法子去走，又有日月星辰可看，所以南北东西尚还不大很错。这就叫做'靠天吃饭'。那知遇了这阴天，日月星辰都被云气遮了，所以他们就没了依傍。依靠。心里不是不想望好处去做，只是不知东南西北，所以越走越错。为今之计，依章兄法子，驾只渔艇，追将上去，他的船重，我们的船轻，一定追得上的。到了之后，送他一个罗盘，他有了方向，便会走了。再将这有风浪与无风浪时驾驶不同之处告知船主，他们依了我们的话，岂不立刻就登彼岸了吗？”慧生道：“老残所说极是，我们就赶紧照样办去。不然，这一船人实在可危的极！”

说着，三人就下了阁子，分付从人看守行李物件。那三人却俱是空身，带了一个最准的向盘，一个纪限仪，又名“六分仪”，航海时用以测量太阳高度，确定船只航行方位的简便仪器。并几件行船要用的物件，下了山，——山脚下有个船坞，停泊船只的地方。都是渔船停泊之处。——选了一只轻快渔船，挂起帆来，一直追向前去。幸喜本日刮的是北风，所以向东向西都是旁风，使帆很便当的。

一霎时，离大船已经不远了，三人仍拿远镜不住细看。及至离大船十余丈时，连船上人说话都听得见了。谁知道除那管船的人搜括众人外，又有一种人在那里高谈阔论的演说。比喻当时的救国志士。只听他说道：“你们各人均是出了船钱坐船的，况且这船也就是你们祖遗的公司这里是‘公共’的意思。产业，现在已被这几个驾驶人弄的破坏不堪，你们全家老幼性命都在船上，难道都在这里等死不成？就不想个法儿挽回挽回吗？真真该死奴才！该死奴才！”众人被他骂的直口无言。闭口无言。内中便有数人出来说道："你这先生所说的都是我们肺腑中欲说说不出的话，今日被先生唤醒，我们实在惭愧、感激的很！只是请教有什么法子呢？"那人便道："你们知道现在是非钱不行的世界了。你们大家敛几个钱来，我们舍出自己的精神，拼着几个人流血，替你们挣个万世安稳自由的基业，根基、基础。你们看好不好呢？"众人一齐拍掌称快。

章伯远远听见，对二人说道："不想那船上竟有这等的英雄豪杰！早知如此，我们可以不必来了。"慧生道："姑且将我们的帆落几叶下来，不必追上那船，看他是如何的举动。倘真有点道理，我们便可回去了。"老残道："慧哥所说甚是。依愚见看来，这等人恐怕不是办事的人，只是用几句文明的辞头辞令、应酬别人的话语。骗几个钱用用罢了！"

当时三人便将帆叶落小，缓缓的尾尾随、跟随。大船之后。只见那船上人敛了许多钱，交给演说的人，看他如何动手。谁知那演说的人，敛了许多钱去，找了一块众人伤害不着的地方，立住了脚，便高声叫道："你们这些没血性刚强正直的性格。的人，凉血种类的畜生，即冷血动物，比喻没有感情、没有头脑的人。这是旧时骂人的话。还不赶紧去打那个掌舵的吗？"又叫道："你们还不去把这些管船的一个一个杀了吗？"那知就有那不懂事的少年，依着他去打掌舵的，也有去骂船主的，俱被那旁边人杀的杀了，抛弃下海的抛下海了。那个演说的人，又在高处大叫道："你们为什么没有团体？这里意思是没有组织或不团结。若是全船人一齐动手，还怕打不过他们么？”那船上人，就有老年晓事的人，也高声叫道：“诸位切不可乱动！倘若这样做去，胜负未分，船先覆了！万万没有这个办法！”

慧生听得此语，向章伯道：“原来这里的英雄，只管自己敛钱，叫别人流血的。”老残道：“幸而尚有几个老成持重做事老练稳重。的人，不然，这船覆的更快了。”说着，三人便将帆叶抽满，顷刻便与大船相近。篙工用篙子钩住大船，三人便跳将上去，走至舵楼底下，深深的唱了一个喏，作了一个揖。古人相见，一面作揖，一面出声致敬，叫作“唱喏”。喏，rě。便将自己的向盘及纪限仪等项取出呈上。舵工看见，倒也和气，便问：“此物怎样用法？有何益处？”

正在议论，那知那下等水手里面，忽然起了咆哮，本义是猛兽怒吼，这里比喻人发怒叫喊。说道：“船主！船主！千万不可为这人所惑！他们用的是外国向盘，一定是洋鬼子差遣来的汉奸！他们是天主教！他们将这只大船已经卖与洋鬼子了，所以才有这个向盘。请船主赶紧将这三人绑去杀了，以除后患。倘与他们多说几句话，再用了他的向盘，就算收了洋鬼子的定钱，他就要来拿我们的船了！”谁知这一阵嘈嚷，满船的人俱为之震动。就是那演说的英雄豪杰，也在那里喊道：“这是卖船的汉奸！快杀，快杀！”

船主舵工听了，俱犹疑不定。内中有一个舵工，是船主的叔叔，说道：“你们来意甚善，只是众怒难犯，赶快去罢!”三人垂泪，赶忙回了小船。那知大船上人，余怒未息，看三人上了小船，忙用被浪打碎了的断桩破板打下船去。你想，一只小小渔船，怎禁得几百个人用力乱砸?顷刻之间，将那渔船打得粉碎，看着沉下海中去了。未知三人性命如何，且听下回分解。

原评

白乐天云:“我是玉皇香案吏，谪居犹得住蓬莱。”此书由蓬莱阁起，可知本是仙吏谪落人间。

举世皆病，又举世皆睡。真正无下手处，摇串铃先醒其睡。无论何等病症，非先醒无治法。具菩萨婆心，得异人口诀，铃而曰串，则盼望同志相助，心苦情切。

“驾驶的人，并未曾错”二语，心平气和。以下两个病源，也说得至当不易。

“去找了一块众人伤害不着的地方立住了脚。”我想不是上海，便是日本。

“原来这里的英雄，只管自己敛钱，叫别人流血的。”为近日造时世的英雄写一小照:更唤醒许多痴汉，不必替人枉送头颅。

歷山下古帝遺踪

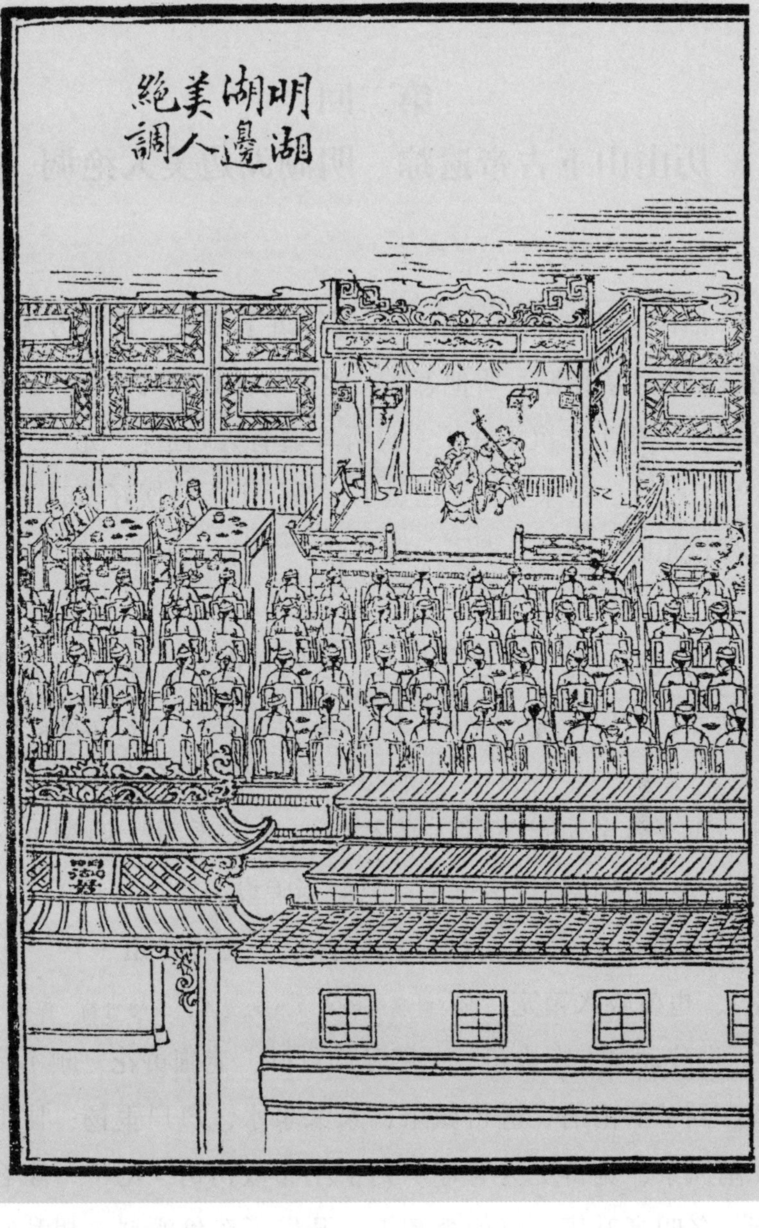
明湖湖邊美人絕調

第二回
历山山下古帝遗踪　明湖湖边美人绝调

话说老残在渔船上被众人砸得沉下海去，自知万无生理，只好闭着眼睛，听他怎样。觉得身体如落叶一般，飘飘荡荡，顷刻工夫沉了底了。只听耳边有人叫道：“先生，起来罢！先生，起来罢！天已黑了，饭厅上饭已摆好多时了。”老残慌忙睁开眼睛，楞了一楞，道：“呀！原来是一梦！”

自从那日起，又过了几天，老残向管事的道：“现在天气渐寒，贵居停在别人的仆人面前对其主人的尊称。居停，原意是寄居的地方，后指寄居之处的主人。的病也不会再发，明年如有委用之处，再来效劳。目下鄙人要往济南府去看看大明湖的风景。”管事的再三挽留不住，只好当晚设酒饯行，封了一千两银子奉给老残，算是医生的酬劳。老残略道一声“谢谢”，也就收入箱笼，出门时携带的盛衣物的器具，浅的叫箱，深的叫笼。告辞动身上车去了。一路秋山红叶，老圃黄花，颇不寂寞。到了济南府，进得城来，家家泉水，户户垂杨，比那江南风景，觉得更为有趣。到了小布政司街，觅了一家客店，名叫高升店，将行李卸下，开发了车价酒钱，胡乱吃点晚饭，也就睡了。

次日清晨起来，吃点儿点心，便摇着串铃满街趸了一趟，转了一趟。趸，来回地走。虚应一应故事。意思是，按照旧例，假意应付一回，走走形式。故事，旧例，这里指上街行医。午后便步行至鹊华桥边，雇了一只小船，荡起双桨。朝北不远，便到历下亭前。下船进去，入了大门，便是一个亭子，油漆已大半剥蚀。脱落。亭子上悬了一副对联，写的是“历下此亭古，济南名士多”，语见杜甫《陪李北海宴历下亭》诗。“历下”原作“海右”。上写着“杜工部句”，下写着“道州何绍基道州，今湖南道县。何绍基，字子贞，清代书法家，曾在济南泺源书院主讲。书”。亭子旁边虽有几间群房，正房以外建筑在一起的房屋。也没有什么意思。复行下船，向西荡去，不甚远，又到了铁公祠畔。你道铁公是谁？就是明初与燕王为难的那个铁铉。明朝邓（今河南邓州）人。明太祖死，燕王朱棣与建文帝朱允炆争夺帝位。铁铉效忠朱允炆，坚守济南。及燕王即帝位，铁铉兵败被杀。后人敬他的忠义，所以至今春秋时节，土人土著，当地人。尚不断的来此进香。

到了铁公祠前，朝南一望，只见对面千佛山上，梵宇僧楼，与那苍松翠柏，高下相间，红的火红，白的雪白，青的靛青，绿的碧绿，更有那一株半株的丹枫夹在里面，仿佛宋人赵千里赵伯驹，字千里，南宋杰出的画家，擅长青绿山水和花鸟、人物。的一幅大画，做了一架数十里长的屏风。放在室内挡风或隔断内外的用具。正在叹赏不绝，忽听一声渔唱。渔人唱的歌。低头看去，谁知那明湖业已澄净的同镜子一般。那千佛山的倒影映在湖里，显得明明白白。那楼台树木，格外光彩，觉得比上头的一个千佛山还要好看，还要清楚。这湖的南岸，上去便是街市，却有一层芦苇，密密遮住。现在正是着花开花。着，附着。的时候，一片白花映着带水气的斜阳，好似一条粉红绒毯，做了上下两个山的垫子，实在奇绝。

老残心里想道："如此佳景，为何没有什么游人？"看了一会儿，回转身来，看那大门里面楹柱上有副对联，写的是"四面荷花三面柳，一城山色半城湖"，暗暗点头道："真正不错！"进了大门，正面便是铁公享堂，享受祭祀的地方。朝东便是一个荷池。绕着曲折的回廊，到了荷池东面，就是个圆门。圆门东边有三间旧房，有个破匾，上题"古水仙祠"四个字。祠前一副破旧对联，写的是"一盏寒泉荐供献。秋菊，三更画船穿藕花"。过了水仙祠，仍旧上了船，荡到历下亭的后面。两边荷叶荷花将船夹住，那荷叶初枯，擦的船嗤嗤价响；那水鸟被人惊起，格格价飞；那已老的莲蓬，不断的绷突然钻进来。到船窗里面来。老残随手摘了几个莲蓬，一面吃着，一面船已到了鹊华桥畔了。

到了鹊华桥，才觉得人烟稠密，也有挑担子的，也有推小车子的，也有坐二人抬小蓝呢轿子用蓝色呢子做成轿围的轿子，清代规定四品以下官员乘坐。的。轿子后面，一个跟班的跟随官员出门的仆人。戴个红缨帽子，帽顶披着红缨的帽子，清代的一种礼帽。膀子底下夹个护书，清代官员出门，用以收放拜帖或名片的多层夹袋，多用皮子或漆布做成，可以折起，由随从的仆人拿着。拼命价奔，一面用手巾擦汗，一面低着头跑。街上五六岁的孩子不知避人，被那轿夫无意踢倒一个，他便哇哇的哭起。他的母亲赶忙跑来问："谁碰倒你的？谁碰倒你的？"那个孩子只是哇哇的哭，并不说话。问了半天，才带哭说了一句道："抬轿子的！"他母亲抬头看时，轿子早已跑的有二里多远了。那妇人牵了孩子，嘴里不住咭咭咕咕的骂着，就回去了。

老残从鹊华桥往南，缓缓向小布政司街走去，一抬头，见那墙上贴了一张黄纸，有一尺长，七八寸宽的光景，居中中间。写着"说鼓书"曲艺中"大鼓书"的省称，也叫"大鼓"。三个大字，旁边一行小字是"二十四日明湖居"。原址在现在大明湖正门（南门）以西。那纸还未十分干，心知是方才贴的，只不知道这是什么事情，别处也没有见过这样招子，广告。下文"招贴"义同。一路走着，一路盘算。只听得耳边有两个挑担子的说道："明儿白妞说书，我们可以不必做生意，来听书罢。"又走到街上，听铺子里柜台上有人说道："前次白妞说书是你告假的，明儿的书，应该我告假了。"一路行来，街谈巷议，大半都是这话，心里诧异道："白妞是何许人？说的是何等样书？为甚一纸招贴，便举国若狂如此？"信步漫无目的，任意走去。走来，不知不觉已到高升店口。

进得店去，茶房便来回道："客人，用什么夜膳？"老残一一说过，就顺便问道："你们此地说鼓书是个什么顽意儿？何以惊动这们许多的人？"茶房说："客人，你不知道。这说鼓书本是山东乡下的土调，用一面鼓，两片梨花简，也叫‘犁铧片’，一种打击乐器。名叫‘梨花大鼓’，演说说唱、演唱。些前人的故事，本也没甚稀奇。自从王家出了这个白妞黑妞姊妹两个，这白妞名字叫做王小玉，此人是天生的怪物！他十二三岁时就学会了这说书的本事。他却嫌这乡下的调儿没什么出奇，他就常到戏园里看戏，所有什么西皮、二黄、都是戏曲腔调。西皮来源于秦腔，二黄是由吹腔、高拨子等腔调演变而来，在京剧中两种腔调并用。梆子腔等唱，一听就会；什么余三胜、程长庚、张二奎都是清末著名京剧演员，号称京剧老生三杰。等人的调子，他一听也就会唱。仗着他的喉咙，要多高有多高；他的中气，丹田之气，这里指肺活量。要多长有多长。他又把那南方的什么昆腔、又叫‘昆山腔’‘昆曲’，元末明初流行于江苏昆山一带。小曲，种种的腔调，他都拿来装在这大鼓书的调儿里面。不过二三年工夫，创出这个调儿，竟至无论南北高下的人，听了他唱书，无不神魂颠倒。现在已有招子，明儿就唱。你不信，去听一听就知道了。只是要听还要早去，他虽是一点钟开唱，若到十点钟去，便没有坐位的。”老残听了，也不甚相信。

次日六点钟起，先到南门内看了舜井，相传为大舜所凿。又出南门，到历山即舜山，一名“舜耕山”，俗名“千佛山”，相传大舜曾在山下耕田。脚下，看看相传大舜昔日耕田的地方。及至回店，已有九点钟的光景，赶忙吃了饭，走到明湖居，才不过十点钟时候。那明湖居本是个大戏园子，戏台前有一百多张桌子。那知进了园门，园子里面已经坐的满满的了，只有中间七八张桌子还无人坐，桌子却都贴着“抚院巡抚。清代以巡抚为一省最高军政长官，地位仅次于总督，俗称‘抚台’，又称‘抚院’。定”“学院一称‘学政’，‘提督学政’的简称，俗称‘学台’。这里‘学院’指学台衙门。定”等类红纸条儿。老残看了半天，无处落脚，只好袖子里意思是不让别人看见，偷偷地从袖子里塞过去。送了看坐儿的二百个钱，才弄了一张短板凳，在人缝里坐下。看那戏台上，只摆了一张半桌，大小相当于方桌的一半，故称半桌，多用于旧式舞台。桌子上放了一面板鼓，鼓上放了两个铁片儿，心里知道这就是所谓梨花简了，旁边放了一个三弦子，半桌后面放了两张椅子，并无一个人在台上。偌大这样大。偌，如此。的个戏台，空空洞洞，别无他物，看了不觉有些好笑。园子里面，顶着篮子卖烧饼油条的有一二十个，都是为那不吃饭来的人买了充饥的。

到了十一点钟，只见门口轿子渐渐拥挤，许多官员都着了便衣，带着家人，陆续进来。不到十二点钟，前面几张空桌俱已满了，不断还有人来，看坐儿的也只是搬张短凳，在夹缝中安插。这一群人来了，彼此招呼，有打千儿也叫“请安”，是清朝晚辈见长辈或下级见上级通行的一种便礼。的，有作揖的，大半打千儿的多。高谈阔论，说笑自如。这十几张桌子外，看来都是做生意的人，又有些像是本地读书人的样子，大家都嘁嘁喳喳的在那里说闲话。因为人太多了，所以说的什么话都听不清楚，也不去管他。

到了十二点半钟，看那台上，从后台帘子里面，出来一个男人，穿了一件蓝布长衫，长长的脸儿，一脸疙瘩，仿佛风干福橘福建出产的橘子。皮似的，甚为丑陋。但觉得那人气味到还沉静，出得台来，并无一语，就往半桌后面左手一张椅子上坐下，慢慢的将三弦子取来，随便和了和弦，调了调弦。和，调。弹了一两个小调，人也不甚留神去听。后来弹了一枝大调，也不知道叫什么牌子；只是到后来，全用轮指，一手五个指头周而复始，轮流使用。这是弹奏乐器的一种指法。那抑扬顿挫，入耳动心，恍若有几十根弦，几百个指头，在那里弹似的。这时台下叫好的声音不绝于耳，却也压不下那弦子去。这曲弹罢，就歇了手，旁边有人送上茶来。

停了数分钟时，帘子里面出来一个姑娘，约有十六七岁，长长鸭蛋脸儿，梳了一个抓髻，旧时未婚女子的一种发型，先梳成发辫，而后盘在头顶上。戴了一副银耳环，穿了一件蓝布外褂儿，一条蓝布裤子，都是黑布镶滚在妇女衣服周围加边的一种缝纫方法。加宽边叫镶，窄边叫滚。的。虽是粗布衣裳，到十分洁净。来到半桌后面右手椅子上坐下。那弹弦子的便取了弦子，铮铮鏦鏦本义是金属撞击的声音，这里形容弦声。鏦鏦，cōngcōng。弹起。这姑娘便立起身来，左手取了梨花简，夹在指头缝里，便丁丁当当的敲，与那弦子声音相应；右手持了鼓捶子，凝神听那弦子的节奏。忽羯鼓乐器，形如腰鼓，两头都可敲击，用于打拍子。因从古代羯族传来，故称羯鼓。一声，歌喉遽发，字字清脆，声声宛转，如新莺出谷，乳燕归巢。每句七字，每段数十句，或缓或急，忽高忽低；其中转腔换调之处，百变不穷，觉一切歌曲腔调俱出其下，以为观止意思是到现在为止所看到的最好的东西。这是古代对事物高度赞美的说法。矣。

旁坐有两人，其一人低声问那人道："此想必是白妞了罢？"其一人道："不是。这人叫黑妞，是白妞的妹子。他的调门儿都是白妞教的，若比白妞，还不晓得差多远呢！他的好处人说得出，白妞的好处人说不出。他的好处人学的到，白妞的好处人学不到。你想，这几年来，好顽要的谁不学他们的调儿呢？就是窑子里的姑娘，也人人都学，只是顶多有一两句到黑妞的地步，若白妞的好处，从没有一个人能及他十分里的一分的。"说着的时候，黑妞早唱完，后面去了。这时满园子里的人，谈心的谈心，说笑的说笑。卖瓜子、落花生、山里红、山楂。核桃仁的，高声喊叫着卖，满园子里听来都是人声。

正在热闹哄哄的时节，只见那后台里，又出来了一位姑娘，年纪约十八九岁，装束与前一个毫无分别，瓜子脸儿，白净面皮，相貌不过中人以上之姿，只觉得秀而不媚，清而不寒，半低着头出来，立在半桌后面，把梨花简丁当了几声，煞是奇怪：只是两片顽铁，到他手里，便有了五音十二律五音，也叫"五声"，中国古代五声音阶中的宫、商、角、徵、羽。十二律，中国古代分一个八度音为十二个从低到高的半音的一种律制。这里指声调和谐动听。似的。又将鼓捶子轻轻的点了两下，方抬起头来，向台下一盼。那双眼睛，如秋水，如寒星，如宝珠，如白水银里头养着两丸黑水银，左右一顾一看，连那坐在远远墙角子里的人，都觉得王小玉看见我了；那坐得近的，更不必说。就这一眼，满园子里便鸦雀无声，比皇帝出来还要静悄得多呢，连一根针吊在地下都听得见响！

王小玉便启朱唇，发皓齿，洁白的牙齿。唱了几句书儿。声音初不甚大，只觉入耳有说不出来的妙境：五脏六腑里，像熨斗熨过，无一处不伏贴；三万六千个毛孔，像吃了人参果，神话传说中的仙果。相传人吃了可长生不老。无一个毛孔不畅快。唱了十数句之后，渐渐的越唱越高，忽然拔了一个尖儿，像一线钢丝抛入天际，不禁暗暗叫绝。那知他于那极高的地方，尚能回环转折；几啭声音转折。啭，zhuàn。之后，又高一层，接连有三四叠，节节高起。恍如由傲来峰在泰山西路长寿桥西北。西面，攀登泰山的景象：初看傲来峰削壁千仞，以为上与天通；及至翻到傲来峰顶，才见扇子崖在傲来峰下，因山势峻削，形状如扇，故名扇子崖。书中说在傲来峰上，有误。更在傲来峰上；及至翻到扇子崖，又见南天门又叫“三天门”，为从泰山南面到岱顶的必经之路。更在扇子崖上：愈翻愈险，愈险愈奇。

那王小玉唱到极高的三四叠后，陡然一落，又极力骋原意是奔跑，这里是发挥的意思。其千回百折的精神，如一条飞蛇在黄山三十六峰半中腰里盘旋穿插，顷刻之间，周匝围绕。数遍。从此以后，愈唱愈低，愈低愈细，那声音渐渐的就听不见了。满园子的人都屏气闭住气，不敢呼吸。屏，抑止。凝神，不敢少动。约有两三分钟之久，仿佛有一点声音从地底下发出。这一出之后，忽又扬起，像放那东洋烟火，东洋，指日本。

烟火，燃放时发出各色火花供人观赏的东西，类似于现在节日放的礼花。一个弹子上天，随化作千百道五色火光，纵横散乱。这一声飞起，即有无限声音俱来并发。那弹弦子的亦全用轮指，忽大忽小，同他那声音相和相合，有如花坞花园。坞，wù。春晓，好鸟乱鸣。耳朵忙不过来，不晓得听那一声的为是。正在撩乱也作“缭乱”，纷乱。之际，忽听霍然原意是鸟飞动的声音，这里指歌声和弦子的伴奏声。一声，人弦俱寂。这时台下叫好之声，轰然雷动。

停了一会，闹声稍定，只听那台下正座上，有一个少年人，不到三十岁光景，是湖南口音，说道：“当年读书，见古人形容歌声的好处，有那‘余音绕梁，三日不绝’意思是，歌手唱完以后，歌声仍然围绕梁栋，几天还没消失。形容歌声动人，印象深刻。的话，我总不懂。空中设想，余音怎样会得绕梁呢？又怎会三日不绝呢？及至听了小玉先生说书，才知古人措辞之妙。每次听他说书之后，总有好几天耳朵里无非都是他的书，无论做什么事，总不入神，反觉得‘三日不绝’，这‘三日’二字下得太少，还是孔子‘三月不知肉味’，形容音乐感人。语出《论语·述而》。‘三月’二字形容得透彻些！”旁边人都说道：“梦湘先生论得透辟极了！‘于我心有戚戚焉’！”意思是，在我心里发生同感。戚戚，心动。语出《孟子·梁惠王上》。

说着，那黑妞又上来说了一段，底下便又是白妞上场。这一段，闻旁边人说，叫做“黑驴段”。梨花大鼓中著名的唱段，全段每句最后一字都用儿化韵，听起来清脆利落。听了去，不过是一个士子见一个美人，骑了一个黑驴走过去的故事。将形容那美人，先形容那黑驴怎样怎样好法，待铺叙到美人的好处，不过数语，这段书也就完了。其音节全是快板，越说越快。白香山唐代杰出诗人白居易，晚年自号“香山居士”，人称“白香山”。诗云：“大珠小珠落玉盘。”形容声音的响亮清脆。诗出白居易《琵琶行》。可以尽之。其妙处，在说得极快的时候，听的人仿佛都赶不上听，他却字字清楚，无一字不送到人耳轮深处。这是他的独到，然比着前一段却未免逊了一筹了。

这时不过五点钟光景，算计王小玉应该还有一段。不知那一段又是怎样好法。究竟如何，且听下回分解。

原评

黄山谷诗云：“济南潇洒似江南。”据此看来，济南风景犹在江南之上。

作者云：明湖景致似一幅赵千里画。作者倒写得出，吾恐赵千里还画不出。

昔年曾游泰山，由泰安府出北门上山，过斗姥宫，览经石峪，历柏树洞，上一天门，看万松崖，迤逦而上，甚为平坦。比到南天门，十八盘，方觉斗峻。不知作者几时从西面上去，经得如许险境，为登泰山者闻所未闻，却又无一字虚假，出人意表。

王小玉说书，为声色绝调。百炼生著书，为文章绝调。

金線東来尋黑虎
茶

布帆西去訪蒼鷹

第三回
金线东来寻黑虎　布帆西去访苍鹰[①]

话说众人以为天时尚早，王小玉必还要唱一段，不知只是他妹子出来敷衍几句就收场了，当时一哄而散。

老残到了次日，想起一千两银子放在寓寓所、住处。中，总不放心，即到院前大街上找了一家汇票庄，也叫“钱庄”“钱号”“银号”，是过去私人经营的专门办理银行业务的商号。叫个日升昌字号，汇了八百两寄回江南徐州即今江苏镇江丹徒区。因在长江以南，又叫“南徐州”，以别于江北的“北徐州”（江苏徐州）。老家里去，自己却留了一百多两银子，本日在大街上买了一匹茧绸，又买了一件大呢马褂面子，拿回寓去，叫个成衣成衣工人，裁缝。做一身棉袍子马褂。因为已是九月底天气，虽十分和暖，倘然西北风一起，立刻便要穿棉了。分付成衣已毕，吃了午饭，步出西门，先到趵突泉上吃了一碗茶。

这趵突泉乃济南府七十二泉中的第一个泉，在大池之中，有四五亩地宽阔，两头均通溪河。指济南的护城河。池中

---

① 苍鹰：西汉酷吏郅都的绰号。郅都曾为济南太守，行法严酷，不避贵戚。后为窦太后所杀。这里借指书中的玉佐臣。

流水，汩汩水流声。有声。池子正中间有三股大泉，从池底冒出，翻上水面有二三尺高。据土人云：当年冒起有五六尺高，后来修池，不知怎样就矮下去了。这三股水，均比吊桶还粗。池子北面是个吕祖吕喦（一作“岩”），字洞宾，号纯阳子，为道教“八仙”之一，后人尊称为“吕祖”。殿，殿前搭着凉棚，摆设着四五张桌子、十几条板凳卖茶，以便游人歇息。

老残吃完茶，出了趵突泉后门，向东转了几个弯，寻着了金泉书院。指尚志书院。门上原有“金泉精舍”匾额，故书中名为金泉书院。现已划入济南趵突泉公园。进了二门，便是投辖井，西汉陈遵，字孟公，嗜酒好客，每大宴宾客，总要关闭宅门，并取客人车上的车辖投之井中，尽醉方休。后人因此名其为“投辖井”。相传即是陈遵留客之处。再望西去，过一重门，即是一个蝴蝶厅，宽阔有过道的厅房。因像蝴蝶宽大的双翅，故名。厅前厅后均是泉水围绕。厅后许多芭蕉，虽有几批残叶，尚是一碧无际。西北角上，芭蕉丛里，有个方池，不过二丈见方，就是金线泉了。金线乃四大名泉之二。你道四大名泉是那四个？就刚才说的趵突泉，此刻的金线泉，南门外的黑虎泉，抚台衙门里的珍珠泉：叫做“四大名泉”。

这金线泉相传水中有条金线。老残左右看了半天，不要说金线，连铁线也没有。后来幸而走过一个士子来，老残便作揖请教这“金线”二字有无着落。那士子便拉着老残踅到池子西面，弯了身体，侧着头，向水面上看，说道：“你看，那水面上有一条线，仿佛游丝蜘蛛等所吐在空中随风游荡的细丝。一样，在水面上摇动，看见了没有？”老残也侧了头照样看去。看了些时，说道：“看见了，看见了！这是什么缘故呢？”想了一想，道：“莫非底下是两股泉水，力量相敌，所以中间挤出这一线来？”那士子道：“这泉见于著录好几百年，难道这两股泉的力量，经历这久就没有个强弱吗？”老残道：“你看，这线常常左右摆动，这就是两边泉力不匀的道理了。”那士子到也点头会意。说完，彼此各散。

老残出了金泉书院，顺着西城南行，过了城角，仍是一条街市，一直向东。这南门城外好大一条城河。河里泉水湛清，看得河底明明白白。河里的水草都有一丈多长，被那河水流得摇摇摆摆，煞是好看。走着看着，见河岸南面，有几个大长方池子，许多妇女坐在池边石上捣衣。再过去，有一个大池，池南几间草房，走到面前，知是一个茶馆。进了茶馆，靠北窗坐下，就有一个茶房泡了一壶茶来。茶壶都是宜兴壶江苏宜兴所产的一种泥制茶壶。的样子，却是本地仿照烧的。

老残坐定，问茶房道：“听说你们这里有个黑虎泉，可知道在什么地方？”那茶房笑道：“先生，你伏到这窗台上朝外看，不就是黑虎泉吗？”老残果然望外一看，原来就在自己脚底下有一个石头雕的老虎头，约有二尺余长，倒有尺五六的宽径。宽度。从那老虎口中喷出一股泉来，力量很大，从池子这边直冲到池子那面，然后转到两边，流入城河去了。坐了片刻，看那夕阳有渐渐下山的意思，遂付了茶钱，缓步进南门，回寓。

到了次日，觉得游兴已足，就拿了串铃，到街上去混混。踅过抚台衙门，望西一条胡同口上，有所中等房子，朝南的大门，门旁贴了“高公馆”旧社会官僚富人的住宅。三个字。只见那公馆门口站了一个瘦长脸的人，穿了件棕紫熟罗一种轻软的丝织品。棉大袄，手里捧了一支洋白铜二马车水烟袋，烟袋和烟盒由铜底座连在一起的水烟袋。面带愁容。看见老残，唤道：“先生，先生！你会看喉咙吗？”老残答道：“懂得一点半点儿的。”那人便说：“请里面坐。”进了大门，望西一拐，便是三间客厅，铺设陈设、摆设。也还妥当。两边字画多半是时下名人的笔墨，只有中间挂着一幅中堂，只画了一个人，仿佛列子御风列子，列御寇，战国郑人，传说他能乘风飞行。御风，乘风。的形状，衣服冠带均被风吹起，笔力甚为遒劲，强健有力。上题“大风张风”字大风，上元（今江苏南京）人，明末画家。四字，也写得极好。

坐定，彼此问过名姓。原来这人系江苏人，号绍殷，充当抚院内文案旧时衙门中，在长官“内”签押房帮助拟稿、处理政务并出谋划策的机要幕宾；一般在“外”签押房办事的幕宾，则通称“文案”。差使。他说道：“有个小妾害了喉蛾，中医病名，也叫‘乳蛾’。发病部位在咽喉两侧喉核处，红肿如乳头，相对成蛾状。已经五天，今日滴水不能进了。请先生诊视，尚有救没有？”老残道：“须看了病，方好说话。”当时高公即叫家人：“到上房关照招呼、通知。一声，说有先生来看病。”随后就同着进了二门，即是三间上房。进得堂屋，正房的中间一间。有老妈子打起西房的门帘，说声：“请里面坐。”进去房门，贴西墙靠北一张大床，床上悬着印花夏布帐子，床面前靠西，放了一张半桌，床前两张杌凳。

高公让老残西面杌凳上坐下，帐子里伸出一只手来，老妈子拿了几本书垫在手下，诊了一只手，又换一只。老残道：“两手脉沉数而弦，指中医诊病的脉象。沉脉如绵裹砂，主病在里。数脉，主热病。弦脉，如按琴弦，主肝病或痛症。是火被寒逼住，不得出来，所以越过越重。请看一看喉咙。”高公便将帐子打起。看那妇人，约有二十岁光景，面上通红，人却甚为委顿憔悴、疲乏。的样子。高公将他轻轻扶起，对着窗户的亮光。

老残低头一看，两边肿的已将要合缝了，颜色淡红。看过，对高公道：“这病本不甚重，原起只是一点火气，被医家用苦寒药指中药中性寒味苦的药物。一逼，火不得发，兼之平常肝气易动，抑郁心情不舒畅。抑，压制。而成。目下只须吃两剂辛凉发散药指性凉味辛辣的发表药物。就好了。”又在自己药囊内取出一个药瓶、一支喉枪，中医治疗喉症的敷药用具。替他吹了些药上去。出到厅房，开了个药方，名叫“加味甘桔汤”。用的是生甘草、苦桔梗、牛蒡子、荆芥、防风、薄荷、辛夷、飞滑石八味药，鲜荷梗做的引子。方子开毕，送了过去。

高公道："高明得极。高明之至。高明，有见识。不知吃几帖？"老残道："今日吃两帖，剂、服。明日再来复诊。"高公又问："药金请教几何？"若干、多少。老残道："鄙人行道，'行其所学'的意思，这里指行医。没有一定的药金。果然医好了姨太太病，等我肚子饥时，赏碗饭吃，走不动时，给几个盘川，尽够的了。"高公道："既如此说，病好一总酬谢。尊寓在何处？以便倘有变动，着人来请。"老残道："在布政司街高升店。"说毕分手。

从此，天天来请。不过三四天，病势渐退，已经同常人一样。高公喜欢得无可如何，送了八两银子谢仪，谢礼。仪，礼物。还在北柱楼办了一席酒，邀请文案上同事作陪，也是个揄扬宣扬。揄，提起。的意思。谁知一个传十，十个传百，官幕两途官员和协助官员处理政务的幕宾两方面。幕，幕宾，幕友。拿轿子来接的渐渐有日不暇给意思是事情多，没有充分时间。这里指每天请看病的人多，应付不过来。之势。

那日，又在北柱楼吃饭，是个候补道候补道员。即已经有了道台的虚衔，等候实际官职的道员。请的。席上右边上首一个人说道："玉佐臣指毓贤。毓贤，字佐臣。八国联军入侵北京，被指为罪首，处死。要补补缺，指官职有了空缺，派去补充。曹州府了。"左边下首，紧靠老残的一个人道："他的班次补授实缺或提升官职时，根据各人出身、资历等条件所定的班辈和次序。很远，怎样会补缺呢？"右边人道："因为他办强盗办的好，不到一年竟有路不拾遗丢在路上的东西没有人拾。的景象，宫保即太子少保。因太子居住东宫，故称‘宫保’，这里指当时山东巡抚张曜。赏识非凡。前日有人对宫保说：‘曾走曹州府某乡庄过，亲眼见有个蓝布包袱弃在路旁，无人敢拾。某对自己名字的代称。就问土人：“这包袱是谁的？为何没人收起？”土人道：“昨儿夜里，不知何人放在这里的。”某问：“你们为什么不拾了回去？”都笑着摇摇头道：“俺还要一家子性命吗！”如此，可见路不拾遗，古人竟不是欺人，今日也竟做得到的！’宫保听着很是喜欢，所以打算专折明保专为某一事项或保荐某一人或几人禀奏给皇帝，叫作‘专折’。按正常保荐手续，通过吏部转军机处禀奏给皇帝，叫作‘明保’。他。”左边的人道：“佐臣人是能干的，只嫌太残忍些。未到一年，站笼又名‘立枷’，封建时代的残酷刑具。站死两千多人。难道没有冤枉吗？”旁边一人道：“冤枉一定是有的，自无庸议；当然不用再说。自，自然。无庸，也作‘毋庸’，无须。但不知有几成不冤枉的？”右边人道：“大凡酷吏的政治，外面都是好看的。诸君记得当年常剥皮做兖州府的时候，何尝不是这样？总做的人人侧目而视斜着眼睛看人。形容心里畏惧，不敢正面相视。就完了。”又一人道：“佐臣酷虐是诚然酷虐，然曹州府的民情也实在可恨。那年，兄弟署署理。旧时官员离职或出缺，由别人暂时代理，叫作‘署理’，以别于正式任命。曹州的时候，几乎无一天无盗案。养了二百名小队子，清代府县官吏临时招募来维持治安的兵丁。像那不捕鼠的猫一样，毫无用处。及至各县捕快清代州县官衙中专管缉捕盗贼的差役。快，取其行动快速的意思。捉来的强盗，不是老实乡民，就是被强盗胁裹胁，被人逼迫恐吓而不得不随同去做坏事。了去看守骡马的人。至于真强盗，一百个里也没有几个。现在被这玉佐臣雷厉风行像打雷一样猛烈，像刮风一样迅速。比喻执法迅速、认真。的一办，盗案竟自竟然、居然。没有了。相形之下，兄弟实在惭愧的很。”左边人道：“依兄弟愚见，还是不多杀人的为是。此人名震一时，恐将来果报因果报应，即善有善报，恶有恶报。也在不可思议之列。”说完，大家都道：“酒也够了，赐饭罢。”饭后各散。

过了一日，老残下午无事，正在寓中闲坐，忽见门口一乘蓝呢轿落下，进来一个人，口中喊道：“铁先生在家吗？”老残一看，原来就是高绍殷，赶忙迎出，说：“在家，在家。请房里坐。只是地方卑污，屈驾委屈大驾，旧时邀请别人的敬辞。的很。”绍殷一面道：“说那里的话！”一面就往里走。进得二门，是个朝东的两间厢房。房里靠南一张砖炕，炕上铺着被褥。北面一张方桌，两张椅子。西面两个小小竹箱。桌上放了几本书，一方小砚台，几枝笔，一个印色盒子。

老残让他上首坐了。他就随手揭过书来，细细一看，惊讶道：“这是部宋版张君房湖北安陆人，北宋小说家。刻本的《庄子》，从那里得来的？此书世上久不见了，季沧苇、字诜兮，号沧苇，江苏泰兴人。清初著名藏书家，著有《季沧苇藏书目》。黄丕烈字绍武，号荛圃，江苏吴县（今属江苏苏州）人，清代著名藏书家，据自己所藏珍本，辑刻为《士礼居丛书》。诸人俱未见过，要算希世之宝世间少有的珍宝。希，同‘稀’，少。呢!”老残道：“不过先人遗留下来的几本破书，卖又不值钱，随便带在行箧旅行携带的小箱子。箧，qiè。解解闷儿，当小说书看罢了，何足挂齿。”再望下翻，是一本苏东坡手写的陶诗，苏轼亲笔书写的陶渊明诗。就是毛子晋所仿刻的祖本。毛子晋模仿古书重刻时所依据的底本。毛晋，字子晋，江苏常熟人，明代藏书家。

绍殷再三赞叹不绝，随便问道：“先生本是科第世家，通过科举考试，世代做官的人家。科第，过去科举考试，分科录取，按成绩排列等第，故称‘科第’。为甚不在功名上讲求，却操此冷业？从事这种冷冷清清没有前途的职业。这里指行医看病。操，做。冷业，冷清不为人重视的行业。虽说富贵浮云，意思是把富贵看得像浮云那样飘忽不定，不值得重视。语见《论语·述而》。未免太高尚了罢。”老残叹道：“阁下以‘高尚’二字许我，实过奖了。鄙人并非无志功名：一则，性情过于疏放，不合时宜；二则，俗说‘攀得高，跌得重’，不想攀高是想跌轻些的意思。”绍殷道：“昨晚在里头指当时的抚台衙门。吃便饭，宫保谈起：‘幕府人才济济，意思是衙门里人才很多。幕府，这里指当时抚台衙门中协助处理政务的幕僚集团。凡有所闻的，无不罗致搜罗。于此了。’同坐姚云翁便道：‘目下就有一个人在此，宫保并未罗致。’宫保急问：‘是谁？’姚云翁就将阁下学问怎样，品行怎样，而又通达人情、熟谙世势怎样，说得宫保抓耳挠腮，十分欢喜。宫保就叫兄弟立刻写个内文案札子古代的公文名称。最初用于上奏，后来用于下级，成为委派差使的通知，上面载明职务、薪水等。送来。那是兄弟旧时对同辈人说话的谦称。答道：‘这样恐不妥当。

此人既非候补，又非投效，主动前来效力。这里指谋求官职。投，投靠。效，尽力，贡献力量。且还不知他有什么功名，札子不甚好下。’宫保说：‘那们就下个关书旧时聘请幕宾的文书、聘书。去请。’兄弟说：‘若要请他看病，那是一请就到的；若要招致招收。幕府，不知他愿意不愿意，须先问他一声才好。’宫保说：‘很好。你明天就去探探口气，你就同了他来见我一见。’为此，兄弟今日特来与阁下商议，可否今日同到里面见宫保一见？”老残道：“那也没有什么不可。只是见宫保须要冠带，头上戴冠，腰里束带。这里指穿着礼服。我却穿不惯，能便衣相见就好。”绍殷道：“自然便衣。稍停一刻，我们同去。你到我书房里坐等。宫保午后从里边下来，我们就在签押房清代官员批阅公文的屋子。里见了。”说着，又喊了一乘轿子。

老残穿着随身衣服，同高绍殷进了抚署。原来这山东抚署是明朝的齐王府，山东抚台衙门原为明朝的德王府。书中说是“齐王府”，有误。故许多地方仍用旧名。进了三堂，第三进院子中间的正房。就叫“宫门口”。旁边就是高绍殷的书房，对面便是宫保的签押房。

方到绍殷书房坐下，不到半时，只见宫保已从里面出来，身体甚是魁梧，相貌却还仁厚。高绍殷看见，立刻迎上前去，低低说了几句。只听庄宫保连声叫道：“请过来，请过来。”便有个差官跑来喊道：“宫保请铁老爷。”老残连忙走来，向庄宫保对面一站。庄云：“久慕得很。”用手一伸，腰一呵，即“呵腰”，也作“哈腰”，弯腰表示礼貌。说：“请里面坐。”差官早将软帘打起。

老残进了房门，深深作了一个揖。宫保让在红木炕上首坐下，绍殷对面相陪。另外搬了一张方机凳在两人中间，宫保坐了，便问道：“听说补残先生学问经济‘经世济民’的省略。旧时指管理国家、人民的政治能力。都出众的很。兄弟以不学之资，没有好学的天性。资，天资、天性。圣恩叫我做这封疆大吏，原指封疆之内统治一方的将帅。明清以来，总握一省军政大权的总督、巡抚等各省行政长官，也称‘封疆大吏’。别省不过尽心吏治旧时指地方官吏处理政务的成绩。就完了，本省更有这个河工，治河的工程，这里专指治理黄河。实在难办，所以兄弟没有别的法子，但凡闻有奇才异能之士，都想请来，也是集思广益的意思。倘有见到的所在，地方。能指教一二，那就受赐得多了。”老残道：“宫保的政声，处理政务方面的声誉。声，声望。有口皆碑，所有人的口都是歌功颂德的记功碑。比喻人人称颂。那是没有得说的了。只是河工一事，听得外边议论，皆是本贾让三策，贾让，西汉人，治河理论家。哀帝时，他根据实地视察的结果，应诏上治河的上、中、下三策。书中是说当时山东采用了贾让的上策。主不与河争地的？”宫保道：“原是呢。你看，河南的河面多宽，此地的河面多窄呢。”老残道：“不是这们说。河面窄，容不下，只是伏汛指黄河在三伏时期河水暴涨。伏，伏天，天气最热、雨量较多的时期。汛，汛期，河水定时性的上涨时期。几十天。其余的时候，水力甚软，沙所以易淤。要知贾让只是文章做得好，他也没有办过河工。贾让之后，不到一百年，就有个王景出来了。他治河的法子乃是从大禹一脉下来的，专主‘禹抑洪水’的‘抑’字，一心一意主张采用‘禹抑洪水’的‘抑’字的办法。与贾让之说正相反背。自他治过之后，一千多年没河患。明朝潘季驯，字时良，号印川，浙江乌程（今浙江湖州）人，明代水利家。本朝靳文襄，靳辅，字紫垣，清朝汉军镶黄旗人，著名治河专家，死后谥‘文襄’。皆略仿其意，遂享盛名。宫保想必也是知道的。”宫保道：“王景是用何法子呢？”老残道：“他是从‘播为九河，同为逆河’，意思是分为几个支流入海，所有支流都与海潮相通。播，传布、分散。九河，指很多河流。逆，迎，指与海潮相通。语见《尚书·禹贡》。‘播’‘同’两个字上悟出来的。《后汉书》上也只有‘十里立一水门，令更相回注’语见《后汉书·王景传》。两句话。至于其中曲折，亦非倾盖之间指仓促会见的短暂时间。倾盖，古人乘车相遇，双方停车晤谈，两车车盖往一起倾斜。所能尽的，容慢慢的做个说帖列举条陈或具体办法的意见书。呈出览了。”

庄宫保听了，甚为喜欢，向高绍殷道：“你叫他们赶紧把那南书房三间收拾，只便请铁先生就搬到衙门里来住罢，以便随时领教。”老残道：“宫保雅爱，甚为感激。只是目下有个亲戚在曹州府住，打算去探望一遭；并且风闻从传说中听到。玉守的政声，也要去参考参考，这里意思是考察、了解。究竟是个何等样人。等鄙人从曹州回来，再领宫保的教罢。”宫保神色甚为怏怏。不满意或失望的样子。说完，老残即告辞，同绍殷出了衙门，各自回去。未知老残究竟是到曹州与否，且听下回分解。

原评

第二卷前半，可当《大明湖记》读。此卷前半，可当《济南名泉记》读。

北柱楼一席话，各人俱有不满玉贤之意。只以“路不拾遗”四字美名，无人敢直发其奸。亦由省城距曹州较远，未能得其确耗。

济南抚署，相传为齐王府。署中有东朝房、西朝房、宫门口、东宫、西宫、五凤楼、五朝门等名目，至今仍旧。

庄勤果公延揽海内名士，有见善若不及之势。

宮保求賢
愛才若渴

太尊治盗疾恶如仇

第四回

宫保求贤爱才若渴　太尊[1]治盗疾恶如仇

话说老残从抚署出来，即将轿子辞去，步行在街上游玩了一会儿，又在古玩店里盘桓些时。傍晚回到店里，店里掌柜的连忙跑进屋来说声“恭喜”，老残茫然不知道是何事。

掌柜的道：“我适才听说院抚院，即抚台衙门。上高大老爷亲自来请你老，说是抚台要想见你老，因此一路进衙门的。你老真好造化！运气。上房一个李老爷，一个张老爷，都拿着京城里的信去见抚台，三次五次的见不着。偶然见着回把，一两回（次）的意思。把，放在量词后面表示约略估计。这就要闹脾气，骂人，动不动就要拿片子送人到县里去打。旧社会豪绅地主可以依靠权势，叫仆人拿自己的名片把老百姓送交县官处治。片子，指印有姓名、职衔的名片。像你老这样抚台央恳求。出文案老爷来请进去谈谈，这面子有多大！那怕不是立刻就有差使的吗？怎么样不给你老道喜呢！”老残道：“没有的事，你听他们胡说呢。高大老爷是我替他家医治好了病，我说，抚台衙门里有个珍珠泉，可能引我们去见识见识？所以昨日高大

---

① 太尊：旧时称知府为“太尊”。

老爷偶然得空，来约我看泉水的，那里有抚台来请我的话！”掌柜的道：“我知道的，你老别骗我。先前高大老爷在这里说话的时候，我听他管家说：抚台进去吃饭，从高大老爷房门口过，还嚷说：你赶紧吃过饭，就去约那个铁公来哪！去迟，恐怕他出门，今儿就见不着了。”老残笑道：“你别信他们胡诌，没有的事。”掌柜的道：“你老放心，我不问你借钱。”

只听外边大嚷：“掌柜的在那儿呢？”掌柜的慌忙跑出去。只见一个人，戴了亮蓝顶子，即蓝宝石做的顶子，三品衔所用。顶子，礼帽上的顶珠。拖着花翎，一种孔雀翎，清代皇帝赏给臣下插在礼帽上的装饰品。根据官品高低，有单眼、双眼、三眼等。穿了一双抓地虎靴子，即薄底快靴。一种薄底短腰，走路轻便的靴子。紫呢夹袍，天青哈喇当时从外国进口的一种呢料。马褂，一手提着灯笼，一手拿了个双红名帖，用双折大红纸写或印的大型名帖。旧时拜会人或联系事情时用的，上面有对受帖人的称呼、个人姓名，以示恭敬。嘴里喊：“掌柜的呢？”掌柜的说：“在这儿，在这儿！你老啥事？”那人道：“你这儿有位铁爷吗？”掌柜的道：“不错，不错，在这东厢房里住着呢。我引你去。”

两人走进来，掌柜指着老残道：“这就是铁爷。”那人赶了一步，进前请了一个安，举起手中帖子，口中说道：“宫保说，请铁老爷的安。今晚因学台请吃饭，没有能留铁老爷在衙门里吃饭，所以叫厨房里赶紧办了一桌酒席，叫立刻送过来。宫保说，不中吃，不好吃。这里是对人的谦辞。请铁老爷格外包涵些。”那人回头道：“把酒席抬上来。”那后边的两个人抬着一个三屉的长方抬盒，即三层屉子的长形食盒。屉，屉子，各层大小相等，可以整齐地摞起来的木制盛器。揭了盖子，头屉是碟子小碗，第二屉是燕窝鱼翅等类大碗，第三屉是一个烧小猪、一只鸭子，还有两碟点心。打开看过，那人就叫：“掌柜的呢？”这时，掌柜同茶房等人站在旁边，久已看呆了，听叫，忙应道：“啥事？”那人道：“你招呼着送到厨房里去。”老残忙道：“宫保这样费心，是不敢当的。”一面让那人房里去坐坐吃茶，那人再三不肯。老残固让，再三地让。固，坚决。那人才进房，在下首一个杌子上坐下；让他上炕，死也不肯。

老残拿茶壶，替他倒了碗茶。那人连忙立起，请了个安道谢，因说道：“听宫保分付，赶紧打扫南书房院子，请铁老爷明后天进去住呢。将来有什么差遣，只管到武巡捕房清代各省总督、巡抚、将军等官署中，设置文、武巡捕，为随从官。文巡捕负责传达命令，武巡捕负责警卫。呼唤一声，就过去伺候。”老残道：“岂敢，岂敢。”那人便站起来，又请了个安，说：“告辞，要回衙消差，也作‘销差’，交差。请赏个名片。”老残一面叫茶房来，给了挑盒子的四百钱，一面写了个领谢帖子，收下礼物，表示感谢的收条。送那人出去。那人再三固让，老残仍送出大门，看那人上马去了。

老残从门口回来，掌柜的笑迷迷的迎着说道：“你老还要骗我！这不是抚台大人送了酒席来了吗？刚才来的，我听说是武巡捕赫大老爷，他是个参将清代分驻各省的防军‘绿营’（汉军）的统兵官。这里指参将衔。呢。这二年里，住在俺店里的客，抚台也常有送酒席来的，都不过是寻常酒席，差个戈什‘戈什哈’的简称，满语‘护卫’的音译。清代督、巡、将军、都统等高级官员的侍从。来就算了。像这样尊重，俺这里是头一回呢。”老残道：“那也不必管他，寻常也好，异常也好，只是这桌菜怎样销法呢？”掌柜的道：“或者分送几个至好朋友，或者今晚赶写一个帖子，请几位体面客，这里指有地位、有身份的朋友。明儿带到大明湖上去吃。抚台送的，比金子买的还荣耀得多呢。”老残笑道：“既是比金子买的还要荣耀，可有人要买？我就卖他两把金子来，抵还你的房饭钱罢。”掌柜的道：“别忙，你老房饭钱，我很不怕，自有人来替你开发。你老不信，试试我的话，看灵不灵。”老残道：“管他怎么呢，只是今晚这桌菜，依我看，倒是转送了你去请客罢。我很不愿意吃他，怪烦的慌。”

二人讲了些时，仍是老残请客，就将这本店的住客都请到上房明间三间屋中间和外面直接相通的一间。里去。这上房住的，一个姓李，一个姓张，本是极倨傲的，今日见抚台如此契重，正在想法联络联络，以为托情谋保举地步。这里是步骤或准备的意思。却遇老残借他的外间请本店的人，自然是他二人上坐，喜欢的无可如何。所以这一席间，将个老残恭维得浑身难受，十分没法，也只好敷衍几句。好容易一席酒完，各自散去。

那知这张李二公，又亲自到厢房里来道谢，一替一句，一人一句，轮流发言。替，替换。又奉承了半日。姓李的道："老兄可以捐旧时地主富商捐献银两，换取官位，叫'捐'。个同知，官名，清代为知府的辅佐官。一府同知不止一人，分驻指定地点，分掌督粮、捕盗、海防、水利等事务。今年随折一个过班，在奏给皇帝的专折中随带提到其他事情，叫'随折'。由于保举或捐纳关系而提升官阶，叫作'过班'。明年春间大案，清代各省行政长官向中央政府同时列名保举一大批人，叫作'大案'。又是一个过班，秋天引见，清代规定较低级官员在上任以前，文官由吏部、武官由兵部派员带领晋见皇帝，或现任官员经上级保举去见皇帝都叫'引见'。就可得济东泰武临道。旧时山东省内所辖最大的一个道，下辖济南、东昌、泰安、武定四府和临清一个直隶州，驻在济南，称为'首道'。先署后补，先代理而后正式任命补缺。署，署理。是意中事。"姓张的道："李兄是天津的首富，如老兄可以照应照顾、帮助。他得两个保举，这捐官之费，李兄可以拿出奉借。借。奉，对人说话的敬辞。等老兄得了优差，再还不迟。"老残道："承两位过爱，过分喜爱，对人说话的谦辞。兄弟总算有造化的了，只是目下尚无出山比喻做官。之志，将来如要出山，再为奉恳。"两人又力劝了一回，各自回房安寝。

老残心里想道："本想再为盘桓两天，看这光景，恐无谓的纠缠，要越逼越紧了。'三十六计，走为上计。'"当夜遂写了一封书，托高绍殷代谢庄宫保的厚谊。天未明即将店账算清楚，雇了一辆二把手的小车，一种车前、车后各有两根把手，可以前拉后推的独轮车，比现在用的独轮小车稍大。就出城去了。出济南府西门，北行十八里，有个镇市，名叫雒口。

当初黄河未并大清河的时候，凡城里的七十二泉泉水，皆从此地入河，本是个极繁盛的所在。自从黄河并了，虽仍有货船来往，究竟不过十分之一二，差得远了。

老残到了雒口，雇了一只小船，讲明逆流溯流而上。逆，迎。送到曹州府属曹州府，治今山东菏泽。属，下属。董家口下船，先付了两吊旧时钱币单位。清代以一千个制钱为一吊，后来改用铜圆，以四十九或五十个为一吊。钱，船家买点柴米。却好本日是东南风，挂起帆来，呼呼的去了。走到太阳将要落山，已到了齐河县城，抛锚住下。第二日住了平阴，第三日住了寿张，第四日便到了董家口，仍在船上住了一夜。天明开发船钱，将行李搬在董家口一个店里住下。

这董家口本是曹州府到大名府治今河北大名。的一条大道，故很有几家车店。旧时长途旅行，一般乘坐用骡马拉的大车，接待客人和这种大车的客店，叫作车店。这家店就叫个董二房老店。掌柜的姓董，有六十多岁，人都叫他老董。只有一个伙计，名叫王三。

老残住在店内，本该雇车就往曹州府去，因想沿路打听那玉贤的政绩，故缓缓起行，以便察访。

这日有辰牌时候，辰时。古代分一昼夜为十二个时辰，辰时指上午七时至九时。店里住客，连那起身极迟的，也都走了。店伙打扫房屋，掌柜的账已写完，在门口闲坐。老残也在门口长凳上坐下，向老董说道：“听说你们这府里的大人，办盗案好的很，究竟是个什么情形？”那老董叹口气道：“玉大人官却是个清官，办案也实在麻力，敏捷、快。只是手太辣些。初起还办着几个强盗，后来强盗摸着他的脾气，这玉大人倒反做了强盗的兵器了。”

老残道：“这话怎么讲呢？”老董道：“在我们此地西南角上，有个村庄，叫于家屯。这于家屯也有二百多户人家。那庄上有个财主，叫于朝栋，生了两个儿子，一个女儿。二子都娶了媳妇，养了两个孙子。女儿也出了阁。这家人家，过的日子很为安逸。不料祸事临门，去年秋间，被强盗抢了一次。其实也不过去些衣服首饰，所值不过几百吊钱。这家就报了案，经这玉大人极力的严拿，居然也拿住了两个为从从犯，即随同主犯做坏事的人。的强盗伙计，追出来的赃物不过几件布衣服。那强盗头脑，头子、首领。早已不知跑到那里去了。

“谁知因这一拿，强盗结了冤仇。到了今年春天，那强盗竟在府城里面抢了一家子。玉大人雷厉风行的，几天也没有拿着一个人。过了几天，又抢了一家子。抢过之后，大明大白明目张胆，公开行动。的放火。你想，玉大人可能依呢？自然调起马队，追下来了。

“那强盗抢过之后，打着火把出城，手里拿着洋枪，谁敢上前拦阻。出了东门，望北走了十几里地，火把就灭了。玉大人调了马队，走到街上，地保、清朝和民国初年在地方上为官府办事的人，也叫‘地方’。更夫旧时把一夜分为五更，每更巡夜打梆子、敲锣报时的人叫‘更夫’。就将这情形详细禀报。当时放马追出了城，远远还看见强盗的火把，追了二三十里，看见前面又有火光，带着两三声枪响。玉大人听了，怎能不气呢？仗着胆子本来大，他手下又有二三十匹马，都带着洋枪，还怕什么呢，一直的追去，不是火光，便是枪声。到了天快明时，眼看离追上不远了，那时也到了这于家屯了。过了于家屯再往前追，枪也没有，火也没有。

“玉大人心里一想，说道：‘不必往前追，这强盗一定在这村庄上了。’当时勒回了马头，到了庄上，在大街当中有个关帝庙下了马，分付手下的马队，派了八个人，东南西北，一面两匹马把住，不许一个人出去，将地保、乡约旧时由全乡推举，经官府承认，在乡里中管事的人。等人叫起。这时天已大明了，这玉大人自己带着马队上的人，步行从南头到北头，挨家去搜。搜了半天，一些形迹没有。又从东望西搜去，刚刚搜到这于朝栋家，搜出三枝土枪，又有几把刀、十几根竿子。

“玉大人大怒，说强盗一定在他家了，坐在厅上，叫地保来问：‘这是什么人家？’地保回道：‘这家姓于。老头子叫于朝栋，有两个儿子：大儿子叫于学诗，二儿子叫于学礼，都是捐的监生。’明清时代‘国子监生员’的简称。原定成绩优等的生员或官员子弟才能入监读书，后来出钱捐纳也可取得监生资格，并不入监读书。玉大人立刻叫把这于家父子三个带上来。

“你想，一个乡下人，见了府里大人来了，又是盛怒之下，那有不怕的道理呢？上得厅房里，父子三个跪下，已经是飒飒原意形容风声，这里形容颤抖的样子。的抖，那里还能说话。

“玉大人说道：‘你好大胆！你把强盗藏到那里去了？’那老头子早已吓的说不出话来。还是他二儿子，在府城里读过两年书，见过点世面，胆子稍为壮些，跪着伸直了腰，朝上回道：‘监生家里向来是良民，从没有同强盗往来的，如何敢藏着强盗。’玉大人道：‘既没有勾通强盗，这军器从那里来的？’于学礼道：‘因去年被盗之后，庄上不断常有强盗来，所以买了几根竿子，叫田户、长工轮班来几个保家。因强盗都有洋枪，乡下洋枪没有买处，也不敢买，所以从他们打鸟儿的回回收，把用旧的东西收回使用，这里是买的意思。了两三枝土枪，夜里放两声，惊吓惊吓强盗的意思。’

“玉大人喝道：‘胡说！那有良民敢置军火的道理！你家一定是强盗！’回头叫了一声：‘来！’那手下人便齐声像打雷一样答应了一声：‘嗏！’答应的声音，表示‘是’。嗏，chā。玉大人说：‘你们把前后门都派人扎把守、看守。了，替我切实的搜！’这些马勇遂到他家，从上房里搜起，衣箱橱柜，全行抖擞翻腾。一个尽，稍为轻便值钱一点的首饰，就掖藏、塞。在腰里去了。搜了半天，倒也没有搜出什么犯法的东西。那知搜到后来，在西北角上，有两间堆破烂农器的一间屋子里，搜出了一个包袱，里头有七八件衣裳，有三四件还是旧绸子的。马兵拿到厅上，回说：‘在堆东西的

里房搜出这个包袱，不像是自己的衣服，请大人验看。’

“那玉大人看了，眉毛一皱，眼睛一凝，指集中目力。说道：‘这几件衣服，我记得仿佛是前天城里失盗那一家子的。姑且带回衙门去，照失单被盗、被劫损失财物的清单。查对。’就指着衣服向于家父子道：‘你说这衣服那里来的？’于家父子面面相窥，都回不出。还是于学礼说：‘这衣服实在不晓得那里来的。’玉大人就立起身来，分付：‘留下十二个马兵，同地保将于家父子带回城去听审！’说着就出去。跟从的人，拉过马来，骑上了马，带着余下的人先进城去。

“这里于家父子同他家里人抱头痛哭。这十二个马兵说：‘我们跑了一夜，肚子里很饿，你们赶紧给我们弄点吃的，赶紧走罢。大人的脾气谁不知道，越迟去越不得了。’地保也慌张的回去交代一声，收拾行李，叫于家预备了几辆车子，大家坐了进去。赶到二更多天，才进了城。

“这里于学礼的媳妇，是城里吴举人明清科举制度，每三年在各省举行一次考试（乡试），考中的称为‘举人’。的姑娘，想着他丈夫同他公公、大伯子都被捉去的，断不能松散，松懈。当时同他大嫂子商议，说：‘他们爷儿三个都被拘了去，城里不能没个人照料。我想，家里的事，大嫂子，你老照管着；我这里也赶忙追进城去，找俺爸爸想法子去。你看好不好？’他大嫂子说：‘很好，很好。我正想着城里不能没人照应。这些管庄子的都是乡下老儿，就差几个去，到得城里，也跟傻子一样，没有用处的。’说着，吴氏就收拾收拾，选了一挂双套飞车，两头牲口拉的快车。套，拴在牲口颈项上和身体两旁的缰绳。赶进城去。到了他父亲面前，嚎啕大哭。这时候不过一更多天，比他们父子三个，还早十几里地呢。

“吴氏一头哭着，一头把飞灾大祸告诉了他父亲。他父亲吴举人一听，浑身发抖，抖着说道：‘犯着这位丧门星，迷信说法，丧门星是值年的凶神，主掌死亡哭泣之事。这里指玉贤。事情可就大大的不妥了！我先去碰一碰看罢。’连忙穿了衣服，到府衙门求见。号房上去回过，说：‘大人说的，现在要办盗案，无论什么人，一应不见。’

“吴举人同里头刑名师爷清代州县衙门中专办司法、诉讼等事务的幕宾。他们自有传授，形成专业。师爷，旧时幕宾或幕友的俗称。素来相好，连忙进去见了师爷，把这种种冤枉说了一遍。师爷说：‘这案在别人手里，断然无事。但这位东家向来不照律例法律和案例。律，法律条文。例，是过去判定的案件，经皇帝批准颁布，有代表性的则例。官吏在不违反法律的原则下，可以参照已有的则例判案。办事的。如能交到兄弟书房里来，包你无事。恐怕不交下来，那就没法了。’

“吴举人接连作了几个揖，重托了出去。赶到东门口，等他亲家、女婿进来。不过一钟茶的时候，那马兵押着车子已到。吴举人抢到面前，见他三人面无人色。于朝栋看了看，只说了一句‘亲家救我’，那眼泪就同潮水一样的直流下来。

“吴举人方要开口，旁边的马兵嚷道：‘大人久已坐在堂上等着呢！已经四五拨子四五起儿。马来催过了，赶快走罢！’车子也并不敢停留。吴举人便跟着车子走着，说道：‘亲家宽心！汤里火里，我但有法子，必去就是了。’说着，已到衙门口。只见衙里许多公人出来催道：‘赶紧带上堂去罢！’当时来了几个差人，用铁链子将于家父子锁好，带上去。方跪下，玉大人拿了失单交下来，说：‘你们还有得说的吗？’于家父子方说得一声‘冤枉’，只听堂上惊堂即惊堂木。旧时官吏审讯案件时用的小硬木块，用来拍案吓唬受审的人，形如现在评书艺人为引起听众注意，拍桌子用的‘醒木’。一拍，大嚷道：‘人赃现获，还喊冤枉！把他站指旧时把犯人关进“站笼”。起来！去！’左右差人连拖带拽，拉下去了。”未知后事如何，且听下回分解。

原评

庄勤果公抚东时，内文案一百三十余人，随工差遣者三百余人，有战国四公子之风。然而鸡鸣狗盗间出其间，国士羞之。

玉贤抚山西，其虐待教士，并令兵丁强奸女教士，种种恶状，人多知之。至其守曹州，大得贤声，当时所为，人多不知，幸赖此书传出，将来可资正史采用，小说云乎者。

烈婦有心殉節

鄉人無意逢殃

第五回
烈妇有心殉节　乡人无意逢殃

话说老董说到此处，老残问道："那不仍就把这人家爷儿三个都站死了吗?"老董道："可不是呢！那吴举人到府衙门请见的时候，他女儿——于学礼的媳妇——也跟到衙门口，借了延生堂生药铺里坐下，打听消息。听说府里大人不见他父亲，已到衙门里头求师爷去了，吴氏便知事体不好，立刻叫人把三班清代州县官衙有皂、壮、快三班，负责看守牢狱、站堂行刑和警卫捕盗等职务，由差役充当。头儿请来。

"那头儿姓陈，名仁美，是曹州府著名的能吏。吴氏将他请来，把被屈的情形告诉了一遍，央他从中设法。陈仁美听了，把头连摇几摇，说：'这是强盗报仇，做的圈套。你们家又有上夜的，又有保家的，指旧时为地主护院保镖的人。怎么就让强盗把赃物送到家中屋子里还不知道？也算得个特等马糊了！'吴氏就从手上抹摘下。抹，mā。下一副金镯子，递给陈头，说：'无论怎样，总要头儿费心！但能救得三人性命，无论花多少钱都愿意！不怕将田地房产卖尽，咱一家子要饭吃去都使得！'

"陈头儿道：'我去替少奶奶设法，做得成也别欢喜，做不成也别埋怨，俺有多少力量用多少力量就是了。这早晚，时候。他爷儿三个恐怕要到了，大人已是坐在堂上等着呢。我赶快替少奶奶打点指旧时送人财物，请求照顾。去。’说罢告辞。回到班房，把金镯子望堂中桌上一搁，开口道：‘诸位兄弟叔伯们，今儿于家这案明是冤枉，诸位有什么法子，大家帮凑一起帮着。想想。如能救得他们三人性命，一则是件好事，二则大家也可沾润分润，分得好处。几两银子。谁能想出妙计，这副镯就是谁的。’大家答道：‘那有一准一定。的法子呢！只好相机行事，看机会办事。相，察看。做到那里说那里话罢。’说过，各人先去通知已站在堂上的伙计们留神方便。注意机会。方便，机会。

“这时于家父子三个已到堂上。玉大人叫把他们站起来。就有几个差人横拖倒拽，将他三人拉下堂去。这边值日头儿就走到公案面前，跪了一条腿，回道：‘禀大人的话：今日站笼没有空子，请大人示下。’那玉大人一听，怒道：‘胡说！我这两天记得没有站什么人，怎会没有空子呢？’值日差回道：‘只有十二架站笼，三天已满。请大人查簿子看。’

“大人一查簿子，用手在簿子上点着说：‘一，二，三：昨儿是三个。一，二，三，四，五：前儿是五个。一，二，三，四：大前儿是四个。没有空，到也不错的。’差人又回道：‘今儿可否将他们先行收监？押进狱里。监，狱。明天定有几个死的，等站笼出了缺，将他们补上，好不好？请

大人示下。’

“玉大人凝了一凝神，说道：‘我最恨这些东西！若要将他们收监，岂不是又被他多活了一天去了吗？断乎断然、绝对。不行！你们去把大前天站的四个放下，拉来我看。’差人去将那四人放下，拉上堂去。大人亲自下案，用手摸着四人鼻子，说道：‘是还有点游气。’人死之前，虚弱游散的呼吸。复行坐上堂去，说：‘每人打二千板子，看他死不死！’那知每人不消得不需要、用不到。几十板子，那四个人就都死了。

“众人没法，只好将于家父子站起，却在脚下选了三块厚砖，让他可以三四天不死，赶忙想法。谁知什么法子都想到，仍是不济。不济事、不顶用。济，成功。

“这吴氏真是好个贤惠妇人！他天天到站笼前来灌点参汤，灌了回去就哭，哭了就去求人，响头磕头碰地，发出响声，这是旧时的最敬礼。不知磕了几千，总没有人挽回得动这玉大人的牛性。于朝栋究竟上了几岁年纪，第三天就死了。于学诗到第四天也就差不多了。吴氏将于朝栋尸首领回，亲视含殓，亲眼看着把死人装殓起来。含，古代人死后，根据生前不同的身份，把珠、玉、米、贝等放在死人口中。殓，以尸入棺。换了孝服，将他大伯、丈夫后事嘱托了他父亲，自己跪到府衙门口，对着于学礼哭了个死去活来。末后向他丈夫说道：‘你慢慢的走，我替你先到地下收拾房子去！’说罢，袖中掏出一把飞利的小刀，向脖子上只一抹，就没有了气了。

“这里三班头脑陈仁美看见，说：‘诸位，这吴少奶奶的节烈，坚持正义，不受屈辱而牺牲性命。可以请得旌表统治者立牌坊或挂匾表扬守封建礼教的人。旌，表扬。的。我看，倘若这时把于学礼放下来，还可以活。我们不如借这个题目上去替他求一求罢。’众人都说：‘有理。’陈头立刻进去找了稿案门上，也叫‘稿案’，衙门中管理案件的差役。因差役在门口听候差遣，故称‘门上’。把那吴氏怎样节烈说了一遍，又说：‘民间老百姓，这里是差役们假托的说法。的意思说：这节妇为夫自尽，情实可悯，可否求大人将他丈夫放下，以慰烈妇幽魂？’稿案说：‘这话很有理，我就替你回旧时下级报告上级，叫“回”。去。’抓了一顶大帽子戴上，走到签押房，见了大人，把吴氏怎样节烈，众人怎样乞恩，说了一遍。

“玉大人笑道：‘你们到好，忽然的慈悲起来了！你会慈悲于学礼，你就不会慈悲你主人吗？这人无论冤枉不冤枉，若放下他，一定不能甘心，将来连我前程都保不住。俗语说的好，“斩草要除根”，就是这个道理。况这吴氏尤其可恨，他一肚子觉得我冤枉了他一家子。若不是个女人，他虽死了，我还要打他二千板子出出气呢！你传话出去：谁要再来替于家求情，就是得贿的凭据，不用上来回，就把这求情的人也用站笼站起来就完了！’稿案下来，一五一十将话告知了陈仁美。大家叹口气就散了。

“那里吴家业已备了棺木前来收殓。到晚，于学诗、于学礼先后死了。一家四口棺木，都停在西门外观音寺里，我春间进城还去看了看呢。”

老残道：“于家后来怎么样呢，就不想报仇吗？”老董说道：“那有什么法子呢！民家被官家害了，除却忍受，更有什么法子？倘若是上控，上诉。控，告。照例仍旧发回来审问，再落在他手里，还不是又饶在买的东西以外，再有加添，叫“饶”。这里是多死一个人的意思。上一个吗？

“那于朝栋的女婿到是一个秀才。四个人死后，于学诗的媳妇也到城里去了一趟，商议着要上控。就有那老年见过世面阅历多，经过大事。世面，社会上的情形。的人说：‘不妥，不妥！你想叫谁去呢？外人去，叫做“事不干己”，事情和自己没有关系。干，牵连。先有个多事的罪名。若说叫于大奶奶去罢，两个孙子还小，家里偌大的事业，全靠他一人支撑呢，他再有个长短，这家业怕不是众亲族一分，这两个小孩子谁来抚养？反把于家香烟绝了。’断了后代。香烟，旧时子孙对祖先要烧香祭祀，因用以指传宗接代。又有人说：‘大奶奶是去不得的，倘若是姑老爷即姑爷，旧时对别人女婿的敬称。这里指于朝栋的秀才女婿。去走一趟，到没有什么不可。’他姑老爷说：‘我去是很可以去，只是与正事无济，对正事没有帮助。济，助、益。反叫站笼里多添个屈死鬼。你想，抚台一定发回原官审问；纵然派个委员前来会审，官官相护，他又拿着人家失单衣服来顶我们。我们不过说：“那是强盗的移赃。”把赃物移到别处去，这里意即“栽赃”。他们问：“你瞧见强盗移的吗？你有什么凭据？”那时自然说不出来。他是官，我们是民；他是有失单为凭的，我们是凭空里没有证据的。你说，这官事官司。打得赢打不赢呢？'众人想想也是真没有法子，只好罢了。

“后来听得他们说：那移赃的强盗，听见这样，都后悔的了不得，说：‘我当初恨他报案，毁毁坏、糟蹋。了我两个弟兄，所以用个“借刀杀人”的法子，让他家吃几个月官事，不怕不毁他一两千吊钱。谁知道就闹的这们利害，连伤了他四条人命！——委实确实、实在。我同他家也没有这大的仇隙。’”仇恨。隙，嫌隙，感情上的裂痕。

老董说罢，复道：“你老想想，这不是给强盗做兵器吗？”老残道：“这强盗所说的话又是谁听见的呢？”老董道：“那是陈仁美他们碰了顶子应作‘钉子’。下来，看这于家死的实在可惨，又平白无缘无故。的受了人家一副金镯子，心里也有点过不去，所以大家动了公愤，齐心齐意要破这一案。又加着那邻近地方，有些江湖上的英雄，也恨这伙强盗做的太毒，所以不到一个月，就捉住了五六个人。有三四个牵连着别的案情的，都站死了；有两三个专只犯于家移赃这一案的，被玉大人都放了。”

老残说：“玉贤这个酷吏，实在令人可恨！他除了这一案不算，别的案子办的怎么样呢？”老董说：“多着呢，等我慢慢的说给你老听。就咱这个本庄，就有一案，也是冤枉，不过条把人命就不算事了。我说给你老听……”

正要往下说时，只听他伙计王三喊道：“掌柜的，你怎么着了？大家等你挖面做饭吃呢！你老的话‘布口袋破了口儿’，说不完了！”老董听着就站起，走往后边挖面做饭。接连又来了几辆小车，渐渐的打尖旅途中休息吃饭。的客陆续都到店里，老董前后招呼，不暇来说闲话。

过了一刻，过了一会儿。刻，短暂的时间。吃过了饭，老董在各处算饭钱，招呼生意，正忙得有劲，老残无事，便向街头闲逛。出门望东走了二三十步，有家小店，卖油盐杂货。老残进去买了两包兰花潮烟，广东潮州出产的一种拌有香料的高级水烟。顺便坐下，看柜台里边的人，约有五十多岁光景，就问他：“贵姓？”那人道：“姓王，就是本地人氏。你老贵姓？”老残道：“姓铁，江南人氏。”那人道：“江南真好地方！‘上有天堂，下有苏杭’，不像我们这地狱世界。”老残道：“此地有山有水，也种稻，也种麦，与江南何异？”那人叹口气道：“一言难尽。”就不往下说了。

老残道：“你们这玉大人好吗？”那人道：“是个清官！是个好官！衙门口有十二架站笼，天天不得空，难得有天把空得一个两个的。”说话的时候，后面走出一个中年妇人，在山架把几层木板镶嵌在墙里用来搁放东西的架子。上检寻物件，手里拿着一个粗碗；看柜台外边有人，他看了一眼，仍找物件。

老残道：“那有这们些强盗呢？”那人道：“谁知道呢！”老残道：“恐怕总是冤枉得多罢？”那人道：“不冤

枉！不冤枉！”老残道：“听说他随便见着什么人，只要不顺他的眼，他就把他用站笼站死；或者说话说的不得法，犯到他手里，也是一个死。有这话吗？”那人说：“没有！没有！”

只是觉得那人一面答话，那脸就渐渐发青，眼眶子就渐渐发红。听到“或者说话说的不得法”这两句的时候，那人眼里已经阁了许多泪，未曾坠下。那找寻物件的妇人，朝外一看，却止不住泪珠直滚下来，也不找寻物件，一手拿着碗，一手用袖子掩了眼睛，跑往后面去，才走到院子里，就魗魗原意是鬼怪声，这里形容哭声。魗魗，rúrú。的哭起来了。

老残颇想再望下问，因那人颜色过于凄惨，知道必有一番负屈含冤的苦，不敢说出来的光景，也只好搭讪不好意思的样子。着去了。走回店去就到本房坐了一刻，看了两页书，见老董事也忙完，就缓缓的走出，找着老董闲话，便将刚才小杂货店里所见光景告诉老董，问他是什么缘故。

老董说：“这人姓王，只有夫妻两个，三十岁上成家。他女人小他头十岁约计十岁。头，表示约数，兼表数目不大。呢。成家后，只生了一个儿子，今年已经二十一岁了。这家店里的货，粗笨的，本庄有集的时候买进；那细巧一点子的，都是他这儿子到府城里去贩买。春间，他儿子在府城里，不知怎样，多吃了两杯酒，在人家店门口，就把这玉大人怎样糊涂，怎样好冤枉人，随口瞎说。被玉大人心腹私访暗中察访。的人听见，就把他抓进衙门。大人坐堂，只骂了一句，说：‘你这东西谣言惑众，还了得吗！’站起站笼，不到两天就站死了。你老才见的那中年妇人就是这王姓的妻子，他也四十岁外了。夫妻两个只有此子，另外更无别人。你提起玉大人，叫他怎样不伤心呢？”

老残说：“这个玉贤真正是死有余辜的人，怎样省城官声做官的名声。好到那步田地？煞是怪事！我若有权，此人在必杀之例。”老董说：“你老小点嗓子！你老在此地，随便说说还不要紧；若到城里，可别这们说了，要送性命的呢！”老残道：“承关照，我留心就是了。”当日吃过晚饭，安歇。第二天，辞了老董，上车动身。

到晚，住了马村集。这集比董家口略小些，离曹州府城只有四五十里远近。老残在街上看了，只有三家车店，两家已经住满，只有一家未有人住，大门却是掩着。老残推门进去，找不着人。半天，才有一个人出来说：“我家这两天不住客人。”问他什么缘故，却也不说。欲往别家，已无隙地，不得已，同他再三商议。那人才没精打采的开了一间房门，嘴里还说：“茶水饭食都没有的，客人没地方睡，在这里将就点罢。我们掌柜的进城收尸去了，店里没人，你老吃饭喝茶，门口南边有个饭店带茶馆，可以去的。”老残连声说：“劳驾，劳驾。行路的人怎样将就都行得的。”那人说：“我困睡。在大门旁边南屋里，你老有事，来招呼我罢。”

老残听了“收尸”二字，心里着实放心不下。晚间吃完了饭，回到店里，买了几块茶干，四五包长生果，花生。又沽打酒。了两瓶酒，连那沙瓶携了回来。那个店伙早已把灯掌上。老残对店伙道：“此地有酒，你闩了大门，可以来喝一杯吧。”店伙欣然应诺，跑去把大门上了大闩，一直进来，立着说：“你老请用罢，俺是不敢当的。”老残拉他坐下，倒了一杯给他。他欢喜的支着牙，露着牙、龇着牙。支，伸出。连说“不敢”，其实酒杯子早已送到嘴边去了。

初起说些闲话，几杯之后，老残便问：“你方才说掌柜的进城收尸去了，这话怎讲？难道又是甚人害在玉大人手里了吗？”那店伙说道：“仗着此地一个人也没有，我可以放肆说两句：俺们这个玉大人真是了不得！赛过活阎王，碰着了就是个死！

“俺掌柜的进城，为的是他妹夫。他这妹夫也是个极老实的人。因为掌柜的哥妹两个极好，所以都住在这店里后面。他妹夫常常在乡下机上买几匹布，到城里去卖，赚几个钱贴补着零用。那天背着四匹白布进城，在庙门口摆在地下卖，早晨卖去两匹，后来又卖去了五尺。末后又来一个人，撕八尺五寸布，一定要在那整匹上撕，说情愿每尺多给两个大钱，清代除使用一般制钱外，还使用一种较重、较大，一文可当许多文用的大钱。就是不要撕过那匹上的布。乡下人见多卖十几个钱，有个不愿意的吗？自然就给他撕了。

“谁知没有两顿饭工夫，玉大人骑着马，走庙门口过，旁边有个人上去不知说了两句什么话，只见玉大人朝他望了望，就说：‘把这个人连布带到衙门里去。’到了衙门，大人就坐堂，叫把布呈上去，看了一看，就拍着惊堂问道：‘你这布那里来的？’他说：‘我乡下买来的。’又问：‘每个有多少尺寸？’他说：‘一个卖过五尺，一个卖过八尺五寸。’大人说：‘你既是零卖，两个是一样的布，为什么这个上撕撕，那个上扯扯呢？还剩多少尺寸，怎么说不出来呢？’叫差人：‘替我把这布量一量！’当时量过，报上去说：‘一个是二丈五尺，一个是二丈一尺五寸。’

“大人听了，当时大怒，发下一个单子来，说：‘你认识字吗？’他说：‘不认识。’大人说：‘念给他听！’旁边一个书办旧时官衙里办理公文的书吏。先生拿过单子念道：‘十七日早，金四报：昨日太阳落山时候，在西门外十五里地方被劫。是一个人从树林子里出来，用大刀在我肩膀上砍了一刀，抢去大钱一吊四百，白布两个：一个长二丈五尺，一个长二丈一尺五寸。’念到此，玉大人说：‘布匹尺寸颜色都与失单相符，这案不是你抢的吗？你还想狡强狡赖强辩。吗？拉下去站起来！——把布匹交还金四完案。’”结案。未知后事如何，且听下回分解。

原评

玉贤残酷，吴氏节烈，都写得奕奕如生，有功于人心世道不少。

陈仁美成吴少奶奶节烈，犹有人心，贤于玉贤远矣。

玉贤对稿案所发议论，罪不容诛。哀哀我民，何遭此不幸！站笼里多添个屈死鬼，尤其可惨。

萬家流血頂染猩紅

一席談心辯
狐生

第六回

万家流血顶染猩红① 一席谈心辩生狐白②

话说店伙说到将他妹夫扯去站了站笼，布匹交金四完案。老残便道："这事我已明白，自然是捕快做的圈套，你们掌柜的自然应该替他收尸去的。但是，他一个老实人，什么人要这们害他呢，你掌柜的就没有打听打听吗？"

店伙道："这事，一被拿我们就知道了，都是为他嘴快，惹下来的乱子。我也是听人家说的：府里南门大街西边小胡同里，有一家子，只有父子两个。他爸爸四十来岁，他女儿十七八岁，长的有十分人材，还没有婆家。他爸爸做些小生意，住了三间草房，一个土墙院子。这闺女有一天在门口站着，碰见了府里马队上什长古代兵制，十人之长，叫作'什长'。这里指队中的小头目。花肐膊王三，因此王三看他长的体面，不知怎么，胡二巴越糊里糊涂。的就把他弄上手了。过了些时，活该有事，被他爸爸回来一头碰见，气了个半

---

① 顶染猩红：清代制度，一二品官员帽顶用红宝石、红珊瑚，即所谓"红顶子"。酷吏屠杀百姓，谋求升官，等于用人血染红自己的帽顶。猩红，像猩猩血一样红。

② 狐白：即狐白裘，白狐皮袍子。白，指狐腋下的皮毛，纯白轻暖，最为名贵。

死，把他闺女着实打了一顿，就把大门锁上，不许女儿出去。不到半个月，那花胠膊王三就编编派、捏造。这里是设法的意思。了法子，把他爸爸也算了个强盗，用站笼站死。后来不但他闺女算了王三的媳妇，就连那点小房子也算了王三的产业。

“俺掌柜的妹夫，曾在他家卖过两回布，认得他家，知道这件事情。有一天，在饭店里多吃了两钟酒，就发起疯来，同这北街上的张二秃子，一面吃酒，一面说话，说怎么样缘故，这些人怎么样没个天理。那张二秃子也是个不知利害的人，听得高兴，尽往下问，说：‘他还是义和团里的小师兄呢，那二郎、即杨戬，见《西游记》《封神演义》。关爷关羽。多少正神常附在他身上，难道就不管管他吗？’他妹夫说：‘可不是呢。听说前些时，他请孙大圣，孙大圣没有到，还是猪八戒老爷下来的。倘若不是因为他昧良心，违背良心，指做坏事。昧，隐藏。为什么孙大圣不下来，倒叫猪八戒下来呢？我恐怕他这样坏良心，总有一天碰着大圣不高兴的时候，举起金箍棒来给他一棒，那他就受不住了。’

“二人谈得高兴，不知早被他们团里朋友，报给王三，把他们两人面貌记得烂熟，没有数个月的工夫，把他妹夫就毁了。张二秃子知道势头不好，仗着他没有家眷，‘天明四十五’，俗语，意思是天明时已走出四十五里路，即连夜起身逃走。逃往河南归德府去找朋友去了。

“酒也完了，你老睡罢。明天倘若进城，千万说话小心！俺们这里人人都耽着三分惊险，大意一点儿，站笼就会飞到脖儿梗上来的。”于是站起来，桌上摸了个半截线香，把灯拨了拨，说：“我去拿油壶来添添这灯。”老残说：“不用了，各自睡罢。”两人分手。

到了次日早晨，老残收检行李，叫车夫来搬上车子。店伙送出，再三叮咛：“进了城去，切勿多话，要紧，要紧！”

老残笑着答道：“多谢关照。”一面车夫将车子推动，向南大路进发，不过午牌旧时计时法，指上午十一点至下午一点的时间。时候，早已到了曹州府城。进了北门，就在府前大街寻了一家客店，找了个厢房住下。跑堂的旧时酒饭馆或旅店的服务员。来问了饭菜，就照样办来吃过了，便到府衙门前来观望观望。看那大门上悬着通红的彩绸，两旁果真有十二个站笼，却都是空的，一个人也没有，心里诧异道：“难道一路传闻都是谎话吗？”踅了一会儿，仍自回到店里。只见上房里有许多戴大帽子的人出入，院子里放了一肩蓝呢大轿，许多轿夫穿了棉袄裤，也戴着大帽子，在那里吃饼；又有几个人穿着号衣，旧时兵士所穿带有记号的制服。上写着“城武县民壮”清代州县官衙的卫兵分皂、壮、快三班，此为三班中的壮班。字样，心里知道这上房住的必是城武县这里是“城武县知县”的省称。了。过了许久，见上房里家人仆人。喊了一声“伺候”，那轿夫便将轿子搭到阶下，前头打红伞的拿了红伞，旧时官员出行时的仪仗之一。规定用黄、红、蓝颜色来分别官阶高低：知府以上用杏黄伞，知县用蓝伞；后来一般多滥用红伞。马棚里牵出了两匹马，登时立刻。上房里红呢帘子打起，出来了一个人，水晶顶，清代五品官所戴的帽顶饰珠。补褂朝珠，补褂，也叫补服，清代官员加在官服蟒袍外面的外褂，用青色贡缎制成；胸前背后，根据官阶高低用金线绣成方形的各种图案，文官绣仙鹤、孔雀等鸟，武官绣麒麟、狮子等兽。朝珠，用珊瑚、琥珀等物穿缀成圈悬挂胸前的珠子，共108颗。文官五品、武官四品以上才能佩用。年纪约在五十岁上下，从台阶上下来，进了轿子，呼的一声，抬起出门去了。

老残见了这人，心里想到："何以十分面善？面熟。我也未到曹属曹州府所属之地。来过，此人是在那里见过的呢？……"想了些时，想不出来，也就罢了。因天时尚早，复到街上访问本府政绩，竟是一口同声说好，不过都带有惨淡颜色，不觉暗暗点头，深服古人"苛政猛于虎"真是不错。

回到店中，在门口略为小坐，却好那城武县已经回来，进了店门，从玻璃窗里朝外一看，与老残正属四目相对。一恍的时候，轿子已到上房阶下，那城武县从轿子里出来，家人放下轿帘，跟上台阶。远远看见他向家人说了两句话，只见那家人即向门口跑来，那城武县仍站在台阶上等着。家人跑到门口，向老残道："这位是铁老爷么？"老残道："正是。你何以知道？你贵上旧时对别人的仆役说到他主人时的敬称。上，上司、上级。姓什么？"家人道："小的主人姓申，新从省里出来，抚台委署委派署理。城武县的，说请铁老爷上房里去坐呢。”老残恍然想起，这人就是文案上委员申东造。因虽会过两三次，未曾多余过多。接谈，故记不得了。

老残当时上去，见了东造，彼此作了个揖。东造让到里间屋内坐下，嘴里连称：“放肆，我换衣服。”当时将官服公服，官员的礼服。脱去，换了便服，分宾主坐下，问道：“补翁是几时来的？到这里多少天了？可是就住在这店里吗？”老残道：“今日到的，出省不过六七天，就到此地了。东翁是几时出省？到过任再来的吗？”东造道：“兄弟也是今天到，大前天出省；这夫马人役指车马差役。是接到省城去的。我出省的前一天，还听姚云翁说：宫保看补翁去了，心里着实难过，说：自己一生契重名士，这里指名望很高而不做官的人。以为无不可招致之人，今日竟遇着一个铁君，真是浮云富贵。反心内照，反过来想想，对照一下自己。愈觉得龌龊不堪了！”

老残道：“宫保爱才若渴，兄弟实在钦佩的。至于出来的原故，并不是肥遁鸣高肥遁，即‘飞遁’，远离尘世，隐居逃避的意思。鸣高，表示清高。的意思：一则深知自己才疏学浅，不称不符合、不配。称，chèn。揄扬；二则因这玉太尊声望过大，到底看看是个何等人物。至‘高尚’二字，兄弟不但不敢当，且亦不屑认为不值得。为。天地生才有数，若下愚至愚。蠢陋的人，高尚点也好借此藏拙；隐藏自己的短处或缺点。若真有点济世之才，竟自遁世，岂不辜负天地生才之心吗？”东造道：“屡闻至论，本极佩服，今日之说，则更五体投地。

两手两膝和头着地，比喻佩服到极点。可见长沮、桀溺和孔子同时的两个隐士。等人为孔子所不取的了。只是目下目前、现在。在补翁看来，我们这玉太尊究竟是何等样人？”老残道：“不过是下流的酷吏，又比郅都、宁成西汉南阳穰（今河南邓州）人，与郅都同时。为人傲上欺下，狡猾害人，曾为济南都尉，是历史上有名的酷吏。等人次一等了。”东造连连点头，又问道：“弟等耳目有所隔阂，隔绝、蒙蔽。先生布衣指平民、没有官职的人。古时平民穿布衣，贵族、官吏才能穿丝绸。游历，必可得其实在情形。我想太尊残忍如此，必多冤枉，何以竟无上控的案件呢？”老残便将一路所闻细说一遍。

说得一半的时候，家人来请吃饭，东造遂留老残同吃，老残亦不辞让。吃过之后，又接着说去。说完了，便道：“我只有一事疑惑：今日在府门前瞻望，见十二个站笼都空着，恐怕乡人之言，必有靠不住处。”东造道：“这却不然。我适适才、刚才。在菏泽县署中，听说太尊是因为晚日近日，最近几天。得了院上行知，巡抚衙门的通知。院，抚院。行知，通知。除已补授实缺外，在大案里又特保了他个以道员在任候补，并俟归道员班得到道员的实缺，不再是候补。后，赏加二品衔的保举，所以停刑三日，让大家贺喜。你不见衙门口挂着红彩绸吗？听说停刑的头一日，即是昨日，站笼上还有几个半死不活的人，都收了监了。”彼此叹息了一回，老残道：“旱路劳顿，劳累。天时不早了，安息罢。”东造道：“明日晚间，还请枉驾说对方来拜访自己的敬辞。谈谈，弟有极难处置之事，要得领教，还望不弃才好。”说罢，各自归寝。

到了次日，老残起来，见那天色阴的很重，西北风虽不甚大，觉得棉袍子在身上有飘飘欲仙之致。轻飘飘地像要成为空中神仙的样子，形容棉衣单薄，在冷风中随风飘动。致，情态。洗过脸，买了几根油条当了点心，没精打采的到街上徘徊些时。正想上城墙上去眺望远景，见那空中一片一片的飘下许多雪花来。顷刻之间，那雪便纷纷乱下，回旋穿插，越下越紧。赶急走回店中，叫店家笼了一盆火来。那窗户上的纸，只有一张大些的，悬空了半截，经了雪的潮气，迎着风霍铎霍铎价响。旁边零碎小纸，虽没有声音，却不住的乱摇。房里便觉得阴风森森，幽暗凄惨。异常惨淡。

老残坐着无事，书又在箱子里，不便取，只是闷闷的坐，不禁有所感触，遂从枕头匣即下文“枕箱”。过去旅行携带作为枕头用的长方形扁箱，可以收放笔、墨等物件。内取出笔砚来，在墙上题诗一首，专咏玉贤之事。诗曰：

得失沦肌髓，把个人得失看得像渗透到自己骨肉里一样重要。沦，沉没。因之急事功。急于建立事业和功绩。冤埋城阙这里指城镇。阙，城门两边的望楼。暗，血染顶珠红。处处鸺鹠猫头鹰的一种，相传是扑食母亲的恶鸟。鸺鹠，xiūliú。雨，山山虎豹风。杀民如杀贼，太守是元戎！元帅。

下题“江南徐州铁英题”七个字。写完之后，便吃午饭。饭后，那雪越发下得大了，站在房门口朝外一看，只见大小树枝，仿佛都用簇新的棉花裹着似的。树上有几个老鸦，缩着颈项避寒，不住的抖擞翎毛，怕雪堆在身上。又见许多麻雀儿，躲在屋檐底下，也把头缩着怕冷，其饥寒之状殊觉可悯。因想：“这些鸟雀，无非靠着草木上结的实，并些小虫蚁儿充饥度命。现在各样虫蚁自然是都入蛰，指昆虫等冬眠，潜伏土中，不食不动。见不着的了。就是那草木之实，经这雪一盖，那里还有呢？倘若明天晴了，雪略为化一化，西北风一吹，雪又变做了冰，仍然是找不着，岂不要饿到明春吗？”想到这里，觉得替这些鸟雀愁苦的受不得。转念又想：“这些鸟雀虽然冻饿，却没有人放枪伤害他，又没有什么网罗捕鸟的网。来捉他，不过暂时饥寒，撑到明年开春，便快活不尽了。若像这曹州府的百姓呢，近几年的年岁，也就很不好。又有这们一个酷虐的父母官，动不动就捉了去当强盗待，用站笼站杀，吓的连一句话也说不出来，于饥寒之外，又多一层惧怕，岂不比这鸟雀还要苦吗？”想到这里，不觉落下泪来。又见那老鸦有一阵刮刮的叫了几声，仿佛他不是号寒啼饥，却是为有言论自由的乐趣，来骄表示骄傲。这曹州府百姓似的。想到此处，不觉怒发冲冠，恨不得立刻将玉贤杀掉，方出心头之恨。

正在胡思乱想，见门外来了一乘蓝呢轿，并执事人等，指随从、管仪仗和供使用的差役。知是申东造拜客回店了。因想：

“我为什么不将这所见所闻的，写封信告诉庄宫保呢?”于是从枕箱里取出信纸信封来，提笔便写。那知刚才题壁，指上文在墙上题诗。在砚台上的墨早已冻成坚冰了，于是呵一点写一点。写了不过两张纸，天已很不早了。砚台上呵开来，笔又冻了，笔呵开来，砚台上又冻了，呵一回，不过写四五个字，所以耽搁工夫。

正在两头忙着，天色又暗起来，更看不见。因为阴天，所以比平常更黑得早，于是喊店家拿盏灯来。喊了许久，店家方拿了一盏灯，缩手缩脚的进来，嘴里还喊道：“好冷呀!”把灯放下，手指缝里夹了个纸煤子，纸捻子，用一种易燃的纸搓成的点火用的纸卷儿。吹了好几吹，才吹着。那灯里是新倒上的冻油，堆的像大螺丝壳似的，点着了还是不亮。店家道：“等一会，油化开就亮了。”拨了拨灯，把手还缩到袖子里去，站着看那灯灭不灭。起初灯光不过有大黄豆大，渐渐的得了油，就有小蚕豆大了。忽然抬头看见墙上题的字，惊惶道：“这是你老写的吗?写的是啥?可别惹出乱子呀！这可不是顽儿的!”赶紧又回过头朝外看看，没有人，又说道：“弄的不好，要坏命的！我们还要受连累呢!”老残笑道：“底下写着我的名字呢，不要紧的。”

说着，外面进来了一个人，戴着红缨帽子，叫了一声“铁老爷”，那店家就趔趔趄趄脚步不稳的样子。趔趄，lièqie。的去了。那进来的人道：“敝上旧时仆人说自己主人的谦辞。请铁老爷去吃饭呢。”原来就是申东造的家人。老残道：“请你们老爷自用罢，我这里已经叫他们去做饭，一会儿就来了。说我谢谢罢。”那人道：“敝上说，店里饭不中吃。我们那里有人送的两只山鸡，野鸡。已经都片切成薄片。出来了，又片了些羊肉片子，说请铁老爷务必上去吃火锅子呢。敝上说：如铁老爷一定不肯去，敝上就叫把饭开到这屋里来吃。我看，还是请老爷上去罢，那屋子里有大火盆，有这屋里火盆四五个大，暖和得多呢，家人们又得伺候，请你老成全家人罢！”老残无法，只好上去。申东造见了，说：“补翁，在那屋里做什么？恁这么。大雪天，我们来喝两杯酒罢。今儿有人送来极新鲜的山鸡，烫了吃，很好的，我就借花献佛比喻拿别人的东西送人情。了。”

说着，便入了座。家人端上山鸡片，果然有红有白，煞是好看。烫着吃，味更香美。东造道：“先生吃得出有点异味吗？”老残道：“果然有点清香，是什么道理？”东造道：“这鸡出在肥城县桃花山里头的。这山里松树极多，这山鸡专好吃松花松实，所以有点清香，俗名叫做‘松花鸡’。虽在此地，亦很不容易得的。”老残赞叹了两句，厨房里饭菜也就端上桌子。

两人吃过了饭。东造约到里间房里吃茶，向火。烤火。向，对着。忽然看见老残穿着一件棉袍子，说着：“这种冷天，怎么还穿棉袍子呢？”老残道：“毫不觉冷。我们从小儿不穿皮袍子的人，这棉袍子的力量恐怕比你们的狐皮还要暖和些呢。”东造道：“那究竟不妥。”喊：“来个人！你们把我扁皮箱里，还有一件白狐一裹圆清代一种便服的名称，长袍，无袖，不开衩，也叫‘一口钟’。的袍子取出来，送到铁老爷屋子里去。”

老残道：“千万不必！我决非客气。你想，天下有个穿狐皮袍子摇串铃的吗？”东造道：“你那串铃本可以不摇，何必矫俗故意违反世俗人情，表示清高。矫，纠正。到这个田地呢！承蒙不弃，拿我兄弟还当个人，我有两句放肆的话要说，不管你先生恼我不恼我。昨儿听先生鄙薄瞧不起。那肥遁鸣高的人，说道：天地生才有限，不宜妄自菲薄。毫无根据地看轻自己。妄，荒谬。菲薄，瞧不起。这话，我兄弟五体投地的佩服了。然而先生所做的事情，却与至论有点违背。宫保一定要先生出来做官，先生却半夜里跑了，一定要出来摇串铃。试问，与那凿坏而遁、凿坏，鲁国国君听说颜阖贤，派人去请他做相，他凿开房后墙壁逃去。坏，同阫，墙。洗耳不听洗耳，尧想让天下给许由，许由不受，逃于颍水之阳。尧又想请许由为九州长，他听说后，跑到洣水河边去洗耳，认为这话污染了他的耳朵。的，有何分别呢？兄弟话未免卤莽，有点冒犯，请先生想一想，是不是呢？”

老残道：“摇串铃，诚然无济于世道，难道做官就有济于世道吗？请问：先生此刻已经是城武县一百里万民的父母了，其可以有济于民处何在呢？先生必有成竹在胸，何妨赐教一二呢？我知先生在前已做过两三任官的，请教已过的善政，可有出类拔萃的事迹呢？”东造道：“不是这们说。像我们这些庸材，能力平常的人。庸，平凡。只好混混罢了。阁下如此宏材大略，杰出的才能和谋略。宏，大。略，策略、计谋。

不出来做点事情，实在可惜。无才者抵死拼死。要做官，有才者抵死不做官，此正是天地间第一憾事！”

老残道：“不然。我说无才的要做官很不要紧，正坏在有才的要做官。你想，这个玉太尊不是个有才的吗？只为过于要做官，且急于做大官，所以伤天害理形容做事凶狠残忍，灭绝人性。的做到这样。而且政声又如此其好，怕不数年之间就要方面兼圻意思是升任巡抚或总督。方面，原指独当一面重任的将帅，后称巡抚、总督为‘方面’官。兼圻，清代总督兼管两省或三省，故叫‘兼圻’。圻，地区的边界。的吗。官愈大，害愈甚：守一府则一府伤，抚一省则一省残，宰天下主管天下。这里指做像宰相一样的官，总管全国政务。则天下死！由此看来，请教还是有才的做官害大，还是无才的做官害大呢？倘若他也像我，摇个串铃子混混，正经病，人家不要他治；些小轻微。病痛，也死不了人。即使他一年医死一个，历一万年，还抵不上他一任曹州府害的人数呢！”未知申东造又有何说，且听下回分解。

原评

鸟雀饥寒，犹无虞害之心，读之令人酸鼻。至闻鸦噪，以为有言论自由之乐，以此骄人，是加一倍写法。此回为玉贤传之总结。

有才的急于做官，又急于要做大官，所以伤天害理。历朝国家俱受此等人物之害。

借箸代籌一縣策

納楹閒訪百城書

第七回

借箸代筹①一县策　纳楹②闲访百城书

话说老残与申东造议论玉贤正为有才，急于做官，所以丧天害理，至于如此，彼此叹息一回。

东造道："正是。我昨日说有要事与先生密商，就是为此。先生想，此公残忍至于此极，这样的高度。极，顶点。兄弟不幸，偏又在他属下。依他做，实在不忍；不依他做，又实无良法。先生阅历最多，所谓'险阻艰难，备尝之矣；民之情伪，尽知之矣'。意思是，处境的危险困难，都已经历过了；人心的真假，也完全了解。险阻，危险和障碍。备，完全。情，真实。语见《左传·僖公二十八年》。必有良策，其何以教我？"您怎样来指教我呢？何以，即"以何"，用什么。老残道："知难则易者至矣。阁下既不耻下问，弟先须请教宗旨何如。若求在上官面上讨好，做得烈烈轰轰，有声有色，既有声音，又有色彩。形容事情做得生

① 借箸代筹：意思是借用筷子来指画当时形势。刘邦统一天下前，谋士郦食其劝他立六国之后以削弱项羽的力量。张良在刘邦吃饭时来了，刘邦问他的意见。张良就借用刘邦吃饭的筷子，一面比画，一面解说，否定了郦食其的意见。后用来指为人计划事情。箸，筷子。筹，计数用的小竹棍或小木片，引申为筹划、计划。

② 纳楹：即书中的"《纳书楹》"。楹，计算房屋数量的单位，一列屋为一楹。

动、精彩。则只有依玉公办法，所谓逼民为盗也；若要顾念‘父母官’旧时称直接统治人民的州、县官为‘父母官’。三字，求为民除害，亦有化盗为民之法。若官阶官吏的等级。稍大，辖境稍宽，略为易办；若止一县之事，缺分又苦，缺分，即‘缺’，指官员的实职。旧时缺分有肥、瘠（瘦）、繁、简的不同：肥，指所辖地方大，赋税多，官员的俸金也多；瘠，与‘肥’相反，即所谓‘苦缺’。繁，指事务繁重；简，则与‘繁’相反。下文‘缺分太苦’，与此同义。未免稍形棘手，稍有困难。棘手，像荆棘刺手，形容事情难办。然亦非不能也。”

东造道：“自然以为民除害为主。果能使地方安静，虽无不次之迁，指打破常规升官。不次，不按次序。迁，官位变动，这里指升官。要总是。亦不至于冻馁。‘子孙饭’旧时迷信，认为人的功名富贵是命定的；贪多强求，就要在子孙身上扣除。因此，不安分守己，追求富贵，就叫吃‘子孙饭’。吃他做什么呢！但是缺分太苦，前任指前任城武知县。养小队五十名，盗案仍是叠出，屡次出现。加以亏空官款，因此罣误去官。因牵连受处分而罢官。罣误，被别人或事牵连受处分。去官，丢官。罣，guà。弟思如赔累原指做买卖损失了本钱还欠债，这里指影响剥削收入。而地方安静，尚可设法弥补；若俱不可得，算是为何事呢！”老残道：“五十名小队，所费诚然太多。以此缺论，能筹款若干，便不致赔累呢？”东造道：“不过千金，尚不吃重。”

老残道：“此事却有个办法。阁下旧时称呼对方的敬辞。一年筹一千二百金，却不用管我如何办法，我可以代画计划。一策，包你境内没有一个盗案；倘有盗案，且可以包你顷刻便获。阁下以为何如？”东造道：“能得先生去为我帮忙，我就百拜多次行礼。百，形容多。的感激了。”老残道：“我无庸去，只是教阁下个至良极美的法则。”东造道：“阁下不去，这法则谁能行呢?”老残道：“正为荐一个行此法则的人。惟此人千万不可怠慢。若怠慢此人，彼必立刻便去，去后祸必更烈。

“此人姓刘，号仁甫，即是此地平阴县人，家在平阴县西南桃花山里面。其人少时——十四五岁——在嵩山少林寺学拳棒。学了些时，觉得徒有虚名，无甚出奇致胜处，于是奔走江湖，将近十年。在四川峨眉山上遇见了一个和尚，武功绝伦，没有可以相比的。伦，同类。他就拜他为师，学了一套‘太祖神拳’、一套‘少祖神拳’。因请教这和尚，拳法从那里得来的。和尚说系少林寺。他就大为惊讶，说：‘徒弟在少林寺四五年，见没有一个出色拳法，师父从那一个学的呢?’那和尚道：‘这是少林寺的拳法，却不从少林寺学来。现在少林寺里的拳法，久已失传了。你所学者，“太祖拳”就是达摩传下来的，那“少祖拳”就是神光北魏洛阳人。达摩居少林寺时，神光请道甚挚，并断其左臂表示决心。达摩为其改名“慧可”。后受达摩衣钵，为禅宗第二祖，故称“少祖”。传下来的。当初传下这个拳法来的时候，专为和尚们练习了这拳，身体可以结壮，结实、壮实。精神可以悠久。若当朝山访道的时候，单身走路，或遇虎豹，或遇强人，和尚家又不作即下文“不作兴”，不许可。带兵器，所以这拳法专为保护身命的。筋骨强壮，肌肉坚固，便可以忍耐冻饿。你想，行脚僧云游四方的和尚。在荒山野壑山沟。壑，hè。里，访求高人古德，高人，高出世俗的人。古德，年高有道德的和尚。于“宿食”两字，一定难以周全的，此太祖、少祖传下拳法来的美意了。那知后来少林寺拳法出了名，外边来学的日多，学出去的人，也有做强盗的，也有奸淫人家妇女的，屡有所闻。因此，在现在这老和尚以前四五代上的个老和尚，就将这正经拳法收起不传，只用些“外面光”、外面看起来好看。“不管事”的拳法敷衍门面表面应付。而已。我这拳法系从汉中府里一个古德学来的，若能认真修练，将来可以到得甘凤池江苏江宁（今江苏南京）人，擅长拳击，清朝著名武师。的位分。’

“刘仁甫在四川住了三年，尽得其传。当时正是粤匪对太平天国起义军的贬称。扰乱的时候，他从四川出来，就在湘军、淮军都是清朝政府镇压太平天国和捻军起义的反革命武装。湘军是曾国藩在湖南组织的，淮军是李鸿章在安徽一带组织的。营盘原指军营，这里指军队。里混过些时。因是两军，湘军必须湖南人，淮军必须安徽人，方有照应，照顾、优待。若别省人，不过敷衍故事，按老规矩随便应付一下。故事，旧的办事制度。得个把小保举而已，大权万不会有的。此公已保举到个都司，绿营中正四品军官。军务渐平，他也无心恋栈，马舍不得离开马棚。旧时讽刺做官的人舍不得离开权力和地位。栈，马圈。遂回家乡，种了几亩田，聊以度日，闲暇无事，在这齐、豫两省随便游行。这两省练武功的人，无不知他的名气。他却不肯传授徒弟，若是深知这人一定安分的，他就教他几手拳棒，也十分慎重的。

所以这两省有武艺的，全敌他不过，都惧怕他。若将此人延为上宾，将这每月一百两交付此人，听其如何应用，大约他只要招十名小队，供奔走之役，每人月饷六两，其余四十两，供应往来豪杰酒水之资，也就够了。

“大概这河南、山东、直隶三省，及江苏、安徽的两个北半省，共为一局。此局内的强盗计分大小两种：大盗系有头领，有号令，有法律的，大概其中有本领的甚多；小盗则随时随地无赖之徒，及失业的顽民，胡乱抢劫，既无人帮助，又无枪火兵器，抢过之后，不是酗酒，便是赌博，最容易犯案的。譬如玉太尊所办的人，大约十分中九分半是良民，半分是这些小盗。若论那些大盗，无论头目人物，就是他们的羽翼，也不作兴这里是一定、准定的意思。下文‘作兴’，意思是准许或许可。有一个被玉太尊捉着的呢。但是大盗却容易相与。交往、相好。如京中保镖旧时会武术的人受雇为别人护送财物或保护人身安全，叫作‘保镖’；也指做这种行业的人，或称‘镖师’，又叫‘镖司务’（见下文）。司务，即‘师父’。办理保镖业务的商号，叫‘镖局’。的呢，无论十万二十万银子，只须一两个人，便可保得一路无事。试问如此巨款，就聚了一二百强盗抢去，也很够享用的，难道这一两个镖司务就敌得过他们吗？只因为大盗相传有这个规矩，不作兴害镖局的。所以凡保镖的车上，有他的字号，出门要叫个口号。这口号喊出，那大盗就觌面见面。觌，dí。碰着，彼此打个招呼，也决不动手的。镖局几家字号，大盗都知道的；大盗有几处窝巢，镖局也是知道的。倘若他的羽翼，到了有镖局的所在，进门打过暗号，他们就知道是那一路的朋友，当时必须留着喝酒吃饭，临行还要送他三二百个钱的盘川；若是大头目，就须尽力应酬。这就叫做江湖上的规矩。

“我方才说这个刘仁甫，江湖都是大有名的。京城里镖局上请过他几次，他都不肯去，情愿埋名隐姓，做个农夫。若是此人来时，待以上宾之礼，仿佛贵县开了一个保护本县的镖局。他无事时，在街上茶馆饭店里坐坐，这过往的人，凡是江湖上朋友，他到眼便知，随便会几个茶饭东道，意思是，花钱做几次请人喝茶吃饭的主人。会，会账、会钞，即吃饭、喝茶、洗澡时，替别人付钱。东道，请客的主人。不消十天半个月，各处大盗头目就全晓得了，立刻便要传出号令：某人立足之地，不许打搅的。每月所余的那四十金就是给他做这个用处的。至于小盗，他本无门径，随意乱做，就近处，自有人来暗中报信，失主尚未来县报案，他的手下人倒已先将盗犯获住了。若是稍远的地方做了案子，沿路也有他们的朋友，替他暗中捕下去，无论走到何处，俱捉得到的。所以要十名小队子，其实，只要四五个应手用起来顺手。的人已经足用了。那多余的五六个人，为的是本县轿子前头摆摆威风，或者接差送差、指旧时官员办理迎来送往的差使。跑信等事用的。”

东造道：“如阁下所说，自然是极妙的法则；但是此人既不肯应镖局之聘，若是兄弟衙署里请他，恐怕也不肯来，如之何呢？”老残道：“只是你去请他，自然他不肯来的，所以我须详详细细写封信去，并拿救一县无辜良民的话打动他，自然他就肯来了。况他与我交情甚厚，我若劝他，一定肯的。因为我二十几岁的时候，看天下将来一定有大乱，所以极力留心将才，谈兵的朋友颇多。此人当年在河南时，我们是莫逆之交，情投意合的朋友。莫逆，彼此非常要好。相约倘若国家有用我辈的日子，凡我同人，同道、同伙。俱要出来相助为理的。互相协助把事情办好。其时讲舆地、地理、地形。讲阵图、作战时军队队形的排列和变化的图形。讲制造、这里指制造军械武器。讲武功的，各样朋友都有，此公便是讲武功的巨擘。大拇指，借指才能出众或最高的人物。擘，大拇指。后来大家都明白了：治天下的又是一种人才，若是我辈所讲所学，全是无用的，故尔各人都弄个谋生之道，混饭吃去，把这雄心便抛入东洋大海去了。虽如此说，然当时的交情义气，断不会败坏的，所以我写封信去，一定肯来的。”

东造听了，连连作揖道谢，说：“我自从挂牌清代地方官员，自知府以下由各省布政使（藩司）在衙前悬牌任免，叫作‘挂牌’。委署斯缺，未尝一夜安眠，今日得闻这番议论，如梦初醒，如病初愈，真是万千之幸！但是这封信是派个何等样人送去方妥呢？”老残道：“必须有个亲信朋友吃这一趟辛苦才好。若随便叫个差人送去，便有轻慢他的意思，他一定不肯出来，那就连我都要遭怪了。”

东造连连说：“是的，是的。我这里有个族弟，明天就到的，可以让他去一趟。先生信几时写呢？就费心写起来最好。”老残道：“明日一天不出门。我此刻正写一长函致庄宫保，托姚云翁转呈，为细述玉太尊政绩的，大约也要明天写完；并此信一总写起，我后天就要动身了。”东造问：“后天往那里去？”老残答说：“先往东昌府访柳小惠影射清末山东聊城杨绍和。其父著名藏书家杨以增建‘海源阁’，藏书数十万卷，得苏州黄丕烈‘士礼居’藏书最多，并刻有《海源阁丛书》。杨绍和据家藏宋元善本书编为《楹书隅录》，书中《纳书楹》即指此书。其子杨保彝，字凤阿，又辑有《海源阁宋元秘本书目》。民国以后，杨氏藏书大部分散佚，一部分为北京图书馆所收，一部分归山东省图书馆。下文‘柳凤仪’即影射杨凤阿。家的收藏，想看看他的宋元板书，随后即回济南省城过年。再后的行踪，连我自己也不知道了。今日夜已深了，可以睡罢。”立起身来。东造叫家人：“打个手照，手持的照明器具，如灯笼、马灯等。送铁老爷回去。”揭起门帘来，只见天地一色，那雪已下的混混沌沌本义是一团模糊，这里是成为一片的意思。价白，觉得照的眼睛发胀似的。那阶下的雪已有了七八寸深，走不过去了。只有这上房到大门口的一条路，常有人来往，所以不住的扫。那到厢房里的一条路已看不出路影，同别处一样的高了。东造叫人赶忙铲出一条路来，让老残回房。推开门来，灯已灭了。上房送下一个烛台，蜡台，旧时插蜡烛的器具。两支红烛，取火点起，再想写信，那里笔砚竟违抗万分，不遵调度，只好睡了。

到了次日，雪虽已止，寒气却更甚于前，起来喊店家秤了五斤木炭，升了一个大火盆，又叫买了几张桑皮纸，用桑树皮做的纸，质地坚韧。把那破窗户糊了。顷刻之间，房屋里暖气阳回，生长，回转。阳，生。非昨日的气象了。遂把砚池烘化，将昨日未曾写完的信，详细写完封好，又将致刘仁甫的信亦写毕，一总送到上房，交东造收了。

东造一面将致姚云翁的一函，加个马封，旧时由驿站投递的官府文书的封套。送往驿站；旧时投递文书中途停留的地方。一面将刘仁甫的一函，送入枕头箱内。厨房也开了饭来。二人一同吃过，又复清谈片时，只见家人来报："二老爷同师爷们都到了，住在西边店里呢，洗完脸，就过来的。"

停了一会，只见门外来了一个不到四十岁模样的人，尚未留须，穿了件旧宁绸二蓝的大毛皮袍子，元色即玄色（黑中有红），俗叫"红青"。因清代避康熙皇帝玄烨的名讳，改"玄"为"元"。长袖皮马褂，蹬了一双绒靴，已经被雪泥漫了帮子了，慌忙走进堂屋，先替乃兄其兄，指书中的申东造。作了个揖。东造就说："这就是舍弟，号子平。"回过脸来说："这是铁补残先生。"申子平走近一步，作了个揖，说声："久仰景仰已久。旧时初次见面的客气话。的很。"东造便问："吃过饭了没有？"子平说："才到，洗了脸就过来的，吃饭不忙呢。"东造说："分付厨房里做二老爷的饭。"子平道："可以不必。停一刻，还是同他们老夫子旧时对幕友或私塾老师的尊称。一块吃罢。"家人上来回说："厨房里已经分付，叫他们送一桌饭去，让二老爷同师爷们吃呢。"那时又有一个家人揭了门帘，拿了好几个大红全帖旧时表示恭敬郑重的大红名帖，用红纸折成帖式，共十面，故称"全帖"。第一面中央偏上写"正"字，第二面左下方写自称、姓名及"顿首拜"等。因师爷们初次谒见主人，故用全帖。进来。老残知道是师爷们来见东家主人，指申东造。的，就趁势走了。

到了晚饭之后，申东造又将老残请到上房里，将那如何往桃花山访刘仁甫的话对着子平详细问了一遍。子平又问："从那里去最近？"老残道："从此地去怎样走法，我却不知道。昔年是从省城顺黄河到平阴县，出平阴县向西南三十里地，就到了山脚下了。进山就不能坐车，最好带个小驴子，到那平坦的地方，就骑驴，稍微危险些，就下来走两步。进山去有两条大路。西峪里走进有十几里的光景，有座关帝庙。那庙里的道士与刘仁甫常相往来的，你到庙里打听，就知道详细了。那山里关帝庙有两处：集东一个，集西一个。这是集西的一个关帝庙。"申子平问得明白，遂各自归房安歇去了。

次日早起，老残出去雇了一辆骡车，将行李装好，候申东造上衙门去禀辞，禀告辞行。他就将前晚送来的那件狐裘，加了一封信，交给店家，说："等申大老爷回店的时候，送上去。此刻不必送去，恐有舛错。"

店里掌柜的慌忙开了柜房里的木头箱子，装了进去，然后送老残动身上车，径往东昌府去了。无非是风餐露宿，两三日工夫已到了东昌城内，找了一家干净车店住下。当晚安置停妥，妥当。次日早饭后便往街上寻觅书店。寻了许久，始觅着一家小小书店，三间门面，半边卖纸张笔墨，半边卖书。遂走到卖书这边柜台外坐下，问问此地行销是些什么书籍。

那掌柜的道："我们这东昌府，文风最著名的。所管十县地方，俗名叫做'十美图'，无一县不是家家富足，户户弦歌。弦，指用乐器伴奏，歌唱诗篇。歌，口诵诗篇，不配音乐。这里指读书空气浓厚。所有这十县用的书，皆是向小号来贩。小号店在这里，后边还有栈房，还有作坊。许多书都是本店里自雕板，不用到外路去贩买的。你老贵姓？来此有何贵干？"老残道："我姓铁，来此访个朋友的。你这里可有旧书吗？"掌柜的道："有，有，有。你老要什么罢？我们这儿多着呢。"一面回过头来指着书架子上白纸条儿数道："你老瞧！这里《崇辨堂墨选》《目耕斋》都是学习八股文的范本书。初二三集。再古的还有那《八铭塾钞》呢。这都是讲正经学问的。要是讲杂学原指兼讲儒、墨、名、法各家的'杂家'学问；明清以来，把《四书》和有关八股文以外的书籍都叫'杂学'。的，还有《古唐诗合解》清王尧衢注。《唐诗三百首》。清乾隆间蘅塘退士（孙洙）编。再要高古点，还有《古文释义》。清乾隆间余诚编，是自先秦至宋有注释和评点的古文选本。还有一部宝贝书呢，叫做《性理精义》，康熙帝御制的讲理学的书。这书看得懂的，可就了不得了！"

老残笑道："这些书我都不要。"那掌柜的道："还有，还有。那边是《阳宅三要》《鬼撮脚》《渊海子平》，《阳宅三要》讲房宅风水，《鬼撮脚》讲坟地风水，《渊海子平》讲算命。诸子百家，我们小号都是全的。济南省城，那是大地方，不用说，若要说黄河以北，就要算我们小号是第一家大书店了。别的城池里都没有专门的书店，大半在杂货铺里带卖书。所有方圆二三百里，学堂里用的《三》《百》《千》《千》，旧时儿童的启蒙读物。《三字经》，一说为宋末区适子编写，每句由三字组成。《百家姓》，据说是五代时吴越人入宋后编写，故以“赵”“钱”二姓居首。《千字文》，南朝梁周兴嗣编撰。《千家诗》，宋刘克庄辑，明人又有增删。都是在小号里贩得去的，一年要销上万本呢。”

老残道：“贵处行销这‘三百千千’，我到没有见过。是部什么书？怎样销得这们多呢？”掌柜的道：“嗳！别哄我罢！我看你老很文雅，不能连这个也不知道。这不是一部书，‘三’是《三字经》，‘百’是《百家姓》，‘千’是《千字文》。那一个‘千’字呢，是《千家诗》。这《千家诗》还算一半是冷货，一年不过销百把部；其余《三》《百》《千》，就销的广了。”

老残说：“难道《四书》《五经》都没有人买吗？”他说：“怎么没有人买呢，《四书》小号就有。《诗》《书》《易》三经也有。若是要《礼记》《左传》呢，我们也可以写信到省城里捎去。你老来访朋友，是那一家呢？”

老残道：“是个柳小惠家。当年他老太爷做过我们的漕台，‘漕运总督’的俗称，专职管理水路运输。清代主要负责从外省征纳白米，转运入京。督署设在江苏淮安府清江浦。漕，水路转运。听说他家收藏的书极多。他刻了一部书，名叫《纳书楹》，都是宋元板书。我想开一开眼界，不知道有法可以看得见吗？”掌柜的道：“柳家是俺们这儿第一个大人家，怎么不知道呢！只是这柳小惠柳大人早已去世，他们少爷叫柳凤仪，是个两榜，‘两榜进士’的简称。科举时代，经乡试、会试两榜录取，即由举人考取进士的，称为‘两榜’。那一部的主事。清代中央政府吏、户、礼、兵、刑、工六部以下各司所设的官员，正六品。听说他家书多的很，都是用大板箱装着，只怕有好几百箱子呢，堆在个大楼上，永远没有人去问他。有近房柳三爷，是个秀才，长到我们这里来坐坐。我问过他：‘你们家里那些书是些什么宝贝？可叫我们听听罢咧。’他说：‘我也没有看见过是什么样子。’我说：‘难道就那们收着不怕蛀虫吗？’”

掌柜的说到此处，只见外面走进一个人来，拉了拉老残，说：“赶紧回去罢，曹州府里来的差人，急等着你老说话呢，快点走罢。”老残听了，说道：“你告诉他等着罢，我略停一刻就回去了。”那人道：“我在街上找了好半天了。俺掌柜的着急的了不得，你老就早点回店罢。”老残道：“不要紧的。你既找着了我，你就没有错儿了，你去罢。”

店小二去后，书店掌柜的看了看他去的远了，慌忙低声向老残说道：“你老店里行李值多少钱？此地有靠得住的朋友吗？”老残道：“我店里行李也不值多钱，我此地亦无靠得住的朋友。你问这话是什么意思呢？”掌柜的道：“曹州府现是个玉大人，这人很惹不起的。无论你有理没理，只要他心里觉得不错，就上了站笼了。现在既是曹州府里来的差人，恐怕不知是谁扳同‘攀’，牵连。扳，pān。上你老了，我看是凶多吉少，不如趁此逃去罢。行李既不值多钱，就舍去了的好，还是性命要紧。”老残道：“不怕的。他能拿我当强盗吗？这事我很放心。”说着，点点头，出了店门。

街上迎面来了一辆小车，半边装行李，半边坐人。老残眼快，看见喊道：“那车上不是金二哥吗？”即忙走上前去。那车上人也就跳下车来，定了定神，说道：“嗳呀！这不是铁二哥吗？你怎样到此地，来做什么的？”老残告诉了原委，就说：“你应该打尖了。就到我住的店里去坐坐谈谈罢。你从那里来？往那里去？”那人道：“这是什么时候，我已打过尖了，今天还要赶路程呢。我是从直隶回南，因家下有点事情，急于回家，不能耽搁了。”老残道：“既是这们说，也不留你。只是请你略坐一坐，我要寄封信给刘大哥，托你捎去罢。”说过，就向书店柜台对面，那卖纸张笔墨的柜台上，买了一枝笔，几张纸，一个信封，借了店里的砚台，草草的写了一封，交给金二。大家作了个揖，说：“恕不远送了。山里朋友见着都替我问好。”那金二接了信，便上了车。老残也就回店去了。不知那曹州府来的差人究竟是否捉拿老残，且听下回分解。

原评

前两回写玉贤之酷烈至矣！此回却以“逼民为盗”四字总束前两回，为玉贤定罪案。有逼民为盗之人，即不可无化盗为民之人。惜乎老残既不能见用于世，申东造亦仅一小小县令，无从展其骥足，世道之所以日坏也夫。

中国拳法系从印度传来，可资考证。

此种拳法，日本谓之柔术，是体操中至精之术，较西洋体操高出数倍，世间尚有传者。不龟手药，不知何人能物色之。

桃花山月下遇虎

柏樹峪雪中訪賢

第八回
桃花山月下遇虎　柏树峪雪中访贤

话说老残听见店小二来，告说曹州府有差人来寻，心中甚为诧异："难道玉贤竟拿我当强盗待吗？"及至步回店里，见有一个差人，赶上前来请了一个安，手中提了一个包袱，提着放在旁边椅子上，向怀内取出一封信来，双手呈上，口中说道："申大老爷请铁老爷安。"

老残接过信来一看，原来是申东造回寓，店家将狐裘送上，东造甚为难过，继思狐裘所以不肯受，必因与行色不符，意思是，和在江湖上做医生的装束不协调。行色，出发在外的神态、气派。因在估衣铺卖现成衣服或旧衣服的商店。内，选了一身羊皮袍子、马褂，专差送来，并写明如再不收，便是绝人太甚过分拒绝别人。了。

老残看罢，笑了一笑，就向那差人说："你是府里的差吗？"差人回说："是曹州府城武县里的壮班。"老残遂明白，方才店小二是漏吊下三字了。当时写了一封谢信，赏了来差二两银子盘费，盘缠、旅费。打发去后，又住了两天，方知这柳家书，确系关锁在大箱子内，不但外人见不着，就是他族中人亦不能得见，闷闷不乐，提起笔来，在墙上题一绝道：

沧苇遵王士礼居，沧苇、士礼居，见第三回相关注释。钱曾，字遵王，号也是翁，江苏常熟人，清代藏书家，辑有《述古堂书目》《也是园书目》《读书敏求记》。艺芸精舍清初藏书家汪士钟的藏书室。四家书。一齐归入东昌府，指归入杨氏海源阁。深锁嫏嬛也作“琅环”，神话传说中的上帝藏书处。饱蠹鱼！专咬衣服和书籍的小虫，俗叫“书鱼”。蠹，dù。

题罢，唏嘘了几声，也就睡了。暂且放下。

却说那日东造到府署禀辞，与玉公见面，无非勉励些“治乱世用重刑”的话头。他姑且敷衍几句，也就罢了，玉公端茶清代官员接见同僚或下属，谈话完了，即端茶让客。这时仆人高呼“送客”，来客即须告辞。送出。东造回到店里，掌柜的恭恭敬敬将袍子一件、老残信一封，双手奉上。东造接来看过，心中悒悒不乐。适恰巧。申子平在旁边，问道：“大哥何事不乐？”东造便将看老残身上着的仍是棉衣，故赠以狐裘，并彼此辩论的话述了一遍，道：“你看，他临走到底将这袍子留下，未免太矫情故意违反人情。了！”子平道：“这事大哥也有点失于检点。做事疏忽。检点，检查。我看他不肯，有两层意思：一则嫌这裘价值略重，未便遽受；不便马上接受。遽，匆忙、立刻。二则他受了，也实无用处，断无穿狐皮袍子，配上棉马褂的道理。大哥既想略尽情谊，宜叫人去觅一套羊皮袍子、马褂，或布面子，或茧绸面子均可，差人送去，他一定肯收。我看此人并非矫饰作伪掩饰真情，弄虚作假。的人。不知大哥以为何如?”东造说：“很是，很是。你就叫人照样办去。”

子平一面办妥，差了个人送去，一面看着乃兄动身赴任。他就向县里要了车，轻车简从减少车上的东西，精简随从人员。的向平阴进发。到了平阴，换了两部小车，推着行李，在县里要了一匹马骑着，不过一早晨，已经到了桃花山脚下。再要进去，恐怕马也不便。幸喜山口有个村庄，只有打地铺的小店，没法，暂且歇下。向村户人家雇了一条小驴，将马也打发回去了。打过尖，吃过饭，向山里进发。才出村庄，见面前一条沙河，有一里多宽，却都是沙，惟有中间一线河身，土人架了一个板桥，不过丈数长的光景。桥下河里虽结满了冰，还有水声，从那冰下潺潺的流，听着像似环佩摇曳环佩，古人身上的佩玉。摇曳，摇荡。这里指佩玉摆动磕碰的声音。的意思，知道是水流带着小冰，与那大冰相撞击的声音了。过了沙河，即是东峪。原来这山从南面迤逦连绵曲折。迤逦，yǐlǐ。北来，中间龙脉起伏，一时虽看不到，只是这左右两条大峪，就是两批长岭，冈峦重沓，山峰重叠。重沓，重叠。到此相交。除中峰不计外，左边一条大溪河，叫东峪；右边一条大溪河，叫西峪。两峪里的水，在前面相会，并成一溪，左环右转，湾了三湾，才出溪口。出口后，就是刚才所过的那条沙河了。

子平进了山口，抬头看时，只见不远前面就是一片高山，像架屏风似的，迎面竖起，土石相间，树木丛杂。却当大雪之后，石是青的，雪是白的，树上枝条是黄的，又有许多松柏是绿的，一丛一丛，如画上点的苔中国山水画的术语。苔，用画笔点的墨点；点在近处石上，可作丛草，点在远处山间，可作松柏。一样。骑着驴，玩着山景，实在快乐得极，思想做两句诗，描摹这个景象。正在凝神，只听壳铎一声，觉得腿膛里一软，身子一摇，竟滚下山涧去了。幸喜这路，本在涧旁走的，虽滚下去，尚不甚深。况且涧里两边的雪本来甚厚，只为面上结了一层薄冰，做了个雪的包皮。子平一路滚着，那薄冰一路破着，好像从有弹簧的褥子上滚下来似的。滚了几步，就有一块大石将他拦住，所以一点没有碰伤。连忙扶着石头，立起身来，那知把雪倒戳了两个一尺多深的窟窿。看那驴子在上面，两只前蹄已经立起，两只后蹄还陷在路旁雪里，不得动弹，连忙喊跟随的人。前后一看，并那推行李的车子，影响这里指影子和声音。俱无。

你道是什么缘故呢？原来这山路，行走的人本来不多，故那路上积的雪，比旁边稍为浅些，究竟还有五六寸深，驴子走来，一步步的不甚吃力。子平又贪看山上雪景，未曾照顾后面的车子，可知那小车轮子，是要压倒地上往前推的，所以积雪的阻力显得很大，一人推着，一人挽着，尚走得不快，本来去驴子已落后有半里多路了。

申子平陷在雪中，不能举步，只好忍着性子，等小车子到。约有半顿饭工夫，车子到了，大家歇下来想法子。下头人固上不去，上头的人也下不来。想了半天，说："只好把捆行李的绳子解下两根，接续起来，将一头放了下去。"申子平自己系在腰里，那一头，上边四五个人齐力收绳，方才把他吊了上来。跟随人替他把身上雪扑了又扑，然后把驴子牵来，重复骑上，慢慢的行。这路虽非羊肠小道，然忽而上高，忽而下低，石头路径，冰雪一冻，异常的滑，自饭后一点钟起身，走到四点钟，还没有十里地。心里想道："听村庄上人说，到山集不过十五里地，然走了三个钟头，才走了一半。"冬天日头本容易落，况又是个山里，两边都有岭子遮着，愈黑得快。一面走着，一面的算，不知不觉，那天已黑下来了，勒住了驴缰，同推车子商议道："看看天已黑下来了，大约还有六七里地呢，路又难走，车子又走不快，怎么好呢？"车夫道："那也没有法子，好在今儿是个十三日，月亮出得早，不管怎么，总要赶到集上去。大约这荒僻山径，不会有强盗，虽走晚些，到也不怕他。"子平道："强盗虽没有，倘或有了，我也无多行李，很不怕他，拿就拿去，也不要紧；实在可怕的是豺狼虎豹。天晚了，倘若出来个把，我们就坏了。"车夫说："这山里虎到不多，有神虎管着，从不伤人，只是狼多些。听见他来，我们都拿根棍子在手里，也就不怕他了。"

说着，走到一条横涧跟前，原是本山的一支小瀑布，流归溪河的。瀑布冬天虽然干了，那冲的一条山沟，尚有两丈多深，约有二丈多宽，当面隔住。一边是陡山，一边是深峪，更无别处好绕。

子平看见如此景象，心里不禁作起慌来，立刻勒住驴头，等那车子走到，说："可了不得！我们走差了路，走到死路上了！"那车夫把车子歇下，喘了两口气，说："不能，不能！这条路影路的痕迹。一顺来的，并无第二条路，不会差的。等我前去看看，该怎么走。"朝前走了几十步，回来说："路到是有，只是不好走，你老下驴罢。"

子平下来，牵了驴，依着走到前面看时，原来转过大石，靠里有人架了一条石桥。只是此桥仅有两条石柱，每条不过一尺一二寸宽，两柱又不紧相粘靠，当中还罅裂开。罅，xià。着几寸宽一个空当儿，裂缝。石上又有一层冰，滑溜滑溜的。子平道："可吓煞我了！这桥怎么过法？一滑脚就是死。我真没有这个胆子走。"车夫大家看了说："不要紧，我有法子。好在我们穿的都是蒲草毛窝，北方冬天用蒲草编制的鞋子，里面可以放草保暖。毛窝，旧式棉鞋。脚下很把滑防滑。的，不怕他。"一个人道："等我先走一趟试试。"遂跳窜跳窜的走过去了，嘴里还喊着："好走，好走！"立刻又走回来说："车子却没法推，我们四个人抬一辆，作两趟抬过去罢。"

申子平道："车子抬得过去，我却走不过去。那驴子又怎样呢？"车夫道："不怕的，且等我们先把你老扶过去，别的你就不用管了。”子平道：“就是有人扶着，我也是不敢走。告诉你说罢，我两条腿已经软了，那里还能走路呢！”车夫说：“那们也有办法：你老大总即‘打总’，索兴、干脆。睡下来，我们两个人抬头，两个人抬脚，把你老抬过去，何如？”子平说：“不妥，不妥！”又一个车夫说：“还是这样罢，解根绳子，你老拴在腰里，我们伙计，一个在前头，挽着一个绳头，一个伙计在后头，挽着一个绳头。这个样走，你老胆子一壮，腿就不软了。”子平说：“只好这样。”于是先把子平照样扶掖过去，随后又把两辆车子抬了过去，到是一个驴死不肯走，费了许多事，仍是把他眼睛蒙上，一个人牵，一个人打，才混了过去。等到忙定归妥当。了，那满地已经都是树影子，月光已经很亮的了。

大家好容易将危桥走过，歇了一歇，吃了袋烟，再望前进。走了不过三四十步，听得远远呜呜的两声。车夫道：“虎叫！虎叫！”一头走着，一头留神听着。又走了数十步，车夫将车子歇下，说：“老爷，你别骑驴了，下来罢。听那虎叫，从西边来，越叫越近了，恐怕是要到这路上来，我们避一避罢。倘到了跟前，就避不及了。”说着，子平下了驴。车夫说：“咱们舍吊这个驴子喂他罢。”路旁有个小松，他把驴子缰绳拴在小松树上，车子就放在驴子旁边，人却倒回走了数十步，把子平藏在一处石壁缝里。车夫有躲在大石脚下，用些雪把身子遮了的，有两个车夫，盘盘踞。在山坡高树枝上的，都把眼睛朝西面看着。

说时迟，那时快，只见西边岭上月光之下，窜上一个物件来，到了岭上，又是呜的一声。只见把身子往下一探，已经到了西涧边了，又是呜的一声。这里的人，又是冷，又是怕，止不住格格价乱抖，还用眼睛看着那虎。那虎既到西涧，却立住了脚，眼睛映着月光，灼亮灼亮，并不朝着驴子看，却对着这几个人，又呜的一声，将身子一缩，对着这边扑过来了。这时候，山里本来无风，却听得树梢上呼呼地响，树上残叶潄潄即簌簌，下落的样子。地落，人面上冷气棱棱严寒的样子。地割。这几个人早已吓得魂飞魄散了。

大家等了许久，却不见虎的动静。还是那树上的车夫胆大，下来喊众人道："出来罢，虎去远了。"车夫等人次第出来，方才从石壁缝里把子平拉出，已经吓得呆了。过了半天，方能开口说话，问道："我们是死的是活的哪？"车夫道："虎过去了。"子平道："虎怎样过去的？一个人没有伤么？"那在树上的车夫道："我看他从涧西沿过来的时候，只是一穿，仿佛像鸟儿似的，已经到了这边了。他落脚的地方，比我们这树梢还高着七八丈呢。落下来之后，又是一纵，已经到了这东岭上边，呜的一声向东去了。"

申子平听了，方才放下心来，说："我这两只脚还是稀软稀软，立不起来，怎样是好？"众人道："你老不是立在这里呢吗？"子平低头一看，才知道自己并不是坐着，也笑了，说道："我这身子真不听我调度了。"于是众人搀着，勉强移步，走了约数十步，方才活动，可以自主，叹了一口气道："命虽不送在虎口里，这夜里若再遇见刚才那样的桥，断不能过！肚里又饥，身上又冷，活冻也冻死了。"说着，走到小树旁边看那驴子，也是伏在地下，知是被那虎叫吓的如此。跟人把驴子拉起，把子平扶上驴子，慢慢价走。

转过一个石嘴，忽见前面一片灯光，约有许多房子，大家喊道："好了，好了！前面到了集镇了！"只此一声，人人精神震动。不但人行，脚下觉得轻了许多，即驴子亦不似从前畏难苟安害怕困难，暂顾目前安全。的行动。

那消片刻工夫，已到灯光之下，原来并不是个集镇，只有几家人家，住在这山坡之上。因山有高下，故看出如层楼叠榭层层的楼房和台榭。榭，下面有高台基的房屋。一般。到此大家商议，断不再走，硬行敲门求宿，更无他法。

当时走近一家，外面系虎皮石按照石头原来大小不等的形状，间杂砌起，用泥灰勾抹石缝，形成自然的斑驳花纹，叫虎皮石。砌的墙，一个墙门，里面房子看来不少，大约总有十几间的光景。于是车夫上前扣门。扣了几下，里面出来一个老者，须发苍然，手中持了一枝烛台，燃了一枝白蜡烛，口中问道："你们来做什么的？"

申子平急上前，和颜悦色的把原委说了一遍，说道："明知并非客店，无奈从人万不能行，要请老翁行个方便。"那老翁点点头，道："你等一刻，我去问我们姑娘去。"说着，门也不关，便进里面去了。子平看了，心下十分诧异："难道这家人家竟无家主吗？何以去问姑娘？难道是个女孩儿当家吗？"既而想道："错了，错了。想必这家是个老太太做主。这个老者想必是他的侄儿。姑娘者，姑母之谓也。理路道理。甚是，一定不会错了。"

霎时，只见那老者随了一个中年汉子出来，手中仍拿烛台，说声"请客人里面坐"。原来这家，进了墙门，就是一平一排。五间房子，门在中间，门前台阶约十余级。中年汉子手持烛台，照着申子平上来。子平分付车夫等："在院子里略站一站，等我进去看了情形，再招呼你们。"

子平上得台阶，那老者立于堂中，说道："北边有个坦坡，平坡，没有台阶。叫他们把车子推了，驴子牵了。由坦坡进这房子来罢。"原来这是个朝西的大门。众人进得房来，是三间厂屋，两头各有一间，隔断了的。这厂屋北头是个炕，南头空着，将车子同驴安置南头，一众五人，安置在炕上，然后老者问了子平名姓，道："请客人里边坐。"

于是过了穿堂，即"过道屋"，两院之间供穿行的房间。就是台阶，上去有块平地，都是栽的花木，映着月色，异常幽秀。且有一阵阵幽香，清沁肺腑。清淡的香味透入人的脏腑。向北乃是三间朝南的精舍，一转俱是回廊，曲折的走廊。用带皮杉木做的阑柱。进得房来，上面挂了四盏纸灯，斑竹扎的，甚为灵巧。两间厂着，一间隔断，做个房间的样子。桌椅几案，布置极为妥协。妥帖、妥当。房间挂了一幅褐色布门帘。

老者到房门口，喊了一声："姑娘，那姓申的客人进来了。"却看门帘掀起，里面出来一个十八九岁的女子，穿了一身布服，二蓝淡蓝。褂子，青布裙儿，相貌端庄莹静，端庄，庄重、稳重。莹静，整洁、安静。莹，光洁明亮。明媚闲雅，明媚，鲜明好看。闲雅，同"娴雅"，态度文雅。见客福即"万福"。古代妇女敬礼时，整敛衣衿（一说衣袖），口说"万福"，表示祝愿。后代妇女只虚拢两手在胸前上下移动，不再致词，也叫"福"。了一福，子平慌忙长揖大揖。自头上拱手一直到地，表示恭敬。答礼。女子说："请坐。"即命老者："赶紧的做饭，客人饿了。"老者退去。

那女子道："先生贵姓？来此何事？"子平便将"奉家兄命特访刘仁甫"的话说了一遍。那女子道："刘先生当初就住这集东边的，现在已搬到柏树峪去了。"子平问："柏树峪在什么地方？"那女子道："在集西有三十多里的光景。那边路比这边更僻，愈加不好走了。家父前日退值值日回来。回来，告诉我们说：今天有位远客来此，路上受了点虚惊，分付我们迟点睡，预备些酒饭，以便款待。并说：简慢了尊客，千万不要见怪。"子平听了，惊讶之至："荒山里面，又无衙署，有什么值日退值？何以前天就会知道呢？这女子何以如此大方？岂古人所谓有林下风范指妇女举止文雅、大方。林下，田野，退休归隐的地方。风范，风度，气派。语见《世说新语·贤媛》，原作'风气'。的，就是这样吗？到要问个明白。"不知申子平能否察透这女子形迹，且听下回分解。

原评

唐子畏画虎，不及施耐庵说虎；唐子畏画的是死虎，施耐庵说的是活虎。施耐庵说虎，不及百炼生说虎；施耐庵说的是凡虎，百炼生说的是神虎。

这女子，人耶？鬼耶？仙耶？魅也？我甚盼望下一回早日出书矣。

一客吟詩負手面壁

三人品茗促膝談心

第九回
一客吟诗负手面壁　三人品茗促膝谈心

话说申子平正在凝思，此女子举止大方，不类乡人，况其父在何处退值。正欲诘问，只见外面帘子动处，中年汉子已端进一盘饭来。那女子道："就搁在这西屋炕桌上罢。"

这西屋靠南窗原是一个砖砌的暖炕，北方的火炕。靠窗设了一个长炕几，摆在炕上的矮桌。两头两个短炕儿，当中一个正方炕桌，桌子三面好坐人的。西面墙上是个大圆月洞窗子，正中镶了一块玻璃，窗前设了一张书案。中堂虽未隔断，却是一个大落地罩。设在室内的雕有花棂的隔扇，可以分隔里外，并作装饰之用。那汉子已将饭食列在炕桌之上，却只是一盘馒头，一壶酒，一罐小米稀饭，到有四肴小菜，无非山蔬野菜之类，并无荤腥。女子道："先生请用饭，我少停就来。"说着，便向东房里去了。

子平本来颇觉饥寒，于是上炕先饮了两杯酒，随后吃了几个馒头。虽是蔬菜，却清香满口，比荤菜更为适用。吃过馒头，喝了稀饭，那汉子舀了一盆水来，洗过脸，立起身来，在房内徘徊徘徊，舒展肢体。抬头看见北墙上挂着四幅大屏，草书写得龙飞凤舞，出色惊人，下面却是双款：上写着“西峰柱史正非”，下写着“黄龙子呈稿”。草字虽不能全识，也可十得八九。仔细看去，原来是六首七绝诗，非佛非仙，咀嚼起来，到也有些意味。既不是寂灭虚无，又不是铅汞龙虎。道家用铅、汞（水银）入鼎炼丹，以求长生，因此炼丹叫作“铅汞”。龙虎，道家以龙虎比喻水火。看那月洞窗下，书案上有现成的纸笔，遂把几首诗抄下来，预备带回衙门去，当新闻纸看。你道是怎样个诗？请看，诗曰：

曾拜瑶池九品莲，希夷授我《指元篇》。

光阴荏苒真容易，回首沧桑五百年。以下六首七言绝句，都是作者自述。本首追述自己从太谷学派大师李龙川受学，得明至理，但光阴荏苒，已成过去。

紫阳属和《翠虚吟》，传响空山霹雳琴。

刹那未除人我相，天花粘满护身云。本诗记述太谷学派传人黄归群约作者讲学，作者自谦学力未纯，有时还不能超脱一切。

情天欲海足风波，渺渺无边是爱河。

引作园中功德水，一齐都种曼陀罗。本诗讲一般学道的人，虽然沉溺在情欲当中，但得人引导，也立可证道。

石破天惊一鹤飞，黑漫漫夜五更雷。

自从三宿空桑后，不见人间有是非。本诗写作者所受太谷之学绝世不群，如长夜惊雷，震醒迷梦。自己受教以后，大彻大悟。

野马尘埃昼夜驰，五虫百卉互相吹。

偷来鹫岭涅槃乐，换取壶公杜德机。本诗写光阴迅速，世界众生，扰扰生灭，及作者由寂静入于冲纯的学道历程。

菩提叶老《法华》新，南北同传一点灯。

五百天童齐得乳，香花供奉小夫人。本诗写黄归群（太谷学派南宗）、蒋龙溪（北宗）在苏州讲学，南北弟子合宗二师，不再分别。说明太谷学派重开讲舍，欣欣向荣。

子平将诗抄完，回头看那月洞窗外，月色又清又白，映着那层层叠叠的山，一步高一步的上去，真是仙境，迥非绝非。迥，形容差别大。凡俗。此时觉得并无一点倦容，何妨出去上山闲步一回，岂不更妙。才要动脚，又想道："这山不就是我们刚才来的那山吗？这月不就是刚才踏的那月吗？为何来的时候，便那样的阴森惨淡，令人怵魄动心？惊心动魄。怵，恐惧。此刻山月依然，何以令人心旷神怡呢？"就想到王右军王羲之，字逸少，晋朝著名书法家，官至右军将军，后人因称"王右军"。说的："情随境迁，感慨系之矣。"真正不错。低徊徘徊。了一刻，也想做两首诗，只听身后边娇滴滴的声音说道："饭用过了罢？怠慢得很。"慌忙转过头来，见那女子又换了一件淡绿印花布棉袄，青布大脚裤子，愈显得眉似春山，眼如秋水；两腮酡厚即浓厚。酡，通"浓"。这里指肌肉丰满。如帛裹朱，从白里隐隐透出红来，不似时下南北的打扮，用那胭脂涂得同猴子屁股一般；口颊之间若带喜笑，眉眼之际又颇似振矜，矜持、拘谨。振，正。真令人又爱又敬。女子说道："何不请炕上坐，暖和些。"于是彼此坐下。

那老苍头男仆。进来问姑娘道："申老爷行李放在什么地方呢？”姑娘说：“太爷前日去时，分付就在这里间太爷榻上睡，行李不用解了。跟随的人都吃过饭了吗？你叫他们早点歇罢。驴子喂了没有？”苍头一一答应说：“都齐备妥协了。”姑娘又说：“你煮茶来罢。”苍头连声应是。

子平道：“尘俗身体，断不敢在此地下榻。来时见前面有个大炕，就同他们一道睡罢。”女子说：“无庸过谦，此是家父分付的。不然，我一个山乡女子，也断不擅自迎客。”子平道：“蒙惠过分，感谢已极。只是还不曾请教贵姓？尊大人是做何处的官？在何处值日？”女子道：“敝姓涂氏。家父在碧霞宫上值，五日一班。合计半月在家，半月在宫。”

子平问道：“这屏上诗是何人做的？看来只怕是个仙家罢？”女子道：“是家父的朋友，常来此地闲谈，就是去年在此地写的。这个人也是个不衫不履原指衣着不整齐，后来形容性情洒脱，不拘小节。履，鞋。的人，与家父最为相契。”性情相投。契，合。子平道：“这人究竟是个和尚，还是个道士？何以诗上又像道家的话，又有许多佛家的典故呢？”女子道：“既非道士，又非和尚，其人也是俗装。他常说：‘儒、释、道三教，譬如三个铺面铺子的门面。挂了三个招牌，其实都是卖的杂货，柴米油盐都是有的。不过儒家的铺子大些，佛、道的铺子小些，皆是无所不包的。’又说：‘凡道总分两层：一个叫道面子，一个叫道里子。道里子都是同的，道面子就各有分别了。如和尚剃了头，道士挽了个髻，叫人一望而知，那是和尚，那是道士。倘若叫那和尚留了头，也挽个髻子，披件鹤氅，用鸟羽编制的衣服。后来用作道袍的代称。氅，大衣。氅，chǎng。道士剃了发，着件袈裟，和尚披在外面的法衣。人又要颠倒呼唤起来了。难道眼耳鼻舌不是那个用法吗？'又说：'道面子有分别，道里子实是一样的。'所以这黄龙先生，不拘三教，随便吟咏的。"

子平道："得闻至论，佩服已极。只是既然三教道里子都是一样，在下愚蠢得极，到要请教这同处在什么地方，异处在什么地方？何以又有大小之分？儒教最大，又大在什么地方？敢求指示。"女子道："其同处在诱人为善，引人处于大公。人人好公，则天下太平；人人营私，则天下大乱。惟儒教公到极处。你看，孔子一生遇了多少异端！旧时对不符合儒家正统的主张和学说，都叫'异端'。如长沮、桀溺、荷蓧丈人荷，挑。蓧，古代除草用的农具。丈人，老人。他不满意孔子、子路等不从事劳动，孔子却称他为'隐者'（隐士）。见《论语·微子》。等类，均不十分佩服孔子，而孔子反赞扬他们不置：是其公处，是其大处。所以说：'攻乎异端，斯害也已。'语出《论语·为政》。若佛道两教，就有了褊心：狭隘的心思。褊，biǎn。惟恐后世人不崇奉他的教，所以说出许多天堂地狱的话来吓唬人。这还是劝人行善，不失为公。甚则说崇奉他的教，就一切罪孽消灭；不崇奉他的教，就是魔鬼入宫，死了必下地狱等辞，这就是私了。至于外国一切教门，更要为争教兴兵接战，杀人如麻。试问，与他的初心合不合呢？所以就愈小了。若回回教说，为教战死的血光如玫瑰紫的宝石一样，更骗人到极处！只是儒教可惜失传已久，汉儒拘守章句，拘泥于古书的章节句读。反遗大旨；到了唐朝，直没人提及。韩昌黎韩愈，唐代古文家，祖籍昌黎（今河北昌黎），宋代追封为昌黎伯，后世因称‘韩昌黎’。是个通文不通道的脚色，戏剧演员，这里义同‘家伙’，有贬义。胡说乱道！他还要做篇文章，叫做《原道》，意思是探求儒道的本原。真正原到道反面去了！他说：‘君不出令，则失其为君；民不出粟、米、丝、麻，以奉其上，则诛。’如此说去，那桀纣夏桀和商纣，历史上著名的暴君。很会出令的，又很会诛民的，然则桀纣之为君是，而桀纣之民全非了，岂不是是非颠倒吗？他却又要辟佛老，倒又与和尚做朋友。所以后世学儒的人，觉得孔孟的道理太费事，不如弄两句辟佛老的口头禅，就算是圣人之徒，岂不省事。弄的朱夫子朱熹，南宋理学家。下文说他改孔子的《论语》，是说他的《论语集注》对《论语》原义有曲解。也出不了这个范围，只好据韩昌黎的《原道》去改孔子的《论语》，把那‘攻乎异端’的‘攻’字，百般扭捏，究竟总说不圆，却把孔孟的儒教被宋儒弄的小而又小，以至于绝了！”

子平听说，肃然起敬道：“‘与君一夕话，胜读十年书！’真是闻所未闻！只是还不懂：长沮、桀溺倒是异端，佛老倒不是异端，何故？”女子道：“皆是异端。先生要知‘异’字当不同讲，‘端’字当起头讲。‘执其两端’语出

《礼记·中庸》。是说执其两头的意思。若‘异端’当邪教讲，岂不‘两端’要当桠杈树枝分叉的地方。桠，yā。教讲？‘执其两端’便是抓住了他个桠杈教呢，成何话说呀？圣人意思，殊途不妨同归，异曲不妨同工。只要他为诱人为善，引人为公起见，都无不可。所以叫做‘大德不逾闲，小德出入，可也’。大的德行不能超越范围，作风上的小节有些出入没大关系。闲，范围。小德，细行、小节。语出《论语·子张》。若只是为攻讦攻击别人的短处。讦，jié。起见，初起尚只攻佛攻老，后来朱陆异同，朱，朱熹；陆，陆九渊。两人都是南宋著名理学家。理学是一种唯心论哲学思想。朱、陆分别代表客观、主观唯心论，互相辩难。后世两派弟子争论激烈，各不相下。异同，异议、意见不同。遂操同室之戈，即‘同室操戈’。一家人动起武器，比喻内部争吵。操，拿。戈，古代兵器。并是同是。祖孔孟的，何以朱之子孙要攻陆，陆之子孙要攻朱呢？此之谓‘失其本心’，反被孔子‘斯害也已’四个字定成铁案！”

子平闻了，连连赞叹，说：“今日幸见姑娘，如对明师。但是宋儒错会圣人意旨的地方，也是有的，然其发明正教的功德，亦不可及。即如‘理’‘欲’二字，‘主敬’‘存诚’等字，虽皆是古圣之言，一经宋儒提出，后世实受惠不少，人心由此而正，风俗由此而醇。”纯厚，朴实厚道。那女子嫣然一笑，秋波流媚，向子平睇斜着眼看。睇，dì。了一眼。子平觉得翠眉含娇，丹唇启秀，又似有一阵幽香沁入肌骨，不禁神魂飘荡。那女子伸出一只白如玉、软如棉的手来，隔着炕桌子，握着子平的手。握住了之后，说道：

"请问先生：这个时候，比你少年在书房里，贵业师旧时称对方老师的敬辞。业师，老师。握住你手'扑作教刑'用板子责打违犯礼教的人。扑，打人的板子。教刑，古代教官对不遵守礼教者的刑罚。语出《尚书·舜典》。的时候何如？"子平默无以对。

女子又道："凭良心说，你此刻爱我的心，比爱贵业师何如？圣人说的，'所谓诚其意者，毋自欺也。如恶恶臭，如好好色'。语出《大学》。后二句，第一个'恶'，读wù，讨厌。第一个'好'，读hào，喜爱。孔子说：'好德如好色。'语出《论语·子罕》：'子曰：吾未见好德如好色者也。'好，喜欢。好，hào。孟子说：'食色，性也。'食欲和性欲，都是人的本性。语出《孟子·告子上》。子夏说：'贤贤易色。'学习别人的美德来改变自己爱好美色的心。第一个'贤'是动词，尊重，学习。语出《论语·学而》。这好色乃人之本性。宋儒要说好德不好色，非自欺而何？自欺欺人，不诚极矣！他偏要说'存诚'，岂不可恨！圣人言情言礼，不言理欲。删《诗》以《关雎》为首，试问'窈窕淑女，君子好逑'，均出《关雎》诗，原文不相联属。意思是，美好的姑娘是君子的好对象。追求不到时，就焦虑得在床上翻来覆去睡不着。'求之不得'至于'辗转反侧'，难道可以说这是天理，不是人欲吗？举此可见圣人决不欺人处。《关雎》序上说道：'发乎情，止乎礼义。'发乎情，是不期然而然意思是，没有希望这样，竟然就会这样，表示出乎意料。期，希望。然，这样。的境界。即如今夕，嘉宾惠临，我不能不喜，发乎情也。先生来时，甚为困惫，非常疲乏。又历多时，宜更惫矣，乃精神焕发，可见是很喜欢，如此，亦发乎情也。以少女中男，这里指中年男子。深夜对坐，不及乱言，止乎礼义矣。此正合圣人之道。若宋儒之种种欺人，口难罄述。说也说不完。罄，尽。然宋儒固多不是，然尚有是处；若今之学宋儒者，直乡愿也作'乡原'，外表忠实谨慎，其实是欺世盗名的人。而已，孔孟所深恶而痛绝者也！”

话言未了，苍头送上茶来，是两个旧瓷茶碗，淡绿色的茶，才放在桌上，清香已竟扑鼻。只见那女子接过茶来，漱了一回口，又漱一回，都吐向炕池之内去，笑道：“今日无端谈到道学先生，令我腐臭之气，沾污牙齿，此后只许谈风月矣。”子平连声诺诺，却端起茶碗，呷了一口，觉得清爽异常，咽下喉去，觉得一直清到胃脘胃内部的空腔。脘，wǎn。里，那舌根左右，津液汩汩价翻上来，又香又甜，连喝两口，似乎那香气又从口中反窜到鼻子上去，说不出来的好受，问道：“这是什么茶叶？为何这们好吃？”女子道：“茶叶也无甚出奇，不过本山上出的野茶，所以味是厚的。却亏了这水，是汲的东山顶上的泉。泉水的味，愈高愈美。又是用松花作柴，沙瓶煎的。三合其美，所以好了。尊处吃的都是外间卖的茶叶，无非种茶，其味必薄；又加以水火俱不得法，味道自然差的。”

只听窗外有人喊道：“玙姑，今日有佳客，怎不招呼我一声？”女子闻声，连忙立起，说：“龙叔，怎样这时候会来？”说着，只见那人已经进来，着了一件深蓝布百衲很多补丁。衲，补缀。衲，nà。大棉袄，科头，不戴帽子。不束带亦不着马褂，有五十来岁光景，面如渥丹，原意是染成红色，后指红中透亮。丹，红。渥，沾湿。渥，wò。须髯漆黑，见了子平，拱一拱手，说："申先生，来了多时了？"子平道："到有两三个钟头了。请问先生贵姓？"那人道："隐姓埋名，以黄龙子为号。"子平说："万幸，万幸！拜读大作，已经许久。"女子道："也上炕来坐罢。"黄龙子遂上炕，至炕桌里面坐下，说："玙姑，你说请我吃笋的呢。笋在何处？拿来我吃。"玙姑道："前些时到想挖去的，偶然忘记，被滕六公占去了。龙叔要吃，自去找滕六公商量罢。"黄龙子仰天大笑。

子平向女子道："不敢冒犯，这'玙姑'二字想必是大名罢？"女子道："小名叫仲玙，家姊叫伯璠，故叔伯辈皆自小喊惯的。"

黄龙子向子平道："申先生困不困？如其不困，今夜良会，可以不必早睡，明天迟迟起来最好。柏树峪地方，路极险峻，很不好走，又有这场大雪，路影看不清楚，跌下去有性命之忧。刘仁甫今天晚上检点行李，大约明日午牌时候，可以到集上关帝庙。你明天用过早饭动身，正好相遇了。"子平听说大喜，说道："今日得遇诸仙，三生有幸。请教上仙诞降之辰，还是在唐在宋？"黄龙子又大笑道："何以知之？"答："尊作明说'回首沧桑五百年'，可知断不止五六百岁了。"黄龙子道："'尽信书，则不如无书。'语出《孟子·尽心下》。此鄙人之游戏笔墨耳。公直当

《桃花源记》陶渊明写的散文，描写了一个没有赋税剥削，大家从事耕种的理想社会，内容完全虚构。读可矣。”就举起茶杯，品那新茶。

玙姑见子平杯内茶已将尽，就持小茶壶代为斟满。子平连连欠身道：“不敢。”亦举起杯来详细品量。却听窗外远远唔了一声，那窗纸微觉飒飒价动，屋尘簌簌价落。想起方才路上光景，不觉毛骨森竦，毛发竖起，脊梁骨发冷。森，阴暗。竦，同“悚”，害怕。勃然色变。黄龙道：“这是虎啸，不要紧的。山家看着此种物事，如你们城市中人看骡马一样，虽知他会踢人，却不怕他。因为相习已久，知他伤人也不是常有的事。山上人与虎相习，寻常人固避虎，虎也避人，故伤害人也不是常有的事，不必怕他。”

子平道：“听这声音，离此尚远，何以窗纸竟会震动，屋尘竟会下落呢？”黄龙道：“这就叫做虎威。因四面皆山，故气常聚，一声虎啸，四山皆应。在虎左右，二三十里，皆是这样。虎若到了平原，就无这个威势了。所以古人说：龙若离水，虎若离山，便要受人狎侮欺侮。狎，亲昵而态度不庄重。狎，xiá。的。即如朝廷里做官的人，无论为了什么难，受了什么气，只是回家来对着老婆孩子发发标，发威风、发火。在外边决不敢发半句硬话，也是不敢离了那个官。同那虎不敢去山，龙不敢失水的道理，是一样的。”

子平连连点头，说：“不错，是的。只是我还不明白，虎在山里，为何就有这大的威势，是何道理呢？”黄龙子道：“你没有念过《千字文》么？这就是‘空谷传声，虚堂习听’的道理。虚堂就是个小空谷，空谷就是个大虚堂。你在这门外放个大爆竹，要响好半天呢。所以山城的雷，比平原的响好几倍，也是这个道理。”说完，转过头来，对女子道：“玙姑，我多日不听你弹琴了，今日难得有嘉客在此，何妨取来弹一曲？连我也沾光听一回。”玙姑道：“龙叔，这是何苦来！我那琴如何弹得，惹人家笑话！申公在省城里，弹好琴的多着呢，何必听我们这个乡里迓鼓！农村中迎神赛会时所敲的锣鼓，这里是自谦琴曲俚俗和技术不高明。到是我去取瑟来，龙叔鼓一调瑟罢，还稀罕点儿。”黄龙子说：“也罢，也罢。就是我鼓瑟，你鼓琴罢。搬来搬去，也很费事，不如竟到你洞房深邃幽静的房间。洞，深。这里不是指结婚时的洞房。里去弹罢。好在山家女儿，比不得衙门里小姐，房屋是不准人到的。”说罢，便走下炕来，穿了鞋子，持了烛，对子平挥手说：“请里面去坐。玙姑引路。”

玙姑果然下了炕，接烛先走，子平第二，黄龙第三。走过中堂，揭开了门帘，进到里间，是上下两个榻：上榻设了衾枕，下榻堆积着书画。朝东一个窗户，窗下一张方桌。上榻面前有个小门。玙姑对子平道：“这就是家父的卧室。”进了榻旁小门，仿佛回廊似的，却有窗轩，长廊的窗子或门。地下驾空铺的木板。向北一转，又向东一转，朝北朝东俱有玻璃窗。北窗看着离山很近，一片峭壁，穿空而上，朝下看，像甚深似的。正要前进，只听砰硼霍落几声，仿佛山倒下来价响，脚下震震摇动。子平吓得魂不附体。未知后事如何，且听下回分解。

原评

诗在郭璞、曹唐之间，文合留仙、西河而一。

驪龍雙珠
光照琴瑟

犀牛
一角
聲叶

第十回
骊龙[1]双珠光照琴瑟　犀牛一角声叶[2]箜篌

话说子平听得天崩地塌价一声，脚下震震摇动，吓得魂不附体，怕是山倒下来。黄龙子在身后说道："不怕的。是这山上的冻雪被泉水漱空冲刷空了。了，滚下一大块来，夹冰夹雪，所以有这大的声音。"说着，又朝向北一转，便是一个洞门。这洞不过有两间房大，朝外半截窗台，上面安着窗户，其余三面俱斩平即"崭平"，极平。崭，高出。雪白，顶是圆的，像城门洞的样子。洞里陈设甚简，有几张树根的坐具，却是七大八小的不匀，又都是磨得绢光。类似丝绢一样的光泽。几案也全是古藤天生的，不方不圆，随势制成。东壁横了一张枯槎即"枯茬"，干树桩。槎，同"茬"。独睡榻子，设着衾枕。榻旁放了两三个黄竹箱子，想必是盛衣服什物的了。洞内并无灯烛，北墙上嵌了两个滴圆夜明珠，有巴斗即"笆斗"，用柳条编制的盛粮器，底为半球形。大小，光色发红，不甚光亮。地下铺着地毯，甚厚软，微觉有声。榻北立了一个曲尺形书架，放了许多书，都是草订，不曾切过书头

---

① 骊龙：黑龙。
② 叶（xié）：和谐。

的。双夜明珠中间挂了几件乐器，有两张瑟，两张琴，是认得的；还有些不认得的。

玙姑到得洞里，将烛台吹息，放在窗户台上，方才坐下，只听外面唔唔价七八声，接连又许多声，窗纸却不震动。子平说道："这山里怎样这们多的虎？"玙姑笑道："乡里人进城，样样不识得，被人家笑话；你城里人下乡，却也是样样不识得，恐怕也有人笑你。"子平道："你听，外面唔唔价叫的，不是虎吗？"姑说："这是狼嗥，虎那有这们多呢？虎的声音长，狼的声音短，所以虎名为'啸'，狼名为'嗥'。古人下字眼都是有斟酌的。"

黄龙子移了两张小长几，摘下一张琴，一张瑟来。玙姑也移了三张凳子，让子平坐了一张。彼此调了一调弦，同黄龙各坐了一张凳子。弦已调好，玙姑与黄龙商酌了两句，就弹起来了。初起不过轻挑漫剔，及下文的吟、揉、勾、批、拂、摘等，都是弹奏琴瑟的指法。声响悠柔；一段以后，散泛散，散声，弦类乐器不按弦弹时发出的低沉声音。泛，泛音，弹奏时，拨动弦中的一点所发出的声音。相错，其声清脆；两段以后，吟揉渐多。那瑟之勾挑夹缝中，与琴之绰注类似于现代音乐的节奏。琴声自下而上叫绰，自上而下叫注。相应，粗听若弹琴鼓瑟，各自为调；细听则如珠鸟一双，此唱彼和，问来答往。四五段以后，吟揉渐少，杂以批拂，苍苍凉凉，指声调凄凉。苍苍，同"沧沧"，寒冷的样子。磊磊落落，清楚分明。下指甚重，声韵繁兴。杂起。六七八段，间以曼衍，变化错杂。愈转愈清，其调愈逸。高远。

子平本会弹十几调琴，所以听得入彀；原意是进入箭的射程之内，比喻受人操纵。这里指入神。彀，gòu。因为瑟是未曾听过，格外留神。那知瑟的妙用，也在左手，看他右手发声之后，那左手进退揉颤，其余音也就随着猗猗靡靡，互相伴随。猗猗，yīyī。真是闻所未闻。初听还在算计他的指法、调头，既而便耳中有音，目中无指。久之，耳目俱无，觉得自己的身体，飘飘荡荡，如随长风，浮沉于云霞之际。久之又久，心身俱忘，如醉如梦。于恍惚杳冥之中，铮鏦数声，琴瑟俱息，乃通见闻，人亦警觉，欠身而起，说道："此曲妙到极处！小子旧时对人的谦称。也曾学弹过两年，见过许多高手。从前听过孙琴秋先生弹琴，有《汉宫秋》一曲，以为绝非凡响，与世俗的不同。不想今日得闻此曲，又高出孙君《汉宫秋》数倍。请教叫什么曲名？有谱没有？"玙姑道："此曲名叫《海水天风之曲》，是从来没有谱的。不但此曲为尘世所无，即此弹法亦山中古调，非外人所知。你们所弹的皆是一人之曲，如两人同弹此曲，则彼此宫商皆合而为一。如彼宫，此亦必宫；彼商，此亦必商，断不敢为羽为徵。即使三四人同鼓，也是这样，实是同奏，并非合奏。我们所弹的曲子，一人弹与两人弹，迥乎不同。一人弹的，名'自成之曲'；两人弹，则为'合成之曲'。所以此宫彼商，彼角此羽，相协而不相同。圣人所谓'君子和而不同'，语出《论语·子路》。和，一般解作'平和'（无乖戾之心），书中作'应和'解，所以下文说'后人误会久矣'。就是这个道理。'和'之一字，后人误会久矣。”

当时玙姑立起身来，向西壁有个小门，开了门，对着大声喊了几句，不知甚话，听不清楚。看黄龙子亦立起身。将琴瑟悬在壁上。

子平于是也立起，走到壁间，仔细看那夜明珠到底什么样子，以便回去夸耀于人。及走至珠下，伸手一摸，那夜明珠却甚热，有些烙手，心里诧异道：“这是什么道理呢？”看黄龙子琴瑟已俱挂好，即问道：“先生，这是什么？”笑答道：“骊龙之珠，你不认得吗？”问：“骊珠骊龙下巴下面的珠子。怎样会热呢？”答：“这是火龙所吐的珠，自然热的。”子平说：“火龙珠那得如此一样大的一对呢？虽说是火龙，难道永远这们热么？”笑答道：“然则我说的话，先生有不信的意思了。既不信，我就把这热的道理开给你看。”说着，便向那夜明珠的旁边有个小铜鼻子一拔，那珠子便像一扇门似的张开来了。原来是个珠壳，里面是很深的油池，当中用棉花线卷的个灯心，外面用千层纸做的个灯筒，灯罩。上面有个小烟囱，从壁子上出去，上头有许多的黑烟，同洋灯煤油灯。的道理一样，却不及洋灯精致，所以不免有黑烟上去。看过也就笑了。再看那珠壳，原来是用大螺蚌壳磨出来的，所以也不及洋灯光亮。

子平道：“与其如此，何不买个洋灯，岂不省事呢？”黄龙子道：“这山里那有洋货铺呢？这油就是前山出的，与你们点的洋油是一样物件。只是我们不会制造，所以总嫌他浊，光也不足，所以把他嵌在壁子里头。”说过便将珠壳关好，依旧是两个夜明珠。

子平又问：“这地毯是什么做的呢？”答：“俗名叫做‘蓑草’。因为可以做蓑衣用，故名。将这蓑草半枯时，采来晾干，劈成细丝，和麻织成的。这就是玙姑的手工。山地多潮湿，所以先用云母铺了，再加上这蓑毯，人就不受病了。这壁上也是云母粉和着红色胶泥涂的，既御潮湿，又避寒气，却比你们所用的石灰好得多呢。”

子平又看，壁上悬着一物，像似弹棉花的弓，却安了无数的弦，知道必是乐器，就问；“叫甚名字？”黄龙子道：“名叫‘箜篌’。”用手拨拨，也不甚响，说道：“我们从小读诗，题目里就有《箜篌引》，汉乐府诗曲名，一名《公无渡河》。却不知道是这个样子。请先生弹两声，以广见闻，何如？”黄龙道：“单弹没有什么意味。我看时候何如，再请一个客来，就行了。”走至窗前，朝外一看月光，说：“此刻不过亥正，旧时指夜间九点至十一点的时间为亥时，十点为亥正。恐怕桑家姊妹还没有睡呢，去请一请看。”遂向玙姑道：“申公要听箜篌，不知桑家阿扈能来不能？”玙姑道：“苍头送茶来，我叫他去问声看。”于是又各坐下。苍头捧了一个小红泥炉子，外一个水瓶子，水壶。瓶，diào。一个小茶壶，几个小茶杯，安置在矮脚几上。玙姑说：“你到桑家，问扈姑、胜姑能来不能。”苍头诺声去了。

此时三人在靠窗个梅花几旁坐着。子平靠窗台甚近，玙姑取茶布把茶或菜肴分给客人。与二人，大家静坐吃茶。子平看窗台上有几本书，取来一看，面子上题了四个大字，曰“此中人语”。语见陶渊明《桃花源记》。揭开来看，也有诗，也有文，惟长短句子的歌谣最多，俱是手录，字迹娟好。美好。看了几首，都不甚懂。偶然翻得一本，中有张花笺，写着四首四言诗，是个单张子，想要抄下，便向玙姑道：“这纸我想抄去，可以不可以？”玙姑拿过去看了看，说：“你喜欢，拿去就是了。”子平接过来，再细看，上写道：

《银鼠谚》这是以庚子（1900）年义和团事件为内容的四言诗。庚，属西方，庚辛金，代表白色，故称“银”；子，属鼠，故合称银鼠。谚，俗语，这是作者的谦辞。

东山乳虎，迎门当户；

明年食獐，悲生齐鲁。——一解一章。解，章、节。东山，山东。乳虎，哺乳期中因护养幼虎特别凶恶的母老虎，指书中的玉贤，即毓贤。食獐，指杀害教民。齐鲁，指山东。

残骸狼籍，乳虎乏食；

飞腾上天，立豕当国。——二解“飞腾上天”，指毓贤调赴北京。立豕，指刚毅。“毅”字右旁折开，即“立豕”。刚毅，字子良，满洲镶蓝旗人，历任巡抚、尚书、军机大臣，依附慈禧太后，企图废黜光绪帝，主张围攻北京各国使馆。八国联军攻陷北京后要求清政府惩办祸首，被迫自杀。当国，主持国政。

乳虎斑斑，雄据西山；

亚当孙子，横被摧残。——三解“雄据西山”，指毓贤调任山西巡抚。西山，指山西。“亚当孙子”，指基督教徒。

四邻震怒，天眷西顾；

毙豕殪虎，黎民安堵。——四解 “四邻震怒”，指八国联军对中国的侵略战争。“天眷西顾”，指慈禧太后、光绪帝逃离北京，经大同到西安。“毙豕殪虎”，指刚毅自杀和处死毓贤。殪，杀。安堵，安居。

子平看了又看，说道：“这诗仿佛古歌谣，其中必有事迹，请教一二。”黄龙子道：“既叫做‘此中人语’，必不能‘为外人道’可知矣。阁下静候数年便会知悉。”玙姑道：“‘乳虎’就是你们玉太尊，其余你慢慢的揣摹，也是可以知道的。”

子平会意，也就不往下问了。其时远远听有笑语声。一息工夫，只听回廊上格登格登，有许多脚步儿响，顷刻已经到了面前。苍头先进，说：“桑家姑娘来了。”黄、玙皆接上前去。子平亦起身植立。站起来。植，直立。只见前面的一个约有二十岁上下，着的是紫花袄子，紫地黄花，下着燕尾青的裙子，头上倒梳云髻，挽了个坠马妆；坠马髻斜梳在一边的一种发髻。后面的一个约有十三四岁，着了个翠蓝袄子，红地白花的裤子，头上正中挽了髻子，插了个慈菇叶子似的一枝翠花，走一步颤巍巍的。进来彼此让了坐。

玙姑介绍，先说：“这是城武县申老父台旧时对县令的尊称。的令弟，今日赶不上集店，在此借宿，适值龙叔也来，彼此谈得高兴，申公要听箜篌，所以有劳两位芳驾。旧时对女性的尊称，犹如对男性称大驾。搅破清睡，罪过得很！”两人齐道：“岂敢，岂敢。只是《下里》之音，鄙俗的音乐。这是奏乐人的谦辞。下里，乡里，这里指《下里巴人》。巴人，犹云野蛮人。不堪入耳。”黄龙说：“也无庸过谦了。”

玙姑随又指着年长着紫衣的，对子平道：“这位是扈姑姐姐。”指着年幼着翠衣的道：“这位是胜姑妹子。都住在我们这紧邻，平常最相得的。”子平又说了两句客气的套话，却看那扈姑，丰颊长眉，眼如银杏，口辅即“口酺”，面颊。辅，通“酺”，颊。双涡，唇红齿白，于艳丽之中，有股英俊之气；那胜姑幽秀俊俏，眉目清爽。苍头进前，取水瓶，将茶壶注满，将清水注入茶瓶，即退出去。玙姑取了两个盏子，各敬了茶。黄龙子说：“天已不早了，请起手动手。罢。”

玙姑于是取了箜篌递给扈姑，扈姑不肯接手，说道：“我弹箜篌，不及玙妹。我却带了一枝角一种吹奏用的乐器。来，胜妹也带得铃来了。不如竟是玙妹弹箜篌，我吹角，胜妹摇铃，岂不大妙？”黄龙道：“甚善，甚善。就是这们办。”扈姑又道：“龙叔做什么呢？”黄龙道：“我管听。”扈姑道：“不害臊，稀罕你听！龙吟虎啸，你就吟罢。”黄龙道：“水龙才会吟呢。我这个田里的龙，只会潜而不用。”语出《易经·乾卦》，原作“潜龙勿用”，意思是有道德的人隐藏在野，晦养待时。潜，隐藏。玙姑说：“有了法子了。”即将箜篌放下，跑到靠壁几上，取过一架特磬古代用玉或石制成的打击乐器，形如曲尺，悬在架上。因每架只悬一个，故叫“特磬”。特，独。来，放在黄龙面前，说：“你就半啸半击磬，帮衬帮衬音节罢。”

扈姑遂从襟底取出一枝角来，光彩夺目，如元玉即玄玉，黑玉。一般，先缓缓的吹起。原来这角上面有个吹孔，旁边有六七个小孔，手指可以按放，亦复有宫商徵羽，不似巡街兵吹的海螺只是呜呜价叫。听那角声，吹得呜咽顿挫，呜咽，指乐声凄凉。顿挫，指乐声停顿转折，有节奏。其声悲壮。

当时玙姑已将箜篌取在膝上，将弦调好，听那角声的节奏。胜姑将小铃取出，左手揿按。揿，qìn。了四个，右手揿了三个，亦凝神看着扈姑。只见扈姑角声一阕将终，胜姑便将两手七铃同时取起，商商价乱摇。

铃起之时，玙姑已将箜篌举起，苍苍凉凉，紧钩漫摘，连批带拂。铃声已止，箜篌丁东也作“丁冬”“丁当”，象声词。断续，与角声相和，如狂风吹沙，屋瓦欲震。那七个铃便不一齐都响，亦复参差错落，应机赴节。意思是应和乐声，配合节奏。

这时黄龙子隐几倚几。仰天，撮唇齐口，发啸相和。尔时，喉声，角声，弦声，铃声，俱分辨不出。耳中但听得风声，水声，人马蹙踏践踏。蹙，踏。蹙，cù。声，旌旗熠耀原意是鲜明的样子，这里形容旗帜随风飘动的声音。熠耀，yìyào。声，干戈击轧撞击。轧，压。轧，yà。声，金鼓薄伐紧急敲打。薄，急迫。伐，敲。声。约有半小时，黄龙举起磬击子敲磬的工具。来，在磬上铿铿锵锵的乱击，协律谐声，乘虚蹈隙。这里是指在适当的时机敲磬，突出音乐的节奏。虚、隙，空隙。其时箜篌渐稀，角声渐低，惟余清磬，铮鈲未已。少息，少停。息，止。胜姑起立，两手笔直，乱铃再摇，众乐皆息。子平起立拱手道："有劳诸位，感戴感激爱戴。戴，拥护。之至。"众人俱道："见笑了。"子平道："请教这曲叫什么名头，何以颇有杀伐之声？"黄龙道："这曲叫《枯桑引》，又名《胡马嘶风曲》，乃军阵乐也。凡箜篌所奏，无和平之音，多半凄清悲壮，其至急者，可令人泣下。"

谈心之顷，各人已将乐器送还原位，复行坐下。扈姑对玙姑道："璠姊怎样多日未归？"玙姑道："大姐姐因外甥子不舒服，闹了两个多月了，所以不曾来得。"胜姑说："小外甥子什么病？怎么不赶紧治呢？"玙姑道："可不是么？小孩子淘气，治好了，他就乱吃，所以又发，已经发了两次了。何尝不替他治呢。"又说了许多家常话，遂立起身来，告辞去了。子平也立起身来，对黄龙说："我们也前面坐罢，此刻怕有子正旧时指夜间十一点至一点为子时，十二点为子正。的光景，玙姑娘也要睡了。"

说着，同向前面来，仍从回廊行走。只是窗上已无月光，窗外峭壁，上半截雪白烁亮，下半截已经乌黑，是十三日的月亮，已经大歪西了。走至东房，玙姑道："二位就在此地坐罢，我送扈胜姐姐出去。"到了堂屋，扈胜也说："不用送了，我们也带了个苍头来，在前面呢。"听他们又喁喁哝哝低声说话。喁喁，yóngyóng。了好久，玙姑方回。黄龙说："你也回罢，我还坐一刻呢。"玙姑也就告辞回洞，说："申先生就在榻上睡罢，失陪了。"

玙姑去后，黄龙道："刘仁甫却是个好人，然其病在过真，处山林有余，处城市恐不能久。大约一年的缘分，你们是有的。过此一年之后，局面又要变动了。"子平问："一年之后是什么光景？"答："小有变动。五年之后，风潮旧时指社会上突然发生的骚扰。渐起，十年之后，局面就大不同了。"子平问："是好是坏呢？"答："自然是坏。然坏即是好，好即是坏；非坏不好，非好不坏。"子平道："这话我真正不懂了。好就是好，坏就是坏。像先生这种说法，岂不是好坏不分了吗？务请指示一二。不才往常见人读佛经，什么'色即是空，空即是色'，这种无理之口头禅，常觉得头昏脑闷。今日遇见先生，以为如拨云雾见了青天，不想又说出这套懵懂话来，岂不令人闷煞？"

黄龙子道："我且问你：这个月亮，十五就明了，三十就暗了，上弦下弦就明暗各半了，那初三四里的月亮只有一牙，请问他怎么便会慢慢地长满了呢？十五以后怎么慢慢地又会烂吊了呢？"子平道："这个理容易明白：因为月球本来无光，受太阳的光，所以朝太阳的半个是明的，背太阳的半个是暗的。初三四，月身斜对太阳，所以人眼看见的正是三分明，七分暗，就像一牙似的；其实，月球并无分别，只是半个明，半个暗，盈亏圆缺，都是人眼睛现出来的景相，现象。与月球毫不相干。"

黄龙子道："你既明白这个道理，应须知道好即是坏，坏即是好，同那月球的明暗，是一个道理。"子平道："这个道理实不能同。月球虽无圆缺，实有明暗。因永远是半个明的，半个暗的，所以明的半边朝人，人就说月圆了；暗的半边朝人，人就说月黑了。初八、二十三，人正对他侧面，所以觉得半明半暗，就叫做上弦、下弦。因人所看的方面不同，唤做个盈亏圆缺。若在二十八九，月亮全黑的时候，人若能飞到月球上边去看，自然仍是明的。这就是明暗的道理，我们都懂得的。然究竟半个明的，半个暗的，是一定不移的道理。半个明的终久是明，半个暗的终久是暗。若说暗即是明，明即是暗，理性总不能通。"

正说得高兴，只听背后有人道："申先生，你错了。"毕竟此人是谁，且听下回分解。

第十一回

疫鼠传殃成害马① 瘈犬流灾化毒龙②

却说申子平正与黄龙子辨论，忽听背后有人喊道："申先生，你错了。"回头看时，却原来正是玙姑，业已换了装束，仅穿一件花布小袄，小脚裤子，露出那六寸金莲，着一双灵芝头扱鞋，也作"撒鞋"，即靸（sǎ）鞋，前脸深而尖的平底布鞋。愈显得聪明俊俏。那一双眼珠儿，黑白分明，都像透水似的。

申子平连忙起立，说："玙姑还没有睡吗?"玙姑道："本待要睡，听你们二位谈得高兴，故再来听二位辨论，好长点学问。"子平道："不才那敢辨论！只是性质愚鲁，一时不能澈悟，所以有劳黄龙先生指教。方才姑娘说我错了，请指教一二。"玙姑道："先生不是不明白，是没有多想一想。大凡大概。人都是听人家怎样说，便怎样信，不能达出自己的聪明。你方才说月球半个明的，终久是明的。试思

---

① "疫鼠传殃成害马"：指义和团。书中说义和团"起于戊子，成于甲午"。"子"是鼠年，"午"是马年，由于作者的反动立场，因此骂鼠是传染瘟疫的病鼠，马是害群之马。殃，灾难。

② "瘈（chì）犬流灾化毒龙"：指革命党。书中说革命党"起于戊戌，成于甲辰"。"戌"属狗（犬）、"辰"属龙，因此咒骂犬是瘈犬，即疯狗，龙是毒龙。瘈，同"瘛"，小儿急慢惊风病。

月球在天，是动的呢？是不动的呢？月球绕地是人人都晓得的。既知道他绕地，则不能不动，即不能不转，是很明显的道理了。月球既转，何以对着太阳的一面永远明呢？可见月球全身都是一样的质地，本质。无论转到那一面，凡对太阳的总是明的了。由此可知，无论其为明为暗，其于月球本体，毫无增减，亦无生灭。其理本来易明，都被宋以后的三教子孙指儒、释、道三家的弟子。挟了一肚子欺人自欺的心去做经注，把那三教圣人的精义都注歪了。所以天降奇灾，北拳南革，要将历代圣贤一笔抹煞，此也是自然之理，不足为奇的事。不生不死，不死不生；即生即死，即死即生，那里会错过一丝毫呢？”

申子平道：“方才月球即明即暗的道理，我方有二分明白，今又被姑娘如此一说，又把我送到‘酱糊缸’里去了。我现在也不想明白这个道理了，请二位将那五年之后风潮渐起，十年之后就大不同的情形，开示一二。”

黄龙子道：“三元甲子我国旧时以干支纪年，即用干、支依次轮流搭配，每六十年轮转一次，即经历一个‘甲子’。每个‘甲子’中，又含有六个‘甲’。在一百八十年中有三个‘甲子’：第一个六十年叫‘上元甲子’，第二个叫‘中元甲子’，第三个叫‘下元甲子’，合称‘三元甲子’。之说，阁下是晓得的。同治三年甲子，是上元甲子第一年，阁下想必也是晓得的？”子平答应一声道：“是。”黄龙子又道：“此一个甲子与以前三个甲子不同，此名为‘转关甲子’。此甲子，六十年中要将以前的事全行改变：同治十三年，甲戌，为第一变；光绪十年，甲申，为第二变；甲午，为第三变；甲辰，为第四变；甲寅，为第五变：五变之后，诸事俱定。若是咸丰甲寅生人的人，活到八十岁，这六甲变态都是亲身阅历，到也是个极有意味的事。”

子平道：“前三甲的变动，不才大概也都见过了：大约甲戌穆宗毅皇帝上升，穆宗毅皇帝即清同治帝。上升，升天，指代皇帝的死。大局为之一变；甲申为法兰西福建之役，安南之役，大局又为之一变；甲午为日本侵我东三省，俄德出为调停，借收渔翁之利，大局又为之一变：此都已知道了。请问后三甲的变动如何？”黄龙子道：“这就是北拳南革了。北拳之乱，起于戊子，成于甲午，至庚子，子午一冲而爆发，其兴也勃然，突然。其灭也忽然，北方之强也。其信从者，上自宫闱，原指后妃居住的地方，这里指慈禧太后。下至将相而止，主义为压汉。南革之乱，起于戊戌，成于甲辰，至庚戌，辰戌一冲而爆发，然其兴也渐进，其灭也潜消，南方之强也。其信从者，下自士大夫，上亦至将相而止，主义为逐满。此二乱党，皆所以酿劫运，制造灾祸。劫，佛家语，劫数，即厄运。亦皆所以开文明文明，原指文采、光明，后指社会发展到较高阶段时所具有的文化。也。北拳之乱所以渐渐逼出甲辰之变法；南革之乱所以逼出甲寅之变法。甲寅之后文明大著，中外之猜嫌，满汉之疑忌，尽皆销灭。魏真人《参同契》又名《周易参同契》，东汉吴人魏伯阳所著。所说，‘元年乃芽滋’，指甲辰而言。辰属土，万物生于土，故甲辰以后为文明芽滋之世，如木之坼甲，又作‘甲坼’，裂皮。甲，草木初生时所带出的种子皮。坼，chè。如笋之解箨。竹笋的外皮。箨，tuò。其实，满目所见者皆木甲竹箨也，而真苞真性和本质。苞，本。已隐藏其中矣。十年之间，箨甲渐解，至甲寅而齐。寅属木，为花萼之象。甲寅以后为文明华敷开花。华，同‘花’。敷，分布。之世，虽灿烂可观，尚不足与他国齐趋并驾。直至甲子，为文明结实之世，可以自立矣。然后由欧洲新文明进而复我三皇五帝传说中的上古帝王。说法不同，一般以伏羲、燧人、神农为三皇，黄帝、颛顼、帝喾、尧、舜为五帝。相传那时是人民安居乐业、风俗淳厚的盛世。旧文明，骎骎进于大同之世很快进入大同世界。骎骎，马快跑的样子。大同之世，儒家理想的太平盛世。骎骎，qīnqīn。矣。——然此事尚远，非三五十年事也。”

子平听得欢欣鼓舞，因又问道：“像这北拳南革，这些人究竟是何因缘？天为何要生这些人？先生是明道之人，正好请教。我常是不明白，上天有好生之德，天既好生，又是世界之主宰，为什么又要生这些恶人做什么呢？俗语话岂不是‘瞎倒乱’吗？”黄龙子点头长叹，默无一言。稍停，问子平道：“你莫非以为上帝是尊无二上即‘至尊无上’。之神圣吗？”子平答道：“自然是了。”黄龙摇头道：“还有一位尊者，佛家语，智德俱尊的人。比上帝还要了得呢！”

子平大惊，说道：“这就奇了！不但中国自有书籍以来，未曾听得有比上帝再尊的，即环球各国亦没有人说上帝之上更有那一位尊神的。——这真是闻所未闻了！”黄龙子道："你看过佛经，知道阿修罗王与上帝争战之事吗？"子平道："那却晓得，然我实不信。"

黄龙子道："这话不但佛经上说，就是西洋各国宗教家，也知道有魔王之说。那是丝毫不错的。须知阿修罗隔若干年便与上帝争战一次，末后总是阿修罗败，再过若干年，又来争战。试问，当阿修罗战败之时，上帝为什么不把他灭了呢，等他过若干年，又来害人？不知道他害人，是不智也；知道他害人而不灭之，是不仁也。岂有个不仁不智之上帝呢？足见上帝的力量是灭不动他，可想而知了。譬如两国相战，虽有胜败之不同，彼一国即不能灭此一国，又不能使此一国降伏为属国，虽然战胜，则两国仍为平等之国，这是一定的道理。上帝与阿修罗亦然。既不能灭之，又不能降伏之，惟吾之命是听，则阿修罗与上帝便为平等之国，而上帝与阿修罗又皆不能出这位尊者之范围；所以晓得这位尊者位分实在上帝之上。"

子平忙问道："我从未听说过！请教这位尊者是何法号呢？"黄龙子道："法号叫做'势力尊者'。势力之所至，虽上帝亦不能违拗他。我说个比方给你听：上天有好生之德，由冬而春，由春而夏，由夏而秋，上天好生的力量已用足了。你试想，若夏天之树木，百草，百虫，无不满足的时候，若由着他老人家性子再往下去好生，不要一年，这地球便容不得了，又到那里去找块空地容放这些物事东西。呢？所以就让这霜雪寒风出世，拼命的一杀，杀得干干净净的，再让上天来好生，这霜雪寒风就算是阿修罗的部下了。又可知这一生一杀都是‘势力尊者’的作用。——此尚是粗浅的比方，不甚的确；要推其精义，有非一朝一夕所能算得尽的。”

玙姑听了，道：“龙叔，今朝何以发出这等奇辟的议论？不但申先生未曾听说，连我也未曾听说过。究竟还是真有个‘势力尊者’呢，还是龙叔的寓言？”黄龙子道：“你且说是有一个上帝没有？如有一个上帝，则一定有一个‘势力尊者’。要知道上帝同阿修罗都是‘势力尊者’的化身。”玙姑拍掌大笑道：“我明白了！‘势力尊者’就是儒家说的个‘无极’，指宇宙最原始的无形无象的本体。上帝同阿修罗王合起来就是个‘太极’！旧指天地未分前的原始混沌之气，即派生万物的精神本原。对不对呢？”黄龙子道：“是的，不错。”申子平亦欢喜起立道：“被玙姑这一讲，连我也明白了！”

黄龙子道：“且慢。是却是了，然而被你们这一讲，岂不上帝同阿修罗都成了宗教家的寓言了吗？若是寓言，就不如竟说‘无极’‘太极’的妥当。要知上帝同阿修罗乃实有其人，实有其事。且等我慢慢讲与你听。——不懂这个道理，万不能明白那北拳南革的根源。将来申先生庶几不至于搅到这两重恶障佛家语，指人的杀生、偷盗等妨碍修行的罪恶。恶，违背事理的行为。障，障碍。里去。就是玙姑，道根道的根柢。尚浅，也该留心的为是。

“我先讲这个‘势力尊者’，即主持太阳宫者是也。环绕太阳之行星皆凭这个太阳为主动力。由此可知，凡属这个太阳部下的势力总是一样，无有分别。又因这感动力所及之处与那本地的应动力相交，生出种种变相，这里指变化。莫可纪述。所以各宗教家的书总不及儒家的《易经》为最精妙。《易经》一书专讲爻象。《易经》是中国古代的占卜用书。爻，分阳爻‘—’和阴爻‘--’，是构成《易经》六十四卦的基本符号，它表示交错和变动的意义。象，象征。何以谓之爻象？你且看这‘爻’字。”乃用手指在桌上画道：“一撇一捺，这是一交；又一撇一捺，这又是一交：天上天下一切事理尽于这两交了。初交为正，再交为变，一正一变，互相乘除，就没有纪极终极、限度。了。这个道理甚精微，他们算学家略懂得一点。算学家说同名相乘为‘正’，异名相乘为‘负’，无论你加减乘除，怎样变法，总出不了这‘正’‘负’两个字的范围。所以‘季文子三思而后行’，季文子，鲁大夫季孙行父，‘文’是谥号。他做事必三思而行，孔子认为再思即可，不必三思。语出《论语·公冶长》。孔子说‘再思可矣’，只有个再，没有个三。

“话休絮聒。我且把那北拳南革再演说一番。这拳譬如人的拳头，一拳打去，行就行，不行就罢了，没甚要紧。然一拳打得巧时，也会送了人的性命。倘若躲过去，也就没事。将来北拳的那一拳，也几乎送了国家的性命，煞是可怕！然究竟只是一拳，容易过的。若说那革呢，革是个皮，即如马革牛革，是从头到脚无处不包着的。莫说是皮肤小病，要知道浑身溃烂起来，也会致命的。只是发作的慢，若留心医治，也不致于有害大事。惟此‘革’字上应卦象，不可小觑了他。诸位切忌：若搅入他的党里去，将来也是跟着溃烂，送了性命的！

“小子且把‘泽火革’卦和下文的‘水火既济’卦，都是《易经》六十四卦中的卦名。演说这里是发挥的意思。一番。先讲这‘泽’字。山泽通气，泽就是谿河。谿河里不是水吗？《管子》说：‘泽下尺，升上尺。’语出《管子·君臣上》：‘如天雨然，泽下尺，升上尺。’意思是，像天下雨一样，天降一尺雨，地上的禾苗就上长一尺。比喻皇帝赐给臣下恩泽，臣下就拥护他。常云：‘恩泽下于民。’这‘泽’字不明明是个好字眼吗？为什么‘泽火革’便是个凶卦呢？偏又有个‘水火既济’的个吉卦放在那里，岂不令人纳闷？要知这两卦的分别就在‘阴’‘阳’二字上。坎水是阳水，所以就成个‘水火既济’，吉卦；兑水是阴水，所以成了个‘泽火革’，凶卦。坎水阳德，从悲天悯人上起的，所以成了个既济之象；兑水阴德，从愤懑嫉妒上起的，所以成了个革象。你看，《彖辞》上说道：‘泽火革，二女同居，其志不相得。’你想，人家有一妻一妾，互相嫉妒，这个人家会兴旺吗？初起总想独据一个丈夫，及至不行，则破败主义就出来了。因爱丈夫而争，既争之后，虽损伤丈夫也不顾了；再争，则破丈夫之家也不顾了；再争，则断送自己性命也不顾了：这叫做妒妇之性质。圣人只用‘二女同居，其志不相得’两句，把这南革诸公的小像直画出来，比那照像照的还要清爽。

“那些南革的首领，初起都是官商人物，并都是聪明出众的人才，因为所秉的是妇女阴水嫉妒性质，只知有己，不知有人，所以在世界上就不甚行得开了。由愤懑生嫉妒，由嫉妒生破坏。这破坏岂是一人做得的事呢？于是同类相呼，‘水流湿，火就燥’，意思是，水向湿处流，火往干处烧，说明同气相感。语见《易经·乾卦·文言》。渐渐的越聚越多，钩连上些人家的败类子弟，一发越发。做得如火如荼。像火一样红，像茅草花一样白，比喻旺盛和热闹。荼，茅草的白花。荼，tú。其已得举人、进士、翰林、凡进士经过朝考，得庶吉士之后，即称翰林，入翰林院，掌管草拟皇帝的制诰，编修国史，记载皇帝的言行（起居注），进讲经书等。院内的侍读、侍讲、修撰、编修等官，也统称翰林。部曹旧时中央六部司的属官，如郎中、员外郎、主事等，统称‘部曹’。曹，属官。等官的呢，就谈朝廷革命；其读书不成，无着子弟，就学两句爱皮西提衣指英语。或阿衣乌爱窝指日语，便谈家庭革命。一谈了革命，就可以不受天理国法人情的拘束，岂不大痛快呢？可知太痛快了不是好事：吃得痛快，伤食；饮得痛快，病酒。今者，不管天理，不畏国法，不近人情，放肆做去，这种痛快，不有人灾，必有鬼祸，能得长久吗？”

玙姑道：“我也常听父亲说起，现在玉帝失权，阿修罗当道。然则这北拳南革都是阿修罗部下的妖魔鬼怪了？”黄龙子道：“那是自然，圣贤仙佛，谁肯做这些事呢？”

子平问道：“上帝何以也会失权？”黄龙子道：“名为‘失权’，其实只是‘让权’，并‘让权’二字，还是假名；

要论其实在，只可以叫做‘伏权’。譬如秋冬的肃杀，严酷摧残的样子。肃，缩，指秋冬季节草木枝叶收缩。难道真是杀吗？只是将生气伏一伏，蓄点力量，做来年的生长。道家说道：‘天地不仁，以万物为刍狗；圣人不仁，以百姓为刍狗。’意思是，天地无所谓仁爱，把万物当作祭祀时用的刍狗，用完就扔掉；圣人也把百姓看作刍狗，任其自生自灭，毫不顾惜。刍狗，用草扎成的狗。语见《老子》第五章。又云：‘取已陈之刍狗而卧其下，必眯。’语出《庄子·天运》：‘及其已陈也，行者践其首脊，苏者取而爨之而已。将复取而盛以箧衍，巾以文绣，游居寝卧其下，彼不得梦，必且数眯焉。’意思是，把扔掉的无用的东西当神物看待，就会出现怪异现象。春夏所生之物，当秋冬都是已陈之刍狗了，不得不洗刷一番：我所以说是‘势力尊者’的作用。上自三十三天，佛家语，即‘忉利天’的意译。下至七十二地，道家相传，神仙所居有七十二福地。人非人等，共总只有两派：一派讲公利的，就是上帝部下的圣贤仙佛；一派讲私利的，就是阿修罗部下的鬼怪妖魔。”

申子平道：“南革既是破败了天理国法人情，何以还有人信服他呢？”黄龙子道：“你当天理国法人情是到南革的时代才破败吗？久已亡失的了！《西游记》是部传道的书，满纸寓言。他说那乌鸡国王现坐着的是个假王，真王却在八角琉璃井内。现在的天理国法人情就是坐在乌鸡国金銮殿上的个假王，所以要借着南革的力量，把这假王打死，然后慢慢地从八角琉璃井内把真王请出来。等到真天理国法人情出来，天下就太平了。”

子平又问：“这真假是怎样个分别呢？”黄龙子道：

“《西游记》上说着呢：叫太子问母后，便知道了。母后说道：‘三年之前温又暖，三年之后冷如冰。’这‘冷’‘暖’二字便是真假的凭据。其讲公利的人，全是一片爱人的心，所以发出来是口暖气；其讲私利的人，全是一片恨人的心，所以发出来是口冷气。

“还有一个秘诀，我尽数奉告，请牢牢记住，将来就不至入那北拳南革的大劫数了。北拳以有鬼神为作用，南革以无鬼神为作用。说有鬼神，就可以装妖作怪，鼓惑同‘蛊惑’，迷惑。乡愚，其志不过如此而已。若说无鬼神，其作用就很多了：第一条，说无鬼就可以不敬祖宗，为他家庭革命的根原；说无神则无阴谴，无天刑，阴谴、天刑，迷信说法，阴谴是阴间的惩罚，如下地狱。天刑是天降的刑罚，如雷殛、火焚。一切违背天理的事都可以做得，又可以掀动破败子弟的兴头。他却必须住在租界或外国，以骋这里意同‘逞’，显示。他反背国法的手段；必须痛诋痛骂。诋，毁谤。人说有鬼神的，以骋他反背天理的手段；必须说叛臣贼子是豪杰，忠臣良吏为奴性，以骋他反背人情的手段。大都皆有辩才，以文文饰。其说。就如那妒妇破坏人家，他却也有一番堂堂正正的道理说出来，可知道家也却被他破了。南革诸君的议论也有惊采绝艳即精彩绝艳。精彩，漂亮。绝艳，极美。的处所，可知道世道却被他搅坏了。

“总之，这种乱党，其在上海、日本的容易辨别，其在北京及通都大邑大城市。的难以辨别。但牢牢记住：事事托鬼神便是北拳党人，力辟无鬼神的便是南革党人。若遇此等人，敬而远之，以免杀身之祸，要紧，要紧！”

申子平听得五体投地佩服。再要问时，听窗外晨鸡已经喔喔的啼了。玙姑道：“天可不早了，真要睡了。”遂道了一声“安置”，旧时临睡前对人的客气话，意同“请休息”。推开角门旁边的小门。进去。黄龙子就在对面榻上取了几本书做枕头，身子一攲，身子一歪。攲，qī，倾斜。已经齁声鼾声。齁，hōu。雷起。申子平把将才的话又细细的默记了两遍，方始睡卧。欲知后事如何，且听下回分解。

原评

闻人说：《易经》能辟邪，一切妖魔鬼怪见之即走。此卷书亦能辟邪，一切妖魔鬼怪见之亦走。

闻人说：《陀罗尼咒》若虔心诵读，刀兵水火不能伤害。此卷书若虔心诵读，刀兵水火亦不能伤害。

闻人说：《大洞玉真宝箓》佩在身边，自有金甲神将暗中保护。此卷书佩在身边，亦有金甲神将暗中保护。

闻人说：通天犀燃着时能洞见鬼物。此卷书读十遍，亦能洞见鬼物。

闻人说：洞天石室有绿文金简天书，凡夫读之不能解释，不能信从。此卷书凡夫读之，亦不能解释，不能信从。

寒風凍塞黃河水

暖氣催成白雪辭

第十二回
寒风冻塞黄河水　暖气催成白雪辞

话说申子平一觉睡醒，红日已经满窗，慌忙起来，黄龙子不知几时已经去了。老苍头送进热水洗脸，少停又送进几盘几碗的早饭来。子平道："不用费心，替我姑娘前道谢，我还要赶路呢。"说着，玙姑已走出来，说道："昨日龙叔不说吗，儜同'您'。儜，níng。早去也是没用。刘仁甫午牌午时。时候方能到关帝庙呢，用过饭去不迟。"

子平依话用饭，又坐了一刻，辞了玙姑，径奔山集上。看那集上，人烟稠密，店面虽不多，两边摆地摊，售卖农家器具及乡下日用物件的，不一而足。语见《公羊传·文公九年》。意思是，不能因其一事而使之满足。后指事物（事件）出现，不止一样（次），而且很多。问了乡人，才寻着了关帝庙。果然刘仁甫已到，相见叙过寒温，即"寒暄"，互相问候。便将老残书信取出。

仁甫接了，说道："在下粗人，不懂衙门里规矩，才具才能。又短，恐怕有累令兄知人之明，能认识人的品行、才能的眼力。总是不去的为是。因为接着金二哥捎来铁哥的信，说一定叫去，又恐住的地方，柏树峪难走，觅不着，所以迎候在此面辞。一切总请二先生代为力辞方好。不是躲懒，也不是拿乔，装模作样，故意表示为难；拿架子。乔，假装。实在恐不胜任，有误尊事，务求原谅。”子平说：“不必过谦。家兄恐别人请不动先生，所以叫小弟专诚敦请诚恳邀请。的。”

刘仁甫见辞不掉，只好安排了自己私事，同申子平回到城武。申东造果然待之以上宾之礼，其余一切均照老残所嘱付的办理。初起也还有一两起盗案，一月之后，竟到了“犬不夜吠”夜间狗都不叫，形容社会秩序好，夜间没有坏人活动。的境界了。这且不表。

却说老残由东昌府动身，打算回省城去。一日，走到齐河县城南门觅店，看那街上，家家客店都是满的，心里诧异道：“从来此地没有这们热闹，这是什么缘故呢？”正在踌躇，只见门外进来一人，口中喊道：“好了，好了！快打通了！大约明日一早晨就可以过去了！”

老残也无暇访问，且找了店家，问道：“有屋子没有？”店家说：“都住满了，请到别家去罢。”老残说：“我已走了两家，都没有屋子，你可以对付凑付、将就。一间罢，不管好歹。”店家道：“此地实在没法了。东隔壁店里，午后走了一帮客，你老赶紧去，或者还没有住满呢。”

老残随即到东边店里，问了店家，居然还有两间屋子空着，当即搬了行李进去。店小二跑来打了洗脸水，拿了一枝燃着了的线香放在桌上，说道：“客人抽烟。”老残问：“这儿为什么热闹？各家店都住满了。”店小二道：

"刮了几天的大北风，打大前儿，从大前天。打，自从。河里就淌凌，顺水流下冰块来。凌，冰块。凌块子有间把屋子大，摆渡船不敢走，恐怕碰上凌，船就要坏了。到了昨日，上湾子凌插住了，这湾子底下可以走船呢，却又被河边上的凌，把几只渡船都冻的死死的。昨儿晚上，东昌府李大人到了，要见抚台回话，走到此地，过不去，急的什么似的，住在县衙门里，派了河夫、地保打冻。打冰。今儿打了一天，看看可以通了，只是夜里不要歇手，歇了手，还是冻上。你老看，客店里都满着，全是过不去河的人。我们店里今早晨还是满满的。因为有一帮客，内中有个年老的，在河沿上看了半天，说是'冻是打不开的了，不必在这里死等，我们赶到雒口，看有法子想没有，到那里再打主意罢。'午牌时候才开车去的，你老真好造化。不然，直简直。没有屋子住。"店小二将话说完，也就去了。

老残洗完了脸，把行李铺好，把房门锁上，也出来步到河堤上，看见那黄河从西南上下来，到此却正是个湾子，过此便向正东去了。河面不甚宽，两岸相距不到二里。若以此刻河水而论，也不过百把丈宽的光景，只是面前的冰，插的重重叠叠的，高出水面有七八寸厚。再望上游走了一二百步，只见那上流的冰，还一块一块的漫漫价来，到此地，被前头的阑住，走不动就站住了。那后来的冰赶上他，只挤得嗤嗤价响。后冰被这溜急流。溜，liù。水逼的紧了，就窜到前冰上头去；前冰被压，就渐渐低下去了。看那河身不过百十丈宽，当中大溜约莫不过二三十丈，两边俱是平水。水位最低的水流。这平水之上早已有冰结满，冰面却是平的，被吹来的尘土盖住，却像沙滩一般。中间的一道大溜，却仍然奔腾澎湃，有声有势，将那走不过去的冰挤的两边乱窜。那两边平水上的冰，被当中乱冰挤破了，往岸上跑，那冰能挤到岸上有五六尺远。许多碎冰被挤的站起来，像个小插屏底座上插有大理石或图画镜框，像屏风一样摆在桌子上的陈设品。似的。看了有点把钟工夫，这一截子的冰又挤死不动了。老残复行往下游走去。过了原来的地方，再往下走，只见有两只船。船上有十来个人都拿着木杵木棍。杵，chǔ。打冰，望前打些时，又望后打。河的对岸，也有两只船，也是这们打。看看天色渐渐昏了，打算回店。再看那堤上柳树，一棵一棵的影子，都已照在地下，一丝一丝的摇动，原来月光已经放出光亮来了。

回到店里，开了门，喊店小二来，点上了灯，吃过晚饭，又到堤上闲步。这时北风已息，谁知道冷气逼人，比那有风的时候还利害些。幸得老残早已换上申东造所赠的羊皮袍子，故不甚冷，还支撑得住。只见那打冰船，还在那里打。每个船上点了一个小灯笼，远远看去，仿佛一面是“正堂”二字，一面是“齐河县”三字，也就由他去了。抬起头来，看那南面的山，一条雪白，映着月光分外好看。一层一层的山岭，却不大分辨得出，又有几片白云夹在里面，所以看不出是云是山。及至定神看去，方才看出那是云、那是山来。虽然云也是白的，山也是白的，云也有亮光，山也有亮光，只因为月在云上，云在月下，所以云的亮光是从背面透过来的。那山却不然，山上的亮光是由月光照到山上，被那山上的雪反射过来，所以光是两样子的。然只就稍近的地方如此，那山往东去，越望越远，渐渐的天也是白的，山也是白的，云也是白的，就分辨不出什么来了。

老残对着雪月交辉的景致，想起谢灵运南朝宋的著名山水诗人，陈郡阳夏（今河南太康）人。下文诗句引自谢灵运的《岁暮》诗。的诗。“明月照积雪，北风劲且哀”两句，若非经历北方苦寒景象，那里知道“北风劲且哀”的个“哀”字下的好呢？这时月光照的满地灼亮，抬起头来，天上的星一个也看不见，只有北边北斗七星，开阳、摇光，均北斗星名。开阳，北斗第六星；摇光，北斗第七星。像几个淡白点子一样，还看得清楚。那北斗正斜倚在紫微垣星座名，位于北斗星东北，共有十五星。的西边上面，杓在上，魁大熊星座的七颗明星，分布成勺子形，俗称北斗星。古代称北斗柄部的三颗星为“杓”，形成斗形的四颗星为“魁”。下文“斗杓又将东指”，意思是已经由冬入春。杓，biāo。在下。心里想道：“岁月如流，眼见斗杓又将东指了，人又要添一岁了。一年一年的这样瞎混下去，如何是个了局呢？”又想到《诗经》上说的“维北有斗，不可以挹酒浆。”意思是，虽然北方有斗，但是这个“斗”不能用它舀取酒浆。语见《诗经·小雅·谷风之什·大东》。——“现在国家正当多事之秋，那王公大臣只是恐怕耽处分，多一事不如少一事，弄的百事俱废，将来又是怎样个了局？国是国家大事。如此，丈夫何以家为！”想到此地，不觉滴下泪来，也就无心观玩景致，慢慢回店去了。一面走着，觉得脸上有样物件附着似的，用手一摸，原来两边着了两条滴滑的冰。初起不懂什么缘故，既而想起，自己也就笑了。原来就是方才流的泪，天寒，立刻就冻住了，地下必定还有几多冰珠子呢。闷闷的回到店里，也就睡了。

次日早起，再到堤上看看，见那两只打冰船，在河边上，已经冻实在了。问了堤旁的人，知道昨儿打了半夜，往前打去，后面冻上；往后打去，前面冻上。所以今儿歇手不打了，大总等冰结牢壮结实。了，从冰上过罢。因此老残也就只有这个法子了。闲着无事，到城里散步一回，只有大街上有几家铺面，其余背街偏僻的街。上，瓦房都不甚多，是个荒凉寥落稀稀拉拉的样子。的景象。因北方大都如此，故看了也不甚诧异。回到房中，打开书箧，随手取本书看，却好拿着一本《八代诗选》，记得是在省城里替一个湖南人治好了病，送了当谢仪的，省城里忙，未得细看，随手就收在书箱子里了，趁今天无事，何妨仔细看他一遍？原来是二十卷书：头两卷是四言，卷三至十一是五言，十二至十四是新体诗，旧诗体名。南北朝后期，诗歌崇尚对偶、声律和辞藻，发展为唐代近体诗（律诗、绝句等）的过渡形式，后人称为“新体诗”。十五至十七是杂言，旧体诗名，古体诗的一种。诗句字数长短间杂，最短的一字，最长的九、十字以上，一般多三、四、五、七字。十八是乐章，乐府诗。十九是歌谣，卷二十是杂著。再把那细目翻来看看，见新体里选了谢朓南朝齐著名诗人，与谢灵运齐名，世称“小谢”。二十八首，沈约南朝梁著名诗人。十四首；古体里选了谢朓五十四首，沈约三十七首。心里很不明白，就把那第十卷与那十二卷同取出来对着看看，实看不出新体古体的分别处来。心里又想：“这诗是王壬秋闿运清末著名文学家，字壬秋，湖南湘潭人。选的。这人负一时盛名，而《湘军志》一书做的委实是好，有目共赏，何以这诗选的未惬人意不满人意。惬，满足。呢？”既而又想：“沈归愚沈德潜，清代著名诗人，字归愚，江苏长洲（今江苏苏州）人，选有《古诗源》《唐诗别裁》等。选的《古诗源》，将那歌谣与诗混杂一起，也是大病；王渔洋王士禛，清代著名诗人，字贻上，号渔洋山人，山东新城（今山东桓台）人。《古诗选》，亦不能有当人意；算来还是张翰风张琦，清代古文家。字翰风，江苏阳湖（今江苏武进）人。张惠言之弟，并称‘二张’。的《古诗录》差强人意。莫管他怎样呢，且把古人的吟咏消遣闲愁罢了。”看了半日，复到店门口闲立。立了一会，方要回去，见一个戴红缨帽子的家人，走近面前，打了一个千儿，说：“铁老爷，几时来的？”老残道：“我昨日到的。”嘴里说着，心里只想不起这是谁的家人。

那家人见老残楞着，知道是认不得了，便笑说道：“家人叫黄升。敝上是黄应图黄大老爷。”老残道：“哦！是了，是了。我的记性真坏！我常到你们公馆里去，怎么就不认得你了呢！”黄升道：“你老‘贵人多忘事’罢咧。”老残笑道：“人虽不贵，忘事到实在多的。你们贵上是几时来的？住在什么地方呢？我也正闷的慌，找他谈天去。”黄升道：“敝上是总办为完成某项任务设置的临时机构主管人。张大人委委任、委派。的，在这齐河上下买八百万料。现在料也买齐全了，验收委员受上级委任专门办理验收的人。委员，旧时受委派担任特定任务的人员。也验收过了，正打算回省销差呢。刚刚这河又插上了，还得等两天才能走呢。你老也住在这店里吗？在那屋里？”老残用手向西指道：“就在这西屋里。”黄升道：“敝上也就住在上房北屋里，前儿晚上才到。前些时都在工上，工地上。因为验收委员过去了，才住到这儿的。此刻是在县里吃午饭，吃过了李大人请着说闲话，晚饭还不定回来吃不吃呢。”老残点点头，黄升也就去了。

原来此人名黄应图，号人瑞，三十多岁年纪，系江西人氏。其兄由翰林转了御史，即监察御史，负责监督、弹劾京内外官员。与军机达拉密清雍正十年设立军机处，处理军政要务，由军机大臣主持，下设“章京”等官，掌管缮写谕旨、查核奏议等，分满汉四班，每班八人，各设一人领班，叫“军机达拉密”。至好，故这黄人瑞捐了个同知，来山东河工投效。有军机的八行，旧时信纸每张八行，因称请托人情的信件为“八行书”或“八行”。抚台是格外照应的，眼看大案保举出奏，就是个知府大人了。人到也不甚俗，在省城时，与老残亦颇来往过数次，故此认得。

老残又在店门口立了一刻，回到房中，也就差不多黄昏的时候。到房里又看了半本诗，看不见了，点上蜡烛。只听房门口有人进来，嘴里喊道："补翁，补翁！久违的很了！"

老残慌忙立起来看，正是黄人瑞。彼此作过了揖，坐下，各自谈了些别后的情事。黄人瑞道："补翁还没有用过晚饭罢？我那里虽然有人送了个一品锅，一种类似火锅的用具，内盛鸡、鸭、鱼、肉等菜肴，锅下烧炭，保持温度。一品，极品，是对锅的美称。几个碟子，恐怕不中吃，到是早起我叫厨子用口蘑炖了一只肥鸡，大约还可以下饭，请你到我屋子里去吃饭罢。古人云：'最难风雨故人来。'这冻河的无聊，比风雨更难受，好友相逢，这就不寂寞了。"老残道："甚好，甚好。既有嘉肴，你不请我，也是要来吃的。"

人瑞看桌上放的书、顺手揭起来一看，是《八代诗选》，说："这诗总还算选得好的。"也随便看了几首，丢下来说道："我们那屋里坐罢。"

于是两个人出来。老残把书理了一理，拿把锁把房门锁上，就随着人瑞到上房里来。看是三间屋子：一个里间，两个明间。堂屋门上挂了一个大呢夹板门帘，用呢子做的夹或棉的门帘；为了结实耐用，中间拦横用几寸宽的木板夹起来，叫作夹板门帘。中间安放一张八仙桌子，坐八个人的方桌。桌子上铺了一张漆布。人瑞问："饭得了没有？"家人说："还须略等一刻，鸡子还不十分烂。"人瑞道："先拿碟子来吃酒罢。"

家人应声出去，一霎时转来，将桌子架开，摆了四双筷子、四只酒杯。老残问："还有那位？"人瑞道："停一会儿你就知道了。"杯筷安置停妥，只有两张椅子，又出去寻椅子去。人瑞道："我们炕上坐坐罢。"明间西首本有一个土炕，炕上铺满了芦席，炕的中间人瑞铺了一张大老虎绒毯，毯子上放了一个烟盘子，烟盘两强两条大狼皮褥子，当中点着明晃晃的个太谷灯。

怎样叫做"太谷灯"呢？因为山西人财主最多，却又人人吃烟，所以那里烟具比别省都精致。太谷是个县名，这县里出的灯，样式又好，火力又足，光头又大，五大洲数他第一。可惜出在中国，若是出在欧美各国，这第一个造灯的人，各报上定要替他扬名，国家就要给他专利的凭据了。无奈中国无此条例，所以叫这太谷第一个造灯的人，同那寿州第一个造斗指鸦片烟斗，按在鸦片烟枪上的泥制壶状物，顶端有小孔，安放烟泡。的人，虽能使器物利用，名满天下，而自己的声名埋没。虽说择术不正，选择的技艺不正当。可知时会时势。使然。

闲话少说。那烟盘里摆了几个景泰蓝在铜胎上涂上珐琅彩釉烧成的美术工艺品。明代宗景泰年间在北京开始制造，以多用蓝色，故称"景泰蓝"。的匣子，两枝广竹烟枪，两边两个枕头。人瑞让老残上首坐了，他就随手躺下，拿了一枝烟签子，挑烟来烧，说："补翁，你还是不吃吗？其实这样东西，倘若吃得废时失业的，自然是不好；若是不上瘾，随便消遣消遣，到也是个妙品。你何必拒绝的这们利害呢？"老残道："我吃烟的朋友很多，为求他上瘾吃的一个也没有，都是消遣消遣，就消遣进去了。及至上瘾以后，不但不足以消遣，反成了个无穷之累。我看你老哥，也还是不消遣的为是。”人瑞道：“我自有分寸，断不上这个当的。”

说着，只见门帘一响，进来了两个妓女：前头一个有十七八岁，鸭蛋脸儿；后头一个有十五六岁，瓜子脸儿。进得门来，朝炕上请了两个安。人瑞道：“你们来了?”朝里指道：“这位铁老爷，是我省里的朋友，翠环，你就伺候铁老爷，坐在那边罢。”只见那个十七八岁的就挨着人瑞在炕沿上坐下了。那十五六岁的，却立住，不好意思坐。老残就脱了鞋子，挪到炕里边去盘膝坐了，让他好坐。他就侧着身，趔趄着坐下了。

老残对人瑞道：“我听说此地没有这个的，现在怎样也有了?”人瑞道：“不然，此地还是没有。他们姐儿两个，本来是平原二十里铺做生意的。他爹妈就是这城里的人，他妈同着他姐儿俩在二十里铺住。前月他爹死了，他妈回来，因恐怕他们跑了，所以带回来的，在此地不上店。这是我闷极无聊，叫他们找了来的。这个叫翠花，你那个叫翠环。都是雪白的皮肤，很可爱的。你瞧他的手呢，包管你合意。”老残笑道：“不用瞧，你说的还会错吗?”

翠花倚住人瑞对翠环道：“你烧口烟给铁老爷吃。”人瑞道：“铁爷不吃烟，你叫他烧给我吃罢。”就把烟签子递给翠环。翠环鞠拱着腰弯着腰。烧了一口，上在斗上，递过去。人瑞呼呼价吃完。翠环再烧时，那家人把碟子、一品锅均已摆好，说："请老爷们用酒罢。"

人瑞立起身来说："喝一杯罢，今天天气很冷。"遂让老残上坐，自己对坐，命翠环坐在上横头，翠花坐下横头。翠花拿过酒壶，把各人的酒加了一加，放下酒壶，举箸来先布老残的菜。老残道："请歇手罢，不用布了。我们不是新娘子，自己会吃的。"随又布了黄人瑞的菜。人瑞也替翠环布了一箸子菜。翠环慌忙立起身来说："儜那歇手。"又替翠花布了一箸。翠花说："我自己来吃罢。"就用勺子接了过来，递到嘴里，吃了一点，就放下来了。

人瑞再三让翠环吃菜，翠环只是答应，总不动手。人瑞忽然想起，把桌子一拍，说："是了，是了！"遂直着嗓子喊了一声："来啊！"只见门帘外走进一个家人来，离席六七尺远，立住脚。人瑞点点头，叫他走进一步，遂向他耳边低低说了两句话。只见那家人连声道："喳，旧时仆人答应主人的声音。喳。"回过头就去了。

过了一刻，门外进来一个著蓝布棉袄的汉子，手里拿了两个三弦子，一个递给翠花，一个递给翠环，嘴里向翠环说道："叫你吃菜呢，好好的伺候老爷们。"翠环仿佛没听清楚，朝那汉子看了一眼。那汉子道："叫你吃菜，你还不明白吗？"翠环点头道："知道了。"当时就拿起筷子来布了黄人瑞一块火腿，又夹了一块布给老残。老残说："不用布最好。"人瑞举杯道："我们干一杯罢。让他们姐儿两个唱两曲，我们下酒。”

说着，他们的三弦子已都和好了弦，一递一段的唱了一支曲子。人瑞用筷子在一品锅里捞了半天，看没有一样好吃的，便说道：“这一品锅里的物件，都有徽号，绰号。儜知道不知道？”老残说：“不知道。”他便用筷子指着说道：“这叫‘怒发冲冠’比喻菜做得硬。的鱼翅。这叫‘百折不回’的海参。这叫‘年高有德’比喻老。的鸡。这叫‘酒色过度’比喻瘦。的鸭子。这叫‘恃强拒捕’的肘子。这叫‘臣心如水’比喻清淡无味。的汤。”说着，彼此大笑了一回。

他们姐儿两个，又唱了两三个曲子，家人捧上自己炖的鸡来。老残道：“酒很够了，就趁热盛饭来吃罢。”家人当时端进四个饭来。翠花立起，接过饭碗，送到各人面前，泡了鸡汤，各自饱餐。饭后，擦过脸，人瑞说：“我们还是炕上坐罢。”家人来撤残肴，四人都上炕去坐。老残敧在上首，人瑞敧在下首，翠花倒在人瑞怀里，替他烧烟。翠环坐在炕沿上，无事做，拿着弦子，崩儿崩儿价拨弄着顽。

人瑞道：“老残，我多时不见你的诗了，今日总算‘他乡遇故知’，儜也该做首诗，我们拜读拜读。”老残道：“这两天我看见冻河，很想做诗，正在那里打主意，被你一阵胡搅，把我的诗也搅到那‘酒色过度’的鸭子里去了！”人瑞道：“你快别‘恃强拒捕’，我可就要‘怒发冲冠’了！”说罢，彼此呵呵大笑。老残道：“有，有，有。明天写给你看。”人瑞道：“那不行！你瞧，这墙上有斗大一块新粉的，指新粉刷过的墙壁。粉，粉刷。就是为你题诗预备的。”老残摇头道：“留给你题罢。”人瑞把烟枪望盘子里一放，说：“稍缓即逝，稍微一放松，机会就失掉了。缓，慢。逝，过去。能由得你吗！”就立起身来，跑到房里，拿了一枝笔，一块砚台，一锭墨出来，放在桌上，说：“翠环，你来磨墨。”翠环当真倒了点冷茶，磨起墨来。

霎时间，翠环道：“墨得了，儜写罢。”人瑞取了个布掸子，用鸡毛或布条绑成的扫除灰尘的工具。掸，dǎn。说道：“翠花掌烛，翠环捧砚，我来掸灰。”把枝笔递到老残手里，翠花举着蜡烛台，人瑞先跳上炕，立到新粉的一块底下，把灰掸了。翠花、翠环也都立上炕去，站在左右。人瑞招手道：“来，来，来。”老残笑说道：“你真会乱！”也就站上炕去，将笔在砚台上蘸好了墨，呵了一呵，就在墙上七歪八扭的写起来了。翠环恐怕砚上墨冻，不住的呵，那笔上还是裹了细冰，笔头越写越肥。顷刻写完，看是：

地裂北风号，长冰蔽河下。后冰逐前冰，相陵复相亚。意思是，后面的冰块，有的滑到前面的冰块上边去，有的被压到下面。陵，陵驾，超越。亚，通“压”。河曲易为塞，嵯峨银桥架。意思是，高高的像架起一座银桥。嵯峨，山高的样子。嵯，cuó。归人长咨嗟，叹气。旅客空叹咤。叹惜。咤，痛惜。咤，chà。盈盈原意形容水的清澈，这里指黄河封冻前的水势。一水间，轩车车辆。轩，有围棚的车子。不得驾。锦筵精美丰盛的筵席。

锦，美好。招妓乐，乱此凄其夜。度过这个寒冷的夜晚。凄其，寒冷。

人瑞看了，说道："好诗，好诗！为甚不落款呢？"老残道："题个江右黄人瑞罢。"人瑞道："那可要不得！冒了个会做诗的名，担了个挟妓饮酒革职的处分，有点不合算。"老残便题了"补残"二字，跳下炕来。

翠环姐妹放下砚台烛台，都到火盆边上去烘手，看炭已将烬，灰烬。这里是"灭"的意思。就取了些生炭添上。老残立在炕边，向黄人瑞拱拱手，道："多扰，多扰！我要回屋子睡觉去了。"人瑞一把拉住，说道："不忙，不忙！我今儿听见一件惊天动地的案子，其中关系着无限的性命，有夭矫离奇情节曲折不平常。夭矫，屈曲而有气势，这里指曲折。离奇，奇怪。的情节，正要与你商议，明天一黑早就要复命的。你等我吃两口烟，长点精神，说给你听。"老残只得坐下。未知究竟是段怎样的案情，且听下回分解。

娓娓青燈
女兒酸語

滔〻黄水觀察嘉謨、

第十三回
娓娓[1]青灯女儿酸语　滔滔黄水观察[2]嘉谟[3]

话说老残复行坐下，等黄人瑞吃几口烟，好把这惊天动地的案子，说给他听，随便也就躺下来了。

翠环此刻也相熟了些，就倚在老残腿上，问道："铁老，你贵处是那里？这诗上说的是什么话？"老残一一告诉他听。他便凝神想了一想道："说的真是不错。但是诗上也兴兴许、准许。说这些话吗？"老残道："诗上不兴说这些话，更说什么话呢？"翠环道："我在二十里铺的时候，过往客人见的很多，也常有题诗在墙上的，我最喜欢请他们讲给我听。听来听去，大约不过两个意思：体面些的人总无非说自己才气怎么大，天下人都不认识他；次一等的人呢，就无非说那个姐儿长的怎么好，同他怎么样的恩爱。

"那老爷们的才气大不大呢，我们是不会知道的。只是过来过去的人怎样都是些大才，为啥想一个没有才的看看都看不着呢？我说一句傻话：既是没才的这们少，俗语说

① 娓娓：谈话不倦的样子。
② 观察：清代道员的别称。这里指下文的史钧甫，即施少卿。
③ 嘉谟：好计谋。这里是反语，用来讽刺主张开掘民埝的人。

的好，‘物以稀为贵’，岂不是没才的到成了宝贝了吗？这且不去管他。

“那些说姐儿们长得好的，无非却是我们眼面前的几个人，有的连鼻子眼睛还没有长的周全呢，他们不是比他西施，就是比他王嫱；不是说他沉鱼落雁，就是说他闭月羞花。王嫱俺不知道他老是谁，有人说，就是昭君娘娘。我想，昭君娘娘跟那西施娘娘难道都是这种乏样子无用的样子。吗？一定靠不住了。

“至于说姐儿怎样跟他好，恩情怎样重，我有一回发了傻性子，去问了问，那个姐儿说：‘他住了一夜就麻烦了一夜。天明问他要讨个两数银子的体己，也作“梯己”“梯息”，个人私自积蓄的财物。他就抹下脸来，直着脖儿梗，乱嚷说：我正账昨儿晚上就开发了，还要什么体己钱？那姐儿哩，再三央告着说：‘正账的钱呢，店里伙计扣一分，掌柜的又扣一分，剩下的全是领家的妈拿去，一个钱也放不出来。俺们的胭脂花粉，跟身上穿的小衣裳，都是自己钱买。光听听曲子的老爷们，不能问他要，只有这留住的老爷们，可以开口讨两个伺候辛苦钱。’再三央告着，他给了二百钱，一个小串子，望地下一摔，还要撇着嘴说：‘你们这些强盗婊子，真不是东西！混账忘八旦！’你想有恩情没有？因此我想，做诗这件事是很没有意思的，不过造些谣言罢了。你老的诗，怎么不是这个样子呢？”老残笑说道：“‘各师父各传授，各把戏各变手。’我们师父传我们的时候，不是这个传法，所以不同。”

黄人瑞刚才把一筒烟吃完，放下烟枪，说道：“真是‘人不可貌相，海水不可斗量。’做诗不过是造些谣言，这句话真被这孩子说着了呢！从今以后，我也不做诗了，免得造些谣言，被他们笑话。”翠环道：“谁敢笑话你老呢！俺们是乡下没见过世面的孩子，胡说乱道，你老爷可别怪着我，给你老磕个头罢。”就侧着身子朝黄人瑞把头点了几点。黄人瑞道：“谁怪着你呢，实在说的不错，倒是没有人说过的话！可见‘当局者迷，旁观者清’。”

老残道：“这也罢了，只是你赶紧说你那稀奇古怪的案情罢。既是明天一黑早要复命的，怎么还这们慢腾斯礼也作‘慢条斯理’，慢腾腾。的呢？”人瑞道：“不用忙，且等我先讲个道理你听，慢慢的再说那个案子。——我且问你，河里的冰明天能开不能开？”答道：“不能开。”问：“冰不能开，冰上你敢走吗？明日能动身吗？”答：“不能动身。”问：“既不能动身，明天早起有什么要事没有？”答：“没有。”

黄人瑞道：“却又来，既然如此，你慌着回屋子去干什么？当此沉闷寂寥的时候，有个朋友谈谈，也就算苦中之乐了。况且他们姐儿两个，虽比不上牡丹、芍药，难道还及不上牵牛花、淡竹叶花吗？剪烛斟茶，也就很有趣的。我对你说：在省城里，你忙我也忙，总想畅谈，总没有个空儿，难得今天相遇，正好畅谈一回。我常说：人生在世，最苦的是没地方说话。你看，一天说到晚的话，怎么说没地方说话呢？大凡人肚子里，发话有两个所在：一个是从丹田底下出来的，那是自己的话；一个是从喉咙底下出来的，那是应酬的话。省城里那们些人，不是比我强的，就是不如我的。比我强的，他瞧不起我，所以不能同他说话；那不如我的，又要妒忌我，又不能同他说话。难道没有同我差不多的人吗？境遇虽然差不多，心地却就大不同了。他自以为比我强，就瞧不起我；自以为不如我，就妒我；所以直没有说话的地方。像你老哥总算是圈子外意思是官场以外。的人，今日难得相逢，我又素昔素日、平时。佩服你的，我想你应该怜惜我，同我谈谈，你偏急着要走，怎么教人不难受呢？”

老残道：“好，好，好！我就陪你谈谈。我对你说罢：我回屋子也是坐着，何必矫强即‘矫情’，故意违反常情，表示清高。呢？因为你已叫了两个姑娘，正好同他们说说情义话，或者打两个皮科儿，调笑、打趣。嘻笑嘻笑，我在这里不便。——其实我也不是道学先生想吃冷猪肉旧时每年二、八月各州县都要祭祀孔子和经皇帝批准陪祀的历代名儒。道学（理学）先生一心想死后入孔庙陪祀，因而做出许多虚伪、顽固、不合人情的事来。祭肉（胙肉）是生（冷）的，因此‘想吃冷猪肉’就成为对道学先生特定的讥嘲。的人，作什么伪呢！”人瑞道：“我也正为他们的事情，要同你商议呢。”站起来，把翠环的袖子抹上去，露出臂膊来，指给老残看，说：“你瞧，这些伤痕教人可惨不可惨呢！”老残看时，有一条一条青的，有一点一点紫的。人瑞又道："这是膀子上如此，我想身上更可怜了。翠环，你就把身上解开来看看。"

翠环这时两眼已搁满了汪汪的泪，只是忍住不叫他落下来，被他手这们一拉，却滴滴的连滴了许多泪。翠环道："看什么，怪臊的！"人瑞道："你瞧！这孩子傻不傻？看看怕什么呢？难道做了这项营生，你还害臊吗？"翠环道："怎不害臊！"翠花这时眼眶子里也搁着泪，说道："儜别叫他脱了。"回头朝窗外一看，低低向人瑞耳中不知说了两句什么话，人瑞点点头，就不作声了。

老残此刻敧在炕上，心里想着："这都是人家好儿女，父母养他的时候，不知费了几多的精神，历了无穷的辛苦，淘气碰破了块皮，还要抚摩的；不但抚摩，心里还要许多不受用。不好受、不舒服。倘被别家孩子打了两下，恨得什么似的。那种痛爱怜惜，自不待言。谁知抚养成人，或因年成一年的收成。饥馑，或因其父吃鸦片烟，或好赌钱，或被打官司拖累，逼到万不得已的时候，就糊里糊涂将女儿卖到这门户人家，妓院。被鸨儿残酷，虐待。有不可以言语形容的境界。"因此触动自己的生平所见所闻，各处鸨儿的刻毒，真如一个师父传授，总是一样的手段，又是愤怒，又是伤心，不觉眼睛角里，也自有点潮丝丝的起来了。

此时大家默无一言，静悄销的。只见外边有人掮了一卷行李，由黄人瑞家人带着，送到里间房里去了。那家人出来向黄人瑞道：“请老爷要过铁老爷的房门钥匙来，好送翠环行李进去。”老残道：“自然也掮到你们老爷屋里去。”人瑞道：“得了，得了！别吃冷猪肉了，把钥匙给我罢。”老残道：“那可不行！我从来不干这个的。”人瑞道：“我早分付过了，钱已经都给了。你这是何苦呢？”老残道：“钱给了不要紧，该多少我明儿还你就截了。好了、是了。既已付过了钱，他老鸨子也没有什么说的，也不会难为了他，怕什么呢？”翠花道：“你当真的教他回去，跑不了一顿饱打，总说他是得罪了客。”老残道：“我还有法子：今儿送他回去，告诉他，明儿仍旧叫他，这也就没事了。况且他是黄老爷叫的人，干我什么事呢？我情愿出钱，岂不省事呢？”黄人瑞道：“我原是为你叫的。我昨儿已经留了翠花，难道今儿好叫翠花回去吗？不过大家解解闷儿，我也不是一定要你如此云云。昨晚翠花在我屋里讲了一夜，坐到天明，不过我们借此解个闷，也让他少挨两顿打，那儿不是积功德呢。我先是因为他们的规矩，不留下是不准动筷子的，倘若不黑就来，坐到半夜里饿着肚子，碰巧还省不了一顿打。因为老鸨儿总是说：客人既留你到这时候，自然是喜欢你的，为什么还会叫你回来？一定是应酬不好。碰的不巧，就是一顿。所以我才叫他们告诉说：都已留下了。你不看见他那伙计叫翠环吃菜么？那就是个暗号。”

说到此处，翠花向翠环道：“你自己央告央告铁爷，可怜可怜你罢。”老残道：“我也不为别的，钱是照数给。让他回去，他也安静，我也安静些。”翠花鼻子里哼了一声，说：“你安静是实，他可安静不了的！”翠环歪过身子，把脸儿向着老残道：“铁爷，我看你老的样子，怪慈悲的，怎么就不肯慈悲我们孩子一点吗？你老屋里的炕，一丈二尺长呢，你老铺盖不过占三尺宽，还多着九尺地呢，就舍不得赏给我们孩子避一宿难吗？倘若赏脸，要我孩子伺候呢，装烟倒茶，也还会做；倘若恶嫌的很呢，求你老包涵些，赏个炕畸角即‘犄角’，角落。混一夜，这就恩典恩惠。得大了！”

老残伸手在衣服袋里将钥匙取出，递与翠花，说：“听你们怎么搅去罢，只是我的行李可动不得的。”翠花站起来，递与那家人，说：“劳儜驾，看他伙计送进去，就出来，请儜把门就锁上。劳驾，劳驾！”那家人接着钥匙去了。

老残用手抚摩着翠环的脸，说道：“你是那里人？你鸨儿姓什么？你是几岁卖给他的？”翠环道：“俺这妈姓张。”说了一句就不说了，袖子内取出一块手巾来擦眼泪，擦了又擦，只是不作声。老残道：“你别哭呀。我问你老底子家里事，也是替你解闷的，你不愿意说，就不说也行，何苦难受呢？”翠环道：“我原底子没有家！”

翠花道：“你老别生气，这孩子就是这脾气不好，所以常挨打。其实，也怪不得他难受。二年前，他家还是个大财主呢，去年才卖到俺妈这儿来。他为自小儿没受过这个折蹬，即‘折腾’，折磨。所以就种种的不讨好。其实，俺妈在这里头，算是顶善和的哩。他到了明年，恐怕要过今年这个日子也没有了！”说到这里，那翠环竟掩面呜咽起来。翠花喊道：“嘿！这孩子可是不想活了！你瞧，老爷们叫你来为开心的，你可哭开自己咧！那不得罪人吗？快别哭咧！”

老残道：“不必，不必！让他哭哭很好。你想，他憋了一肚子的闷气，到那里去哭？难得遇见我们两个没有脾气的人，让他哭个够，也算痛快一回。”用手拍着翠环道：“你就放声哭也不要紧，我知道黄老爷是没忌讳的人。只管哭，不要紧的。”黄人瑞在旁大声嚷道：“小翠环，好孩子，你哭罢！劳你驾，把你黄老爷肚里憋的一肚子闷气，也替我哭出来罢！”

大家听了这话，都不禁发了一笑，连翠环抚着脸也扑嗤的笑了一声。原来翠环本来知道在客人面前万不能哭的，只因老残问到他老家的事，又被翠花说出他二年前还是个大财主，所以触起他的伤心，故眼泪不由的直穿出来，要强忍也忍不住。及至听到老残说他受了一肚子闷气，到那里去哭，让他哭个够，也算痛快一回，心里想道：“自从落难遇难，这里指被卖入妓院。以来，从没有人这样体贴过他，可见世界上男子并不是个个人都是拿女儿家当粪土一般作践的。只不知道像这样的人世界上多不多，我今生还能遇见几个？想既能遇见一个，恐怕一定总还有呢。”心里只顾这们盘算，倒把刚才的伤心盘算的忘记了，反侧着耳朵听他们再说什么。忽然被黄人瑞喊着，要托他替哭，怎样不好笑呢？所以含着两包眼泪，扑嗤的笑了一声，并抬起头来看了人瑞一眼，那知被他们看了这个形景，越发笑个不止。翠环此刻心里一点主意没有，看看他们傻笑，只好糊里糊涂，陪着他们嘻嘻的傻了一回。

老残便道："哭也哭过了，笑也笑过了，我还要问你：怎么二年前他还是个大财主？翠花，你说给我听听。"翠花道："他是俺这齐东县的人，他家姓田，在这齐东县南门外有二顷多地，在城里，还有个杂货铺子。他爹妈只养活了他，还有他个小兄弟，今年才五六岁呢。他还有个老奶奶。俺们这大清河边上的地，多半是棉花地，一亩地总要值一百多吊钱呢，他有二顷多地，不就是两万多吊钱吗？连上铺子，就够三万多了。俗说'万贯旧时使用制钱，每一千个用绳子穿在一起，叫一贯。家财'，一万贯家财就算财主，他有三万贯钱，不算个大财主吗？"

老残道："怎么样就会穷呢？"翠花道："那才快呢！不消三天，就家破人亡了！这就是前年的事情。俺这黄河不是三年两头的倒口子决口、开口子。吗？庄抚台为这个事焦的了不得似的。听说有个什么大人，是南方有名的才子，他就拿了一本什么书给抚台看，说这个河的毛病是太窄了，非放宽了不能安静，必得废了民埝，民间自筑防水的小堤。退守大堤。

"这话一出来，那些候补大人个个说好。抚台就说：

‘这些堤里百姓怎样好呢？须得给钱，叫他们搬开才好。’谁知道这些总办候补道王八旦大人们说：‘可不能叫百姓知道。你想，这堤埝中间五六里宽，六百里长，总有十几万家，一被他们知道了，这几十万人守住民埝，那还废的掉吗？’庄抚台没法，点点头，叹了口气，听说还落了几点眼泪呢。这年春天就赶紧修了大堤，在济阳县南岸，又打了一道隔堤。这两样东西就是杀这几十万人的一把大刀！可怜俺们这小百姓那里知道呢！

“看看到了六月初几里，只听人说：‘大汛指“伏汛”，在伏天里出现的河水暴涨。到咧！大汛到咧！’那埝上的队伍不断的两头跑。那河里的水一天长一尺多，一天长一尺多，不到十天工夫，那水就比埝顶低不很远了。比着那埝里的平地，怕不有一两丈高！到了十三四里，只见那埝上的报马，骑马的报事人。来来往往，一会一匹，一会一匹。到了第二天晌午时候，各营盘里，掌号齐人，掌号，吹号。齐人，集合人。把队伍都开到大堤上去。

“那时就有急玲机灵。人说：‘不好！恐怕要出乱子！俺们赶紧回去预备搬家罢！’谁知道那一夜里，三更时候，又赶上大风大雨，只听得稀里花拉，那黄河水就像山一样的倒下去了。那些村庄上的人，大半都还睡在屋里，呼的一声，水就进去，惊醒过来，连跑是跑，水已经过了屋檐。天又黑，风又大，雨又急，水又猛。——你老想，这时候有什么法子呢？”

未知后事如何，且听下回分解。

原评

止水结冰是何情状？流水结冰是何情状？小河结冰是何情状？大河结冰是何情状？河南黄河结冰是何情状？山东黄河结冰是何情状？须知前一卷所写是山东黄河结冰。

野史者，补正史之缺也。名可托诸子虚，事须征诸实在。此两回所写北妓，一斑毫厘无爽，推而至于别项，亦可知矣。

庄勤果慈祥恺悌，齐人至今思之。惟治河一端，不免乖谬，而废济阳以下民埝，退守大堤之举，尤属荒谬之至。惨不忍闻，况目见乎，此作者所以寄泪也。

大縣着娃半浮水面

小船如蟻
分送饅頭

第十四回
大县若蛙半浮水面　小船如蚁分送馒头

话说翠花接着说道："到了四更多天，风也息了，雨也止了，云也散了，透出一个月亮，湛明极明。湛，深。湛明。那村庄里头的情形是看不见的了，只有靠民埝近的，还有那抱着门板或桌椅板凳的，飘到民埝跟前，都就上了民埝。还有那民埝上住的人，拿竹竿子赶着捞人，也捞起来的不少。这些人得了性命，喘过一口气来，想一想，一家人都没有了，就剩了自己，没有一个不是号啕痛哭。喊爹叫妈的，哭丈夫的，疼儿子的，一条哭声，五百多里路长，你老看惨不惨呢！"

翠环接着道："六月十五这一天，俺娘儿们正在南门铺子里，半夜里听见人嚷说：'水下来了！'大家听说，都连忙起来。这一天本来很热，人多半是穿着褂裤，在院子里睡的。雨来的时候，才进屋子去；刚睡了一矇矇觉，意思是刚刚睡着。就听外边嚷起来了，连跑到街上看，城也开了，人都望城外跑。城圈子外头，本有个小埝，每年倒口子用的，埝有五尺多高，这些人都出去守小埝。那时雨才住，天还阴着。

“一霎时，只见城外人，拼命价望城里跑；又见县官也不坐轿子，跑进城里来，上了城墙。只听一片声嚷说：‘城外人家，不许搬东西！叫人赶紧进城，就要关城，不能等了！’俺们也都扒到城墙上去看，这里许多人用蒲包装泥，预备堵城门。县大老爷在城上喊：‘人都进了城了，赶紧关城。’城厢城里和城外的附近地方。厢，关厢，靠近城的地区。里头本有预备的土包，关上城，就用土包把门后头叠上垒上、堵上。了。

“俺有个齐二叔住在城外，也上了城墙。这时候，云彩已经回了山，月亮很亮的。俺妈看见齐二叔，问他：‘今年怎正这样。利害？’齐二叔说：‘可不是呢！往年倒口子，水下来，初起不过尺把高，正水头到了，也不过二尺多高，没有过三尺的；总不到顿把饭的工夫，水头就过去，总不过二尺来往二尺左右。来往，约计之词。水。今年这水，真霸道！一来就一尺多，一霎就过了二尺！县大老爷看势头不好，恐怕小埝守不住，叫人赶紧进城罢。那时水已将近有四尺的光景了。大哥这两天没见，敢是在庄子上么？可担心的很呢！’俺妈就哭了，说：‘可不是呢！’

“当时只听城上一片嘈嚷，说：‘小埝漫咧！小埝漫咧！’城上的人呼呼价往下跑。俺妈哭着就地一坐，说：‘俺就死在这儿不回去了！’俺没法，只好陪着在旁边哭。只听人说：‘城门缝里过水！’那无数人就乱跑，也不管是人家，是店，是铺子，抓着被褥就是被褥，抓着衣服就是衣服，全拿去塞城门缝子。一会儿把咱街上估衣铺的衣服，布店里的布，都拿去塞了城门缝子。渐渐听说：‘不过水了！’又听嚷说：‘土包单弱，恐怕挡不住！’这就看着多少人到俺店里去搬粮食只袋，望城门洞里去填。一会看着搬空了，又有那纸店里的纸，棉花店里的棉花，又是搬个干尽。

“那时天也明了，俺妈也哭昏了，俺也没法，只好坐地守着。耳朵里不住的听人说：‘这水可真了不得！城外屋子已经过了屋檐！这水头怕不快有一丈多深吗！从来没听说有过这们大的水！’后来还是店里几个伙计，上来把俺妈同俺架了回去。回到店里，那可不像样子了！听见伙计说：‘店里整布袋的粮食都填满了城门洞，囤子里的散粮被乱人抢了一个精光。只有泼洒在地下的，扫了扫，还有两三担粮食。’店里原有两个老妈子，他们家也在乡下，听说这们大的水，想必老老小小也都是没有命的，直哭的想死不想活。

“一直闹到太阳大歪西，伙计们才把俺妈灌醒了。大家喝了两口小米稀饭。俺妈醒了，睁开眼看看，说：‘老奶奶呢？’他们说：‘在屋里睡觉呢，不敢惊动他老人家。’俺妈说：‘也得请他老人家起来吃点么呀！’待得走到屋里，谁知道他老人家不是睡觉，是吓死了。摸了摸鼻子里，已经没有气。俺妈看见，哇的一声，吃的两口稀饭，跟着一口血块子一齐呕出来，又昏过去了。亏得个老王妈在老奶奶身上尽自摩挲，按摩。挲，suō。忽然嚷道：‘不要紧！心口里滚热的呢。’忙着嘴对嘴的呹气，度气、接气。呹，xuè。又喊快拿姜汤来。到了下午时候，奶奶也过来了，俺妈也过来了，这算是一家平安了。

“有两个伙计，在前院说话：‘听说城下的水有一丈四五了，这个多年的老城，恐怕守不住；倘若是进了城，怕一个活的也没有！’又一个伙计道：‘县大老爷还在城里，料想是不要紧的。’”

老残对人瑞道：“我也听说，究竟是谁出的这个主意，拿的是什么书，你老哥知道么？”人瑞道：“我是庚寅年来的，这是己丑年的事，我也是听人说，未知确否。据说是史钧甫史观察唐代设观察使，为州以上长官，清朝借为对道员（道台）的尊称。创的议，拿的就是贾让的《治河策》。他说当年齐与赵、魏以河为境，赵、魏濒山，齐地卑下，作堤去河二十五里，河水东抵齐堤，则西泛赵、魏，赵、魏亦为堤，去河二十五里。

“那天司道巡抚的主要属员。司，指主管一省民政、财政的布政使（俗称藩司）和主管一省刑名案件的按察使（即臬司）。道，道员，包括管辖区内府县一般政务的道员和分管一省兵备、盐法、海关等特定职务的道员。都在院上，他将这几句指与大家看，说：‘可见战国时两堤相距是五十里地了，所以没有河患。今日两民埝相距不过三四里，即两大堤相距尚不足二十里，比之古人，未能及半，若不废民埝，河患断无已时。’宫保说：‘这个道理，

我也明白。只是这夹堤里面尽是村庄，均属膏腴之地，岂不要破坏几万家的生产吗？'

"他又指《治河策》给宫保看，说：'请看这一段说："难者将曰：若此败坏城郭田庐冢墓以万数，百姓怨恨。"贾让说："昔大禹治水，山陵当路者毁之，故凿龙门，辟伊阙，折砥柱，破碣石，堕断天地之性，尚且为之，况此乃人工所造，何足言也？"'且又说：'"小不忍则乱大谋"，语见《论语·卫灵公》。宫保以为夹堤里的百姓，庐墓生产可惜，难道年年决口就不伤人命吗？此一劳永逸之事。所以贾让说："大汉方制疆域、领土。万里，岂其与水争咫尺之地哉？此功一立，河定民安，千载无恙，故谓之上策。"汉朝方制，不过万里，尚不当与水争地；我国家方制数万里，若反与水争地，岂不令前贤笑后生吗？'又指储同人储欣，字同人，清江苏宜兴人，博通经史，长于古文和五言诗。批评云：'"三策遂成不刊之典，不可修改的法典。不刊，不可改削。然自汉以来，治河者率下策也。悲夫！汉、晋、唐、宋、元、明以来，读书人无不知贾让《治河策》等于圣经贤传，惜治河者无读书人，所以大功不立也。"宫保若能行此上策，岂不是贾让二千年后得一知己？功垂竹帛，功劳记录在史册上。竹帛，竹简和绢，古代用以写字，后来代指典籍。万世不朽！'宫保皱着眉头道：'但是一件要紧的事，只是我舍不得这十几万百姓现在的身家。'两司道：'如果可以一劳永逸，何不另酬一笔款项，把百姓迁徙出去呢？'宫保说：'只有这个办法，尚属较妥。’后来听说筹了三十万银子，预备迁民。至于为什么不迁，我却不知道了。”

人瑞对着翠环说道：“后来怎么样呢？你说呀。”翠环道：“后来我妈拿定主意，听他去，水来，俺就淹死去！”翠花道：“那一年我也在齐东县，俺住在北门。俺三姨家北门离民埝挺近，北门外大街铺子又整齐，所以街后两个小埝都不小，听说是一丈三的顶。那边地势又高，所以北门没有漫过来。十六那天，俺到城墙上，看见那河里漂的东西，不知有多少呢，也有箱子，也有桌椅板凳，也有窗户门扇。那死人，更不待说，漂的满河都是，不远一个，不远一个，也没人顾得去捞。有有钱的，打算搬家，就是雇不出船来。”

老残道：“船呢？上那里去了？”翠花道：“都被官里拿了差，抓了官差。送馒头去了。”老残道：“送馒头给谁吃？要这些船干啥？”翠花道：“馒头功德可就大了！那庄子上的人，被水冲的有一大半，还有一少半呢，都是急玲点的人，一见水来，就上了屋顶，所以每一个庄子里屋顶上总有百把几十人，四面都是水，到那儿摸吃的去呢？有饿急了，重行跳到水里自尽的。亏得有抚台派的委员，驾着船各处去送馒头，大人三个，小孩两个，第二天又有委员驾着空船，把他们送到北岸。这不是好极的事吗？谁知这些浑蛋还有许多蹲在屋顶上不肯下来呢！问他为啥，他说在河里有抚台给他送馍馍，到了北岸就没人管他吃，那就饿死了。其实抚台送了几天就不送了，他们还是饿死。儜说这些人浑不浑呢？”

老残向人瑞道：“这事真正荒唐！是史观察不是，虽未可知，然创此议之人，却也不是坏心，并无一毫为己私见在内，只因但会读书，不谙世故，不懂得待人处世的经验。谙，熟悉。举手动足便错。孟子所以说：‘尽信书，则不如无书。’岂但河工为然？天下大事，坏于奸臣者十之三四，坏于不通世故之君子者，倒有十分之六七也！”又问翠环道：“后来你爹找着了没有？还是就被水冲去了呢？”翠环收泪道：“那还不是跟水去了吗！要是活着，能不回家来吗？”大家叹息了一回。

老残又问翠花道：“你才说他，到了明年，只怕要过今年这个日子也没有了，这话是个什么缘故？”翠花道：“俺这个爹不是死了吗？丧事里多花了一百几十吊钱；前日俺妈赌钱——掷骰子——又输了二三百吊钱。共总亏空四百多吊，今年的年，是万过不去的了。所以前儿打算把环妹卖给蒯姓。蒯，kuǎi。二秃子家。这蒯二秃子出名的利害，一天没有客，就要拿火筷子烙人。俺妈要他三百银子，他给了六百吊钱，所以没有说妥。你老想，现在到年，还能有多少天？这日子眼看着越过越紧，倘若到了年下，怕他不卖吗？这一卖，翠环可就够他难受了。”

老残听了，默无一言；翠环却只揩泪，黄人瑞道：“残哥，我才说，为他们的事情要同你商议，正是这个缘故。

我想，眼看着一个老实孩子送到鬼门关里头去，实在可怜。算起不过三百银子的事情，我愿意出一半，那一半找几个朋友凑凑，你老哥也随便出几两，不拘多少。但是这个名我却不能担，倘若你老哥能把他要回去，这事就容易办了。你看好不好？”老残道：“这事不难。银子呢，既你老哥肯出一半，那一半就是我兄弟出了罢。再要跟人家化缘，就不妥当了。只是我断不能要他，还得再想法子。”

翠环听到这里，慌忙跳下炕来，替黄、铁二公磕了两个头，说道：“两位老爷菩萨，救命恩人，舍得花银子把我救出火坑，不管做什么，丫头老妈子，我都情愿。只是有一件事，我得禀明在前：我所以常挨打，也不怪俺这妈，实在是俺自己的过犯。俺妈当初，因为实在饿不过了，所以把我卖给俺这妈，得了二十四吊钱，谢犒中人旧时买卖双方的介绍人。等项，去了三四吊，只落了二十吊钱。接着去年春上，俺奶奶死了，这钱可就光了。俺妈领着俺个小兄弟讨饭吃，不上半年，连饿带苦，也就死了，只剩了俺一个小兄弟，今年六岁。亏了俺有个旧街坊李五爷，现在也住在这齐河县，做个小生意，他把他领了去，随便给点吃吃。只是他自顾还不足的人，那里能管他饱呢？穿衣服是更不必说了。所以我在二十里铺的时候，遇着好客，给个一吊八百的呢，我就一两个月攒个三千两吊的给他寄来；现在蒙两位老爷救我出来，如在左近二三百里的地方呢，那就不说了，我总能苦几个钱给他寄来；倘要远去呢，请两位恩爷总要想法，许我把这个孩子带着，或寄放在庵里庙里，或找个小户人家养着。俺田家祖上一百世的祖宗，做鬼都感激二位爷的恩典，结草衔环，比喻感恩报德。结草，据《左传》记载，晋大夫魏颗没听从他父亲临死前要让爱妾殉葬的遗命，把她改嫁出去。后来魏颗和秦国作战，她父亲的鬼魂结草为绳，绊倒秦将杜回，获得胜利。衔环，见《后汉书·杨震传》注：杨宝幼时救了一只黄雀，夜间梦见一个黄衣童子衔了四个白环相赠，并祝愿他子孙四代都做大官。一定会报答你二位的！可怜俺田家就这一线的根苗！……”说到这里，便又号啕痛哭起来。

人瑞道：“这又是一点难处。”老残道：“这也没有什么难，我自有个办法。”遂喊道：“田姑娘，你不用哭了，包管你姊儿两个一辈子不离开就是了。你别哭，让我们好替你打主意；你把我们哭昏了，就出不出好主意来了。快快别哭罢。”翠环听罢，赶紧忍住泪，骨冬骨冬替他们每人磕了几个响头。老残连忙将他搀起。谁知他磕头的时候，用力太猛，把额头上碰了一个大苞，即包。苞又破了，流血呢。

老残扶他坐下，说：“这是何苦来呢！”又替他把额上血轻轻揩了，让他在炕上躺下，这就来同人瑞商议说：“我们办这件事，当分个前后次第：以替他赎身为第一步，以替他择配为第二步。赎身一事又分两层：以私商为第一步，公断为第二步。此刻别人出他六百吊，我们明天把他领家的叫来，也先出六百吊，随后再添。此种人不宜过于爽快；你过爽快，他就觉得奇货可居当作稀奇的货物囤积起来，等待高价出售。居，囤积。了。此刻银价每两换两吊七百文，三百两可换八百一十吊，连一切开销，一定足用的了。看他领家的来，口气何如：倘不执拗，自然私了的为是；如怀疑刁狡猜疑狡诈，不老实。呢，就托齐河县替他当堂公断一下，仍以私了结局。人翁以为何如？”人瑞道：“极是，极是！”老残又道：“老哥固然万无出名之理，兄弟也不能出全名，只说是替个亲戚办的就是了。等到事情办妥，再揭明择配的宗旨；不然，领家的旧时开妓院的人。是不肯放的。”人瑞道：“很好。这个办法，一点不错。”老残道：“银子是你我各出一半，无论用多少，皆是这个分法；但是我行箧中所有，颇不敷用，要请你老哥垫一垫，到了省城，我就还你。”人瑞道：“那不要紧，赎两个翠环，我这里的银子都用不了呢。只要事情办妥，老哥还不还都不要紧的。”老残道：“一定要还的！我在有容堂还存着四百多银子呢。你不用怕我出不起，怕害的我没饭吃。你放心罢。”

人瑞道：“就是这们办。明天早起，就叫他们去喊他领家的去。”翠花道：“早起儜别去喊。明天早起，我们姐儿俩一定要回去的。你老早起一喊，倘若被他们知道这个意思，他一定把环妹妹藏到乡下去，再讲盘子，价钱。那就受他的拿捏刁难、要挟。了。况且他们抽鸦片烟的人，也起不早；不如下午，你老先着人叫我们姐儿俩来，然后去叫俺妈，那就不怕他了。只是一件：这事千万别说我说的。环妹妹是超升这里意思是离开妓院。了的人，不怕他，俺还得在火坑里过活两年呢。”人瑞道：“那自然，还要你说吗！明天我先到县衙门里，顺便带个差人来。倘若你妈作怪，我先把翠环交给差人看管，那就有法制他了。”说着，大家都觉得喜欢得很。

老残便对人瑞道：“他们事已议定，大概如此，只是你先前说的那个案子呢？我到底不放心。你究竟是真话是假话？说了我好放心。”未知后事如何，且听下回分解。

原评

废济阳以下民埝，是光绪己丑年事。其时作者正奉檄测量东省黄河，目睹尸骸逐流而下，自朝至暮，不知凡几。山东村居屋皆平顶，水来民皆升屋而处。一日，作者船泊小街子，见屋顶上人约八九十口，购馒头五十斤散之。值夜大风雨，耳中时闻坍屋声。天微明，风息雨未止，急开船窗视之，仅十余人矣！不禁痛哭。作者告予云：生平有三大伤心事，山东废民埝，是其伤心之一也。

第十五回
烈焰有声惊二翠　严刑无度逼孤孀

话说老残与黄人瑞，方将如何拔救翠环之法商议停妥，老残便向人瑞道："你适才刚才。说，有个惊天动地的案子，其中关系着无限的人命，又有夭矫离奇曲折奇怪。夭矫，弯曲。离奇，不平常。的情节，到底是真是假？我实实的不放心。"人瑞道："别忙，别忙。方才为这一个毛丫头的事，商议了半天。——正经勾当，一般指坏事，这里意即事情。我的烟还没有吃好。让我吃两口烟，提提神，告诉你。"

翠环此刻心里蜜蜜的高兴，正不知如何是好，听人瑞要吃烟，赶紧拿过签子来，替人瑞烧了两口吃着。人瑞道："这齐河县东北上，离城四十五里，有个大村镇，名叫齐东镇，就是周朝齐东野人见《孟子·万章上》。齐东，齐国东部。野人，没文化的人。原文是说'齐东野人之语'不可信，书中因齐东镇联想到'齐东野人'，这是书中人的俏皮话。的老家。这庄上有三四千人家，有条大街，有十几条小街。路南第三条小街上，有个贾老翁。这老翁年纪不过五十望岁，五十余岁。望，即'来往'。生了两个儿子，一个女儿。大儿子在时，有三十多岁了，二十岁上娶了本村魏家的姑娘。魏、贾这两家都是靠庄田吃饭，每人家有四五十顷地。魏家没有儿子，只有这个女儿，却承继过继。了一个远房侄儿在家，管理一切事务。只是这个承继儿子不甚学好，所以魏老儿很不喜欢他，却喜欢这个女婿如同珍宝一般。谁知这个女婿去年七月，感了时气，时疫、瘟疫、传染病。到了八月半边，就一命呜呼哀哉死了。过了百日，魏老头恐怕女儿伤心，常常接回家来过个十天半月的，解解他的愁闷。

“这贾家呢，第二个儿子今年二十四岁，在家读书，人也长的清清秀秀的，笔下也还文从字顺。贾老儿既把个大儿子死了，这二儿子便成了个宝贝，恐怕他劳神，书也不教他念了。他那女儿今年十九岁，像貌长的如花似玉，又加之人又能干，家里大小事情，都是他做主，因此本村人替他起了个浑名，绰号。叫做‘贾探春’。《红楼梦》中人物，贾宝玉的异母妹，精明强干，善于理家。老二娶的也是本村一个读书人家的女儿，性格极其温柔，轻易不肯开口，所以人越发看他老实没用，起他个浑名叫‘二呆子’。

“这贾探春长到一十九岁，为何还没有婆家呢？只因为他才貌双全，乡庄户下，那有那们俊俏男子来配他呢？只有邻村一个吴二浪子，人却生得倜傥不群，漂亮洒脱，高出众人。像貌也俊，言谈也巧，家道也丰富，好骑马射箭，同这贾家本是个老亲，一向往来，彼此女眷都是不回避的，只有这吴二浪子曾经托人来求亲。贾老儿掂量这个亲事倒还做得；只是听得人说，这吴二浪子，乡下已经偷上了好几个女人，又好赌，又时常好跑到省城里去顽耍，动不动一两个月的不回来。心里算计，这家人家，虽算乡下的首富，终久家私家产。要保不住，因此就没有应许。以后却是再要找个人材家道相平相等。的，总找不着，所以把这亲事就平搁搁置。下了。

“今年八月十三是贾老大的周年，家里请和尚拜了三天忏，是十二、十三、十四三天。经忏拜完，魏老儿就接了姑娘回家过节。谁想当天下午，陡听人说，贾老儿家全家丧命。这一慌真就慌的不成话了！连忙跑来看时，却好乡约、里正这里指地保。俱已到齐。全家人都死尽，止有贾探春和他姑妈来了，都哭的泪人似的。顷刻之间，魏家姑奶奶——就是贾家的大娘子——也赶到了；进得门来，听见一片哭声，也不晓得青红皂白，只好号啕大哭。

“当时里正前后看过，计门房死了看门的一名，长工二名，厅房堂屋倒在地下死了书童一名，厅房里间贾老儿死在炕上，二进第二层院落。上房，死了贾老二夫妻两名，旁边老妈子一名，炕上三岁小孩子一名，厨房里老妈子一名，丫头一名，厢房正房前面两旁的房屋。里老妈子一名，前厅厢房里管账先生一名：大小男女，共死了一十三名口，当时具禀，连夜报上县来。

“县里次日一清早，带同仵作旧时官府中检验死尸的人员。仵，wǔ。下乡一一相验，检验死尸。没有一个受伤的人，骨节不硬，皮肤不发青紫，既非杀伤，又非服毒，这没头案子没有头绪的案件。就有些难办。一面贾家办理棺敛，一面县里具禀申报写好书面文字向上级报告。具，办理。禀，旧时上报的文件。申，陈述。抚台。县里正在序稿，起稿。突然贾家遣个抱告，清代规定，官员和妇女如涉及诉讼，可委派仆役或亲属代表到案，叫作‘抱告’；被派的人，也叫作‘抱告’。言已查出被人谋害形迹。”

方说到这里，翠环抬起头来喊道：“你瞧！窗户怎样这们红呀？”一言未了，只听得必必剥剥的声音，外边人声嘈杂，大声喊叫说：“起火！起火！”几个连忙跑出上房门来，才把帘子一掀，只见那火正是老残住的厢房后身。老残连忙身边摸出钥匙去开房门上的锁，黄人瑞大声喊道：“多来两个人帮铁老爷搬东西！”

老残刚把铁锁开了，将门一推，只见房内一大团黑烟，望外一扑，那火舌已自由窗户里冒出来了。老残被那黑烟冲来，赶忙望后一退，却被一块砖头绊住，跌了一交，恰好那些来搬东西的人，正自赶到，就势把老残扶起，搀过东边去了。

当下看那火势，怕要连着上房，黄人瑞的家人就带着众人，进上房去抢搬东西。黄人瑞站在院心里，大叫道：“赶先把那账箱搬出，别的却还在后！”说时，黄升已将账箱搬出。那些人多手杂的，已将黄人瑞箱笼行李都搬出来放在东墙脚下。店家早已搬了几条长板凳来，请他们坐。人瑞检点物件，一样不少，却还多了一件，赶忙叫人搬往柜房里去。

看官，你猜多的一件是何物事？原来正是翠花的行李。人瑞知道县官必来看火，倘若见了，有点难堪，所以叫人搬去。并对二翠道："你们也往柜房里避一避去，立刻县官就要来的。"二翠听说，便顺墙根走往前面去了。

且说火起之时，四邻人等及河工夫役，都寻觅了水桶水盆之类，赶来救火。无奈黄河两岸俱已冻得实实的，当中虽有流水之处，人却不能去取。店后有个大坑塘，却早冻得如平地了。城外只有两口井里有水，你想，慢慢一桶一桶打起，中何用呢？这些人人急智生，就把坑里的冰凿开，一块一块的望火里投。那知这冰的力量比水还大，一块冰投下去，就有一块地方没了火头。这坑正在上房后身，有七八个人立在上房屋脊上，后边有数十个人运冰上屋，屋上人接着望火里投，一半投到火里，一半落在上房屋上，所以火就接不到上房这边来。

老残与黄人瑞正在东墙看人救火，只见外面一片灯笼火把，县官已到，带领人夫手执挠钩前头有铁钩的长柄工具。长杆等件，前来救火。进得门来，见火势已衰，一面用挠钩将房扯倒，一面饬人取黄河浅处薄冰抛入火里，以压火势，那火也就渐渐的熄了。

县官见黄人瑞立在东墙下，步上前来，请了一个安，说道："老宪台古代称御史为宪台，后来成为对上官的尊称。受惊不小！"人瑞道："也还不怎样，但是我们补翁烧得苦点。"因向县官道："子翁，我介绍你会个人。此人姓铁，号补残，与你颇有关系，那个案子上要倚赖他才好办。”县官道：“嗳呀呀！铁补翁在此地吗？快请过来相会。”人瑞即招手大呼道：“老残，请这边来。”

老残本与人瑞坐在一条凳上，因见县官来，踱慢步走。踱，duó。过人丛里，借看火为回避。今闻招呼，遂走过来，与县官作了个揖，彼此道些景慕景仰、爱慕，旧时初见面的客气话。的话头。县官有马扎子，旧时官员出门携带的坐具；比现在的大，和椅子一样高。老残与人瑞仍坐长凳子上。原来这齐河县姓王，号子谨，也是江南人，与老残同乡。虽是个进士出身，倒不糊涂。

当下人瑞对王子谨道：“我想阁下齐东村一案，只有请补翁写封信给宫保，须派白子寿来，方得昭雪；那个绝物极其少有的东西。骂人语。也不敢过于倔强。我辈都是同官，不好得罪他的；补翁是方外人，原指僧道一类所谓世事之外的人，这里意同‘圈外人’。无须忌讳。尊意以为何如？”子谨听了，欢喜非常，说：“贾魏氏活该有救星了！好极，好极！”老残听得没头没脑，答应又不是，不答应又不是，只好含糊唯诺。即唯唯诺诺。随口敷衍，不表示意见。

当时火已全熄，县官要扯二人到衙门去住。人瑞道：“上房既未烧着，我仍可以搬入去住，只是铁公未免无家可归了。”老残道：“不妨，不妨！此时夜已深，不久便自天明；天明后，我自会上街置办行李，毫不碍事。”县官又苦苦的劝老残到衙门里去。老残说：“我打搅黄兄是不妨的，请放心罢。”县官又殷勤问：“烧些什么东西？未免大破财了。但是敝县购办得出的，自当稍尽绵薄。”老残笑道：“布衾布被。一方，竹笥竹箱。笥，盛衣物的方形竹器。一只，布衫裤两件，破书数本，铁串铃一枚，如此而已。”县官笑道：“不确罢。”也就笑着。

正要告辞，只见地保同着差人，一条铁索，锁了一个人来，跪在地下，像鸡子签米小鸡吃米，形容不住地磕头。似的，连连磕头，嘴里只叫：“大老爷天恩！意即开恩，饶罪。大老爷天恩！”那地保跪一条腿在地下，喊道：“火就是这个老头儿屋里起的，请大老爷示：还是带回衙门去审，还是在这里审？”县官便问道：“你姓什么？叫什么？那里人？怎么样起的火？”只见那地下的人又连连磕头，说道：“小的姓张，叫张二，是本城里人，在这隔壁店里做长工。因为昨儿从天明起来，忙到晚上二更多天，才稍为空闲一点，回到屋里睡觉，谁知小衫裤汗湿透了，刚睡下来，冷得异样，越冷越打战战，就睡不着了。小的看这屋里放着好些粟秸，即秫秸，高粱秸。就抽了几根，烧着烤一烤。又想起窗户台上有上房客人吃剩下的酒，赏小的吃的，就拿在火上煨热了，喝了几钟。谁知道一天乏透的人，得了点暖气，又有两杯酒下了肚，糊里糊涂，坐在那里，就睡着了。刚睡着，一霎儿的工夫，就觉得鼻子里烟呛的难受，慌忙睁开眼来，身上棉袄已经烧着了一大块，那粟秸打的壁子已通着了，赶忙出来找水来泼，那火已自出了屋顶，小的也没有法子了。所招是实，求大老爷天恩!”县官骂了一声“浑蛋”,说:“带到衙门里办去罢!”说罢,立起身来,向黄、铁二公告辞;又再三叮嘱人瑞,务必设法玉成那一案,然后的匆匆去了。

那时火已熄尽,只冒白气。人瑞看着黄升带领众人,又将物件搬入,依旧陈列起来。人瑞道:“屋子里烟火气太重,烧盒万寿香一种用香面按在盒子里点燃的盘香。来薰薰。”人瑞笑向老残道:“铁公,我看你还忙着回屋去不回呢!”老残道:“都是被你一留再留的。倘若我在屋里,不至于被他烧得这们干净。”人瑞道:“咦!不害躁!要是让你回去,只怕连你还烧死在里头呢!你不好好的谢我,反来埋怨我,真是不识好歹。”老残道:“难道我是死人吗?你不赔我,看我同你干休罢休。吗!”

说着,只见门帘揭起,黄升领了一个戴大帽子的进来,对着老残打了一个千儿,说:“敝上说给铁大老爷请安。送了一副铺盖来,是敝上自己用的,腌臜点,请大老爷不要嫌弃,明天叫裁缝赶紧做新的送过来,今夜先将就点儿罢。又狐皮袍子马褂一套,请大老爷随便用罢。”老残立起来道:“累你们贵上费心。行李暂且留在这里,借用一两天,等我自己买了,就缴还。衣裳我都已经穿在身上,并没有烧掉,不劳贵上费心了。回去多多道谢。”那家人还不肯把衣服带去。仍是黄人瑞说:“衣服,铁老爷决不肯收的。你就说我说的,你带回去罢。”家人又打了个千儿去了。

老残道:“我的烧去也还罢了,总是你瞎倒乱,平白的把翠环的一卷行李也烧在里头，你说冤不冤呢？”黄人瑞道：“那才更不要紧呢！我说他那铺盖总共值不到十两银子，明日赏他十五两银子，他妈要喜欢的受不得呢。”翠环道：“可不是呢，大约就是我这个倒痗即‘倒霉’。的人，一卷铺盖害了铁爷许多好东西都毁掉了。”老残道：“物件到没有值钱的，只可惜我两部宋板书，是有钱没处买的，未免可惜。然也是天数，只索只好。听他罢了。”人瑞道：“我看宋板书到也不稀奇，只是可惜你那摇的串铃子也毁掉，岂不是失了你的衣食饭碗了吗？”老残道：“可不是呢。这可应该你赔了罢，还有什么说的？”人瑞道：“罢，罢，罢！烧了他的铺盖，烧了你的串铃，大吉大利，恭喜，恭喜！”对着翠环作了个揖，又对老残作了个揖，说道：“从今以后，他也不用做卖皮的婊子，你也不要做说嘴的郎中了！”

老残大叫道：“好，好，骂的好苦！翠环，你还不去拧他的嘴！”翠环道：“阿弥陀佛！总是两位的慈悲！”翠花点点头道：“环妹由此从良，旧时妓女嫁人。铁老由此做官，这把火到也实在是把大吉大利的火，我也得替二位道喜。”老残道：“依你说来，他却从良，我却从贱了？”黄人瑞道：“闲话少讲，我且问你：是说话是睡？如睡，就收拾行李；如说话，我就把那奇案再告诉你。”随即大叫了一声：“来啊！”

老残道：“你说，我很愿意听。”人瑞道：“不是方才说到贾家遣丁派人。丁，旧指成年的男子。抱告，说查出被人谋害的情形吗？原来这贾老儿桌上有吃残了的半个月饼，一大半人房里都有吃月饼的痕迹。这月饼却是前两天魏家送得来的。所以贾家新承继来的个儿子——名叫贾干——同了贾探春告说是他嫂子贾魏氏与人通奸，用毒药谋害一家十三口性命。

“齐河县王子谨就把这贾干传来，问他奸夫是谁，却又指不出来。食残的月饼，只有半个，已经擘同‘掰’，分开。碎了，馅子里却是有点砒霜。一种毒药。砒，pī。

“王子谨把这贾魏氏传来问这情形。贾魏氏供：‘月饼是十二日送来的。我还在贾家。况当时即有人吃过，并未曾死。’又把那魏老儿传来。魏老儿供称：‘月饼是大街上四美斋做的，有毒无毒，可以质证了。’及至把四美斋传来，又供月饼虽是他家做的，而馅子却是魏家送得来的。就是这一节，却不得不把魏家父女暂且收管。虽然收管，却未上刑具，不过监里的一间空屋，听他自己去布置罢了。子谨心里觉得仵作相验，实非中毒；自己又亲身细验，实无中毒情形。即使月饼中有毒，未必人人都是同时吃的，也没有个毒轻毒重的分别吗？

“苦主受害人的家属。家催求讯断得紧，就详旧时下级对上级用的公文名称。这里意思是上报。了抚台，请派员会审。前数日，齐巧派了刚圣慕来。此人姓刚，名弼，是吕谏堂据戴注，疑即吕贤基。吕贤基，字鹤田，清安徽旌德人，任御史，迁给事中，是当时的谏官，故称‘谏堂’。后镇压太平军，城陷被杀。据说为人秉正嫉邪，不少苛诡。此处或指李秉衡。李秉衡，字鉴堂，曾知永平府，时称‘北直廉吏第一’。光绪二十年任山东巡抚，二十三年因巨野教案免官，二十六年以刚毅之荐入都，在杨村抗击八国联军，战败自杀。的门生，专学他老师，清廉得格登登的。一跑得来，就把那魏老儿上了一夹棍，旧时用两根木棍做成的残酷刑具，行刑时，用力夹犯人腿部。贾魏氏上了一拶子。旧时夹犯人手指的残酷刑具。拶，zǎn。两个人都晕绝过去，却无口供。那知冤家路儿窄：魏老儿家里的管事的却是愚忠忠诚而不明事理。老实人，看见主翁主人。吃这冤枉官司，遂替他筹了些款，到城里来打点，一投投到一个乡绅胡举人家。……"

说到此处，只见黄升揭开帘子走进来，说："老爷叫呀。"人瑞道："收拾铺盖。"黄升道："铺盖怎样放法？"人瑞想了一想，说："外间冷，都睡到里边去罢。"就对老残道："里间炕很大，我同你一边睡一个，叫他们姐儿俩打开铺盖卷睡当中，好不好？"老残道："甚好，甚好。只是你孤栖孤单。了。"人瑞道："守着两个，还孤栖个什么呢？"老残道："管你孤栖不孤栖，赶紧说，投到这胡举人家怎么样呢？"要知后事如何，且听下回分解。

原评

疏密相间，大小杂出，此定法也。历来文章家每序一大事，必夹序数小事，点缀其间，以歇目力，而纾文气。此卷序贾、魏事一大案，热闹极矣，中间应插序一段冷淡事，方合成法。乃忽然火起，热上加热，闹中添闹，文笔真有不可思议功德。

第十六回

六千金买得凌迟罪[1]　一封书驱走丧门星

话说老残急忙要问他投到胡举人家便怎样了。人瑞道："你越着急，我越不着急！我还要抽两口烟呢！"老残急于要听他说，就叫："翠环，你赶紧烧两口，让他吃了好说。"翠环拿着签子便烧。黄升从里面把行李放好，出来回道："他们的铺盖，叫他伙计来放。"人瑞点点头。一刻，见先来的那个伙计，跟着黄升进去了。

原来马头即码头。上规矩：凡妓女的铺盖，被褥。必须他伙计自行来放，家人断不肯替他放的；又兼之铺盖之外还有什么应用的物事，他伙计知道放在什么所在，妓女探手伸手。便得，若是别人放的，就无处寻觅了。

却说伙计放完铺盖出来，说道："翠环的烧了，怎么样呢？"人瑞道："那你就不用管罢。"老残道："我知道。你明天来，我赔你二十两银子，重做就是了。"伙计说："不是为银子，老爷请放心，为的是今儿夜里。"人瑞道："叫你不要管，你还不明白吗？"翠花也道："叫你不要管，你

---

① 凌迟：古代残酷的死刑，碎剐犯人全身，支解四肢后砍头。清代规定，凡反对皇帝及杀害父母的，均受此刑。

就回去罢。”那伙计才低着头出去。

人瑞对黄升道：“天很不早了，你把火盆里多添点炭，坐一壶开水在旁边，把我墨盒子笔取出来，取几张红格子白八行书同信封子出来，取两枝洋蜡，蜡烛，即下文‘洋烛’。都放在桌上，你就睡去罢。”黄升答应了一声“是”，就去照办。

这里人瑞烟也吃完。老残问道：“投到胡举人家怎样呢？”人瑞道：“这个乡下糊涂老儿，见了胡举人，扒下地就磕头，说：‘如能救得我主人的，万代封侯！’胡举人道：‘封侯不济事，要有钱才能办事呀。这大老爷，我在省城里也与他同过席，同桌吃过饭。是认得的。你先拿一千银子来，我替你办。我的酬劳在外。’那老儿便从怀里摸出个皮靴页儿即‘皮靴掖儿’，放钱票、文件的皮夹子。因可以掖在靴筒里，故名‘靴掖儿’。来，取出五百一张的票子两张，交与胡举人，却又道：‘但能官司了结无事，就再花多少，我也能办。’胡举人点点头，吃过午饭，就穿了衣冠这里指按品级穿着礼服。来拜老刚。”

老残拍着炕沿道：“不好了！”人瑞道：“这浑蛋的胡举人来了呢，老刚就请见，见了略说了几句套话。表示客气的应酬话。胡举人就把这一千银票子双手捧上，说道：‘这是贾魏氏那一案，魏家孝敬老公祖旧时把财物献给尊长，叫孝敬。老公祖，清代绅士对地方官的尊称。的，求老公祖格外成全。’”

老残道：“一定翻了呀！”人瑞道：“翻了倒还好，却是没有翻。”老残道：“怎么样呢？”人瑞道：“老刚却笑嘻嘻的双手接了，看了一看，说道：‘是谁家的票子？可靠得住吗？’胡举人道：‘这是同裕的票子，是敝县第一个大钱庄，万靠得住。’老刚道：‘这们大个案情，一千银子那能行呢？’胡举人道：‘魏家人说，只要早早了结，没事，就再花多些，他也愿意。’老刚道：‘十三条人命，一千银子一条，也还值一万三呢。——也罢，既是老兄来，兄弟情愿减半算，六千五百两银子罢。’胡举人连声答应道：‘可以行得，可以行得！’

“老刚又道：‘老兄不过是个介绍人，不可专主，自做主张。下文“擅专”，义同。请回去切实问他一问，也不必开票子来，只须老兄写明云：减半六五之数，前途旧时指代另一方面的人。愿出。兄弟凭此，明日就断结了。’胡举人欢喜的了不得，出去就与那乡下老儿商议。乡下老儿听说官司可以了结无事，就擅专一回，谅多年宾东，旧指被雇用或聘用的人和东家。不致遭怪，见怪。况且不要现银子，就高高兴兴的写了个五千五百两的凭据交与胡举人。又写了个五百两的凭据，为胡举人的谢仪。

“这浑蛋胡举人写了一封信，并这五千五百两凭据，一并送到县衙门里来。老刚收下，还给个收条。等到第二天升堂，本是同王子谨会审的。这些情节，子谨却一丝也不知道。坐上堂去，喊了一声‘带人’。那衙役们早将魏家父女带到，却都是死了一半的样子。两人跪到堂上，刚弼便从怀里摸出那个一千两银票并那五千五百两凭据和那胡举人的书子，先递给子谨看了一遍，子谨不便措辞，说话。心中却暗暗的替魏家父女叫苦。

“刚弼等子谨看过，便问魏老儿道：‘你认得字吗？’魏老儿供：‘本是读书人，认得字。’又问贾魏氏：‘认得字吗？’供：‘从小上过几年学，认字不多。’老刚便将这银票、笔据亲笔写的字据。叫差人送与他父女们看。他父女回说：‘不懂这是什么原故。’刚弼道：‘别的不懂，想必也是真不懂；这个凭据是谁的笔迹，下面注着名号，你也不认得吗？’叫差人：‘你再给那个老头儿看！’魏老儿看过，供道：‘这凭据是小的家里管事的写的，但不知他为什么事写的。’

“刚弼哈哈大笑说：‘你不知道，等我来告诉你，你就知道了！昨儿有个胡举人来拜我，先送一千两银子，说你们这一案，叫我设法儿开脱；解除罪名。又说如果开脱，银子再要多些也肯。我想你们两个穷凶极恶的人，前日颇能熬刑，忍受刑罚不肯招供。不如趁势讨他个口气罢，我就对胡举人说：“你告诉他管事的去，说害了人家十三条性命，就是一千两银子一条，也该一万三千两。”胡举人说：“恐怕一时拿不出许多。”我说：“只要他心里明白，银子便迟些日子不要紧的。如果一千银子一条命不肯出，就是折半减半。五百两银子一条命，也该六千五百两，不能再少。”胡举人连连答应。我还怕胡举人孟浪，鲁莽、莽撞。再三叮嘱他，叫他把这折半的道理告诉你们管事的，如果心服情愿，叫他写个凭据来，银子早迟不要紧的。第二天，果然写了这个凭据来。我告诉你，我与你无冤无仇，我为什么要陷害你们呢？你要摸心想一想，我是个朝廷家的官，又是抚台特特委我来帮着王大老爷来审这案子，我若得了你们的银子，开脱了你们，不但辜负抚台的委任，那十三条冤魂，肯依我吗？我再详细告诉你：倘若人命不是你谋害的，你家为什么肯拿几千两银子出来打点呢？这是第一据。在我这里花的是六千五百两，在别处花的且不知多少，我就不便深究了。倘人不是你害的，我告诉他照五百两一条命计算，也应该六千五百两，你那管事的就应该说："人命实不是我家害的，如蒙委员代为昭雪，七千八千俱可，六千五百两的数目却不敢答应。"为什么他毫无疑义，就照五百两一条命算账呢？是第二据。——我劝你们早迟总得招认，免得饶上许多刑具的苦楚。'

"那父女两个连连叩头说：'青天大老爷！实在是冤枉！'刚弼把桌子一拍，大怒道：'我这样开导你们，还是不招，再替我夹拶起来？'底下差役炸雷响雷。似的答应了一声'嗄'，同'啊'。夹棍拶子望堂上一摔，惊魂动魄价响。

"正要动刑，刚弼又道：'慢着，行刑的差役上来，我对你讲。'几个差役走上几步，跪一条腿，喊道：'请大老爷示。'刚弼道：'你们伎俩原意为不正当的手段，这里指本领。我全知道：你看那案子是不要紧的呢，你们得了钱，用刑就轻些，让犯人不甚吃苦；你们看那案情重大，是翻不过来的了，你们得了钱，就猛一紧，把那犯人当堂治死，成全他个整尸首，本官长官。又有个严刑毙命的处分：我是全晓得的。今日替我先拶贾魏氏，只不许拶得他发昏，但看神色不好，就松刑，等他回过气来再拶，预备十天工夫，无论你什么好汉，也不怕你不招！'

“可怜一个贾魏氏，不到两天，就真熬不过了，哭得一丝半气的，又忍不得老父受刑，就说道：'不必用刑，我招就是了！人是我谋害的，父亲委实不知情！'刚弼道：'你为什么害他全家？'魏氏道：'我为妯娌不和，有心谋害。'刚弼道：'妯娌不和，你害他一个人很够了，为什么毒他一家子呢？'魏氏道：'我本想害他一人，因没有法子，只好把毒药放在月饼馅子里。因为他最好吃月饼，让他先毒死了，旁人必不至再受害了。'刚弼问：'月饼馅子里，你放的什么毒药呢？'供：'是砒霜。''那里来的砒霜呢？'供：'叫人药店里买的。''那家药店里买的呢？''自己不曾上街，叫人买的，所以不晓得那家药店。'问：'叫谁买的呢？'供：'就是婆家被毒死了的长工王二。'问：'既是王二替你买的，何以他又肯吃这月饼受毒死了呢？'供：'我叫他买砒的时候，只说为毒老鼠，所以他不知道。'问：'你说你父亲不知情，你岂有个不同他商议的呢？'供：'这砒是在婆家买的，买得好多天了。正想趁个机会放在小婶吃食碗里，值几日都无隙可乘，恰好那日回娘家，看他

们做月饼馅子，问他们何用，他们说送我家节礼，旧时端午、中秋、春节赠送人的礼物。趁无人的时候，就把砒霜搅在馅子里了。’

“刚弼点点头道：‘是了，是了。’又问道：‘我看你人很直爽，所招的一丝不错。只是我听人说，你公公平常待你极为刻薄，是有的罢？’魏氏道：‘公公待我如待亲身女儿一般恩惠，没有再厚的了。’刚弼道：‘你公公横竖已死，你何必替他回护呢？’魏氏听了，抬起头来，柳眉倒竖，杏眼圆睁，大叫道：‘刚大老爷！你不过要成就我个凌迟的罪名！现在我已遂了你的愿了，既杀了公公，总是个凌迟！你又何必要坐成个故杀故意杀害，与“误杀”相对而言。呢？——你家也有儿女呀！劝你退后些罢！’刚弼一笑道：‘论做官的道理呢，原该追究个水尽山穷；然既已如此，先让他把这个供画了。’”

再说黄人瑞道：“这是前两天的事，现在他还要算计那个老头子呢。昨日我在县衙门里吃饭，王子谨气得要死，憋得不好开口，一开口，仿佛得了魏家若干银子似的。李太尊在此地，也觉得这案情不妥当，然也没有法想，商议除非能把白太尊白子寿弄来才行。这瘟刚是以清廉自命的，白太尊的清廉，恐怕比他还靠得住些。白子寿的人品学问，为众所推服，他还不敢藐视，舍此更无能制伏他的人了。只是一两天内就要上详，宫保的性子又急，若奏出去指报告皇帝。清代处决犯人，须报告皇帝。奏，启奏。就不好设法了。只是没法通到宫保面前去，凡我们同寅清朝在一起做官的人互称同寅，即同僚。都要避点嫌疑，昨日我看见老哥，我从心眼里欢喜出来，请你想个什么法子。”

老残道：“我也没有长策。好计策。长，善。不过这种事情，其势已迫，不能计出万全考虑出妥当完善、万无一失的计划。的。只有就此情形，我详细写封信禀宫保，请宫保派白太尊来覆审。至于这一炮响不响，那就不能管了。天下事冤枉的多着呢，但是碰在我辈眼目中，尽心力替他做一下子就罢了。”人瑞道：“佩服，佩服。事不宜迟，笔墨纸张都预备好了，请你老人家就此动笔。——翠环，你去点蜡烛，泡茶。”

老残凝了一凝神，就到人瑞屋里坐下。翠环把洋烛也点着了，老残揭开墨盒，拔出笔来，铺好了纸，拈笔执笔。拈，用手指捏起。便写。那知墨盒子已冻得像块石头，笔也冻得像个枣核子，半笔也写不下去。翠环把墨盒子捧到火盆上烘，老残将笔拿在手里，向着火盆，一头烘，一头想。半霎功夫，墨盒里冒白气，下半边已烊熔化。烊，yáng。了。老残蘸墨就写，写两行，烘一烘，不过半个多时辰，信已写好，加了个封皮，打算问人瑞，信已写妥，交给谁送去？对翠环道：“你请黄老爷进来。”

翠环把房门帘一揭，格格的笑个不止，低低喊道：“铁老，你来瞧！”老残望外一看，原来黄人瑞在南首，双手抱着烟枪，头歪在枕头上，口里拖三四寸长一条口涎，腿上却盖了一条狼皮褥子。再看那边，翠花睡在虎皮毯上，两只脚都缩在衣服里头，两只手超同“抄”，拢、插。在袖子里，头却不在枕头上，半个脸缩在衣服大襟里，半个脸靠着袖子，两个人都睡得实沉沉的了。

老残看了说："这可要不得，快点喊他们起来！"老残就去拍人瑞，说："醒醒罢，这样要受病的！"人瑞惊觉，懵里懵懂糊里糊涂。懵，měng。的，睁开眼说道："呵，呵！信写好了吗？"老残说："写好了。"人瑞挣扎着坐起，只见口边那条涎水，由袖子上滚到烟盘里，跌成几段，原来久已化作一条冰了！老残拍人瑞的时候，翠环却到翠花身边，先向他衣服摸着两只脚，用力往外一扯。翠花惊醒，连喊："谁，谁，谁？"连忙揉揉眼睛，叫道："可冻死我了！"

两人起来，都奔向火盆就暖，那知火盆无人添炭，只剩一层白灰，几星余火，却还有热气。翠环道："屋里火盆旺着呢，快向屋里烘去罢。"四人遂同到里边屋来。翠花看铺盖，三分即三份。俱已摊得齐楚，整齐。就去看他县里送来的，却是一床蓝湖绉被，一床红湖绉被，两条大呢褥子，一个枕头。指给老残道："儜瞧这铺盖好不好？"老残道："太好了些。"便向人瑞道："信写完了，请你看看。"

人瑞一面烘火，一面取过信来，从头至尾读了一遍，说："很切实的。我想总该灵罢。"老残道："怎样送去呢？"人瑞腰里摸出表来一看，说："四下钟，再等一刻，天亮了，我叫县里专个人去。"老残道："县里人都起身得迟，不如天明后，同店家商议，雇个人去更妥。——只是这河难得过去。”人瑞道：“河里昨晚就有人跑凌，从冰上来往。单身人过河很便当的。”大家烘着火，随便闲话。

两三点钟工夫，极容易过，不知不觉，东方已自明了。人瑞喊起黄升，叫他向店家商议，雇个人到省城送信，说：“不过四十里地，如晌午以前送到，下午取得收条来，我赏银十两。”停了一刻，只见店伙同了一个人来说：“这是我兄弟，如大老爷送信，他可以去。他送过几回信，颇在行，到衙门里也敢进去，请大老爷放心。”当时人瑞就把上抚台的禀交给他，自收拾投递去了。

这里人瑞道：“我们这可该睡了。”黄、铁睡在两边，二翠睡在当中，不多一刻都已齁齁睡着。一觉醒来，已是午牌时候。翠花家伙计早已在前面等候，接了他姊妹两个回去，将铺盖卷了，一并掮着就走。人瑞道：“傍晚就送他们姐儿俩来，我们这儿不派人去叫了。”伙计答应着“是”，便同两人前去。翠环回过头来眼泪汪汪的道：“儜别忘了阿！”人瑞、老残俱笑着点点头。

二人洗脸。歇了片刻就吃午饭。饭毕，已两下多钟，人瑞自进县署去了，说：“倘有回信，喊我一声。”老残说：“知道，你请罢。”

人瑞去后，不到一个时辰，只见店家领那送信的人，一头大汗，走进店来，怀里取出一个马封，紫花大印，紫色印泥盖的大印，意思是抚台衙门的大印。拆开，里面回信两封：一封是庄宫保亲笔，字比核桃还大；一封是内文案上袁希明的信，言："白太尊现署泰安，即派人去代理，大约五七天可到。"并云："宫保深盼阁下少候两日，等白太尊到，商酌一切。"云云。

老残看了，对送信人说："你歇着罢，晚上来领赏。喊黄二爷来。"店家说："同黄大老爷进衙门去了。"老残想："这信交谁送去呢？不如亲身去走一遭罢。"就告店家，锁了门，竟自投县衙门来。进了大门，见出出进进人役甚多，知有堂事。公事。这里指官员坐堂审理案件；下文"堂事"指坐堂前需要准备的事件。进了仪门，旧时官衙大门里边的二门。果见大堂上阴气森森，许多差役两旁立着。凝了一凝神，想道："我何妨上去看看，什么案情？"立在差役身后，却看不见。

只听堂上嚷道："贾魏氏，你要明白！你自己的死罪已定，自是无可挽回，你却极力开脱你那父亲，说他并不知情，这是你的一片孝心，本县也没有个不成全你的。但是你不招出你的奸夫来，你父亲的命就保全不住了。你想，你那奸夫出的主意，把你害得这样苦法，他到躲得远远的，连饭都不替你送一碗，这人的情义也就很薄的了，你却抵死不肯招出他来，反令生身老父替他担着死罪。圣人云：'人尽夫也，父一而已。'语见《左传·桓公十五年》。原配丈夫，为了父亲尚且顾不得他，何况一个相好的男人呢！我劝你招了的好。"只听底下只是嘤嘤啜泣。又听堂上喝道："你还不招吗？不招我又要动刑了！”

又听底下一丝半气的说了几句，听不出什么话来。只听堂上嚷道：“他说什么？”听一个书吏上去回道：“贾魏氏说，是他自己的事，大老爷怎样分付，他怎样招；叫他捏造一个奸夫出来，实实无从捏造。”

又听堂上把惊堂一拍，骂道：“这个淫妇，真正刁狡！拶起来！”堂下无限的人大叫了一声“嗄”，只听跑上几个人去，把拶子往地下一摔，霍绰的一声，惊心动魄。

老残听到这里，怒气上冲，也不管公堂重地，把站堂的差人用手分开，大叫一声：“站开！让我过去！”差人一闪，老残走到中间，只见一个差人一手提着贾魏氏头发，将头提起，两个差人正抓他手在上拶子。老残走上，将差人一扯，说道：“住手！”便大摇大摆走上暖阁，在大屋子里隔出来的小房间，叫暖阁。这里指旧时官衙大堂上屏风前面设置公案的地方。见公案上坐着两人，下首是王子谨，上首心知就是这刚弼了，先向刚弼打了一躬。

子谨见是老残，慌忙立起。刚弼却不认得，并不起身，喝道：“你是何人？敢来搅乱公堂！拉他下去！”未知老残被拉下去，后事如何，且听下回分解。

原评

赃官可恨，人人知之；清官尤可恨，人多不知。

盖赃官自知有病，不敢公然为非；清官则自以为我不要钱，何所不可，刚愎自用，小则杀人，大则误国。吾人亲目所睹，不知凡几矣。试观徐桐、李秉衡，其显然者也。《二十四史》中指不胜屈。作者苦心：愿天下清官勿以不要钱便可任性妄为也。历来小说皆揭赃官之恶，有揭清官之恶者，自《老残游记》始。

第十七回

铁炮一声公堂解索　瑶琴三叠[1]旅舍衔环

话说老残看贾魏氏正要上刑，急忙抢上堂去，喊了“住手”。刚弼却不认得老残为何许人，又看他青衣小帽，清代的一种便服。就喝令差人拉他下去。谁知差人见本县大老爷早经站起，知道此人必有来历，虽然答应了一声“嗄”，却没一个人敢走上来。

老残看刚弼怒容满面，连声吆喝，却有意呕呕作，使人心里不舒服。着他顽，便轻轻的说道：“你先莫问我是什么人，且让我说两句话。如果说的不对，堂下有的是刑具，你就打我几板子，夹我一两夹棍，也不要紧。我且问你：一个垂死的老翁，一个深闺的女子，案情我却不管，你上他这手铐脚镣是什么意思？难道怕他越狱走了吗？这是制强盗的刑具，你就随便施于良民，天理何存？良心安在？”

王子谨想不到抚台回信已来，恐怕老残与刚弼堂上较量起来，更下不去，连忙喊道：“补翁先生，请厅房里去

---

① 瑶琴三叠：瑶琴，用美玉做装饰的琴。叠，音乐重复演奏，叫叠。这里借做层叠的意思，指书中黄人瑞对给翠环赎身，由最初推脱不管，到后来真相大白，情节曲折起伏，层出不穷。

坐，此地公堂，不便说话。”刚弼气得目瞪口呆，又见子谨称他补翁，恐怕有点来历，也不敢过于抢白。当面责备。

老残知子谨为难，遂走过西边来，对着子谨也打了一躬。子谨慌忙还揖，口称：“后面厅房里坐。”老残说道：“不忙。”却从袖子里取出庄宫保的那个覆书来，双手递给子谨。

子谨见有紫花大印，不觉喜逐颜开，喜笑颜开。逐，跟随。颜，面容。双手接过，拆开一看，便高声读道：“示悉。白守耆札到便来，请即传谕王、刚二令，不得滥刑。没限度地乱用刑罚。魏谦父女取保找保人。回家，候白守覆讯。弟耀顿首。”一面递给刚弼去看，一面大声喊道：“奉抚台传谕，叫把魏谦父女刑具全行松放，取保回家，候白大人来再审！”底下听了，答应一声“嗄”，又大喊道：“当堂松刑罗！当堂松刑罗！”却早七手八脚，把他父女手铐脚镣，顶上的铁链子，一松一个干净，教他上来磕头，替他喊道：“谢抚台大人恩典！谢刚大老爷、王大老爷恩典！”那刚弼看信之后，正自敢怒而不敢言；又听到谢刚大老爷、王大老爷恩典，如同刀子戳心一般，早坐不住，退往后堂去了。

子谨仍向老残拱手道：“请厅房里去坐。兄弟略为交代此案，就来奉陪。”老残拱一拱手道：“请先生治公，办公。弟尚有一事，告退。”遂下堂，仍自大摇大摆的走出衙门去了。这里王子谨分付了书吏，旧时官衙里办理文书的人。叫魏谦父女赶紧取保，今晚便要叫他们出去才好。书吏一一答应，击鼓退堂。

却说老残回来，一路走着，心里十分高兴，想道："前日闻得玉贤种种酷虐，无法可施；今日又亲目见了一个酷吏，却被一封书便救活了两条性命，比吃了人参果心里还快活！"一路走着，不知不觉已出了城门，便是那黄河的堤埝了。上得堤去，看天色欲暮，那黄河已冻得同大路一般，小车子已不断的来往行走，心里想来："行李既已烧去，更无累赘，明日便可单身回省，好去置办行李。"转又念道："袁希明来信，叫我等白公来，以便商酌，明知白公办理此事，游刃有余，然倘有未能周知全面了解。之处，岂不是我去了害的事吗？只好耐心等待数日再说。"一面想着，已到店门，顺便踱了回去，看有许多人正在那里刨挖火里的烬余，烧剩的东西。堆了好大一堆，都是些零绸碎布，也就不去看他，回到上房，独自坐地。坐着。

过了两个多钟头，只见人瑞从外面进来，口称："痛快，痛快！"说："那瘟刚退堂之后，随即命家人检点行李回省。子谨知道宫保耳软，恐怕他回省，又出岔子，故极力留他，说：'宫保只有派白太尊覆审的话，并没有叫阁下回省的示谕，此案未了，断不能走。你这样去销差，岂不是同宫保呕气闹别扭。吗？恐不合你主敬存诚宋代理学家程颢主张的唯心主义修养方法，即以所谓内心的诚、敬要求自己。的道理。'他想想也只好忍耐着了。子谨本想请你进去吃饭，我说：'不好，倒不如送桌好好的饭去，我替你陪客罢。’我讨了这个差使来的。你看好不好？”老残道：“好！你吃白食，吃东西不出代价。我担人情，你倒便宜！我把他辞掉，看你吃什么！”人瑞道：“你只要有本事辞，只管辞，我就陪你挨饿。”

说着，门口已有一个戴红缨帽儿的拿了一个全帖，后面跟着一个挑食盒的进来，直走到上房，揭起暖帘棉门帘。进来，对着人瑞望老残说：“这位就是铁老爷罢？”人瑞说：“不错。”那家人便抢前一步，请了一个安，说：“敝上说：小县分没有好菜，送了一桌粗饭，请大老爷包含即‘包涵’，原谅。点。”老残道：“这店里饭很便当，不消费上费心，请挑回去，另送别位罢。家人道：“主人分付，总要大老爷赏脸。给面子。旧时请求对方接受自己馈赠的客气话。家人万不敢挑回去，要挨骂的。”

人瑞在桌上拿了一张笺纸，拔开笔帽，对着那家人道：“你叫他们挑到前头灶屋厨房。里去。”那家人揭开盒盖：“请老爷们过眼。”原来是一桌甚丰的鱼翅席。老残道：“便饭就当不起。这酒席太客气，更不敢当了。”人瑞用笔在花笺上已经写完，递与那家人，说：“这是铁老爷的回信，你回去说谢谢就是了。”又叫黄升赏了家人一吊钱，挑盒子的二百钱。家人打了两个千儿。

这里黄升掌上灯来，不消半个时辰，翠花、翠环俱到。他那伙计不等分付，已掮了两个小行李卷儿进来，送到里房去。人瑞道："你们铺盖真做得快，半天工夫，就齐了吗？"翠花道："家里有的是铺盖，对付着就够用了。"

黄升进来问，开饭不开饭。人瑞说："开罢。"停了一刻，已先将碟子摆好。人瑞道："今日北风虽然不刮，还是很冷，快温酒来吃两杯。今天十分快乐，我们多喝两杯。"二翠俱拿起弦子来唱两个曲子侑酒。劝酒。侑，yòu。人瑞道："不必唱了，你们也吃两杯酒罢。"

翠花看二人非常高兴，便问道："儜能这们高兴，想必抚台那里送信的人回来了吗？"人瑞道："岂但回信来了，魏家爷儿俩这时候怕都回到了家呢！"便将以上事情，一五一十的告诉了二翠。他姊儿两个，也自喜欢的了不得，自不消说。

却说翠环听了这话，不住的迷迷价笑，忽然又将柳眉双锁，默默无言。你道什么缘故？他因听见老残一封书去，抚台便这样的信从，若替他办那事，自不费吹灰之力，一定妥当的，所以就迷迷价笑。又想他们的权力，虽然够用，只不知昨晚所说的话，究竟是真是假；倘若随便说说就罢了的呢，这个机会错过，便终身无出头之望，所以双眉又锁起来了。又想到他妈今年年底，一定要转卖他，那蒯二秃子凶恶异常，早迟是个死，不觉脸上就泛了死灰的气色。又想到自己好好一个良家女子，怎样流落得这等下贱形状，倒不如死了的干净，眉宇间又泛出一种英毅的气色来。又想到自己死了，原无不可，只是一个六岁的小兄弟有谁抚养，岂不也是饿死吗？他若饿死，不但父母无人祭供，并祖上的香烟，从此便绝。这们想去，是自己又死不得了。想来想去，活又活不成，死又死不得，不知不觉那泪珠子便扑簌簌的滚将下来，赶紧用手绢子去擦。

翠花看见道："你这妮子！老爷们今天高兴，你又发什么昏？"人瑞看着他，只是憨笑。老残对他点了点头，说："你不用胡思乱想，我们总要替你想法子的。"人瑞道："好，好！有铁老爷一手提拔搭救、援救。你，我昨晚说的话，可是不算数的了。"翠环听了大惊，愈觉得他自己虑的是不错。正要向人瑞诘问，只见黄升同了一个人进来，朝人瑞打了一千儿，递过一个红纸封套去。人瑞接过来，撑开封套口，朝里一窥，便揣到怀里去，说声"知道了"，更不住的嘻嘻价笑。只见黄升说："请老爷出来说两句话。"人瑞便走出去。

约有半个时辰，进来，看着三个人俱默默相对，一言不发，人瑞愈觉高兴。又见那县里的家人进来向老残打了个千儿，道："敝上说，叫把昨儿个的一卷旧铺盖取回去。"老残一楞，心里想道："这是什么道理呢？你取了去，我睡什么呢？"然而究竟是人家的物件，不便强留，便说："你取了去罢。"心里却是纳闷。看着那家人进房取将去了。只见人瑞道："今儿我们本来很高兴的，被这翠环一个人不痛快，惹的我也不痛快了。酒也不吃了，连碟子都撤下去罢。"又见黄升来当真把些碟子都撤了下去。

此时不但二翠摸不着头脑，连老残也觉得诧异的很。随即黄升带着翠环家伙计，把翠环的铺盖卷也搬走了。翠环忙问："啥事？啥事？怎么不教我在这里吗？"伙计说："我不知道，光听说叫我取回铺盖卷去。"

翠环此时按捺不住，料到一定凶多吉少，不觉含泪跪到人瑞面前，说："我不好，你是老爷们呢，难道不能包含点吗？你老一不喜欢，我们就活不成了！"人瑞道："我喜欢的很呢。我为啥不喜欢？只是你的事，我却管不着。你慢慢的求铁老爷去。"

翠环又跪向老残面前，说："还是你老救我！"老残道："什么事，我救你呢？"翠环道："取回铺盖，一定是昨儿话走了风声，俺妈知道，今儿不让我在这儿，早晚要逼我回去，明天就远走高飞了。他敢同官斗吗？就只有走是个好法子。"老残道："这话也说的是。人瑞哥，你得想个法子，挽留住他才好。一被他妈接回去，这事就不好下手了。"人瑞道："那是何消说！自然要挽留他。你不挽留他，谁能挽留他呢？"

老残一面将翠环拉起，一面向人瑞道："你的话我怎么不懂？难道昨夜说的话，当真不算数了吗？"人瑞道："我已彻底想过，只有不管的一法。你想拔一个姐儿从良，总也得有个辞头。说法。你也不承认，我也不承认，这话怎样说呢？把他弄出来，又望那里安置呢？若是在店里，我们两个人都不承认，外人一定说是我弄的，断无疑义。我刚才得了个好点的差使，忌妒的人很多，能不告诉宫保吗？以后我就不用在山东混了，还想什么保举呢？所以是断乎做不得的。”

老残一想，话也有理，只是因此就见死不救，于心实也难忍，加着翠环不住的啼哭，实在为难，便向人瑞道：“话虽如此，也得想个万全的法子才好。”人瑞道：“就请你想，如想得出，我一定助力。”

老残想了想，实无法子，便道：“虽无法子，也得大家想想。”人瑞道：“我倒有个法子，你又做不到，所以只好罢休。”老残道：“你说出来，我总可以设法。”人瑞道：“除非你承认了要他，才好措辞。”老残道：“我就承认，也不要紧。”人瑞道：“空口说白话，能行吗？事是我办，我告诉人，说你要，谁信呢？除非你亲笔写封信给我，那我就有法办了。”老残道：“信是不好写的。”人瑞道：“我说你做不到，是不是呢？”

老残正在踌躇，却被二翠一齐上来央告，说：“这也不要紧的事，你老就担承一下子罢。”老残道：“信怎样写？写给谁呢？”人瑞道：“自然写给王子谨。你就说，见一妓女某人，本系良家，甚为可悯，弟拟拔出风尘，原指人世间，这里指悲惨非人的妓女生活。纳为簉室，侧室、妾。别于‘正室’即妻而言。簉，副的。簉，zào。请兄鼎力维持，大力帮助。鼎力，敬辞。维持，支持。身价这里指为妓女赎身用的钱数。若干，如数照缴云云。我拿了这信就有办法，将来任凭你送人也罢，择配也罢，你就有了主权，我也不遭声气。受舆论指责。不然，那有办法？”

正说着，只见黄升进来说：“翠环姑娘出来，你家里人请你呢。”翠环一听，魂飞天外，一面说就去，一面拼命央告老残写信。翠花就到房里取出纸笔墨砚来，将笔蘸饱，递到老残手里。老残接过笔来，叹口气，向翠环道：“冤不冤？为你的事，要我亲笔画供呢！”翠环道：“我替你老磕一千个头！你老就为一回难，胜造七级浮图！”老残已在纸上如说写就，按照黄人瑞的说法写好。递与人瑞，说：“我的职分职责。已尽，再不好好的办，罪就在你了。”人瑞接过信来，递与黄升，说：“停一会送到县里去。”

当老残写信的时刻，黄人瑞向翠花耳中说了许多的话。黄升接过信来，向翠环道：“你妈等你说话呢，快去罢。”翠环仍泥故意拖延时间。泥，nì。着不肯去，眼看着人瑞，有求救的意思。人瑞道：“你去，不要紧的。诸事有我呢。”翠花立起来，拉了翠环的手，说：“环妹，我同你去，你放心罢，——你大大的放心罢！”翠环无法，只得说声“告假”，走出去了。

这里人瑞却躺到烟炕上去烧烟，嘴里七搭八搭杂七杂八。的同老残说话。约计有一点钟工夫，人瑞烟也吃足了。只见黄升戴着簇新的大帽子进来，说：“请老爷们那边坐。”人瑞说：“啊！”便站起来拉了老残，说：“那边坐罢。”老残诧异道：“几时有个那边出来？”人瑞说：“这个那边，是今天变出来的。”

原来这店里的上房一排，本是两个三间，人瑞住的是西边三间，还有东边的个三间，原有别人住着，今早动身过河去了，所以空下来。

黄、铁二人携手走到东上房前，上了台阶，早有人打起暖帘。只见正中方桌上挂着桌裙，桌帷，用布或绸缎制成、挂在桌子前面的帷子。桌上点了一对大红蜡烛，地下铺了一条红毡。走进堂门，见东边一间摆了一张方桌，朝南也系着桌裙，上首平列两张椅子，两旁一边一张椅子，都搭着椅披。用长条绸缎或布做成、披在椅子上的装饰品。桌上却摆了满满一桌的果碟，比方才吃的还要好看些。西边是隔断的一间房，挂了一条红大呢的门帘。

老残诧异道："这是什么原故？"只听人瑞高声嚷道："你们搀新姨奶奶出来参见他们老爷。"只见门帘揭处，一个老妈子在左，翠花在右，搀着一个美人出来，满头戴着都是花，穿着一件红青外褂，葵绿袄子，系一条粉红裙子，却低着头走到红毡子前。

老残仔细一看，原来就是翠环，大叫道："这是怎么说？断乎不可！"人瑞道："你亲笔字据都写了，还狡狯狡赖、抵赖。什么？"不由分说，拉老残往椅子上去坐。老残那里肯坐。这里翠环早已磕下头去了。老残没法，也只好回了半礼。又见老妈子说："黄大老爷请坐。谢大媒。"翠环却又磕下头去。人瑞道："不敢当，不敢当！"也还了一礼。当将新人送进房内。翠花随即出来磕头道喜。老妈子等人也都道完了喜。人瑞拉老残到房里去。

原来房内新铺盖已陈设停妥，是红绿湖绉被各一床，红绿大呢褥子各一条，枕头两个。炕前挂了一个红紫鲁山河南省县名。绸的幔子。为隔断内外悬挂的绸子或布做的幕。桌上铺了红桌毡，也是一对红蜡烛。墙上却挂了一副大红对联，上写着：

愿天下有情人，都成了眷属；
是前生注定事，莫错过姻缘。

老残却认得是黄人瑞的笔迹，墨痕还没有甚干呢，因笑向人瑞道："你真会淘气！这是西湖上月老祠供奉月下老人的庙，在杭州西湖上。相传月下老人专管人间的男女婚姻。因此也称媒人为'月下老人'或'月老'。的对联，被你偷得来的。"人瑞道："对题便是好文章。你敢说不切当吗？"

人瑞却从怀中把刚才县里送来的红封套递给老残，说："你瞧，这是贵如夫人旧时对别人的妾的敬称。原来的卖身契一纸，这是新写的身契一纸，总共奉上。你看愚弟办事周到不周到？"老残说："既已如此，感激的很。你又何苦把我套在圈子里做什么呢？"人瑞道："我不对你说'是前生注定事，莫错过姻缘'吗？我为翠环计，救人须救彻，非如此，总不十分妥当；为你计，亦不吃亏。天下事就该这们做法，是不错的。”说过，呵呵大笑。又说：“不用费话罢，我们肚子饿的了不得，要吃饭了。”人瑞拉着老残，翠花拉着翠环，要他们两个上坐。老残决意不肯，仍是去了桌裙，四方两对面坐的。这一席酒，不消说，各人有各人快乐处，自然是尽欢而散。以后无非是送房睡觉，无庸赘述。

却说老残被人瑞逼成好事，心里有点不痛快，想要报复；又看翠花昨日自己冻着，却拿狼皮褥子替人瑞盖腿，为翠环事，他又出了许多心，冷眼看去，冷静地看去。也是个有良心的，须得把他也拔出来才好，且等将来再作道理。

次日，人瑞跑来，笑向翠环道：“昨儿炕畸角睡得安稳罢？”翠环道：“都是黄老爷大德成全，慢慢供儜的长生禄位牌。”人瑞道：“岂敢，岂敢！”说着，便向老残道：“昨日三百银子是子谨垫出来的，今日我进署替你还账去。这衣服衾枕是子谨送的，你也不用客气了。想来送钱，他也是不肯收的。”老残道：“这从那里说起！叫人家花这许多钱，也只好你先替我道谢，再图补报以后再设法报答。罢。”说着，人瑞自去县里。

老残因翠环的名字太俗，且也不便再叫了，遂替他颠倒一下，换做“环翠”，却算了一个别号，便雅得多呢。午后命人把他兄弟找得来，看他身上衣服过于蓝缕，也作“褴褛”，衣服破烂。给了他几两银子，仍叫李五领去买几件衣服给他穿。

光阴迅速，不知不觉，已经五天过去，那日，人瑞已进县署里去，老残正在客店里教环翠认字，忽听店中伙计报道："县里王大老爷来了。"

霎时，子谨轿子已到阶前下轿，老残迎出堂屋门口。子谨入来，分宾主坐下，说道："白太尊立刻就到，兄弟是来接差旧时官府接待上级官员。的，顺便来此与老哥道喜，并闲谈一刻。"老残说："前日种种承情，已托人瑞兄代达谢忱。谢意。忱，心意。因刚君在署，不便亲到拜谢，想能曲谅。"子谨谦逊道："岂敢。"随命新人出来拜见了。子谨又送了几件首饰，作拜见之礼。忽见外面差人飞奔也似的跑来报："白大人已到，对岸下轿，从冰上走过来了。"子谨慌忙上轿去接。未知后事如何，且听下回分解。

原评

"山重水复疑无路，柳暗花明又一村。"此卷惯用此等笔墨，反而逼得愈紧，正面转得愈活。

金圣叹批《西厢》"拷红"一阕，都说快事。若见此卷书，必又说出许多快事。

第十八回
白太守谈笑释奇冤　铁先生风霜访大案

话说王子谨慌忙接到河边，其时白太尊已经由冰上走过来了。子谨递上手版，下文作“手本”，旧时属员初次谒见上官时专用的名帖，上写本人的官衔、籍贯和履历等项。赶到面前请了个安，道声“大人辛苦”。白公回了个安，说道：“何必还要接出来？兄弟自然要到贵衙门请安去的。”子谨连称“不敢”。

河边搭着茶棚，挂着彩绸，当时让到茶棚小坐。白公问道：“铁君走了没有？”子谨回道：“尚未。因等大人来到，恐有话说。卑职适才在铁公处来。”白公点点头道：“甚善。我此刻不便去拜，恐惹刚君疑心。”吃了一口茶，县里预备的轿子执事仪仗。早已齐备，白公便坐了轿子，到县署去。少不得升旗放炮，奏乐开门等事。进得署去，让在西花厅修建在跨院或花园里的客厅。住。

刚弼早穿好了衣帽，等白公进来，就上手本请见。见面之后，白公就将魏贾一案，如何问法，详细问了一遍。刚弼一一诉说，颇有得意之色，说到“宫保来函，不知听信何人的乱话，此案情形，据卑职看来，已成铁案，决无疑义。但此魏老颇有钱文，送卑职一千银子，卑职未收，所以买出人来到宫保处搅乱黑白。听说有个什么卖药的郎中，得了他许多银子，送信给宫保的。这个郎中因得了银子，当时就买了个妓女，还在城外住着。闻听说这个案子如果当真翻过来，还要谢他几千银子呢，所以这郎中不走，专等谢仪。谢礼。似乎此人也该提了来讯一堂。讯出此人赃证，又多添一层凭据了。”白公说：“老哥所见甚是。但是兄弟今晚须将全案看过一遍，明日先把案内人证提来，再作道理。或者竟照老哥的断法，也未可知，此刻不敢先有成见。像老哥聪明正直，凡事先有成竹在胸，自然投无不利。无往不利。兄弟资质甚鲁，天资很笨。资质，素质、本性。鲁，愚笨。只好就事论事，细意推求，不敢说无过，但能寡过，已经是万幸了。”说罢，又说了些省中的风景闲话。

吃过晚饭，白公回到自己房中，将全案细细看过两遍，传出一张单子去，明日提人。第二天巳牌时分，巳时，旧指上午九点至十一点。门口报称：“人已提得齐备。请大人示下：是今天午后坐堂，还是明天早起？”白公道：“人证已齐，就此刻坐大堂。堂上设三个坐位就是了。”刚、王二君连忙上去请了个安，说：“请大人自便，卑职等不敢陪审，恐有不妥之处，理应回避。”白公道：“说那里的话。兄弟鲁钝，精神照应不到，正望两兄提撕。”提补、提醒。二人也不敢过谦。

停刻，堂事已齐，稿签门上来请升堂。三人皆衣冠而出，坐了大堂。白公举了红笔，即下文“朱笔”，蘸朱砂的笔，旧时批阅公文或点名时用。第一名先传原告贾干。差人将贾干带到，当堂跪下。

白公问道：“你叫贾干？”底下答着：“是。”白公问：“今年十几岁了？”答称：“十七岁了。”问：“是死者贾志的亲生，还是承继？”答称：“本是嫡堂的侄儿，过房承继的。”问：“是几时承继的？”答称：“因亡父被害身死，次日入殓，无人成服，旧时人死后亲属穿上丧服。由族中公议入继成服的。”

白公又问：“县官相验的时候，你已经过来了没有？”答：“已经过来了。”问：“入殓的时候，你亲视含殓了没有？”答称：“亲视含殓的。”问：“死人临入殓时，脸上是什么颜色？”答称：“白支支的，同死人一样。”问：“有青紫斑没有？”答：“没有看见。”问：“骨节僵硬不僵硬？”答称：“并不僵硬。”问：“既不僵硬，曾摸胸口有无热气？”答：“有人摸的，说没有热气了。”问：“月饼里有砒霜，是几时知道的？”答：“是入殓第二天知道的。”问：“是谁看出来的？答：“是姐姐看出来的。”问：“你姐姐何以知道里头有砒霜？”答：“本不知道里头有砒霜，因疑心月饼里有毛病，所以揭开来细看，见有粉红点点子，就托出问人。有人说是砒霜，就找药店人来细瞧，也说是砒霜，所以知道是中了砒毒了。”

白公说：“知道了。下去！”又用朱笔一点，说：“传四美斋来。”差人带上。白公问道：“你叫什么？你是四美斋的什么人？”答称：“小人叫王辅庭，在四美斋掌柜。”问：“魏家定做月饼，共做了多少斤？”答：“做了二十斤。”问：“馅子是魏家送来的吗？”答称：“是。”问：“做二十斤，就将将的恰好。不多不少吗？”说：“定的是二十斤，做成了八十三个。”问：“他定做的月饼，是一种馅子？是两种馅子？”答：“一种，都是冰糖芝麻核桃仁的。”问：“你们店里卖的是几种馅子？”答：“好几种呢。”问：“有冰糖芝麻核桃仁的没有？”答：“也有。”问：“你们店里的馅子比他家的馅子那个好点？”答：“是他家的好点。”问：“好处在什么地方？”答：“小人也不知道。听做月饼的司务师傅。说，他家的材料好，味道比我们的又香又甜。”白公说：“然则你店里司务先尝过的，不觉得有毒吗？”回称：“不觉得。”

白公说：“知道了。下去！”又将朱笔一点，说：“带魏谦。”魏谦走上来，连连磕头说：“大人哪！冤枉哟！”白公说：“我不问你冤枉不冤枉！你听我问你的话！我不问你的话，不许你说！”两旁衙役便大声“嗄”的一声。

看官，你道这是什么缘故？凡官府坐堂，这些衙役就要大呼小叫的，名叫“喊堂威”，把那犯人唬昏了，就可以胡乱认供了，不知道是那一朝代传下来的规矩，却是十八省都是一个传授。今日魏谦是被告正凶，所以要喊个堂威，吓唬吓唬他。

闲话休题，却说白公问魏谦道：“你定做了多少个月饼？”答称：“二十斤。”问：“你送了贾家多少斤？”答：“八斤。”问：“还送了别人家没有？”答：“送了小儿子的丈人家四斤。”问：“其余的八斤呢？”答：“自己家里人吃了。”问：“吃过月饼的人有在这里的没有？”答：“家里人人都分的，现在同了来的人，没有一个不是吃月饼的。”白公向差人说：“查一查，有几个人跟魏谦来的，都传上堂来。”

一时跪上一个有年纪的，两个中年汉子，都跪下。差人回禀道：“这是魏家的一个管事，两个长工。”白公问道：“你们都吃月饼么？”同声答道：“都吃的。”问：“每人吃了几个，都说出来。”管事的说：“分了四个，吃了两个，还剩两个。”长工说：“每人分了两个，当天都吃完了。”白公问管事的道：“还剩的两个月饼，是几时又吃的？”答称：“还没有吃，就出了这件案子，说是月饼有毒，所以就没敢再吃，留着做个见证。”白公说：“好，带来了没有？”答：“带来，在底下呢。”白公说：“很好。”叫差人同他取来。又说：“魏谦同长工全下去罢。”又问书吏：“前日有砒的半个月饼呈案呈交官府存查。了没有？”书吏回：“呈案在库。”白公说：“提出来。”

霎时差人带着管事的，并那两个月饼，都呈上堂来，存库的半个月饼也提到。白公传四美斋王辅庭，一面将这两种月饼详细对校核对。了，送刚、王二公看，说：“这两起月饼，皮色确是一样，二公以为何如？”二公皆连忙欠身答应着："是。"

其时四美斋王辅庭已带上堂，白公将月饼擘开一个交下，叫他验看，问："是魏家叫你定做的不是？"王辅庭仔细看了看，回说："一点不错，就是我家定做的。"白公说："王辅庭叫他具结对官府提出保证负责的书面文字。结，保证负责的字据。回去罢。"

白公在堂上把那半个破碎月饼，仔细看了，对刚弼道："圣慕兄，请仔细看看。这月饼馅子是冰糖芝麻核桃仁做的，都是含油性的物件，若是砒霜做在馅子里的，自然同别物粘合一气。你看这砒显系后加入的，与别物绝不粘合。况四美斋供明，只有一种馅子，今日将此两种馅子细看，除加砒外，确系表里皆同。既是一样馅子，别人吃了不死，则贾家之死，不由月饼可知。若是有汤水之物，还可将毒药后加入内。月饼之为物，面皮干硬，断无加入之理。二公以为何如？"俱欠身道："是。"

白公又道："月饼中既无毒药，则魏家父女即为无罪之人，可以令其具结了案。"案件了结。王子谨即应了一声："是。"刚弼心中甚为难过，却也说不出什么来，只好随着也答应了一声"是"。

白公即分付带上魏谦来，说："本府已审明月饼中实无毒药，你们父女无罪，可以具结了案，回家去罢。"魏谦磕了几个头去了。

白公又叫带贾干上来。贾干本是个无用的人，不过他姊姊支使指使，出主意叫别人做事。他出面，今日看魏家父女已结案对案件做出最后的处理，结束全案。释放，心里就有点七上八下；比喻心神不定。听说传他去，不但已前人教导他说的话都说不上，就是教他的人，也不知此刻从那里教起了。

贾干上得堂来，白公道："贾干，你既是承继了你亡父为子，就该细心研究，这十三个人怎样死的；自己没有法子，也该请教别人；为甚的把月饼里加进砒霜去，陷害好人呢？必有坏人挑唆你。从实招来，是谁教你诬告的。你不知道律例上有反坐根据诬告的罪名，把所应得的刑罚加在诬告人身上。的一条吗？"贾干慌忙磕头，吓的只格格价抖，带哭说道："我不知道！都是我姐姐叫我做的！饼里的砒霜，也是我姐姐看出来告诉我的，其余概不知道。"白公说："依你这们说起来，非传你姐姐到堂，这砒霜的案子是究不出来的了？"贾干只是磕头。

白公大笑道："你幸儿遇见的是我，倘若是个精明强干的委员，这月饼案子才了，砒霜案子又该闹得天翻地覆了。我却不喜欢轻易提人家妇女上堂，你回去告诉你姐姐，说本府说的，这砒霜一定是后加进去的。是谁加进去的，我暂时尚不忙着追究呢，因为你家这十三条命，是个大大的疑案，必须查个水落石出。因此，加砒一事倒只好暂行缓究了。你的意下何如？"贾干连连磕头道："听凭大人天断。"

白公道："既是如此，叫他具结，听凭替他查案。"临下去时，又喝道："你再胡闹，我就要追究你们加砒诬控的案子了！"贾干连说："不敢，不敢！"下堂去了。

这里白公对王子谨道："贵县差人有精细点的吗？"子谨答应："有个许亮还好。"白公说："传上来。"只见下面走上一个差人，四十多岁，尚未留须，走到公案前跪下，道："差人许亮叩头。"白公道："差你往齐东村明查暗访，这十三条命案是否服毒？有什么别样案情？限一个月报命，不许你用一点官差的力量。你若借此招摇撞骗，可要置你于死地！"许亮叩头道："不敢。"

当时王子谨即标了牌票，标，填写。牌票，旧时差役出外办事的证明，上写差役姓名、任务、期限等。交给许亮。白公又道："所有以前一切人证，无庸取保，全行释放。"随手翻案，检出魏谦笔据两纸，说："再传魏谦上来。"

白公道："魏谦，你管事的送来的银票，你要不要？"魏谦道："职员沉冤，难以辨明和久未昭雪的冤屈。蒙大人昭雪，所有银子，听凭大人发落。"白公道："这五千五百凭据还你。这一千银票，本府却要借用，却不是我用，暂且存库，仍为查贾家这案，不得不先用资斧。旅费、用费。俟案子查明，本府回明了抚台，仍旧还你。"魏谦连说："情愿，情愿。"当将笔据收好，下堂去了。

白公将这一千银票交给书吏，到该钱庄将银子取来，凭本府公文支付。回头笑向刚弼道："圣慕兄，不免笑兄弟当堂受贿罢？”刚弼连称：“不敢。”于是击鼓退堂。

却说这起大案，齐河县人人俱知，昨日白太尊到，今日传人，那贾、魏两家都预备至少住十天半个月，那知道未及一个时辰，已经结案，沿路口碑啧啧称赞。

却说白公退至花厅，跨进门槛，只听当中放的一架大自鸣钟，正铛铛的敲了十二下，仿佛像迎接他似的。王子谨跟了进来，说：“请大人宽衣用饭罢。”白公道：“不忙。”看着刚弼也跟随进来，便道：“二位且请坐一坐，兄弟还有话说。”二人坐下。白公向刚弼道：“这案兄弟断得有理没理？”刚弼道：“大人明断，自是不会错的。只是卑职总不明白：这魏家既无短处，为什么肯花钱呢？卑职一生就没有送过人一个钱。”

白公呵呵大笑道：“老哥没有送过人的钱，何以上台也会契重你？可见天下人不全是见钱眼开的哟。清廉人原是最令人佩服的，只有一个脾气不好，他总觉得天下人都是小人，只他一个人是君子。这个念头最害事的，把天下大事不知害了多少！老兄也犯这个毛病，莫怪兄弟直言。至于魏家花钱，是他乡下人没见识处，不足为怪也。”又向子谨道：“此刻正案已完，可以差个人拿我们两个名片，请铁公进来坐坐罢。”又笑向刚弼道：“此人圣慕兄不知道吗？就是你才说的那个卖药郎中。姓铁，名英，号补残，是个肝胆男子，有勇气、有血性、刚强正直的人。学问极其渊博，性情又极其平易，性情温和、谦逊。从不肯轻慢人的。老哥连他都当做小人，所以我说未免过分了。”

刚弼道：“莫非就是省中传的老残、老残，就是他吗？”白公道：“可不是呢！”刚弼道：“听人传说，宫保要他搬进衙门去住，替他捐官，保举他，他不要，半夜里逃走了的，就是他吗？”白公道：“岂敢。阁下还要提他来讯一堂呢。”刚弼红胀了脸道：“那真是卑职的卤莽了。此人久闻其名，只是没有见过。”子谨又起身道：“大人请更衣罢。”白公道：“大家换了衣服，好开怀畅饮。”

王、刚二公退回本屋，换了衣服，仍到花厅。恰好老残也到，先替子谨作了一个揖，然后替白公、刚弼各人作了一揖，让到炕上上首坐下，白公作陪。老残道：“如此大案，半个时辰了结，子寿先生，何其神速！”白公道：“岂敢。前半截的容易差使我已做过了，后半截的难题目，可要着落在补残先生身上了。”老残道：“这话从那里说起！我又不是大人老爷，我又不是小的衙役，关我甚事呢？”白公道：“然则宫保的信是谁写的？”老残道：“我写的。应该见死不救吗？”白公道：“是了。未死的应该救，已死的不应该昭雪吗？你想，这种奇案，岂是寻常差人能办的事？不得已，才请教你这个福尔摩斯呢。”老残笑道：“我没有这们大的能耐。你要我去也不难，请王大老爷先补了我的快班头儿，再标一张牌票，我就去。”

说着，饭已摆好。王子谨道：“请用饭罢。”白公道：“黄人瑞也不在这里么？为甚不请过来？”子谨道：“已请去了。”话言未了，人瑞已到，作了一遍揖。子谨提了酒壶，正在为难。白公道：“自然补公首坐。”老残道：“我断不能占。”让了一回，仍是老残坐了首座，白公二座。吃了一回酒，行了一回令，白公又把虽然差了许亮去，是个面子，表面。务请老残辛苦一趟的话，再三敦嘱。诚恳地叮嘱。敦，诚恳。子谨、人瑞又从旁怂恿，老残只好答应。

白公又说：“现有魏家的一千银子，你先取去应用，如其不足，子谨兄可代为筹画，不必惜费，总要破案为第一要义。”头等重要的事。老残道：“银子可以不必，我省城里四百银子已经取来，正要还子谨兄呢，不如先垫着用。如果案子查得出呢，再向老庄讨还；如查不出，我自远走高飞，不在此地献丑了。”白公道：“那也使得。只是要用便来取，切不可顾小节误大事为要。”老残答应：“是了。”霎时饭罢，白公立即过河，回省销差。次日，黄人瑞、刚弼也俱回省去了。未知后事如何，且听下回分解。

第十九回
齐东村重摇铁串铃　济南府巧设金钱套

却说老残当日受了白公之托，下午回寓，盘算如何办法。店家来报："县里有个差人许亮求见。"老残说："叫他进来。"

许亮进来，打了个千儿，上前回道："请大老爷的示：还是许亮在这里伺候老爷的分付，还是先差许亮到那里去？县里一千银子已拨出来了。也得请示：还是送到此地来，还是存在庄上听用？"老残道："银子还用不着，存在庄上罢。但是这个案子真不好办：服毒一定是不错的，只不是寻常毒药；骨节不硬，颜色不变，这两节最关紧要。我恐怕是西洋什么药，怕是印度草即印度大麻，有毒植物，可当毒品吸食。其雌株带花枝叶可作药用，为麻醉、镇痉（挛）及镇痛剂。等类的东西。我明日先到省城里去，有个中西大药房，我去调查一次。你却先到齐东村去，暗地里一查，有同洋人来往的人没有。能查出这个毒药来历，就有意思了。只是我到何处同你会面呢？"许亮道："小的有个兄弟叫许明，现在带来，就叫他伺候老爷。有什么事，他人头儿也很熟，分付了，就好办的了。"老残点头说："甚好。"

许亮朝外招手，走进一个三十多岁的人来，抢前打了一个千儿。许亮说：“这是小的兄弟许明。”就对许明道：“你不用走了，就在这里伺候铁大老爷罢。”许亮又说：“求见姨太太。”老残揭帘一看，环翠正靠着窗坐着，即叫二人见了，各人请了一安，环翠回了两拂。即“福”，妇女行礼“万福”的省称。许亮即带了许明回家搬行李去了。

待到上灯时候，人瑞也回来了，说：“我前两天本要走的，因这案子不放心，又被子谨死命的扣住。今日大案已了，我明日一早进省销差去了。”老残道：“我也要进省去呢。一则要往中西大药房等处去调查毒药；二则也要把这个累坠即‘累赘’，麻烦。安插一个地方，我脱开身子，好办事。”人瑞道：“我公馆里房子甚宽绰，你不如暂且同我住。如嫌不好，再慢慢的找房，如何呢?”老残道：“那就好得很了。”

伺候环翠的老妈子不肯跟进省，许明说：“小的女人可以送姨太太进省，等到雇着老妈子再回来。”一一安排妥帖。环翠少不得将他兄弟叫来，付了几两银子，姊弟对哭了一番。车子等类自有许明照料。

次日一早，大家一齐动身。走到黄河边上，老残同人瑞均不敢坐车，下车来预备步行过河。那知河边上早有一辆车子等着，看见他们来了，车中跳下一个女人，拉住环翠，放声大哭。

你道是谁？原来人瑞因今日起早动身，故不曾叫得翠花，所有开销开支，这里指叫妓女应支付的费用。叫黄升送去。翠花又怕客店里有官府来送行，晚上亦不敢来，一夜没睡，黎明即雇了挂一套、一辆。车子在黄河边伺候，也是十里长亭送别长亭，古代设在路旁供人休息的亭舍，常用为送别的地方。的意思。

哭了一会，老残同人瑞均安慰了他几句，踏冰过河去了。过河到省，不过四十里地，一下钟后，已到了黄人瑞东箭道的公馆面前，下车进去。黄人瑞少不得尽他主人家的义务，不必赘述。

老残饭后一面差许明去替他购办行李，一面自己却到中西大药房里，找着一个掌柜的，细细的考较打听、询问。了一番。原来这药房里只是上海贩来的各种瓶子里的熟药，即成药。却没有生药。再问他些化学名目，他连懂也不懂，知道断不是此地去的了。心中纳闷，顺路去看看姚云松。恰好姚公在家，留着吃了晚饭。

姚公说："齐河县的事，昨晚白子寿到，已见了宫保，将以上情形都说明白，并说托你去办，宫保喜欢的了不得，却不晓得你进省来。明天你见宫保不见？"老残道："我不去见，我还有事呢。"就问曹州的信："你怎样对宫保说的？"姚公道："我把原信呈宫保看的。宫保看了，难受了好几天，说今以后，再不明保他了。"老残道："何不撤他回省来？"云松笑道："你究竟是方外人。岂有个才明保了的就撤省的道理呢？天下督抚谁不护短！这宫保已经是难得的了。"老残点点头。又谈了许久，老残始回。

次日，又到天主堂去拜访了那个神甫，名叫克扯斯。原来这个神甫，既通西医，又通化学。老残得意已极，就把这个案子前后情形告诉了克扯斯，并问他是吃的什么药。克扯斯想了半天想不出来，又查了一会书，还是没有同这个情形相对的，说：“再替你访问别人罢。我的学问尽于此矣。”

老残听了，又大失所望。在省中已无可为，即收拾行装，带着许明，赴齐河县去。因想到齐东村怎样访查呢？赶忙仍旧制了一个串铃，买了一个旧药箱，配好了许多药材，却叫许明不须同往，都到村相遇，作为不识的样子，许明去了。却在齐河县雇了一个小车，讲明包月，每天三钱银子；又怕车夫漏泄机关，计谋、机密。连这个车夫都瞒却，隐瞒。便道：“我要行医，这县城里已经没什么生意了，左近附近。有什么大村镇么？”车夫说：“这东北上四十五里有大村镇，叫齐东村，热闹着呢，每月三八大集，几十里的人都去赶集。你老去那里找点生意罢。”老残说：“很好。”第二天，便把行李放在小车上，自己半走半坐的，早到了齐东村。原来这村中一条东西大街，甚为热闹，往南往北，皆有小街。

老残走了一个来回，见大街两头都有客店。东边有一家店，叫三合兴，看去尚觉干净，就去赁了一间西厢房住下。房内是一个大炕，叫车夫睡一头，他自己睡一头。次日睡到巳初，上午九时。方才起来，吃了早饭，摇个串铃上街去了，大街小巷乱走一气。未刻指午后一时至三时。时候，走到大街北一条小街上，有个很大的门楼子，旧式高大的尖顺大门。心里想着："这总是个大家。"就立住了脚，拿着串铃尽摇。只见里面出来一个黑胡子老头儿，问道："你这先生会治伤科外科。么？"老残说："懂得点子。"那老头儿进去了，出来说："请里面坐。"进了大门，就是二门，再进就是大厅。行到耳房紧靠正房左右的小房子。里，见一老者坐在炕沿上，见了老残，立起来，说："先生，请坐。"

老残认得就是魏谦，却故意问道："你老贵姓？"魏谦道："姓魏。先生，你贵姓？"老残道："姓金。"魏谦道："我有个小女，四肢骨节疼痛，有什么药可以治得？"老残道："不看症，怎样发药呢？"魏谦道："说的是。"便叫人到后面知会。

少停，里面说："请。"魏谦就同了老残到厅房后面东厢房里。这厢房是三间，两明一暗。行到里间，只见一个三十余岁妇人，形容憔悴，倚着个炕几子，盘腿坐在炕上，要勉强下炕，又有力不能支的样子。老残连喊道："不要动，好把脉。"诊脉、摸脉。魏老儿却让老残上首坐了，自己却坐在凳子上陪着。

老残把两手脉诊过，说："姑奶奶的病是停了瘀血。请看看两手。"魏氏将手伸在炕几上，老残一看，节节青紫，不免肚里叹了一口气，说："老先生，学生旧时对长者的谦称。有句放肆的话不敢说。"魏老道："但说不妨。"老残道：

"你别打嘴，这样，像是受了官刑的病。若不早治，要成残废的。"魏老叹口气道："可不是呢。请先生照症疾病。施治，如果好了，自当重谢。"老残开了一个药方子去了，说："倘若见效，我住三合兴店里，可以来叫我。"

从此每天来往，三四天后，人也熟了，魏老留在前厅吃酒。老残便问："府上这种大户人家，怎会受官刑的呢？"魏老道："金先生，你们外路人，不知道。我这女儿许配贾家大儿子，谁知去年我这女婿死了，他有个姑子，这里意思是小姑子。贾大妮子，同西村吴二浪子眉来眼去，早有了意思。当年说亲，是我这不懂事的女儿打破了的，谁知贾大妮子就恨我女儿入了骨髓。今年春天，贾大妮子在他姑妈家里，就同吴二浪子勾搭上了，不晓得用什么药，把贾家全家药死，却反到县里告了我的女儿谋害的。又遇见了千刀剐、万刀剁的个姓刚的，一口咬定了，说是我家送的月饼里有砒霜，可怜我这女儿不晓得死过几回了。听说凌迟案子已经定了，好天爷有眼，抚台派了个亲戚来私访，就住在南关店里，访出我家冤枉，报了抚台。抚台立刻下了公文，叫当堂松了我们父女的刑具。没到十天，抚台又派了个白大人来。真是青天大人！一个时辰就把我家的冤枉全洗刷净了！听说又派了什么人来这里访查这案子呢。吴二浪子那个王八羔子，我们在牢里的时候，他同贾大妮子天天在一块儿。听说这案翻了，他就逃走了。"

老残道："你们受这们大的屈，为什么不告他呢？"魏老儿说："官司是好打的吗？我告了他，他问凭据呢？'拿奸拿双'，拿不住双，反咬一口，就受不得了。——天爷有眼，总有一天报应的！"

老残问："这毒药究竟是什么？你老听人说了没有？"魏老道："谁知道呢！因为我们家有个老妈子，他的男人叫王二，是个挑水的。那一天，贾家死人的日子，王二正在贾家挑水，看见吴二浪子到他家里去说闲话，贾家正煮面吃，王二看见吴二浪子用个小瓶往面锅里一倒就跑了。王二心里有点疑惑，后来贾家厨房里让他吃面，他就没敢吃。不到两个时辰，就吵嚷起来了。王二到底没敢告诉一个人，只他老婆知道，告诉了我女儿。及至我把王二叫来，王二又一口咬定，说：'不知道。'再问他老婆，他老婆也不敢说了。听说老婆回去被王二结结实实的打了一顿。你老想，这事还敢告到官吗？"老残随着叹息了一番。当时出了魏家，找着了许亮，告知魏家所闻，叫他先把王二招呼了来。

次日，许亮同王二来了。老残给了他二十两银子安家费，安排家庭生活费用的钱。告诉他跟着做见证：目睹作证的人。"一切吃用都是我们供给，事完，还给你一百银子。"王二初还极力抵赖，不承认。看见桌上放着二十两银子，有点相信是真，便说道："事完，儜不给我一百银子，我敢怎样？"老残说："不妨。就把一百银子交给你，存个妥当铺子里，写个笔据给我，说：'吴某倒药水确系我亲见的，情愿作个干证。有关的证人。事毕，某字号存酬劳银一百两，即归我支用。两相情愿，决无虚假。’好不好呢？”

王二尚有点犹疑。许亮便取出一百银子交给他，说：“我不怕你跑掉，你先拿去，何如？倘不愿意，就扯倒罢休。”拉倒作罢。王二沉吟了一晌，到底舍不得银子，就答应了。老残取笔照样写好，令王二先取银子，然后将笔据念给他听，令他画个十字，打个手模。即下文“手印”，指纹。你想，乡下挑水的几时见过两只大元宝呢，自然欢欢喜喜的打了手印。

许亮又告诉老残：“探听切实，吴二浪子现在省城。”老残说：“然则我们进省罢。你先找个眼线，侦查情况或捉拿犯人的引路人。好物色寻找。他去。”许亮答应着“是”，说：“老爷，我们省里见罢。”

次日，老残先到齐河县，把大概情形告知子谨，随即进省。赏了车夫几两银子，打发回去。当晚告知姚云翁，请他转禀宫保，并饬历城县派两个差人来，以备协同协助。许亮。

次日晚间，许亮来禀：“已经查得。吴二浪子现同按察司街南胡同里张家土娼叫小银子的，打得火热，白日里同些不三不四的人赌钱，夜间就住在小银子家。”老残问道：“这小银子家还是一个人，还是有几个人？共有几间房子？你查明了没有？”许亮回道：“这家共姊妹两个，住了三间房子。西厢两间是他爹妈住的。东厢两间，一间做厨房，一间就是大门。”老残听了，点点头，说：“此人切不可造次匆忙。动手。案情太大，他断不肯轻易承认。只王二一个证据，镇不住他。”于是向许亮耳边说了一番详细办法，无非是如此如此，这般这般。

许亮去后，姚云松来函云：“宫保酷甚、极。愿一见，请明日午刻到文案这里指文案的办公室。为要。”老残写了回书，次日上院，先到文案姚公书房。姚公着家人通知宫保的家人，过了一刻，请入签押房内相会。庄宫保已迎至门口，迎入屋内，老残长揖坐定。

老残说：“前次有负宫保雅意，实因有点私事，不得不去。想宫保必能原谅。”宫保说：“前日捧读大札，不料玉守残酷如此，实是兄弟之罪，将来总当设法。但目下不敢出尔反尔，似非对君父之道。”老残说：“救民即所以报君，似乎也无所谓不可。”宫保默然。又谈了半点钟功夫，端茶告退。

却说许亮奉了老残的擘画，计划、安排。擘，bò。就到这土娼家，认识了小金子，同嫖共赌，几日工夫，同吴二扰得水乳交融。搞得像水和奶融合在一起那样亲密。扰，搅，搞。初起，许亮输了四五百银子给吴二浪子，都是现银。吴二浪子直拿许亮当做个老土。乡下人。谁知后来渐渐的被他捞回去了，倒赢了吴二浪子七八百银子，付了一二百两现银，其余全是欠账。

一日，吴二浪子推牌九，输给别人三百多银子，又输给许亮二百多两，带来的钱早已尽了，当场要钱。吴二浪子说："再赌一场，一统一齐、一块。算账。"大家不答应，说："你眼前输的还拿不出，若再输了，更拿不出。"吴二浪子发急道："我家里有的是钱，从来没有赖过人的账。银子成总凑成总数。了，我差人回家取去！"众人只是摇头。

许亮出来说道："吴二哥，我想这们办法：你几时能还？我借给你。但是我这银子，三日内有个要紧用处，你可别误了我的事。"吴二浪子急于要赌，连忙说："万不会误的！"许亮就点了五百两票子给他，扣去自己赢的二百多，还余二百多两。

吴二看仍不够还账，就央告许亮道："大哥，大哥！你再借我五百，我翻过本来立刻还你。"许亮问："若翻不过来呢？"吴二说："明天也一准还你。"许亮说："口说无凭，除非你立个明天期的期票。"吴二说："行，行，行！"当时找了笔，写了笔据，交给许亮。又点了五百两银子，还了三百多的前账，还剩四百多银子，有钱胆就壮，说："我上去推一庄！"推，指推"牌九"，旧时一种赌博的形式。庄，庄家，赌博中每一局的主持人。见面露面、出手。连赢了两条，"牌九"共三十二张牌，赌博时每四张摞在一起，八摞为一方，两摞（八张）为一条。甚为得意。那知风头风色、局势。好，人家都缩了注子；赌博时所下的赌注。心里一恨，那牌就倒下霉来了，越推越输，越输越气，不消半个更头，四百多银子又输得精光。

座中有个姓陶的，人都喊他陶三胖子。陶三说："我上去推一庄。"这时吴二已没了本钱，干看着别人打。

陶三上去，第一条拿了个一点，赔了个通庄；指所有下赌注的人。第二条拿了个八点，天门庄家的对面。是地之八，带地牌的八点，比一般八点大。上下庄庄家的上首和下首。是九点，又赔了一个通庄。看看比吴二的庄还要倒霉。吴二实在急得直跳，又央告许亮："好哥哥！好亲哥哥！好亲爷！你再借给我二百银子罢！"许亮又借给他二百银子。

吴二就打了一百银子的天上角，天门和庄家上首的中间。一百银子的通。一笔赌注押三门。许亮说："兄弟，少打点少下点赌注。罢。"吴二说："不要紧的！"翻过牌来，庄家却是一个毙十。十点，最坏的牌。吴二得了二百银子，非常欢喜，原注不动。第四条，庄家赔了天门、下庄，吃了上庄，吴二的二百银子不输不赢。换第二方，头一条，庄家拿了个天杠，一张天牌加一张人牌，叫天杠。下文地杠，是一张地牌加一张人牌。通吃，吴二还剩二百银子。

那知从此庄家大焮大大兴旺起来，指牌风越赌越赢。焮，xīn。起来，不但吴二早已输尽，就连许亮也输光了。许亮大怒，拿出吴二的笔据来往桌上一搁，说："天门孤丁！一笔赌注只押天门一门，输则全输；如赢了，庄家须赔给三倍的钱。孤丁，即孤注。你敢推吗？"陶三说："推倒敢推，就是不要这种取不出钱来的废纸。"许亮说："难道吴二爷骗你，我许大爷也会骗你吗？"两人几至用武。

众人劝说："陶三爷，你赢的不少了，难道这点交情不顾吗？我们大家作保：如你赢了去，他二位不还，我们众人还!”陶三仍然不肯，说：“除非许大写上保中。”中人兼保人，在借券上写明中间介绍人，负责担保借款人如期偿还，故叫“保中”，也叫“中保”。

许亮气极，拿笔就写一个保，并注明实系正用情借，因为有正当用途，托情借贷。并非闲账。陶三方肯推出一条来，说：“许大，听你挑一副去，我总是赢你!”许亮说：“你别吹了！你掷你的倒霉骰子罢!”一掷是个七出。许亮揭过牌来是个天之九，把牌望桌上一放，说：“陶三小子！你瞧瞧你父亲的牌!”陶三看了看，也不出声，拿两张牌看了一张，那一张却慢慢的抽，嘴里喊道：“地！地！地!”一抽出来，望桌上一放，说：“许家的孙子！瞧瞧你爷爷的牌!”原来是副人地相宜的地杠。把笔据抓去，嘴里还说道：“许大！你明天没银子，我们历城县衙门里见!”

当时大家钱尽，天时又有一点多钟，只好散了。许、吴二人回到小银子家敲门进去，说：“赶紧拿饭来吃！饿坏了!”小金子房里有客坐着，就同到小银子房里去坐。小金子挨到许亮脸上，说：“大爷，今儿赢了多少钱？给我几两花罢。”许亮说：“输了一千多了!"小银子说：“二爷赢了没有？”吴二说：“更不用提了!”

说着，端上饭来，是一碗鱼，一碗羊肉，两碗素菜，四个碟子，一个火锅，两壶酒。许亮说：“今天怎么这们冷？”小金子说：“今天刮了一天西北风，天阴得沉沉的，恐怕要下雪呢。”

两人闷酒一替一杯一杯接一杯。替，替换。价灌，不知不觉都有了几分醉。只听门口有人叫门，又听小金子的妈张大脚出去开了门，跟着进来说："三爷，对不住，没屋子罗，儜请明儿来罢。"又听那人嚷道："放你妈的狗屁！三爷管你有屋子没屋子！什么王八旦的客？有胆子的出来跟三爷碰碰，没胆子的替我四个爪子一齐望外扒！"听着就是陶三胖子的声音。许亮一听，气从上出，就要跳出去，这里小金子、小银子姊妹两个拼命的抱住。未知后事如何，且听下回分解。

第二十回

浪子金银伐性斧① 道人冰雪返魂香

却说小金子、小银子，拼命把许亮抱住。吴二本坐近房门，就揭开门帘一个缝儿，偷望外瞧。只见陶三已走到堂屋中间，醉醺醺的一脸酒气，把上首小金子的门帘往上一摔，有五六尺高，大踏步进去了。小金子屋里先来的那客用袖子掩本义是贪，这里疑借用为“蒙”。掩，měi。着脸，嗤溜的一声，跑出去了。张大脚跟了进去。陶三问：“两个王八羔子呢?”张大脚说：“三爷请坐，就来，就来。”张大脚连忙跑过来说：“儜二位别只声。吱声、吭声。这陶三爷是历城县里的都头，差役的总头。在本县红的了不得，本官面前说一不二的，没人惹得起他。儜二位可别怪，叫他们姊儿俩赶快过去罢。”许亮说：“咱老子可不怕他！他敢怎么样咱?”

说着，小金子、小银子早过去了。吴二听了，心中捏一把汗，自己借据在他手里，如何是好！只听那边屋里陶三不住的哈哈大笑，说：“小金子呀，爷赏你一百银子！小银子呀，爷也赏你一百银子！”听他二人说：“谢三爷的赏。”又听陶三说：“不用谢，这都是今儿晚上我几个孙子

---

① 伐性斧：摧残性命的斧子，指书中吴二浪子沉湎于酒色和赌博。

孝敬我的，共孝敬了三千多银子呢。我那吴二孙子还有一张笔据在爷爷手里，许大孙子做的中保，明天到晚不还，看爷爷要他们命不要！”

这许大却向吴二道：“这个东西实在可恶！然听说他武艺很高，手底下能开发这里意思是打败。五六十个人呢，我们这口闷气咽得下去吗？”吴二说：“气还是小事，明儿这一千银子笔据怎样好呢？”许大说：“我家里虽有银子，只是派人去，至少也得三天，‘远水救不着近火！’”

又听陶三嚷道：“今儿你们姐儿俩都伺候三爷，不许到别人屋里去！动一动，叫你白刀子进去，红刀子出来！”小金子道：“不瞒三爷说，我们俩今儿都有客。”只听陶三爷把桌子一拍，茶碗一摔，珧瑯价一声响，说：“放狗屁！三爷的人，谁敢住？问他有脑袋没有？谁敢在老虎头上打苍蝇？三爷有的是孙子们孝敬的银子！预备打死一两个，花几千银子，就完事了！放你去，你去问问那两个孙子敢来不敢来！”

小金子连忙跑过来把银票给许大看，正是许大输的银票，看着更觉难堪。小银子也过来低低的说道：“大爷，二爷！儜两位多抱屈，让我们姊儿俩得二百银子，我们长这们大，还没有见过整百的银子呢。你们二位都没有银子了，让我们挣两百银子，明儿买酒菜请你们二位。”

许大气急了，说：“滚你的罢！”小金子道：“大爷别气！儜多抱屈。你二位就在我炕上歪一宿，明天他走了，大爷到我屋里赶热被窝去。妹妹来陪二爷，好不好?”许大连连说道：“滚罢！滚罢!”小金子出了房门，嘴里还嘟哝道：“没有了银子，还做大爷呢！不害个臊!”

许大气白了脸，呆呆的坐着，歇了一刻，扯过吴二来说：“兄弟，我有一件事同你商议。我们都是齐河县人，跑到这省里，受他们这种气，真受不住！我不想活了！你想，你那一千银子还不出来，明儿被他拉到衙门里去，官儿见不着，私刑旧时官衙里不依法律规定而私自对人施用的刑罚。就要断送了你的命了。不如我们出去找两把刀子进来把他剁掉了，也不过是个死！你看好不好?”

吴二正在沉吟，只听对房陶三嚷道：“吴二那小子是齐河县里犯了案，逃得来的个逃凶！爷爷明儿把他解到齐河县去，看他活得成活不成！许大那小子是个帮凶，谁不知道的?两个人一路逃得来的凶犯!”

许大站起来就要走。吴二浪子扯住道：“我到有个法子，只是你得对天发个誓，我才能告诉你。”许大道：“你瞧！你多们酸呀！你倘若有好法子，我们弄死了他，主意是我出的，倘若犯了案，我是个正凶，你还是个帮凶，难道我还跟你过不去吗?”

吴二想了想，理路到不错，加之明天一千银子一定要出乱子，只有这一个办法了，便说道：“我的亲哥！我有一种药水，给人吃了，脸上不发青紫，随你神仙也验不出毒来!”许亮诧异道：“我不信！真有这们好的事吗?”吴二道："谁还骗你呢！"许亮道："在那里买？我快买去！"吴二道："没处买，是我今年七月里在泰山洼子里打从一个山里人家得来的。只是我给你，千万可别连累了我！"许亮道："这个容易。"随即拿了张纸来写道："许某与陶某呕气，起意将陶某害死，知道吴某有得来上好药水，人吃了立刻致命，再三央求吴某分给若干。此案与吴某毫无干涉。"写完，交给吴二，说："倘若犯了案，你有这个凭据，就与你无干了。"

吴二看了，觉得甚为妥当。许亮说："事不宜迟，你药水在那里呢？我同你取去。"吴二说："就在我枕头匣子里，存在他这里呢。"就到炕里边取出个小皮箱来，开了锁，拿出个磁瓶子来，口上用蜡封好了的。

许亮问："你在泰山怎样得的？"吴二道："七月里，我从垫台这条西路上的山，回来从东路回来，尽是小道。一天晚了，住了一家子小店，看他炕上有个死人，用被窝盖的好好的。我就问他们：'怎把死人放在炕上？'那老婆子道：'不是死人，这是我当家的。前日在山上看见一种草，香得可爱，他就采了一把回来，泡碗水喝。谁知道一喝，就仿佛是死了，我们自然哭的了不得的了。活该有救，这内山石洞里住了一个道人，叫青龙子，他那天正从这里走过。见我们哭，他来看看，说："你老儿是啥病死的？"我就把草给他看。他拿去，笑了笑，说："这不是毒药，名叫'千日醉'，可以有救的。我去替你寻点解救药草来罢。

你可看好了身体，别叫坏了。我再过四十九天送药来，一治就好。”算计目下也有二十多天了。’我问他：‘那草还有没有？’他就给了我一把子，我就带回来，熬成水，弄瓶子装起顽的。今日正好用着了！”

许亮道：“这水灵不灵？倘若药不倒他，我们就毁了呀。你试验过没有？”吴二说：“百发百中的。我已……”说到这里，就嗌住噎住，意思是不往下说了。嗌，ài。了。许亮问：“你已怎么样？你已试过吗？”吴二说：“不是试过，我已见那一家被药的人的样子是同死的一般，若没有青龙子解救，他早已埋掉了。”

二人正在说得高兴，只见门帘子一揭，进来一个人，一手抓住了许亮，一手捺住了吴二，说：“好！好！你们商议谋财害命吗？”一看，正是陶三。许亮把药水瓶子紧紧握住，就挣扎逃走，怎禁陶三气力如牛，那里挣扎得动。吴二酒色之徒，更不必说了。只见陶三窝起嘴唇，打了两个胡哨，外面又进来两三个大汉，将许、吴二人都用绳子缚了。陶三押着解到历城县衙门口来。

陶三进去告知了稿签门上，传出话来，今日夜已深了，暂且交差看管，明日辰刻过堂，押到官饭店里。幸亏许大身边还有几两银子，拿出来打点了官人，差役。到也未曾吃苦。

明日早堂在花厅问案，是个发审委员。旧时官衙里协助县官审讯案件的人。差人将三人带上堂去，委员先问原告。陶三供称："小人昨夜在土娼张家住宿，因多带了几百银子，被这许大、吴二两人看见，起意谋财，两人商议要害小人性命。适逢小人在窗外出小恭听见，进去捉住，扭禀到堂，求大老爷究办。"

委员问许大、吴二："你二人为什么要谋财害命？"许大供："小的许亮，齐河县人。陶三欺负我二人，受气不过，所以商同害他性命。吴二说，他有好药，百发百中，已经试过，很灵验的。小人们正在商议，被陶三捉住。"吴二供："监生吴省干，齐河县人。许大被陶三欺负，实与监生无干。许大决意要杀陶三，监生恐闹出事来，原为缓兵之计，告诉他有种药水，名'千日醉'，容易醉倒人的，并不害性命。实系许大起意，并有笔据在此。"从怀中取出呈堂。

委员问许大："昨日你们商议时，怎样说的？从实告知，本县可以开脱你们。"许大便将昨晚的话一字不改说了一遍。委员道："如此说来，你们也不过气忿话，那也不能就算谋杀呀。"许大磕头，说："大老爷明见！即明鉴，看得很明白。开恩！"

委员又问吴二："许大所说各节是否切实？"吴二说："一字也不错的。"委员说："这件事，你们很没有大过。"分付书吏照录全供，又问许大："那瓶药水在那里呢？"许大从怀中取出呈上。委员打开蜡封一闻，香同兰麝，兰花、麝香。微带一分酒气，大笑说道："这种毒药，谁都愿意吃的！"就交给书吏，说："这药水收好了。将此二人并全案分别解交齐河县去。"

只此"分别"二字，许大便同吴二拆开两处了。当晚许亮就拿了药水来见老残。老残倾出看看，色如桃花，味香气浓；用舌尖细试，有点微甜，叹道："此种毒药怎不令人久醉呢！"将药水用玻璃漏斗仍灌入瓶内，交给许亮："凶器人证俱全，却不怕他不认了。但是据他所说的情形，似乎这十三个人并不是死，仍有复活的法子。那青龙子，我却知道，是个隐士；但行踪无定，不易觅寻。你先带着王二回去禀知贵上，这案虽经审定，不可上详。我明天就访青龙子去，如果找着此公，能把十三人救活，岂不更妙？"许亮连连答应着"是"。

次日，历城县将吴二浪子解到齐河县。许亮同王二两人作证，自然一堂就讯服了，暂且收监，也不上刑具，静听老残的消息。

却说老残次日雇了一匹驴，驮了一个被搭子，旧时出门装被褥等东西用的布袋。吃了早饭，就往泰山东路行去。忽然想到舜井旁边有个摆命课摊子的，招牌叫"安贫子知命"。此人颇有点来历，不如先去问他一声，好在出南门必由之路。一路想着，早已到了安贫子的门首，牵了驴，在板凳上坐下。

彼此序了几句闲话，老残就问："听说先生同青龙子长相往来，近来知道他云游何处吗？”安贫子道：“嗳呀！你要见他吗？有啥事体？”老残便将以上事告知安贫子。安贫子说：“太不巧了！他昨日在我这里坐了半天，说今日清晨回山去，此刻出南门怕还不到十里路呢。”老残说：“这可真不巧了！只是他回什么山？”安贫子道：“里山玄珠洞。他去年住灵岩山。因近来香客渐多，常有到他茅篷里的，所以他厌烦，搬到里山玄珠洞去了。”老残问：“玄珠洞离此地有几十里？”安贫子道：“我也没去过，听他说，大约五十里路不到点。此去一直向南，过黄芽嘴子，向西到白雪坞，再向南，就到玄珠洞了。”

老残道了“领教，谢谢”，跨上驴子，出了南门，由千佛山脚下往东，转过山坡，竟向南去。行了二十多里，有个村庄，买了点饼吃吃，打听上玄珠洞的路径。那庄家老说道：“过去不远，大道旁边就是黄芽嘴。过了黄芽嘴往西九里路便是白雪坞，再南十八里便是玄珠洞。只是这路很不好走，会走的呢，一路平坦大道；若不会走，那可就了不得了！石头七大八小，更有无穷的荆棘，一辈子也走不到的！不晓得多少人送了性命！”老残笑道：“难不成比唐僧取经还难吗？”庄家老作色变了脸色。道：“也差不多！”

老残一想，人家是好意，不可简慢怠慢失礼。了他，遂恭恭敬敬的道：“老先生恕我失言。还要请教先生：怎样走就容易，怎样走就难？务求指示。”庄家老道：“这山里的路，天生成九曲珠故事传说，孔子想用线穿九道弯的珠子，但穿不过去。

有两个女子告诉他：在蚂蚁身上系上丝线，用蜜（一说用油）把蚂蚁引过去，线也就穿过去了。故事是说孔子并非全知全能，这里形容道路曲折。似的，一步一曲。若一直向前，必走入荆棘丛了。却又不许有意走曲路，有意曲，便陷入深阱，永出不来了。我告诉你个诀窍罢：你这位先生颇虚心，我对你讲，眼前路，都是从过去的路生出来的；你走两步，回头看看，一定不会错了。”

老残听了，连连打恭，打躬，即作揖。说：“谨领指示。”当时拜辞了庄家老，依说去走，果然不久便到了玄珠洞口，见一老者，长须过腹，进前施了一礼，口称：“道长莫非是青龙子吗？”那老者慌忙回礼，说：“先生从何处来？到此何事？”老残便将齐东村的一桩案情说了一遍。青龙子沉吟了一会，说：“也是有缘。且坐下来，慢慢地讲。”

原来这洞里并无桌椅家具，都是些大大小小的石头。青龙子与老残分宾主坐定。青龙子道：“这‘千日醉’力量很大，少吃了便醉一千日才醒，多吃就不得活了。只有一种药能解，名叫‘返魂香’，出在西岳华山太古远古，最古的时代。冰雪中，也是草木精英精华。所结。若用此香将文火细火。慢慢的炙起来，无论你醉到怎样田地，都能复活。几月前，我因泰山坳里一个人醉死，我亲自到华山找一个故人处，讨得些来，幸儿还有些子在此。大约也敷衍凑付。够用了。”遂从石壁里取出一个大葫芦来，内中杂用物件甚多，也有一个小瓶瓶子，不到一寸高，递给老残。

老残倾出来看看，有点像乳香一种树胶，可以入药。的样子，颜色黑黯，同“黑暗”。闻了闻，像似臭支支的。老残问道：“何以色味俱不甚佳？”青龙子道：“救命的物件，那有好看好闻的！”老残恭敬领悟，恐有舛错，又请问如何用法。青龙子道：“将病人关在一室内，必须门窗不透一点儿风，将此香炙起，也分人体质这里意思是本质。善恶：如质善的，一点便活；如质恶的，只好慢慢价熬，终久也是要活的。”

老残道过谢，沿着原路回去。走到吃饭的小店前，天已黑透了，住得一宿，清晨回省，仍不到巳牌时分。遂上院将详细情形禀知了庄宫保，并说明带着家眷亲往齐东村去。宫保说：“宝眷旧时对人家属的尊称。去有何用处？”老残道：“这香治男人，须女人炙；治女人，须男人炙，所以非带小妾去不能应手。”凑手，做事顺手。宫保说：“既如此，听凭尊便。听便。尊，敬辞。但望早去早回，不久封印，清代规定，官衙里在年底和新年当中把印封起来，停止办公。兄弟公事稍闲，可以多领些教。”

老残答应着“是”，赏了黄家家人几两银子，带着环翠先到了齐河县，仍住在南关外店里，却到县里会着子谨，亦甚为欢喜。子谨亦告知：“吴二浪子一切情形俱已服认。许亮带去的一千银子也缴上来。接白太尊的信，叫交还魏谦。魏谦抵死不肯收，听其自行捐入善堂指旧时所谓的慈善机构，如育婴堂、孤儿院等。了。”

老残说："前日托许亮带来的三百银子，还阁下，收到了吗？"子谨道："岂但收到，我已经发了财了！宫保听说这事，专差送来三百两银子，我已经收了；过了两日，黄人瑞又送了代阁下还的三百两来；后来许亮来，阁下又送三百两来，共得了三分，岂不是发财吗？宫保的一分是万不能退的，人瑞同阁下的都当奉缴。"

老残沉吟了一会，说道："我想人瑞也有个相契相好。契，相合。的，名叫翠花，就是同小妾一家子的。其人颇有良心，人瑞客中也颇寂寞，不如老哥竟一不做二不休，将此两款替人瑞再挥一斧砍一斧头，指做媒。因旧时为嫁娶做媒叫'伐柯'或'作伐'，称媒人为'执柯人''伐柯人'。伐，砍。柯，斧柄。见《诗经·豳风·伐柯》。罢。"子谨拍掌叫好，说："我明日要同老哥到齐东村去，奈何呢？"想了想，说："有了！"立刻叫差门即差役。旧时差役在门口听候差遣，故叫差门。来告知此事，叫他明天就办。

次日，王子谨同老残坐了两乘轿子，来到齐东村，早有地保同首事原指事情的发起人，这里指地方上管事的绅士等人。备下了公馆。到公馆用过午饭，踏勘指旧时官员到现场勘查。贾家的坟茔，不远恰有个小庙。老残选了庙里小小两间房子，命人连夜裱糊，不让透风。次日清晨，十三口棺柩都起到庙里。先打开一个长工的棺木看看，果然尸身未坏，然后放心，把十三个尸首全行取出，安放在这两间房内，焚起"返魂香"来，不到两个时辰，俱已有点声息。老残调度着，先用温汤，次用稀粥，慢慢的等他们过了七天，方遣各自送回家去。

王子谨三日前已回城去。老残各事办毕，方欲回城，这时魏谦已知前日写信给宫保的就是老残，于是魏、贾两家都来磕头，苦苦挽留。两家各送了三千银子，老残丝毫不收。两家没法，只好请听戏罢，派人到省城里招呼个大戏班子来，并招呼北柱楼的厨子来，预备留老残过年。

那知次日半夜里，老残即溜回齐河县了。到城不过天色微明，不便往县署里去，先到自己住的店里来看环翠；把堂门推开，见许明的老婆睡在外间未醒。再推开房门，望炕上一看，见被窝宽大，枕头上放着两个人头，睡得正浓呢，吃了一惊；再仔细一看，原来就是翠花。不便惊动，退出房门，将许明的老婆唤醒，自己却无处安身，跑到院子里徘徊徘徊。见西上房里，家人正搬行李装车，是远处来的客，要动身的样子，就立住闲看。只见一人出来分付家人说话。

老残一见，大叫道："德慧生兄！从那里来？"那人定神一看，说："不是老残哥吗？怎样在此地？"老残便将以上二十卷书述了一遍，又问："慧兄何往？"德慧生道："明年东北恐有兵事，我送家眷回扬州去。"老残说："请留一日，何如？"慧生允诺。此时二翠俱已起来洗脸，两家眷属先行会面。

巳刻，老残进县署去，知魏家一案，宫保批吴二浪子监禁三年。翠花共用了四百二十两银子，子谨还了三百银子，老残收了一百八十两，说："今日便派人送翠花进省。"子谨将详细情形写了一函。

老残回寓，派许明夫妇送翠花进省去，夜间托店家雇了长车，出远门、拉长途的车。又把环翠的兄弟带来。老残携同环翠并他兄弟同德慧生夫妇天明开车，结伴江南去了。

却说许明夫妇送翠花到黄人瑞家，人瑞自是欢喜。拆开老残的信来一看，上写道："愿天下有情人，都成了眷属；是前生注定事，莫错过姻缘。"

附录一
《老残游记》续集遗稿（九回）

自 序

人生如梦耳。人生果如梦乎？抑或蒙叟之寓言乎？吾不能知。趋而质诸蜉蝣子，蜉蝣子不能决。趋而质诸灵椿子，灵椿子亦不能决。还而叩之昭明，昭明曰："昨日之我如是，今日之我复如是。观我之室，一榻，一几，一席，一灯，一砚，一笔，一纸。昨日之榻、几、席、灯、砚、笔、纸若是，今日之榻、几、席、灯、砚、笔、纸仍若是。固明明有我，并有此一榻，一几，一席，一灯，一砚，一笔，一纸也。非若梦为鸟而厉乎天，觉则鸟与天俱失也。非若梦为鱼而没于渊，觉则鱼与渊俱无也。更何所谓厉与没哉？顾我之为我，实有其物，非若梦之为梦，实无其事也。然则人生如梦，固蒙叟之寓言也夫！"吾不敢决，又以质诸杳冥。杳冥曰："子昨日何为者？"对曰："晨起洒扫，午餐而夕寐，弹琴读书，晤对良朋，如是而已。"杳冥曰："前月此日，子何为者？"吾略举以对。又问去年此月此日子何为者，强忆其略，遗忘过半矣。十年前之此月此日子何为者，则茫茫然矣。推之二十年前，三十年前，四五十年前，此月此日，子何为者，缄口结舌无以应也。杳冥曰："前此五十年之子，固已随风驰云卷、雷奔电激以去，可知后此五十年间之子，亦必应随风驰云卷、雷奔电激以去。然则与前日之梦，昨日之梦，其人、其物，其事之同归于无者，又何以别乎？前此五十年间之日月，既已渺不知其何之，今日之子，固俨然其犹存也。以俨然犹存之子，尚不能保前此五十年间之日月，使之暂留；则后此五十年后之子，必且与物俱化，更不能保其日月之暂留，断断然矣。谓之如梦，蒙叟岂欺我哉？"夫梦之情境，虽已为幻为虚，不可复得，而叙述梦中情境之我，固俨然其犹在也。若百年后之我，且不知其归于何所，虽有此如梦之百年之情境，更无叙述此情境之我而叙述之矣。是以人生百年，比之于梦，犹觉百年更虚于梦也！呜呼！以此更虚于梦之百年，而必欲孜孜然，斤斤然，骎骎然，狺狺然，何为也哉？虽然前此五十年间之日月，固无法使之暂留，而其五十年间，可惊，可喜，可歌，可泣之事业，固历劫而不可以忘者也。夫此如梦五十年间可惊，可喜，可歌，可泣之事，既不能忘，而此五十年间之梦，亦未尝不有可惊，可喜，可歌，可泣之事，亦同此而不忘也。同此而不忘，世间于是乎有《老残游记续集》。

鸿都百炼生自序

第一回
元机旅店传龙语　素壁丹青绘马鸣

话说老残在齐河县店中，遇着德慧生携眷回扬州去，他便雇了长车，结伴一同起身。当日清早，过了黄河，眷口用小轿搭过去，车马经从冰上扯过去。过了河不向东南往济南府那条路走，一直向正南奔垫台而行。到了午牌时分，已到垫台，打过了尖，晚间遂到泰安府南门外下了店。因德慧生的夫人要上泰山烧香，说明停车一日，故晚间各事自觉格外消停了。

却说德慧生名修福，原是个汉军旗人，祖上姓乐，就是那燕国大将乐毅的后人，在明朝万历末年，看着朝政日衰，知道难期振作，就搬到山海关外锦州府去住家。崇祯年间，随从太祖入关，大有功劳，就赏了他个汉军旗籍。从此一代一代的便把原姓收到荷包里去，单拿那名字上的第一字做了姓了。这德慧生的父亲，因做扬州府知府，在任上病故的，所以家眷就在扬州买了花园，盖一所中等房屋住了家。德慧生二十多岁上中进士，点了翰林院庶吉士，因书法不甚精，朝考散馆散了一个吏部主事，在京供职。当日在扬州与老残会过几面，彼此甚为投契，今日无意碰着，同住在一个店里，你想他们这朋友之乐，尽有不言而喻了。

老残问德慧生道：“你昨日说明年东北恐有兵事，是从那里看出来的?”慧生道：“我在一个朋友座中，见一张东三省舆地图，非常精细，连村庄地名俱有。至于山川险隘，尤为详尽。图末有‘陆军文库’四字。你想日本人练陆军把东三省地图当作功课，其用心可想而知了！我把这话告知朝贵，谁想朝贵不但毫不惊慌，还要说：‘日本一个小国，他能怎样?’大敌当前，全无准备，取败之道，不待智者而决矣。况闻有人善望气者云：‘东北杀气甚重，恐非小小兵戈蠢动呢！’”老残点头会意。慧生问道：“你昨日说的那青龙子，是个何等样人?”老残道：“听说是周耳先生的学生。这周耳先生号柱史，原是个隐君子，住在西岳华山里头人迹不到的地方，学生甚多。但是周耳先生不甚到人间来。凡学他的人，往往转相传授，其中误会意旨的地方，不计其数。惟这青龙子等兄弟数人，是亲炙周耳先生的，所以与众不同。我曾经与黄龙子盘桓多日，故能得其梗概。”慧生道：“我也久闻他们的大名，据说决非寻常炼气士的蹊径，学问都极渊博的。也不拘拘专言道教，于儒教、佛教，亦都精通。但有一事，我不甚懂，以他们这种高人，何以取名又同江湖术士一样呢?既有了青龙子、黄龙子，一定又有白龙子、黑龙子、赤龙子了。这等道号实属讨厌。”老残道：“你说得甚是，我也是这们想。当初曾经问过黄龙子，他说道：‘你说我名字俗，我也知道俗，但是我不知道为什么要雅？雅有怎么好处？卢杞、秦桧名字并不俗；张献忠、李自成名字不但不俗，“献忠”二字可称纯臣，“自成”二字可配圣贤。然则可能因他名字好就算他是好人呢？老子《道德经》说：“世人皆有以，我独愚且鄙。”鄙还不俗吗？所以我辈大半愚鄙，不像你们名士，把个“俗”字当做毒药，把个“雅”字当做珍宝。推到极处，不过想借此讨人家的尊敬。要知这个念头，到比我们的名字，实在俗得多呢。我们当日，原不是拿这个当名字用。因为我是己巳年生的，青龙子是乙巳年生的，赤龙子是丁巳年生的，当年朋友随便呼唤着顽儿，不知不觉日子久了，人家也这们呼唤。难道好不答应人家么？譬如你叫老残，有这们一个老年的残废人，有什么可贵？又有什么雅致处？只不过也是被人叫开了，随便答应罢了。怕不是呼牛应牛，呼马应马的道理吗？’”德慧生道：“这话也实在说得有理。佛经说人不可以着相，我们总算着了雅相，是要输他一筹哩？”慧生道：“人说他们有前知，你曾问过他没有？”老残道：“我也问过他的。他说叫做有也可，叫做没有也可。你看儒教说‘至诚之道，可以前知’，是不错的。所以叫做有也可。若像起课先生，琐屑小事，言之凿凿，应验的原也不少，也是那只叫做术数小道，君子不屑言。邵尧夫人颇聪明，学问也极好，只是好说术数小道，所以就让朱晦庵越过去的远了。这叫做谓之没有也可。”德慧生道：“你与黄龙子相处多日，曾问天堂地狱究竟有没有呢？还是佛经上造的谣言呢？”老残道：“我问过的。此事说来真正可笑了。那日我问他的时候，他说：‘我先问你，有人说你有个眼睛可以辨五色，耳朵可以辨五声，鼻能审气息，舌能别滋味，又有前后二阴，前阴可以撒溺，后阴可以放粪。此话确不确呢？’我说：‘这是三岁小孩子都知道的，何用问呢？’他说：‘然则你何以教瞎子能辨五色？你何以能教聋子能辨五声呢？’我说：‘那可没有法子。’他就说：‘天堂地狱的道理，同此一样。天堂如耳目之效灵，地狱如二阴之出秽，皆是天生成自然之理，万无一毫疑惑的。只是人心为物欲所蔽，失其灵明，如聋盲之不辨声色，非其本性使然。若有虚心静气的人，自然也会看见的。只是你目下要我给个凭据与你，让你相信，譬如拿了一幅吴道子的画给瞎子看，要他深信真是吴道子画的，虽圣人也没这个本领。你若要想看见，只要虚心静气，日子久了，自然有看见的一天。’我又问：‘怎样便可以看见？’他说：‘我已对你讲过，只要虚心静气，总有看见的一天。你此刻着急，有什么法子呢？慢慢的等着罢。’”德慧生笑道：“等你看见的时候，务必告诉我知道。”老残也笑道：“恐怕未必有这一天。”两人谈得高兴，不知不觉，已是三更时分。同说道：“明日还要起早，我们睡罢。”德慧生同夫人住的西上房，老残住的是东上房，与齐河县一样的格式。各自回房安息。

次日黎明，女眷先起梳头洗脸。雇了五肩山轿。泰安的轿子像个圈椅一样，就是没有四条腿。底下一块板子，用四根绳子吊着，当个脚踏子。短短的两根轿杠，杠头上拴一根挺厚挺宽的皮条，比那轿车上驾骡子的皮条稍为软和些。轿夫前后两名，后头的一名先趱到皮条底下，将轿子抬起一头来，人好坐上去。然后前头的一个轿夫再趱进皮条去，这轿子就抬起来了。当时两个女眷，一个老妈子，坐了三乘山轿前走。德慧生同老残坐了两乘山轿，后面跟着。进了城，先到岳庙里烧香。庙里正殿九间，相传明朝盖的时候，同北京皇宫是一样的。德夫人带着环翠正殿上烧过了香。走着看看正殿四面墙上画的古画。因为殿深了，所以殿里的光，总不大十分够，墙上的画年代也很多，所以看不清楚。不过是些花里胡绍的人物便了。小道士走过来，向德夫人："请到西院里用茶。还有块温凉玉，是这庙里的镇山之宝，请过去看看。"德夫人说："好。只是耽搁时候太多了，恐怕赶不回来。"环翠道："听说上山四十五里地哩！来回九十里，现在天光又短，一霎就黑天，还是早点走罢！"老残说："依我看来，泰山是五岳之一，既然来到此地，索兴痛痛快快的逛一下子。今日上山，听说南天门里有个天街，两边都是香铺，总可以住人的。"小道士说："香铺是有的，他们都预备干净被褥，上山的客人在那儿住的多着呢。老爷太太们今儿尽可以不下山，明天回来，消停得多，还可以到日观峰去看出太阳。"德慧生道："这也不错。我们今日竟拿定主意，不下山罢。"德夫人道：

“使也使得。只是香铺子里被褥，什么人都盖，肮脏得了不得，怎么盖呢？若不下山，除非取自己行李去，我们又没有带家人来，叫谁去取呢？”老残道：“可以写个纸条儿，叫道士着个人送到店里，叫你的管家雇人送上山去，有何不可？”慧生道：“可以不必。横竖我们都有皮斗篷在小轿上，到了夜里披着皮斗篷，歪一歪就算了。谁还当真睡吗？”德夫人道：“这也使得。只是我瞧铁二叔他们二位，都没有皮斗篷，便怎么好？”老残笑道：“这可多虑了！我们走江湖的人，比不得你们做官的，我们那儿都可以混。不要说他山上有被褥，就是没被褥，我们也混得过去。”慧生说：“好，好！我们就去看温凉玉去罢。”说着就随了小道士走到西院，老道士迎接出来，深深施了一礼，各人回了一礼。走进堂屋，看见收拾得甚为干净。道士端出茶盒，无非是桂圆、栗子、玉带糕之类。大家吃了茶，要看温凉玉，道士引到里间，一个半桌上放着，还有个锦幅子盖着，道士将锦幅揭开，原来是一块青玉，有三尺多长，六七寸宽，一寸多厚，上半截深青，下半截淡青。道士说：“儜用手摸摸看，上半多冻扎手，下半截一点不凉，仿佛有点温温的似的，上古传下来是我们小庙里镇山之宝。”德夫人同环翠都摸了，诧异的很。老残笑道：“这个温凉玉，我也会做。”大家都怪问道：“怎么？这是做出来假的吗？”老残道：“假却不假，只是块带半璞的玉，上半截是玉，所以甚凉；下半截是璞，所以不凉。”德慧生连连点头说：“不错，不错。”稍坐了一刻，给了道人的香钱，道士道了谢，又引到东院去看汉柏。有几棵两人合抱的大柏树，状貌甚是奇古，旁边有块小小石碣，上刻“汉柏”两个大字。诸人看过走回正殿，前面二门里边山轿俱已在此伺候。

老残忽抬头，看见西廊有块破石片嵌在壁上，心知必是一个古碣，问那道士说：“西廊下那块破石片是什么古碑？”道士回说：“就是秦碣，俗名唤做‘泰山十字’。此地有拓片卖，老爷们要不要？”慧生道：“早已有过的了。”老残笑道：“我还有二十九字呢！"道士说：“那可就宝贵的了不得了。”说着各人上了轿，看看搭连里的表已经十点过了。轿子抬着出了北门，斜插着向西北走；不到半里多路，道旁有大石碑一块立着，刻了六个大字：“孔子登泰山处”。慧生指与老残看，彼此相视而笑。此地已是泰山跟脚，从此便一步一步的向上行了。

老残在轿子上看泰安城西南上有一座圆陀陀的山，山上有个大庙，四面树木甚多，知道必是个有名的所在，便问轿夫道：“你瞧城西南那个有庙的山，你总知道叫什么名字罢？”轿夫回道：“那叫蒿里山，山上是阎罗王庙，山下有金桥、银桥、奈河桥，人死了都要走这里过的，所以人活着的时候多烧几回香，死后占大便宜呢！”老残诙谐道：“多烧几回香，譬如多请几回客，阎王爷也是人做的，难道不讲交情吗？”轿夫道：“你老真明白，说的一点不错。”这时已到真山脚，路渐湾曲，两边都是山了。走有点把钟的时候，到了一座庙宇，轿子在门口歇下。轿夫说："此地是斗姥宫，里边全是姑子，太太们在这里吃饭很便当的。但凡上等客官，上山都是在这庙里吃饭。"德夫人说："既是姑子庙，我们就在这里歇歇罢。"又问轿夫："前面没有卖饭的店吗？"轿夫说："老爷太太们都是在这里吃，前面有饭篷子，只卖大饼咸菜，没有别的，也没地方坐，都是蹲着吃，那是俺们吃饭的地方。慧生说："也好，我们且进去再说。"走进客堂，地方却极干净。有两个老姑子接出来，一个约五六十岁，一个四十多岁。大家坐下谈了几句，老姑子问："太太们还没有用过饭罢？"德夫人说："是的。一清早出来的，还没吃饭呢。"老姑子说："我们小庙里粗饭是常预备的，但不知太太们上山烧香，是用荤菜是素菜？"德夫人道："我们吃素吃荤，到也不拘，只是他们爷们家恐怕素吃不来，还是吃荤罢。可别多备，吃不完可惜了的。"老姑子说："荒山小庙，要多也备不出来。"又问："太太们同老爷们是一桌吃两桌吃呢？"德夫人道："都是自家爷们，一桌吃罢，可得劳驾快点。"老姑子问："儜今儿还下山吗？恐来不及哩！"德夫人说："虽不下山，恐赶不上山可不好。"老姑子道："不要紧的，一霎就到山顶了。"

当这说话之时，那四十多岁的姑子，早已走开，此刻才回，向那老姑子耳边咕咕了一阵，老姑子又向四十多岁姑子耳边咕咕了几句，老姑子回头便向德夫人道："请南院里坐罢。"便叫四十多岁的姑子前边引道，大家让德夫人同环翠先行，德慧生随后，老残打末。出了客堂的后门，向南拐湾，过了一个小穿堂，便到了南院。这院子朝南，五间北屋甚大，朝北却是六间小南屋，穿堂东边三间，西边两间。那姑子引着德夫人出了穿堂，下了台阶，望东走到三间北屋跟前，看那北屋中间是六扇窗格，安了一个风门，悬着大红呢的夹板棉门帘。两边两间，却是砖砌的窗台，台上一块大玻璃，掩着素绢书画玻璃挡子，玻璃上面系两扇纸窗，冰片梅的格子眼儿。当中三层台阶，那姑子抢上那台阶，把板帘揭起，让德夫人及诸人进内。走进堂门，见是个两明一暗的房子，东边两间厂着，正中设了一个小圆桌，退光漆漆得灼亮，围着圆桌六把海梅八行书小椅子，正中靠墙设了一个窄窄的佛柜，佛柜上正中供了一尊观音像。走近佛柜细看，原来是尊康熙五彩御窑鱼篮观音，十分精致。观音的面貌，又美丽，又庄严，约有一尺五六寸高。龛子前面放了一个宣德年制的香炉，光彩夺目，从金子里透出朱砂斑来。龛子上面墙上挂了六幅小屏，是陈章侯画的马鸣、龙树等六尊佛像。佛柜两头放了许多大大小小的经卷。再望东看，正东是一个月洞大玻璃窗，正中一块玻璃，足足有四尺见方。四面也是冰片梅格子眼儿，糊着高丽白纸。月洞窗下放了一张古红木小方桌，桌子左右两张小椅子，椅子两旁却是一对多宝橱，陈设各样古玩。圆洞窗两旁挂了一副对联，写的是：

靓妆艳比莲花色；
云幕香生贝叶经。

上款题“靓云道友法鉴”，下款写“三山行脚僧醉笔”。屋中收拾得十分干净。再看那玻璃窗外，正是一个山涧，涧里的水花喇花喇价流，带着些乱冰，玎玲珰琅价响，煞是好听。又见对面那山坡上一片松树，碧绿碧绿，衬着树根下的积雪，比银子还要白些，真是好看。德夫人一面看，一面赞叹，回头笑向德慧生道：“我不同你回扬州了，我就在这儿做姑子罢，好不好?”慧生道：“很好，可是此地的姑子是做不得的。”德夫人道：“为什么呢?”慧生道：“稍停一会，你就知道了。”老残说道：“儜别贪看景致，儜闻闻这屋里的香，恐怕你们旗门子里虽阔，这香到未必有呢!”德夫人当真用鼻子细细价嗅了会子说：“真是奇怪，又不是芸香、麝香，又不是檀香、降香、安息香，怎么这们好闻呢?”只见那两个老姑子上前打了一个稽首说：“老爷太太们请坐，恕老僧不陪，叫他们孩子们过来伺候罢。”德夫人连称：“请便，请便。”老姑子出去后，德夫人道：“这种好地方给这姑子住，实在可惜!”老残道：“老姑子去了，小姑子就来的，但不知可是靓云来?如果他来，可妙极了！这人名声很大，我也没见过，很想见见。倘若沾大嫂的光，今儿得见靓云，我也算得有福了。”未知来者可是靓云，且听下回分解。

第二回
宋公子蹂躏优昙花　德夫人怜惜灵芝草

话说老残把个靓云说得甚为郑重，不由德夫人听得诧异，连环翠也听得傻了，说道："这屋子想必就是靓云的罢？"老残道："可不是呢，你不见那对子上落的款吗？"环翠把脸一红说："我要认得对子上的款，敢是好了！"老残道："你看这屋子好不好呢？"环翠道："这屋子要让我住一天，死也甘心。"老残道："这个容易，今儿我们大家上山，你不要去，让你在这儿住一夜，明天山上下来再把你捎回店去，你不算住了一天了吗？"大家听了都呵呵大笑。德夫人说："这地不要说他羡慕，连我都舍不得去哩！"说着，只见门帘开处，进来了两个人，一色打扮：穿着二蓝摹本缎羊皮袍子，元色摹本皮坎肩，剃了小半个头，梳作一个大辫子，搽粉点胭脂，穿的是挖云子镶鞋，进门却不打稽首，对着各人请了一个双安。看那个大些的，约有三十岁光景；二的有二十岁光景。大的长长鸭蛋脸儿，模样倒还不坏，就是脸上粉重些，大约有点烟色，要借这粉盖下去的意思；二的团团面孔，淡施脂粉，却一脸的秀气，眼睛也还有神。各人还礼已毕，让他们坐下，大家心中看去：大约第二个是靓云，因为觉得他是靓云，便就越看越好看起来了。只见大的问慧生道："这位老爷贵姓是德罢？儜是到那里上任去吗？"慧生道："我是送家眷回扬州，路过此地上山烧香，不是上任的官。"他又问老残道："儜是到那儿上任，还是有差使？"老残道："我一不上任，二不当差，也是送家眷回扬州。"只见那二的说道："儜二位府上都是扬州吗？"慧生道："都不是扬州人，都在扬州住家。"二的又道："扬州是好地方，六朝金粉，自古繁华，不知道隋堤杨柳现在还有没有？"老残道："早没有了！世间那有一千几百年的柳树吗？"二的又道："原是这个道理，不过我们山东人性拙，古人留下来的名迹都要点缀，如果隋堤在我们山东，一定有人补种些杨柳，算一个风景。譬如这泰山上的五大夫松，难道当真是秦始皇封的那五棵松吗？不过既有这个名迹，总得种五棵松在那地方，好让那游玩的人看了，也可以助点诗兴，乡下人看了，也多知道一件故事。"

大家听得此话，都吃了一惊。老残也自悔失言，心中暗想看此吐属，一定是靓云无疑了。又听他问道："扬州本是名士的聚处，像那'八怪'的人物，现在总还有罢？"慧生道："前几年还有几个，如词章家的何莲舫，书画家的吴让之，都还下得去，近来可就一扫光了！"慧生又道："请教法号，想必就是靓云罢？"只见他答道："不是，不是。靓云下乡去了，我叫逸云。"指那大的道："他叫青云。”老残插口问道：“靓云为什么下乡？几时来？”逸云道：“没有日子来。不但靓云师弟不能来，恐怕连我这样的乏人，只好下乡去哩！”老残忙问：“到底什么缘故？请你何妨直说呢。”只见逸云眼圈儿一红，停了一停说：“这是我们的丑事，不便说，求老爷们不用问罢！”

当时只见外边来了两个人，一个安了六双杯箸，一个人托着盘子，取出八个菜碟，两把酒壶，放在桌上，青云立起身来说：“太太老爷们请坐罢。”德慧生道：“怎样坐呢？”德夫人道：“你们二位坐东边，我们姐儿俩坐西边，我们对着这月洞窗儿，好看景致。下面两个坐位，自然是他们俩的主位了。”说完大家依次坐下，青云持壶斟了一遍酒。逸云道：“天气寒，儜多用一杯罢，越往上走越冷哩！”德夫人说：“是的，当真我们喝一杯罢。”大家举杯替二云道了谢，随便喝了两杯。德夫人惦记靓云，向逸云道：“儜才说靓云为什么下乡？咱娘儿们说说不要紧的。”逸云叹口气道：“儜别笑话！我们这个庙是从前明就有的，历年以来都是这样。儜看我们这样打扮，并不是像那倚门卖笑的娼妓，当初原为接待上山烧香的上客：或是官，或是绅，大概全是读书的人居多，所以我们从小全得读书，读到半通就念经典，做功课，有官绅来陪着讲讲话，不讨人嫌。又因为尼姑的装束颇犯人的忌讳，若是上任，或有甚喜事，大概俗说看见尼姑不吉祥，所以我们三十岁以前全是这个装束，一过三十就全剃了头了。虽说一样的陪客，饮酒行令，间或有喜欢风流的客，随便诙谐两句，也未尝不可对答。倘若停眠整宿的事情，却说是犯着祖上的清规，不敢妄为的。”德夫人道：“然则你们这庙里人，个个都是处女身体到老的吗？”逸云道：“也不尽然。老子说的好：‘不见可欲，使心不乱。’若是过路的客官，自然没有相干的了。若本地绅衿，常来起坐的，既能夹以诙谐，这其中就难说了！男女相爱，本是人情之正，被情丝系缚，也是有的。但其中十个人里，一定总有一两个守身如玉，始终不移的。”德夫人道：“儜说的也是，但是靓云究竟为什么下乡呢？”逸云又叹一口气道：“近来风气可大不然了，到是做买卖的生意人还顾点体面，若官幕两途，牛鬼蛇神，无所不有！比那下等还要粗暴些！俺这靓云师弟，今年才十五岁，模样长得本好，人也聪明，有说有笑，过往客官，没有不喜欢他的。他又好修饰，儜瞧他这屋子，就可略见一斑了。前日，这里泰安县宋大老爷的少爷，带着两位师爷来这里吃饭，也是庙里常有的事。谁知他同靓云闹的很不像话。靓云起初为他是本县少爷，不敢得罪，只好忍耐着；到后来，万分难忍，就逃到北院去了。这少爷可就发了脾气，大声嚷道：‘今儿晚上如果靓云不来陪我睡觉，明天一定来封庙门。’老师父没了法了，把两师爷请出去，再三央求，每人送了他二十两银子，才算免了那一晚上的难星。昨儿下午，那个张师爷好意特来送信说：‘你们不要执意，若不教靓云陪少爷睡，庙门一定要封的。’昨日我们劝了一晚上，他决不肯依，你们想想看罢，老师父听了没有法想，哭了一夜，说：‘不想几百年的庙，在我手里断送掉了！’今天早起才把靓云送下乡去，我明早也要走了，只留青云、素云、紫云三位师兄在此等候封门。”

说完，德夫人气的摇头，对慧生道：“怎么外官这们利害，咱们在京里看御史们的折子，总觉言过其实，若像这样，还有天日吗？”慧生本已气得脸上发白，说：“宋次安还是我乡榜同年呢！怎么没家教到这步田地！”这时外间又端进两个小碗来，慧生说：“我不吃了。”向逸云要了笔砚同信纸，说：“我先写封信去，明天当面见他，再为详说。”

当时逸云在佛柜抽屉内取出纸笔，慧生写过，说：“叫人立刻送去，我们明天下山，还在你这里吃饭。”重新入座。德夫人问：“信上怎样写法？”慧生道：“我只说今日在斗姥宫，风闻因得罪世兄，明日定来封门。弟明日下山，仍须借此地一饭，因偕同女眷，他处不便。请缓封一日，俟弟与阁下面谈后，再封何如？鹄候玉音。”逸云听了，笑吟吟的提了酒壶满斟了一遍酒，摘了青云袖子一下，起身离座，对德公夫妇请了两个双安，说：“替斗姥娘娘谢儜的恩惠。”青云也跟着请了两个双安。德夫人慌忙道：“说那儿话呢，还不定有用没有用呢。”二人坐下，青云楞着个脸说道：“这信要不着劲，恐怕他更要封的快了。”逸云道：“傻小子，他敢得罪京官吗？你不知道像我们这种出家人，要算下贱到极处的，可知那娼妓比我们还要下贱，可知那州县老爷们比娼妓还要下贱！遇见驯良百姓，他治死了还要抽筋剥皮，锉骨扬灰。遇见有权势的人，他装王八给人家踹在脚底下，还要昂起头来叫两声，说我唱个曲子儜听听罢。——他怕京官老爷们写信给御史参他。你瞧着罢！明天我们这庙门口，又该挂一条彩细、两个宫灯哩！”大家多忍不住的笑了。

说着，小碗大碗俱已上齐，催着拿饭吃了好上山。霎时饭已吃毕，二云退出，顷刻青云捧了小妆台进来，让德夫人等匀粉。老姑子亦来道谢，为写信到县的事。德慧生问：“山轿齐备了没有？”青云说：“齐备了。”于是大家仍从穿堂出去，过客堂，到大门，看轿夫俱已上好了板；又见有人挑了一肩行李。轿夫代说是客店里家人接着信，叫送来的。慧生道：“你跟着轿子走罢。”老姑子率领了青云、紫云、素云三个小姑子，送到山门外边，等轿子走出，打了稽首送行，口称：“明天请早点下山。”

轿子次序仍然是德夫人第一，环翠第二，慧生第三，老残第四。出了山门，向北而行，地甚平坦，约数十步始有石级数层而已。行不甚远，老残在后，一少年穿库灰搭连，布棉袍，青布坎肩，头上戴了一顶新褐色毡帽，一个大辫子，漆黑漆黑拖在后边，辫穗子有一尺长，却同环翠的轿子并行。后面虽看不见面貌，那个雪白的颈项，却是很显豁的。老残心里诧异，山路上那有这种人？留心再看，不但与环翠轿子并行，并且在那与环翠谈心。山轿本来离地甚近，走路的人比坐轿子的人，不过低一头的光景，所以走着说话甚为便当。又见那少年指手画脚，一面指，一面说；又见环翠在轿子上也用手指着，向那少年说话，仿佛像同他很熟似的。心中正在不解什么缘故，忽见前面德夫人也回头用手向东指着，对那少年说话；又见那少年赶走了几步，到德夫人轿子跟前说了两句，见那轿子就渐渐走得慢了。老残正在纳闷，想不出这个少年是个何人，见前面轿子已停，后面轿子也一齐放下。慧生、老残下轿，走上前去，见德夫人早已下轿，手搀着那少年，朝东望着说话呢。老残走到跟前，把那少年一看，不觉大笑，说道："我当是谁，原来是你哟！你怎么不坐轿子，走了来吗？快回去罢。"环翠道："他师父说，教他一直送我们上山呢。"老残道："那可使不得，几十里地，跑得了吗？"只见逸云笑说道："俺们乡下人，没有别的能耐，跑路是会的。这山上别说两天一个来回，就一天两个来回也累不着。"德夫人向慧生、老残道："儜见那山涧里一片红吗？刚才听逸云师兄说，那就是经石峪，在一块大磐石上，北齐人刻的一部《金刚经》。我们下去瞧瞧好不好？"慧生说："哪！"逸云说："下去不好走，儜走不惯，不如上这块大石头上，就都看见了。"大家都走上那路东一块大石上去，果然一行一行的字，都看得清清楚楚，连那"我相人相众生相"等字，都看得出来。德夫人问："这经全吗？"逸云说："本来是全的，历年被山水冲坏的不少，现在存的不过九百多字了。”德夫人又问道：“那北边有个亭子干什么的?”逸云说：“那叫晾经亭，仿佛说这一部经晾在这石头上似的。”说罢各人重复上轿，再往前行，不久到了柏树洞，两边都是古柏交柯，不见天日。这柏树洞有五里长，再前是水流云在桥了。桥上是一条大瀑布冲下来，从桥下下山去。逸云对众人说：“若在夏天大雨之后，这水却不从桥下过，水从山上下来力量过大，径射到桥外去，人从桥上走，就是从瀑布底下钻过去，这也是一有趣的奇景。”说完，又往前行，见面前有“回马岭”三个字，山从此就险峻起来了。再前，过二天门，过五大夫松，过百丈崖，到十八盘。在十八盘下，仰看南天门，就如直上直下似的，又像从天上挂下一架石梯子似的。大家看了都有些害怕，轿夫到此也都要吃袋烟歇歇脚力。环翠向德夫人道：“太太儜怕不怕?”德夫人道：“怎么不怕呢?儜瞧那南天门的门楼子，看着像一尺多高，你想这够多们远，都是直上直下的路。倘若轿夫脚底下一滑，我们就成了肉浆了，想做了肉饼子都不成。”逸云笑道：“不怕的，有娘娘保佑，这里自古没闹过乱子，儜放心罢。儜不信我走给儜瞧。”说着放开步，如飞似的去了。走得一半，只见逸云不过有个三四岁小孩子大，看他转过身来，面朝下看，两只手乱招。德夫人大声喊道：“小心着，别栽下来。”那里听得见呢?看他转身，又望上去了。这里轿夫脚力已足，说：“太太们请上轿罢。”德夫人袖中取出块花绢子来对环翠道：“我教你个好法子，你拿手绢子把眼捂上，死活存亡，听天由命去罢。”环翠说：“只好这样。”当真也取块帕子将眼遮上听他去了。顷刻工夫已到南天门里，听见逸云喊道：“德太太，到了平地啦，儜把手帕子去了罢。”德夫人等惊魂未定，并未听见，直至到了元宝店门口停了轿，逸云来搀德夫人，替他把绢子除下，德夫人方立起身来，定了定神，见两头都是平地，同街道一样，方敢挪步。老残也替环翠把绢子除下，环翠回了一口气说：“我没摔下去罢？”老残说：“你要摔下去早死了！还会说话吗？”两人笑了笑，同进店去。原来逸云先到此地，分付店家将后房打扫干净，他复往南天门等候轿子，所以德夫人来时，诸事俱已齐备。这元宝店外面三间临街，有柜台发卖香烛元宝等件，里边三间专备香客住宿的。各人进到里间，先在堂屋坐下，店家婆送水来洗了脸。天时尚早，一角斜阳，还未沉山。坐了片刻，挑行李的也到了。逸云叫挑夫搬进堂屋内，说：“你去罢。”逸云问：“怎样铺法？”老残说：“我同慧哥两人住一间，他们三人住一间何如？”慧生说：“甚好。”就把老残的行李放在东边，慧生的放在西边。逸云将东边行李送过去，就来拿西边行李。环翠说：“我来罢，不敢劳儜驾。”其时逸云已将行李提到西房打开，环翠帮着搬铺盖，德夫人说：“怎好要你们动手，我来罢。”其实已经铺陈好了。那边一副，老残等两人亦布置停妥。逸云赶过来说道：“我可误了差使了，怎么儜已经归置好了吗？”慧生说：“不敢当，你请坐一会歇歇好不好？”逸云说声：“不累，歇什么！”又往西房去了。慧生对老残说：“你看逸云何如？”老残说：“实在好。我又是喜爱，又是佩服，倘若在我们家左近，我必得结交这个好友。”慧生说：“谁不是这们想呢？”

慢提慧生、老残这边议论，却说德夫人在庙里就契重逸云。及至一路同行，到了一个古迹，说一个古迹，看他又风雅，又泼辣，心里想：“世间那里有这样好的一个文武双全的女人？若把他弄来做个帮手，白日料理家务，晚上灯下谈禅；他若肯嫁慧生，我就不要他认嫡庶，姊妹称呼我也是甘心的。”自从打了这个念头，越发留心去看逸云，见他肤如凝脂，领如蝤蛴，笑起来一双眼又秀又媚，却是不笑起来又冷若冰霜。趁逸云不在眼前时，把这意思向环翠商量。环翠喜的直蹦说：“儜好歹成就这件事罢，我替儜磕一个头谢谢儜。”德夫人笑道：“你比我还着急吗？且等今晚试试他的口气，他若肯了，不怕他师父不肯。”究竟慧生姻缘能否成就，且听下回分解。

第三回
阳偶阴奇参大道　男欢女悦证初禅

却说德夫人因爱惜逸云，有收做个偏房的意思，与环翠商量。那知环翠看见逸云，比那宋少爷想靓云还要热上几分。正算计明天分手，不知何时方能再见。忽听德夫人这番话，以为如此便可以常常相见，所以欢喜的了不得，几乎真要磕下头去，被德夫人说要试试口气，意在不知逸云肯是不肯，心想到也不错，不觉又冷了一段。说时，看逸云带着店家婆子摆桌子，搬椅子，安杯箸，忙了个够，又帮着摆碟子。摆好，斟上酒说："请太太们老爷们坐罢，今儿一天乏了，早点吃饭，早点安歇。"大家走出来说："山顶上那来这些碟子？"逸云笑说："不中吃，是俺师父送来的。"德夫人说："这可太费事了。"

闲话休提，晚饭之后，各人归房。逸云少坐一刻，说："二位太太早点安置，我失陪了。"德夫人说："你上那儿去？不是咱三人一屋子睡吗？"逸云说："我有地方睡，僔放心罢。这家元宝店，就是婆媳两个，很大的炕，我同他们婆媳一块儿睡，舒服着呢。"德夫人说："不好，我要同你讲话呢。这里炕也很大，你怕我们三个人同睡不暖和，你就抱副铺子里预备香客的铺盖，来这儿睡罢。你不在这儿，我害怕，我不敢睡。”环翠也说：“你若不来，就是恶嫌咱娘儿们，你快点来罢。”逸云想了想，笑道：“不嫌脏，我就来。我有自己带来的铺盖，我去取来。”说着便走出去，取进一个小包袱来，有尺半长，五六寸宽，三四寸高。环翠急忙打开一看，不过一条薄羊毛毯子，一个活脚竹枕而已。看官，怎样叫活脚竹枕？乃是一片大毛竹，两头安两片短毛竹，有枢轴，支起来像个小儿，放下来只是两片毛竹，不占地方；北方人行路常用的，取其便当。且说德夫人看了说：“嗳呀！这不冷吗？”逸云道：“不要他也不冷，不过睡觉不盖点不像个样子，况且这炕在墙后头烧着火呢，一点也不冷。”德夫人取表一看，说：“才九点钟还不曾到，早的很呢。你要不困，我们随便胡说乱道好不好呢？”逸云道：“即便一宿不睡，我也不困，谈谈最好。”德夫人叫环翠：“劳驾僔把门关上，咱们三人上炕谈心去，这底下坐着怪冷的。”说着三人关门上炕。

炕上有个小炕几儿，德夫人同环翠对面坐，拉逸云同自己并排坐，小小声音问道：“这儿说话，他们爷儿们听不着，咱们胡说行不行？”逸云道：“有什么不行的？僔爱怎么说都行。”德夫人道：“你别怪我，我看青云、紫云他们姐妹三，同你不一样，大约他们都常留客罢？”逸云说：“留客是有的，也不能常留。究竟庙里比不得住家，总有点忌讳。”德夫人又问：“我瞧儜没有留过客，是罢？”逸云笑说：“儜何以见得我没有留过客呢？”德夫人说：“我那们想，然则你留过客吗？”逸云道：“却真没留过客。”德夫人说：“你见了标致的爷们，你爱不爱呢？”逸云说：“那有不爱的呢！”德夫人说：“既爱，怎么不同他亲近呢？”逸云笑吟吟的说道：“这话说起来很长。儜想一个女孩儿家长到十六七岁的时候，什么都知道了，又在我们这个庙里，当的是应酬客人的差使。若是疤麻歪嘴呢，自不必说；但是有一二分姿色，搽粉抹胭脂，穿两件新衣裳，客人见了自然人人喜欢，少不得甜言蜜语的灌两句。我们也少不得对人家瞧瞧，朝人家笑笑，人家就说我们飞眼传情了，少不得更亲近点。这时候儜想，倘若是个平常人到也没啥，倘若是个品貌又好，言语又有情意的人，你一句我一句自然而然的那个心就到了这人身上了。可是咱们究竟是女孩儿家，一半是害羞，一半是害怕，断不能像那天津人的话，‘三言两语成夫妻’，毕竟得避忌点儿。

“记得那年有个任三爷，一见就投缘，两三面后别提多好。那天晚上睡了觉，这可就胡思乱想开了。初起想这个人跟我怎么这们好，就起了个感激他的心，不能不同他亲近；再想他那模样，越想越好看；再想他那言谈，越想越有味。闭上眼就看见他，睁开眼还是想着他，这就着上了魔，这夜觉可就别想睡得好了！到了四五更的时候，脸上跟火烧的一样，飞热起来。用个镜子照照，真是面如桃花。那个样子，别说爷们看了要动心，连我自己看了都动心。那双眼珠子，不知为了什么，就像有水泡似的，拿个手绢擦擦，也真有点湿渌渌的。奇怪！到天明，头也昏了，眼也涩了，勉强睡一霎儿，刚睡不大工夫，听见有人说话，一骨碌就坐起来了。心里说：‘是我那三爷来了罢？’再定神听听，原来是打粗的火工清晨扫地呢。歪下头去再睡，这一觉可就到了晌午了。等到起来，除了这个人没第二件事听见，人说什么马褂子颜色好，花样新鲜，冒冒失失的就问：‘可是说三爷的那件马褂不是？’被人家瞅一眼笑两笑，自己也觉得失言，臊得脸通红的。停不多大会儿，听人家说，谁家兄弟中了举了。又冒失问：‘是三爷家的五爷不是？’被人家说：‘你敢是迷了罢。’又臊得跑开去。等到三爷当真来了，就同看见自己的魂灵似的，那一亲热，就不用问了。可是闺女家头一回的大事，那儿那们容易呢？自己固然不能启口，人家也不敢轻易启口，不过干亲热亲热罢哩！

“到了几天后，这魔着的更深了，夜夜算计，不知几时可以同他亲近。又想他要住下这一夜，有多少话都说得了；又想在爹妈跟前说不得的话，对他都可以说得，想到这里，不知道有多欢喜。后来又想，我要他替我做什么衣裳，我要他替我做什么帐幔子，我要他替我做什么被褥，我要他买什么木器，我要问师父要那南院里那三间北屋，这屋子我要他怎么收拾，各式长桌、方桌，上头要他替我办什么摆饰，当中桌上、旁边墙上要他替我办坐钟、挂钟；我大襟上要他替我买个小金表，——我们虽不用首饰，这手肐膊上实金镯子是一定要的，万不能少；甚至妆台、粉盒，没有一样不曾想到。这一夜又睡不着了。又想知道他能照我这样办不能？又想任三爷昨日亲口对我说：‘我真爱你，爱极了。倘若能成就咱俩人好事，我就破了家，我也情愿；我就送了命，我也愿意。古人说得好：“牡丹花下死，做鬼也风流。”只是不知你心里有我没有？’我当时怪臊的，只说了一句：‘我心同你心一样。’我此刻想来要他买这些物件，他一定肯的。又想我一件衣服，穿久了怪腻的，我要大毛做两套，是什么颜色，什么材料；中毛要两套；小毛要两套；棉、夹、单、纱要多少套，颜色花纹不要有犯重的。想到这时候，仿佛这无限若干的事物，都已经到我手里似的。又想正月香市，初一我穿什么衣裳，十五我穿什么衣裳；二月二龙抬头，我穿什么衣裳；清明我穿什么衣裳；四月初八佛爷生日，各庙香火都盛，我应该穿什么衣裳；五月节，七月半，八月中秋，九月重阳，十月朝，十一月冬至，十二月腊，我穿什么衣裳；某处大会，我得去看，怎么打扮；某处小会，我也得去，又应该怎样打扮。青云、紫云他们没有这些好装饰，多寒蠢，我多威武。又想我师父从七八岁抚养我这们大，我该做件什么衣服酬谢他；我乡下父母我该买什么东西叫他二老欢喜欢喜，他必叫着我的名儿说：‘大妞儿，你今儿怎么穿得这们花绍？真好看煞人！’又想二姨娘、大姑姑，我也得买点啥送他。还没有盘算得完，那四面的鸡子，胶胶角角，叫个不住。我心里说这鸡真正浑蛋，天还早着呢！再抬头看，窗户上已经白洋洋的了，这算我顶得意的一夜。

“过了一天，任三爷又到庙里来啦，我抽了个空儿，把三爷扯到一个小屋子里，我说：‘咱俩说两句话。’到了那屋子里，我同三爷并肩坐在炕沿上，我说：“‘三爷我对你说……’这句才吐出口，我想那有这们不害臊的人呢？人家没有露口气，咱们女孩儿家倒先开口了。这一想把我臊的真没有地洞好钻下去，那脸登时飞红，拔开腿就往外跑。三爷一见，心里也就明白一大半了，上前一把把我抓过来望怀里一抱，说：‘心肝宝贝，你别跑，你的话我知道一半啦，这有什么害臊呢？人人都有这一回的，这事该怎么办法？你要什么物件？我都买给你，你老老实实说罢！’”

逸云说：“我那心勃腾勃腾的乱跳，跳了会子，我就把前儿夜里想的事都说出来了。说了一遍，三爷沉吟了一沉吟说：‘好办，我今儿回去就禀知老太太商量，老太太最疼爱我的，没那个不依。俺三奶奶暂时不告诉他，娘们没有不吃醋的，恐怕在老太太跟前出坏。就是这们办，妥当，妥当。’话说完了，恐怕别人见疑，就走出来了。我又低低嘱咐一句：‘越快越好，我听儜的信儿。’三爷说：‘那还用说。’也就匆匆忙忙下山回家去了。我送他到大门口，他还站住对我说：‘倘若老太太允许了，我这两天就不来，我托朋友来先把你师父的盘子讲好了，我自己去替你置办东西。’我说：‘很好，很好，盼望着哩！’从此有两三夜也没睡好觉，可没有前儿夜里快活，因为前儿夜里只想好的一面。这两夜，却是想到好的时候，就上了火焰山；想到不好的时候，就下了北冰洋：一霎热，一霎凉，仿佛发连环疟子似的。一天两天还好受，等到第三天，真受不得了！怎么还没有信呢？俗语说的好，真是七窍里冒火，五脏里生烟。又想他一定是慢慢的制买物件，同作衣裳去了。心里埋怨他：‘你买东西忙什么呢？先来给我送个信儿多不是好，叫人家盼望的不死不活的干么呢？’到了第四天，一会儿到大门上去看看，没有人来；再一会儿又到大门口看看，还没有人来！腿已跑酸啦，眼也望穿啦。到得三点多钟，只见大南边老远的一肩山轿来了，其实还隔着五六里地呢，不知道我眼怎么那们尖，一见就认准了一点也不错，这一喜欢可就不要说了！可是这四五里外的轿子，走到不是还得一会子吗？忽然想起来，他说倘若老太太允许，他自己不来，先托个朋友来跟师父说妥他再来。今儿他自己来，一定事情有变！这一想，可就是仿佛看见阎罗王的勾死鬼似的，两只脚立刻就发软，头就发昏，万站不住，飞跑进了自己屋子，梅上脸就哭。哭了一小会，只听外边打粗的小姑子喊道：“华云，三爷来啦！快去罢！”——二位太太，儜知道为什么叫华云呢？因为这逸云是近年改的，当年我本叫华云。——我听打粗的姑子喊，赶忙起来，擦擦眼，匀匀粉，自己怪自己，这不是疯了吗？谁对你说不成呢？自言自语的，又笑起来了！脸还没匀完，谁知三爷已经走到我屋子门口，揭起门帘说：‘你干什么呢？’我说：‘风吹砂子迷了眼啦！我洗脸的。’我一面说话，偷看三爷脸神，虽然带着笑，却气象冰冷，跟那冻了冰的黄河一样。我说：‘三爷请坐。’三爷在炕沿上坐下，我在小条桌旁边小椅上坐下。小姑子揭着门帘，站着支着牙在那里瞅。我说：‘你还不泡茶去！’小姑子去了。我同三爷两个人脸对脸，白瞪了有半个时辰，一句话也没有说。等到小姑子送进茶来，吃了两碗，还是无言相对。我耐不住了，我说：‘三爷，今儿怎么着啦，一句话也没有？’三爷长叹一口气，说：‘真急死人，我对你说罢！前儿不是我从你这里回去吗？当晚得空，我就对老太太说了个大概。老太太问得多少东西，我还没敢全说，只说了一半的光景，老太太拿算盘一算，说：“这不得上千的银子吗？”我就不敢言语了。老太太说：“你这孩子，你老子千辛万苦挣下这个家业，算起来不过四五万银子家当，你们哥儿五个，一年得多少用项。你五弟还没有成家，你平常喜欢在山上跑跑，我也不禁止。你今儿想到这种心思，一下子就得用上千的银子，还有将来呢？就不花钱了吗？况且你的媳妇模样也不寒蠢，你去年才成的家，你们两口子也怪好的，去年我看你小夫妇很热，今年就冷了好些，不要说是为这华云，所以变了心了。我做婆婆的为疼爱儿子，拿上千的银子给你干这事，你媳妇不敢说什么，他倘若说：‘赔嫁的衣服不时样了。’要我给他做三二百银子衣服，明明是挤我这个短儿，我怎么发付他呢？你大嫂子、二嫂子都来赶罗我，我又怎么样？我不给他们做，他们当面不说，背后说：‘我们制买点物件，姓任的买的，还在姓任的家里，老太太就不愿意了；老三花上千的银子，给别人家买东西，三天后就不姓任了，老太太倒愿意。也不知道是护短呢，是老昏了！’这话要传到我耳朵里，我受得受不得呢？你是我心疼的儿子，你替我想想，你在外边快乐，我在家里受气，你心里安不安呢？倘若你媳妇是不贤慧的，同你吵一回，闹一回，也还罢了；倘若竟仍旧的同你好，格外的照应你，你就过意得去吗？倘若依你做了去，还是永远就住在山上，不回家呢？还是一边住些日子呢？倘若你久在山上，你不要媳妇，你连老娘都不要了，你成什么人呢？你一定在山上住些时，还得在家里住些时，是不用说的了。你在家里住的时候，人家山上又来了别的客，少不得也要留人家住。你花钱买的衣裳真好看，穿起来给别人看；你买的器皿，给别人用；你买的帐幔，给别人遮羞；你买的被褥，给人家盖；你心疼心爱心里怜惜的人，陪别人睡；别人脾气未必有你好，大概还要闹脾气；睡的不乐意还要骂你心爱的人，打你心爱的人，你该怎么样呢？好孩子！你是个聪明孩子，把你娘的话，仔细想想，错是不错？依我看，你既爱他，我也不拦你，你把这第一个傻子让给别人做，你做第二个人去，一样的称心，一样的快乐，却不用花这们多的冤钱，这是第一个办法。你若不以为然，还有第二个办法：你说华云模样长得十分好，心地又十分聪明，对你又是十二分的恩爱，你且问他是为爱你的东西，是为爱你的人？若是为爱你的东西，就是为你的钱财了，你的钱财几时完，你的恩爱就几时断绝；你算花钱租恩爱，你算算你的家当，够租几年的恩爱？倘若是爱你的人，一定要这些东西吗？你正可以拿这个试试他的心。若不要东西，真是爱你；要东西，就是假爱你。人家假爱你，你真爱人家，不成了天津的话‘剃头挑子一头想’吗？我共总给你一百银子，够不够你自己斟酌办理去罢！”

逸云追述任三爷当日叙他老太太的话到此已止，德夫人对着环翠伸了一伸舌头说：“好个利害的任太太，真会管教儿子！”环翠说：“这时候虽是逸云师兄，也一点法子没有吧！”德夫人向逸云道：“你这一番话，真抵得上一卷书呢！任三爷说完这话，儜怎么样呢？”逸云说：“我怎么呢？哭罢咧！哭了会子，我就发起狠来了，我说：‘衣服我也不要了！东西我也不要了！任么我都不要了！儜跟师父商议去罢！’任三爷说：‘这话真难出口，我是怕你着急，所以先来告诉你，我还得想法子，就这样是万不行！儜别难受。缓两天我再向朋友想法子去。’我说：‘儜别找朋友想法子了，借下钱来，不还是老太太给吗？到成了个骗上人的事，更不妥了，我更对不住儜老太太了！’那一天就这们，我们俩人就分手了！”逸云便向二人道：“二位太太如果不嫌絮烦，愿意听，话还长着呢！”德夫人道：“愿意听，愿意听，你说下去罢。”且听下回分解。

第四回

九转成丹破壁飞　七年返本归家坐

却说逸云又道："到了第二天，三爷果然托了个朋友来跟师父谈论，把以前的情节述了一遍，问师父肯成就这事不肯？并说华云已经亲口允许任么都不要，若是师父肯成就，将来补报的日子长呢。老师父说道：'这事听华云自主。我们庙里的规矩可与窑子里不同：窑子里妓女到了十五六岁，就要逼令他改装，以后好做生意；庙里留客本是件犯私的事，只因祖上传下来：年轻的人，都要搽粉抹胭脂，应酬客人。其中便有难于严禁之处，恐怕伤犯客人面子，前几十年还是暗的，渐渐的近来，就有点大明大白的了！然而也还是个半暗的事，儜只可同华云商量着办，倘若自己愿意，我们断不过问的。但是有一件不能不说，在先也是本庙里传下来的规矩，因为这比丘尼本应该是童贞女的事，不应该沾染红尘；在别的庙里犯了这事，就应逐出庙去，不再收留，惟我们这庙不能打这个官话欺人，可是也有一点分别：若是童女呢，一切衣服用度，均是庙里供给，别人的衣服，童女也可以穿，别人的物件，童女也可以用。若一染尘事，他就算犯规的人了，一切衣服等项，俱得自己出钱制买，并且每月还须津贴庙里的用项。若是有修造房屋等事，也须摊在他们几个染尘人的身上。因为庙里本没有香火田，又没有缘簿，但凡人家写缘簿的，自然都写在那清修的庙里去，谁肯写在这半清不浑的庙里呢？儜还不知道吗？况且初次染尘，必须大大的写笔功德钱，这钱谁也不能得，收在公账上应用。儜才说的一百银子，不知算功德钱呢？还是给他置买衣服同那动用器皿呢？若是功德钱，任三爷府上也是本庙一个施主，断不计较；若是置办衣物，这功德钱指那一项抵用呢？所以这事我们不便与闻，儜请三爷自己同华云斟酌去罢。况且华云现在住的是南院的两间北屋，屋里的陈设，箱子里的衣服，也就不大离值两千银子。要是做那件事，就都得交出来，照他这一百银子的牌子，那一间屋子也不称，只好把厨房旁边堆柴火的那一间小屋腾出来给他，不然别人也是不服的。儜瞧是不是呢？’”

“那朋友听了这番话，就来一五一十的告诉我，我想师父这话也确是实情，没法驳回。我就对那朋友说：‘叫我无论怎么寒蠢，怎么受罪，我为着三爷都没有什么不肯，只是关着三爷面子，恐怕有些不妥，不必着急，等过一天三爷来，我们再商议罢。’”

“那个朋友去了，我就仔细的盘算了两夜。我起初想，同三爷这们好，管他有衣服没衣服，比要饭的叫化子总强点。就算那间厨房旁边的小房子，也怪暖和的，没有什么不可以的。我瞧那戏上王三姐抛彩球打着了薛平贵，是个讨饭的，他舍掉了相府小姐不做，去跟那薛平贵，落后做了西凉国王，何等荣耀，有何不可。又想人家那是做夫妻，嫁了薛平贵，我这算什么呢？就算我苦守了十七年，任三爷做了西凉国王，他家三奶奶自然去做娘娘，我还不是斗姥宫的穷姑子吗？况且皇上家恩典，虽准其貤封，也从没有听见有人说过：谁做了官貤封到他相好的女人的，何况一个姑子呢！大清会典上有貤封尼姑的一条吗？想到这里可就凉了半截了！又想我现在身上穿的袍子是马五爷做的，马褂是牛大爷做的，还有许多物件都是客人给的。若同任三爷落了交情，这些衣物都得交出去。马五爷、牛大爷来的时候不问吗？不告诉他不行，若告诉他，被他们损两句呢？说：‘你贪图小白脸，把我们东西都断送了！把我们待你的好意都摔到东洋大海里去，真没良心！真没出息！’那时我说什么呢？况且既没有好衣服穿，自然上不了台盘，正经客来，立刻就是青云他们应酬了，我只好在厨房里端菜，送到门帘子外头，让他们接进去，这是什么滋味呢！等到吃完了饭，刷洗锅碗是我的差使，这还罢了，顶难受是清早上扫屋子里的地！院子里地是火工扫，上等姑子屋里地是我们下等姑子扫。倘若师兄们同客人睡在炕上，我进去扫地，看见帐幔外两双鞋，心里知道：这客当初何等契重我，我还不愿意理他，今儿我倒来替他扫地！心里又应该是什么滋味呢！如是又想：在这儿是万不行的了！不如跟任三爷逃走了罢。又想逃走，我没有什么不行，可是任三爷人家有老太太，有太太，有哥哥，有兄弟，人家怎能同我逃走呢？这条计又想左了。翻来复去，想不出个好法子来。

“后来忽然间得了一条妙计：我想这衣服不是马五爷同牛大爷做的吗？马五爷是当铺的东家，牛大爷是汇票庄掌柜的。这两个人待我都不错，要他们拿千把银子不吃力的，况且这两个人从去年就想算计我，为我不喜欢他们，所以吐不出口来，眼前我只要略为撩拨他们下子，一定上钩。待他们把冤钱花过了，我再同三爷慢慢的受用，正中了三爷老太太的第一策，岂不大妙？想到这里，把前两天的愁苦都一齐散尽，很是喜欢。停了一会子，我想两个人里头，找谁好呢？牛大爷汇票庄，钱便当，找他罢。又想老西儿的脾气，不卡住脖儿梗是不花钱的，花过之后，还要肉疼：明儿将来见了衣裳，他也说是他做的；见了物件，也要说是他买的，唧唧咕咕，絮叨的没有完期。况且醋心极大，知道我同三爷真好，还不定要唧咕出什么样子来才罢呢！又抽鸦片，一嘴的烟味，比粪还臭，教人怎么样受呢？不用顾了眼前，以后的罪不好受。算了罢，还是马五爷好得多呢。又想马五爷是个回子，专吃牛羊肉，自从那年县里出告示，禁宰耕牛，他们就只好专吃羊肉了。吃的那一身的羊羶气，五六尺外，就教人作恶心，怎样同他一被窝里睡呢，也不是主意！又想除了这两个呢，也有花得起钱的，大概不像个人样子；像个人的呢，都没有钱。我想到这里，可就有点醒悟了。大概天老爷看着钱与人两样都很重的，所以给了他钱，就不教他像人；给了他个人，就不教他有钱：这也是不错的道理。

“后来又想任三爷人才极好，可也并不是没有钱，只是拿不出来，不能怨他。这心可就又迷回任三爷了，既迷回了任三爷，想想还是刚才的计策不错，管他马呢牛呢，将就几天让他把钱花够了，我还是跟任三爷快乐去。看银子同任三爷面上，就受几天罪也不要紧的。这又喜欢起来了。睡不着，下炕剔明了灯，没有事做拿把镜子自己照照，觉得眼如春水，面似桃花，同任三爷配过对儿，真正谁也委曲不了谁。”

“我正在得意的时候，坐在椅子上，倚在桌子上，又盘算盘算想道：这事还有不妥当处。前儿任三爷的话不知真是老太太的话呢？还是三爷自家使的坏呢？他有一句话很可疑的，他说老太太说，‘你正可以拿这个试试他的心’，直怕他是用这个毒着儿来试我的心的罢？倘若是这样，我同牛爷、马爷落了交，他一定来把我痛骂一顿，两下绝交。嗳呀险呀！我为三爷含垢忍污的同牛、马落交，却又因亲近牛、马，得罪了三爷，岂不大失算吗？不好，不好！再想看三爷的情形，断不忍用这个毒着儿下我的手，一定是他老太太用这个着儿破三爷的迷。既是这样，老太太有第二条计预备在那里呢！倘若我与牛爷、马爷落了交情，三爷一定装不知道，拿二千银票来对我说：‘我好容易千方百计的凑了这些银子来践你的前约，把银子交给你，自己去采办罢。’这时候我才死不得活不得呢！逼到临了，他总得知道真情，他就把那二千银票扯个粉碎，赌气走了，请教我该怎么样呢？其实他那二千的票子，老早挂好了失票，虽然扯碎票子，银子一分也损伤不了；只是我可就没法做人，活臊也就把我臊死了！这们说，以前那个法子可就万用不得了！”

“又想，这是我的过虑，人家未必这们利害；又想，就算他下了这个毒手，我也有法制他。什么法子呢？我先同牛、马商议，等有了眉目，我推说我还得跟父母商议，不忙作定，然后把三爷请来，光把没有钱不能办的苦处告诉他，再把为他才用这忍垢纳污的主意说给他，请他下个决断。他说办得好，以后他无从挑眼；他说不可以办，他自然得给我个下落，不怕他不想法子去，我不赚个以逸待劳吗？这法好的。又想，还有一事，不可不虑，倘若三爷竟说：“我实在筹不出款来，你就用这个法子，不管他牛也罢，马也罢，只要他拿出这宗冤钱来，我就让他一头地也不要紧。’自然就这们办了。可是还有那朱六爷、苟八爷，当初也花过几个钱，你没有留过客，他没有法想；既有人打过头客，这朱爷、苟爷一定也是要住的了，你敢得罪谁呢？不要说，这打头客的一住，无论是马是牛，他要住多少天，得陪他多少天；他要住一个月两个月，也得陪他一个月两个月。剩下来日子，还得应酬朱、苟。算起来一个月里的日子，被牛、马、朱、苟占去二十多天，轮到任三爷不过三两天的空儿。再算到我自己身上，得忍八九夜的难受，图了一两夜的快乐，这事还是不做的好。”

“又想，嗳呀，我真昏了呀！不要说别人打头客，朱、苟、牛、马要来，就是三爷打头客，不过面子大些，他可以多住些时，没人敢撑他；可是他能常年在山上吗？他家里三奶奶就不要了吗？少不得还是在家的时候多，我这里还是得陪着朱、苟、牛、马睡。想到这里，我就把镜子一摔，心里说：都是这镜子害我的！我要不是镜子骗我，搽粉抹胭脂，人家也不来撩我，我也惹不了这些烦恼。我是个闺女，何等尊重，要起什么凡心？堕的什么孽障？从今以后，再也不与男人交涉，剪了辫子，跟师父睡去。到这时候，我仿佛大澈大悟了不是？其实天津落子馆的话，还有题目呢。

“我当时找剪子去剪辫子，忽然想这可不行，我们庙里规矩过三十岁才准剪辫子呢，我这时剪了，明天怕不是一顿打！还得做几个月的粗工。等辫子养好了，再上台盘，这多们丢人呢！况且辫子碍着我什么事，有辫子的时候，糊涂难过；剪了辫子，得会明白吗？我也见过多少剪辫子的人，比那不剪辫子的时候，还要糊涂呢！只要自己拿得稳主意，剪辫子不剪辫子一样的事。那时我仍旧上炕去睡，心里又想，从今以后无论谁我都不招惹就完了。谁知道一面正在那里想斩断葛藤，一面那三爷的模样就现在眼前，三爷的说话就存在耳朵里，三爷的情意就卧在心坎儿上，到底舍不得。转来转去，忽然想到我真糊涂了！怎么这们些天数，我眼前有个妙策，怎么没想到呢？你瞧，任老太太不是说吗：花上千的银子，给别人家买东西，三天后就不姓任的，可见得不是老太太不肯给钱，为的这样用法，过了几天，东西也是人家的，人还是人家的，岂不是人财两空吗？我本没有第二个人在心上，不如我径嫁了三爷，岂不是好？这个主意妥当。又想有五百银子给我家父母，也很够欢喜的；有五百银子给我师父，也没有什么说的。我自己的衣服，有一套眼面前的就行了，以后到他家还怕没得穿吗？真正妙计，巴不得到天明着人请三爷来商量这个办法。谁知道往常天明的很快，今儿要他天明，越看那窗户越不亮，真是恨人！又想我到他家，怎样伺候老太太，老太太怎样喜欢我；我又怎样应酬三奶奶，三奶奶又怎样喜欢我；我又怎样应酬大奶奶、二奶奶，他们又怎样喜欢我。将来生养两个儿子，大儿子叫他念书，读文章中举，中进士，点翰林，点状元，放八府巡按，做宰相；我做老太太，多威武。二儿子，叫他出洋，做留学生，将来放外国钦差，我再跟他出洋，逛那些外国大花园，岂不快乐死了我吗？咳！这个主意好！”

“这个主意好！可是我听说七八年前，我们师叔嫁了李四爷，是个做官的，做过那里的道台，去的时候，多们耀武扬威！末后听人传说，因为被正太太凌虐不过，喝生鸦片烟死了。又见我们彩云师兄，嫁了南乡张三爷，也是个大财主。老爷在家的时候，待承的同亲姊妹一样；老爷出了门，那磨折就说不上口了，身上烙的一个一个的疮疤。老爷回来，自然先到太太屋里了，太太对老爷说：'你们这姨太太，不知道同谁偷上了，着了一身的杨梅疮，我好容易替他治好了，你明儿瞧瞧他身上那疮疤子，怕人不怕人？你可别上他屋里去，你要着上杨梅疮，可就了不得啦！'把个老爷气的发抖，第二天清早起，气狠狠的拿着马鞭子，叫他脱衣裳看疤，他自然不肯。老爷更信太太说的不错，扯开衣服，看了两处，不问青红皂白，举起鞭子就打。打了二三百鞭子，教人锁到一间空屋子里去，一天给两碗冷饭，吃到如今，还是那们半死不活的呢！再把那有姨太太的人盘算盘算：十成里有三成是正太太把姨太太折磨死了的；十成里也有两成是姨太太把正太太憋闷死了的；十成里有五成是唧唧咕咕，不是斗口就是淘气；一百里也没有一个太太平平的。我可不知道任三奶奶怎么，听说也很利害。然则我去到他家，也是死多活少。况且就算三奶奶人不利害，人家结发夫妻过的太太平平和和气气的日子，要我去扰得人家六畜不安，末后连我也把个小命儿送掉了，图着什么呢？嗳！这也不好，那也不好，不如睡我的觉罢。刚闭上眼，梦见一个白发白须的老翁对我说道：'逸云！逸云！你本是有大根基的人，只因为贪恋利欲，埋没了你的智慧，生出无穷的魔障。今日你命光发露，透出你的智慧，还不趁势用你本来具足的慧剑，斩断你的邪魔吗？’我听了连忙说：‘是，是！’我又说：‘我叫华云，不叫逸云。’那老者道：‘迷时叫华云，悟时就叫逸云了。’我惊了一身冷汗，醒来可就把那些胡思乱想一扫帚扫清了，从此改为逸云的。”

德夫人道：“看你年纪轻轻的真好大见识，说的一点也不错。我且问你：譬如现在有个人，比你任三爷还要好点，他的正太太又爱你，又契重你的，说明了同你姊妹称呼，把家务全交给你一个人管，永远没有那唧唧咕咕的事，你还愿意嫁他不愿意呢？”逸云道：“我此刻且不知道我是女人，教我怎样嫁人呢？”德夫人大惊道：“我不解你此话怎讲？”未知逸云说出甚话，且听下回分解。

第五回

俏逸云除欲除尽　德慧生救人救澈

话说德夫人听逸云说：他此刻且不知道他是女人，怎样嫁人呢？慌忙问道："此话怎讲？"逸云道："《金刚经》云：'无人相，无我相。'世间万事皆坏在有人相我相。《维摩诘经》：维摩诘说法的时候，有天女散花，文殊菩萨以下诸大菩萨，花不着身，只有须菩提花着其身，是何故呢？因为众人皆不见天女是女人，所以花不着身；须菩提不能免人相我相，即不能免男相女相，所以见天女是女人，花立刻便着其身。推到极处，岂但天女不是女身，维摩诘空中，那得会有天女？因须菩提心中有男女相，故维摩诘化天女身而为说法。我辈种种烦恼，无穷痛苦，都从自己知道自己是女人这一念上生出来的。若看明白了男女本无分别，这就入了西方净土极乐世界了。"

德夫人道："你说了一段佛法，我还不能甚懂，难道你现在无论见了何等样的男子，都无一点爱心吗？"逸云道："不然，爱心怎能没有？只是不分男女，却分轻重。譬如见了一个才子，美人，英雄，高士，却是从钦敬上生出来的爱心；见了寻常人却与我亲近的，便是从交感上生出来的爱心；见了些下等愚蠢的人，又从悲悯上生出爱心来。总之，无不爱之人，只是不管他是男是女。”德夫人连连点头说：“师兄不但是师兄，我真要认你做师父了。”又问道：“你是几时澈悟到这步田地的呢？”逸云道：“也不过这一二年。”德夫人道：“怎样便会证明到这地步呢？”逸云道：“只是一个变字。《易经》说：‘穷则变，变则通。’天下没有个不变会通的人。”

德夫人道：“请你把这一节一节怎样变法，可以指示我们罢？”逸云道：“两位太太不嫌烦琐，我就说说何妨。我十二三岁时什么都不懂，却也没有男女相。到了十四五岁，初开知识，就知道喜欢男人了，却是喜欢的美男子。怎样叫美男子呢？像那天津捏的泥人子，或者戏子唱小旦的，觉得他实在是好。到了十六七岁，就觉得这一种人真是泥捏的绢糊的，外面好看，内里一点儿没有，必须有点斯文气，或者有点英武气，才算个人，这就是同任三爷要好的时候了。再到十七八岁，就变做专爱才子英雄。看那报馆里做论的人，下笔千言，天下事没有一件不知道的，真是才子！又看那出洋学生，或者看人两国打仗要去观战，或者自己请赴前敌，或者借个题目自己投海而死，或者一洋枪把人打死，再一洋枪把自己打死，真是英雄！后来细细察看，知道那发议论的，大都知一不知二，为私不为公，不能算个才子。那些借题目自尽的，一半是发了疯痰病，一半是受人家愚弄，更不能算个英雄。只有像曾文正，用人也用得好，用兵也用得好，料事也料得好，做文章也做得好，方能算得才子；像曾忠襄自练一军，救兄于祁门，后来所向无敌，困守雨花台，毕竟克复南京而后已，是个真英雄！再到十八九岁又变了，觉得曾氏弟兄的才子英雄，还有不足处，必须像诸葛武侯才算才子，关公、赵云才算得英雄；再后觉得管仲、乐毅方是英雄，庄周、列御寇方是才子；再推到极处，除非孔圣人、李老君、释迦牟尼才算得大才子、大英雄呢！推到这里，世间就没有我中意的人了。既没有我中意的，反过来又变做没有我不中意的人，这就是屡变的情形。近来我的主意把我自己分做两个人：一个叫做住世的逸云，既做了斗姥宫的姑子，凡我应做的事都做。不管什么人，要我说话就说话，要我陪酒就陪酒，要搂就搂，要抱就抱，都无不可，只是陪他睡觉做不到；又一个我呢，叫做出世的逸云，终日里但凡闲暇的时候，就去同那儒释道三教的圣人顽要，或者看看天地日月变的把戏，很够开心的了。”

德夫人听得喜欢异常，方要再往下问，那边慧生过来说：“天不早了，睡罢！还要起五更等着看日出呢。”德夫人笑道：“不睡也行，不看日出也行，儜没有听见逸云师兄谈的话好极了，比一卷书还有趣呢！我真不想睡，只是愿意听。”慧生说：“这们好听，你为什么不叫我来听听呢？”德夫人说：“我听入了迷，什么都不知道了，还顾得叫你呢！可是好多时没有喝茶了。王妈，王妈！咦！这王妈怎么不答应人呢？”

逸云下了炕说：“我去倒茶去。”就往外跑。慧生说：“你真听迷了，那里有王妈呢？”德夫人说：“不是出店的时候，他跟着的吗？”慧生又大笑。环翠说：“德太太，儜忘记了，不是我们出岳庙的时候，他嚷头疼的了不得，所以打发他回店去，就顺便叫人送行李来的吗？不然这铺盖怎样会知道送来呢？”德夫人说：“可不是，我真听迷糊了。”慧生又问：“你们谈的怎么这们有劲？”德夫人说：“我告诉你罢，我因为这逸云有文有武，又能干，又谦和，真爱极了！我想把他……”

说到这里，逸云笑嘻嘻的提了一壶茶进来说：“我真该死！饭后冲了一壶茶，搁在外间桌上，我竟忘了取进来，都凉透了！这新泡来的，儜喝罢。”左手拿了几个茶碗，一一斟过。逸云既来，德夫人适才要说的话，自然说不下去，略坐一刻，就各自睡了。

天将欲明，逸云先醒，去叫人烧了茶水、洗脸水，招呼各人起来，煮了几个鸡蛋，烫了一壶热酒，说：“外边冷的利害，吃点酒挡寒气。”各人吃了两杯，觉得腹中和暖。其时东方业已发白，德夫人、环翠坐了小轿，披了皮斗篷。环翠本没有，是慧生不用借给他的。慧生、老残步行，不远便到了日观峰亭子等日出。看那东边天脚下已通红，一片朝霞，越过越明，见那地下冒出一个紫红色的太阳牙子出来。逸云指道：“儜瞧那地边上有一条明的跟一条金丝一样的，相传那就是海水。”只说了两句话，那太阳已半轮出地了。只可恨地皮上面，有条黑云像带子一样横着，那太阳才出地，又钻进黑带子里去，再从黑带子里出来，轮脚已离了地，那一条金线也看不见了。德夫人说：“我们去罢。”回头向西，看了丈人峰、舍身岩、玉皇顶，到了秦始皇没字碑上，摩挲了一会儿。原来这碑并不是个石片子，竟是叠角斩方的一枝石柱，上面竟半个字也没有。再往西走，见一个山峰，仿佛劈开的半个馒头，正面磨出几丈长一块平面，刻了许多八分书。逸云指着道：“这就是唐太宗的《纪泰山铭》。”旁边还有许多本朝人刻的斗大字，如栲栳一般，用红油把字画里填得鲜明照眼。书法大都学洪钧殿试策子的，虽远不及洪钧的饱满，也就肥大的可爱了。又向西走，回到天街，重入元宝店里，吃了逸云预备下的汤面，打了行李，一同下山。出天街，望南一拐，就是南天门了；出得南天门，便是十八盘。谁知下山比上山更属可怕，轿夫走的比飞还快，一霎时十八盘已走尽。不到九点钟，已到了斗姥宫门首。慧生抬头一看，果然挂了大红彩绸，一对宫灯。其时大家已都下了轿子，老残把嘴对慧生向彩绸一努，慧生说：“早已领教了。”彼此相视而笑。

两个老姑子迎在门口，打过了稽首，进得客堂，只见一个杏仁脸儿，面若桃花，眼如秋水，琼瑶鼻子，樱桃口儿，年纪十五六岁光景，穿一件出炉银颜色的库缎袍子，品蓝坎肩，库金镶边有一寸多宽，满脸笑容赶上来替大家请安，明知一定是靓云了。正要问话，只见旁边走上一个戴薰貂皮帽沿没顶子的人，走上来向德慧生请了一安，又向众人略为打了个千儿，还对慧生手中举着年愚弟宋琼的帖子，说："敝上给德大人请安，说昨儿不知道大人驾到，失礼的很。接大人的信，敝上很怒，叫了少爷去问，原来都是虚诳，没有的事。已把少爷申斥了几句，说请大人万安，不要听旁人的闲话。今儿晚上请在衙门里便饭，这里挑选了几样菜来，先请大人胡乱吃点。"

慧生听了，大不悦意，说："请你回去替你贵上请安，说送菜吃饭，都不敢当，谢谢罢。既说都是虚诳，不用说就是我造的谣言了，明天我们动身后，怕不痛痛快快奈何这斗姥宫姑子一顿吗？既不准我情，我自有道理就是了。你回去罢！"那家人也把脸沉下来说："大人不要多心，敝上不是这个意思。"回过脸对老姑子说："你们说实话，有这事吗？"慧生说："你这不是明明当我面逞威风吗？我这穷京官，你们主人瞧不起，你这狗才也敢这样放肆！我摇你主人不动，难道办你这狗才也办不动吗？今天既是如此，我下午拜泰安府，请他先把你这狗才打了，递解回籍，再同你们主人算账！子弟不才，还要这们护短。"回头对老残说："好好的一个人，怎样做了知县就把天良丧到这步田地！"那家人看势头不好，赶忙跪在地下磕头。德夫人说："我们里边去罢。"慧生把袖子一拂，竟往里走，仍在靓云房里去坐。泰安县里家人知道不妥，忙向老姑子托付了几句，飞也似的下山去了。暂且不题。

却说德夫人看靓云长的实在是俊，把他扯在怀里，仔细抚摩了一回说："你也认得字吗？"靓云说："不多几个。"问："念经不念经？"答："经总是要念的。"问："念的什么经？"答："无非是眼面前几部：《金刚经》《法华经》《楞严经》等罢了。"问："经上的字，都认得吗？"答："那几个眼面前的字，还有不认的吗？"德夫人又一惊，心里想，以为他年纪甚小，大约认不多几个字，原来这些经都会念了，就不敢怠慢他。又问："你念经，懂不懂呢？"靓云答："略懂一二分。"德夫人说："你要有不懂的，问这位铁老爷，他都懂得。"老残正在旁边不远坐，接上说："大嫂不用冤人，我那里懂得什么经呢？"又因久闻靓云的大名，要想试他一试，就兜过来说了一句道："我虽不懂什么，靓云！你如要问也不妨问问看，碰得着，我就说；碰不着，我就不说。"靓云正待要问，只见逸云已经换了衣服，搽上粉，点上胭脂，走将进来；穿得一件粉红库缎袍子，却配了一件元色缎子坎肩，光着个头，一条乌金丝的辫子。靓云说："师兄偏劳了。"逸云说："岂敢，岂敢！"靓云说："师兄，这位铁老爷佛理精深，德太太叫我有不懂的问他老人家呢。"逸云说："好，你问，我也沾光听一两句。"靓云遂立向老残面前，恭恭敬敬问道："《金刚经》云：'若人满三千大千世界七宝以用布施，其福德多不如以四句偈语为他人说，其福胜彼。'请问那四句偈本经到底没有说破。有人猜是：‘一切有为法，如梦幻泡影，如露亦如电，应作如是观。’”老残说：“问的利害！一千几百年注《金刚经》的都注不出来，你问我，我也是不知道。”逸云笑道：“你要那四句，就是那四句，只怕你不要。”靓云说：“为么不要呢？”逸云一笑不语。老残肃然起敬的立起来，向逸云唱了一个大肥喏，说：“领教得多了！”靓云说：“你这话铁老爷倒懂了，我还是不懂，为么我不要呢？三十二分我都要，别说四句。”逸云说：“为的你三十二分都要，所以这四句偈语就不给你了。”靓云说：“我更不懂了。”老残说：“逸云师兄佛理真通达，你想六祖只要了‘因无所在，而生其心’两句，就得了五祖的衣钵，成了活佛；所以说‘只怕你不要’。真正生花妙舌。”老残因见逸云非凡，便问道：“逸云师兄，屋里有客么？”逸云说：“我屋里从来无客。”老残说：“我想去看看许不许？”逸云说：“你要来就来，只怕你不来。”老残说：“我历了无限劫，才遇见这个机会，怎肯不来？请你领路同行。”当真逸云先走，老残后跟。德夫人笑道：“别让他一个人进桃源洞，我们也得分点仙酒喝喝。”说着大家都起身同去。

就是这西边的两间北屋，进得堂门，正中是一面大镜子，上头一块横匾，写着“逸情云上”四个行书字，旁边一副对联写道：

妙喜如来福德相；
姑射仙人冰雪姿。

只有下款“赤龙”二字，并无上款。慧生道：“又是他们弟兄的笔墨。”老残说：“这人几时来的？是你的朋友吗？”逸云说：“外面是朋友，内里是师弟。他去年来的，在我这里住了四十多天呢。”老残道：“他就住在你这庙里吗？”逸云道：“岂但在这庙里，简直住在我炕上。”德夫人忙问：“你睡在那里呢？”逸云笑道：“太太有点疑心山顶上说的话罢？我睡在他怀里呢！”德夫人道：“那们说，他竟是坐怀不乱的柳下惠吗？”逸云道：“柳下惠也不算得头等人物，不过散圣罢咧，有什么稀奇！若把柳下惠去比赤龙子，他还要说是贬他呢！”大家都伸舌头。

德夫人走到他屋里看看，原来不过一张炕，一个书桌，一架书而已，别无长物，却收拾得十分干净。炕上挂了个半旧湖绉幔子，叠着两床半旧的锦被。德夫人说：“我乏了，借你炕上歇歇，行不行？”逸云说：“不嫌肮脏，儜请歇着。”其时环翠也走进房里来。德夫人说：“咱两躺一躺罢。”慧生、老残进房看了一看，也就退到外间，随便坐下。慧生说：“刚才你们讲的《金刚经》，实在讲的好。”老残道：“空谷幽兰，真想不到这种地方，会有这样高人，而且又是年轻的尼姑，外像仿佛跟妓女一样。古人说：‘莲花出于污泥。’真是不错的！”慧生说：“你昨儿心目中只有靓云，今儿见了靓云，何以很不着意似的？”老残道：“我在省城只听人称赞靓云，从没有人说起逸云，可知道曲高和寡呢！”慧生道：“就是靓云，也就难为他了，才十五六岁的孩子家呢……”

正在说话，那老姑子走来说道：“泰安县宋大老爷来了，请问大人在那里会？”慧生道：“到你客厅上去罢。”就同老姑子出去了。此地剩了老残一个人，看旁边架上堆着无限的书，就抽一本来看，原来是本《大般若经》，就随便看将下去。话分两头：慧生自去会宋琼，老残自是看《大般若经》。

却说德夫人喊了环翠同到逸云炕上，逸云说：“儜躺下来，我替儜盖点子被罢。”德夫人说：“你来坐下，我不睡，我要问你赤龙子是个何等样人？”逸云说：“我听说他们弟兄三个，这赤龙子年纪最小，却也最放诞不羁的。青龙子、黄龙子两个呢，道貌严严，虽然都是极和气的人，可教人一望而知他是有道之士。若赤龙子，教人看着说不出个所以然来，嫖赌吃着，无所不为；官商士庶，无所不交。同尘俗人处，他一样的尘俗；同高雅人处，他又一样的高雅，并无一点强勉处，所以人都测不透他。因为他同青龙、黄龙一个师父传授的，人也不敢不敬重他些，究竟知道他实在的人很少。去年来到这里，同大家伙儿嘻嘻呵呵的乱说，也是上山回来在这里吃午饭。师父留他吃晚饭，晚饭后师父同他谈的话就很不少。师父说：‘你就住在这里罢。’他说：‘好，好！’师父说：‘儜愿意一个人睡，愿意有人陪你睡？’他说：‘都可以。’师父说：‘两个人睡，你叫谁陪你？’他说：‘叫逸云陪我。’师父打了个楞，接着就说：‘好，好！’师父就对我说：‘你意下何如？’我心里想，师父今儿要考我们见识呢，我就也说：‘好，好！’从那一天起，就住了有一个多月。白日里他满山去乱跑，晚上围一圈子的人听他讲道，没有一个不是喜欢的了不得，所以到底也没有一个人说一句闲话，并没有半点不以为然的意思。到了极熟的时候，我问他道：‘听说你老人家窑子里颇有相好的，想必也都是有名无实罢？’他说：‘我精神上有戒律，形骸上无戒律，都是因人而施。譬如你清我也清，你浊我也浊，或者妨害人或者妨害自己，都做不得，这是精神上戒律。若两无妨碍，就没什么做不得，所谓形骸上无戒律。……’”

正谈得高兴，听慧生与老残在外间说话。德夫人惦记庙里的事，赶忙出来问：“怎样了？”慧生道：“这个东西初起还力辩其无。我说子弟倚父兄势，凌逼平民，必要闹出大案来。这件事以情理论，与强奸闺女无异，幸尚未成，你还要竭力护短。俗语说得好：‘要得人不知，除非己莫为。’阁下一定要纵容世兄，我也不必晓舌，但看御史参起来，是坏你的官，是坏我的官？不瞒你说，我已经写信告知庄宫保说：途中听人传说有这一件事，不知道确不确，请他派人密查一查。你管教世兄也好，不管教也好，我横竖明日动身了。他听了这话，才有点惧怕，说：'我回衙门，把这个小畜生锁起来。'我看锁虽是假的，以后再闹，恐怕不敢了。"德夫人说："这样最好。"靓云本随慧生进来的，上前忙请安道谢。究竟宋少爷来与不来，且听下回分解。

第六回
斗姥宫中逸云说法　观音庵里环翠离尘

话说靓云听说宋公已有惧意，知道目下可望无事，当向慧生夫妇请安道谢。少顷老姑子也来磕头，慧生连忙搀起说："这算怎样呢，值得行礼吗？可不敢当！"老姑子又要替德夫人行礼，早被慧生抓住了，大家说些客气话完事。逸云却也来说："请吃饭了。"众人回至靓云房中，仍旧昨日坐法坐定，只是青云不来，换了靓云。今日是靓云执壶，劝大家多吃一杯。德夫人亦让二云吃菜饮酒，于是行令猜枚，甚是热闹。瞬息吃完，席面撤去。德夫人说："天时尚早，稍坐一刻，下山如何？"靓云说："儜五点钟走到店，也黑不了天。我看儜今儿不走，明天早上去好不好？"德夫人说："人多不好打搅的。"逸云说："有的是屋子，比山顶元宝店总要好点。我们哥儿俩屋子让儜四位睡，还不够吗？我们俩同师父睡去。"德夫人说："你们走了，我们图什么呢？"逸云说："那我们就在这里伺候也行。"德夫人戏说道："我们两口子睡一间屋。"指环翠说："他们两口子睡一间屋。"问逸云："你睡在哪里呢？"逸云说："我睡在儜心坎上。"德夫人笑道："这个无赖，你从昨儿就睡在我心上，几时离开了吗？”大家一齐微笑。德夫人又问：“你几时剃辫子呢？”逸云摇头道：“我今生不剃辫子了。”德夫人说：“不是这庙里规定三十岁就得剃辫子吗？”答道：“也不一定，倘若嫁人走的呢，就不剃辫子了。”问：“你打算嫁人吗？”答：“不是这个意思，我这些年替庙里挣的功德钱虽不算多，也够赎身的分际了，无论何时都可以走。我目下为的是自己从小以来，凡有在我身上花过钱的人，我都替他们念几卷消灾延寿经，稍尽我点报德的意思。念完了我就走，大约总在明年春夏天罢。”德夫人说：“你走，可以到我们扬州去住几天，好不好呢？”逸云说：“很好，我大约出门先到普陀山进香，必走过扬州，儜开下地名来我去瞧儜去。”老残说：“我来写，儜给管笔给张纸我。”靓云忙到抽屉里取出纸笔递与老残，老残就开了两个地名递与逸云说：“儜也惦记着看看我去呀！”逸云说：“那个自然。”又谈了半天话，轿夫来问过数次，四人便告辞而去，送了打搅费二十两银子。老姑子再三不肯收，说之至再，始强勉收去。老姑子同逸云、靓云送出庙门而归。

这里四人回到店里，天尚未黑，德夫人把山顶与逸云说的话一一告诉了慧生与老残，二人都赞叹逸云得未曾有。慧生问夫人道：“可是呢，你在山顶上说爱极了他，你想把他怎样，后来没有说下去。到底你想把他怎样？”德夫人说：“我想把他替你收房。”慧生说：“感谢之至，可行不行呢？”夫人道：“别想吃天鹅肉了，大约世界上没有能中他的意了。”慧生道：“这个见解到也是不错的，这人做妾未免太亵渎了，可是我却不想娶这们一个妾，到真想结交这们一个好朋友。”老残说：“谁不是这们想呢？”环翠说：“可惜前几年我见不着这个人，若是见着，我一定跟他做徒弟去。”老残说：“你这话真正糊涂。前几年见着他，他正在那里热任三爷呢，有啥好处？况且你家道未坏，你家父母把你当珍宝一样的看待，也断不放你出家。到是此刻却正是个机会，逸云的道也成了，你的辛苦也吃够了，你真要愿意，我就送你上山去。”环翠因提起他家旧事，未免伤心，不觉泪如雨下，掩面啜泣。听老残说道送他上山，此时却答不出话来，只是摇头。德夫人道：“他此时既已得了你这们个主儿，也就离不开了。”

正在说话，只见慧生的家人连贵进来回话，立在门口不敢做声。慧生问：“你来有什么事？”连贵禀道：“昨儿王妈回来就不舒服的很，发了一夜的大寒热，今儿一天没有吃一点什么，只是要茶饮；老爷车上的辕骡也病倒了，明日清早开车恐赶不上。请老爷示下，还是歇半天，还是怎么样？”慧生说：“自然歇一天再看，骡子叫他们赶紧想法子。王妈的病请铁老爷瞧瞧，抓剂药吃吃。”正要央求老残，老残说：“我此刻就去看。”站起身来就走。少顷回来对慧生说：“不过冒点风寒，一发散就好了。”

此时店家已送上饭来，却是两分，一分是本店的，一分是宋琼送来的。大家吃过了晚饭，不过八点多钟，仍旧坐下谈心。德夫人说："早知明日走不成功，不如今日住在斗姥宫了，还可同逸云再谈一晚上。"慧生说："这又何难，明日再去花上几个轿钱，有限的很。"老残道："我看逸云那人洒脱的很，不如明天竟请他来，一定做得到的。我正有话同他商量呢。"慧生说："也好，今晚写封信，我们两人联名请他来，今晚交与店家，明日一早送去。"老残说："甚好，此信你写我写？"慧生说："我的纸笔便当，就是我写罢。"当时写好交与店家收了，明日一早送去。老残遂对环翠道："你刚才摇头，没有说话，是什么意思？我对你说罢：我不是勒令要你出家，因为你说早几年见他，一定跟他做徒弟，我所以说早年是万不行的，惟有此刻到是机会，也不过是据理而论，其实也是做不到的事情。何以呢？其余都无难处，第一条：现在再要你去陪客，恐怕你也做不到了；若说逸云这种人真是机会难遇，万不可失的，其如庙规不好何？"环翠说："我想这一层到容易办，他们凡剃过头的就不陪客，倘若去时先剃头后去，他就没有法子了。只是有两条万过不去的关头：第一，承你从火水中搭救我出来，一天恩德未报，我万不能出家，于心不安；第二，我还有个小兄弟带着，交与谁呢？所以我想只有一个法子，明天等他来，无论怎样，我替他磕个头，认他做师父，请他来生来度我，或者我伺候你老人家百年之后，我去投奔他。"老残道："这到不然，你说要报恩，你跟我一世，无非吃一世用一世，那会报得了我的恩呢？倘若修行成道，那时我有三灾八难，你在天上看见了，必定飞忙来搭救我，那才是真报恩呢。或者竟来度我成佛作祖，亦未可知。至于你那兄弟更容易了，找个乡下善和老儿，我分百把银子替他置个二三十亩地，就叫善和老儿替他管理抚养成人。万一你父亲未死，还有个会面的日期。只是你年轻的人，守得住守不住，我不能知道，是一难；逸云肯收留你不肯收留你，是第二难。且等明日逸云到来，再作商议。”德夫人道：“铁叔叔说的十分有理，且等逸云到来再议罢。”大家又说了些闲话，各自归寝。

次日八点钟，诸人起来，盥漱方毕，那逸云业已来到。四人见了异常欢喜，先各自谈了些闲话，便说到环翠身上。把昨晚议论商酌的话，一一告知逸云。逸云又把环翠仔细一看，说：“此刻我也不必说客气话了，铁姨奶奶也是个有根器的人，你们所虑的几层意思，我看都不难，只有一件难处，我却不敢应承。我先逐条说去：第一条我们庙里规矩不好，是无妨碍的；你也不必先剪头发，明道不明道，关不到头发的事。我们这后山，有个观音庵，也是姑子庙，里头只有两个姑子，老姑子叫慧净，有七十多岁；小姑子叫清修，也有四十多岁了。这两个姑子皆是正派不过的人，与我都极投契。不过只是寻常吃斋念佛而已，那佛菩萨的精义，他却不甚清楚。在观音庵里住，是万分妥当的。第二条他的小兄弟的话呢，也不为难。我这傲来峰脚下有个田老儿，今年六十多岁了，没有儿子。十年前他老妈妈劝他纳个妾，他说：‘没有儿子将来随便抱一个就是了。若是纳了妾，我们这家人家，今儿吵，明儿闹，可就过不成安稳日子了。你留着俺们两个老年人多活几年罢。况且这纳妾是做官的人们做的事，岂是我们乡农好做得吗？’因此他家过得十分安静，从去年常托我替他找个小孩子。他很信服我，非我许可的他总不要，所以到今儿还没选着。他家有二三百亩地的家业，不用贴他钱，他也是喜欢的，只是要姓他的姓。不怕等二老归天后再还宗，或是兼祧两姓俱可。”环翠说道：“我家本也姓田。”逸云道：“这可就真巧了。第三层，铁老爷，你怕你姨太太年轻守不住，这也多虑，我看他一定不会有邪想的。你瞧他眼光甚正，外平内秀，决计是仙人堕落，难已受过，不会再落红尘的了。以上三件，是你们诸位所虑的，我看都不要紧。只是一件甚难：姨太太要出家是因我而发，我可是明年就要走的人。把他一个人放在个荒凉寂寞的姑子庵里，未免太苦。倘若可以明道呢，就辛苦几年也不算事。无奈那两个姑子只会念经吃素，别的全不知道。与其苦修几十年，将来死了不过来生变个富贵女人，这也就大不合算了！到不如跟着铁老爷，还可讲几篇经，说几段道，将来还有个大澈大悟的指望，这是一个难处。若说教我也不走，在这里陪他，我却断做不到，不敢欺人。”环翠道：“我跟师父跑不行吗？”逸云大笑道：“你当做我出门也像你们老爷雇着大车同你坐吗？我们都是两条腿跑，夜里借个姑子庙住住，有得吃就吃一顿，没得吃就饿一顿，一天尽量我能走二百多里地呢。你那三寸金莲，要跑起来怕到不了十里，就把你累倒了！”环翠沉吟了一会，说：“我放脚行不行？”逸云也沉吟了一会，对老残说道：“铁爷，你意下何如？”老残道：“我看这事最要紧的是你肯提挈他不肯，别的都无关系。”环翠此刻忽然伶俐，也是他善根发动，他连忙跪到逸云跟前，泪流满面说：“无论怎样都要求师父超度。”逸云此刻竟大剌剌的也不还礼，将他拉起说：“你果然一心学佛，也不难。我先同你立约：第一件到老姑子庙后，天天学走山道，能把这崎岖山道走得如平地一般，你的道就根基立定了。将来我再教你念经说法。大约不过一年的恨苦，以后就全是乐境了。古人云：‘十月胎成。’也大概不错的，你再把主意拿定一定。”环翠道：“主意已定，同我们老爷意思一样。只要跟着师父，随便怎样，我断无悔恨就是了。”老残立起身来，替逸云长揖说：“一切拜托。”逸云慌忙还礼说：“将来灵山会上，我再问儜索谢仪罢。”老残道：“那时候还不知道谁跟谁要谢仪呢？”大家都笑了。

环翠立起来替慧生夫妇磕了头道：“蒙成就大德。”末后替老残磕头，就泪如雨下说：“只是对不住老爷到万分了。”老残也觉凄然，随笑说道：“恭喜你超凡入圣，几十年光阴迅速，灵山再会，转眼的事情。”德夫人也含着泪说：“我伤心就不能像你这样，将来倘若我堕地狱，还望你二位早来搭救。”逸云说：“德夫人却万不会下地狱。只是有一言奉劝，不要被富贵拴住了腿要紧！后会有期。”老残忙去开了衣箱，取出二百两银子交与逸云设法布置。又把环翠的兄弟叫来，替逸云磕头。逸云收了一百两银子说：“尽够了。不过田老儿处备分礼物，观音庵捐点功德，给他自己置备四季道衣，如此而已。”德慧生说：“我们也送几个钱，表表心意。”同夫人商酌，夫人说：“也是一百两罢。”逸云说：“都用不着了，出家人要多钱做什么？”

店家来问开饭，慧生说：“开罢。”饭后，逸云说：“我此刻先去到田老儿同观音庵两处说妥了，再来回信，究竟也得人家答应，才能算数呢。”道了一声，告辞去了。

这里老残一面替环翠收拾东西，一面说些安慰话。环翠哭得泪人儿似的，哽咽不止。德夫人也劝道：“在旁的人万不肯拆散你们姻缘，只因为难得有这们一个逸云，我实在是没法，有法我也同你去了。”环翠含泪道：“我知道是好事，只是站在这里就要分离，心上好像有万把钢刀乱扎一样，委实难受！”慧生道：“明年逸云朝南海，必定到我们那里去，你一定随同去的，那时就可以见面，何必伤心呢？”过了一刻，环翠也收住了泪。

太阳刚下山的时候，逸云已经回来，对环翠说：“两处都说好了，明日我来接你罢。”德夫人问：“此刻你怎样？”逸云说：“我回庙里去。”德夫人说：“明日我们还要起身，不如你竟在我们这儿睡一夜罢。本来是他们两个官客睡一处，我们两个堂客睡一处的，你竟陪我谈一夜罢。你肯度铁奶奶，难道不肯度我德奶奶吗?”逸云笑道：“那也使得，儜这个德奶奶已有德爷度你了。自古道：‘儒释道三教’，没有你们德老爷度他，他总不能成道的。”德夫人道：“此话怎讲?”逸云道：“‘德’字为万教的根基，无德便是地狱。种子有德，再从德里生出慧来，没有一个不成功的了。”德夫人道：“那不过是个名号，那里认得真呢?”逸云说：“名者，命也，是有天命的。他怎么不叫德富、德贵呢？可见是有天命的了。我并非当面奉承，我也不骗钱花，你们三位将来都要证果的，不定三教是那一教便了。”德夫人说：“我终不敢自信，请你传授口诀，我也认你做师父。”逸云道：“师父二字语重，既是有缘，我也该奉赠一个口诀，让儜依我修行。”德夫人听了欢喜异常，连忙扒下地来就磕头喊师父。逸云也连忙磕头说：“可折死我了。”二人起来，逸云说：“请众人回避。”三人出去，逸云向德夫人耳边说了个“夫唱妇随”四个字。德夫人诧异道：“这是口诀吗?”逸云道：“口诀本系因人而施，若是有个一定口诀，当年那些高真上圣早把他刻在书本子上了。你紧记在心，将来自有个大澈大悟的日子，你就知道不是寻常的套话了。佛经上常说：‘受记成佛。’你能受记，就能成佛；你不受记，就不能成佛。你们老爷现在心上已脱尘网，不出三年必弃官学道，他的觉悟在你之先。此时不可说破。你总跟定他走，将来不是一个马丹阳、一个孙不二吗?”德夫人凝了一会神，说：“师父真是活菩萨，弟子有缘，谨受记，不敢有忘。”又磕了一个头。

其时外间晚饭已经开上桌子，王妈竟来伺候。德夫人说：“你病好了吗？”王妈说：“昨夜吃了铁爷的药，出了一身汗，今日全好了；上午吃了一碗小米稀饭，一个馒头，这会子全好了。”

当时五人同坐吃饭，德慧生问逸云道：“儜何以不吃素？”逸云说：“我是吃素，佛教同你们儒教不同，例得吃素。”慧生说：“我看你同我们一样吃的是荤哩。”逸云说：“六祖隐于四会猎人中，常吃肉边菜。请问肉锅里煮的菜算荤算素？”慧生说：“那自然算荤。”逸云说：“六祖他却算吃素。我们在斗姥宫终日陪客，那能吃素呢？可是有客时吃荤，无客时吃素，儜没留心我在荤碗里仍是夹素菜吃？”环翠说道：“当真我倒留心的，从没见我师父吃过一块肉同鱼虾之类。”逸云道：“这也是世出世间法里的一端。”老残问道：“倘若竟吃肉，行不行呢？”逸云道：“有何不可。倘若有客逼我吃肉，我便吃肉，只是我不自己找肉吃便了。若说吃肉，当年济颠祖师还吃狗肉呢！也挡不住成佛。地狱里的人吃长斋的，不计其数。总之，吃荤是小过犯，不甚要紧。譬如女子失节，是个大过犯，比吃荤重万倍。试问你们姨太太失了多少节了？这罪还数得清吗？其实若认真从此修行，同那不破身的处子毫无分别。因为失节不是自己要失的，为势所迫，出于不得已，所以无罪。”大家点头称善。

饭毕之后，连贵上来回道："王妈病已好了，辕骡又换了一个，明天可以行了，请老爷示下，明天走不走呢？"慧生看德夫人，老残说："自然是走。"德夫人说："明天再住一天何如？"老残说："千里搭凉棚，终无不散的筵席。"逸云说："依我看明天午后走罢。清早我先同铁老爷、奶奶送田头兄弟到田老庄上，去后同铁老爷到观音庵，都安置好了儜再走，铁老爷也放心些。"大家都说甚是。

一宿无话，次日清晨，老残果随逸云将环翠兄弟送去。又送环翠到观音庵，见了两个姑子，嘱托了一番。老姑子问："下发不下呢？"逸云说："我不主剃头的，然佛门规矩亦不可坏。"将环翠头发打开剪了一绺，就算剃度了，改名环极。

诸事已毕，老残回店，告知慧生夫妇，赞叹不绝。随即上车起行，无非"荒村雨露眠宜早，野店风霜起要迟"。八九日光阴已到清江浦。老残因有个亲戚住在淮安府，就不同慧生夫妇同道，径一车拉往淮安府去。这里慧生夫妇雇了一个三舱大南湾子径往扬州去。未知后事如何，且听下回分解。

第七回
银汉浮槎仰瞻月姊 森罗宝殿伏见阎王

话说德慧生携眷自赴扬州去了，老残却一车径拉到淮安城内投亲戚。你道他亲戚是谁？原来就是老残的姊丈。这人姓高名维，字曰摩诘。读书虽多，不以功名为意。家有田原数十顷，就算得个小小的富翁了。住在淮安城内勺湖边上。这勺湖不过城内西北角一个湖，风景倒十分可爱。湖中有个大悲阁，四面皆水；南面一道板桥有数十丈长，红栏围护；湖西便是城墙。城外帆樯林立，往来不断。到了薄暮时候，女墙上露出一角风帆，挂着通红的夕阳，煞是入画。这高摩诘在这勺湖东面，又买了一块地，不过一亩有余；圈了一个槿篱，盖了几间茅屋，名叫小辋川园。把那湖水引到园中，种些荷花。其余隙地，种些梅花、花之类；却用无数的小盆子，栽月季花。这淮安月季，本来有名，种数极多，大约有七八十个名头，其中以蓝田碧玉为最。

那日老残到了高维家里，见了他的胞姊。姊弟相见，自然格外的欢喜。坐了片刻，外甥男女都已见过，却不见他姊丈。便启口问道："姊丈哪里去了？想必又到哪家赴诗社去了罢。”他大姊道：“没有出门，想必在他小辋川园里呢。”老残道：“姊丈真是雅人，又造了一个花园了。”大姊道：“咦，哪里是什么花园呢，不过几间草房罢了。就在后门外，不过朝西北上去约一箭多远就到了。叫外甥小凤引你去看罢。昨日他的蓝田碧玉，开了一朵异种，有碗口大，清香沁人，比兰花的香味还要清些。你来得正好，他必要捉你做诗哩。”老残道：“诗虽不会做，一嘴赏花酒总可以扰得成了。”说着就同小凤出了后门，往西不远，已到门口。进门便是一道小桥，过桥迎面有个花篱挡住，顺着回廊往北行数步，往西一拐，就到了正厅。上面横着块扁额，写了四个大字是“散花斗室”。进了厅门，只见那高摩诘正在那里拜佛。当中供了一尊观音象，面前正放着那盆蓝田碧玉的月季花。小凤走上前去，看他拜佛起来说道：“二舅舅来了。”高维回头一看，见了老残，欢喜的了不得，说：“你几时来的？”老残说：“我刚才来的。”高维说：“你来得正好。你看我这花今年出的异种。你看这一朵花，总有上千的瓣子。外面看像是白的，细看又带绿色。定神看下去，仿佛不知有若干远似的。平常碧玉，没有香味，这种却有香，而又香得极清，连兰花的香味都显得浊了。”老残细细的闻了一回，觉得所说真是不差。高维忙着叫小童煎茶，自己开厨取出一瓶碧萝春来说：“对此好花，若无佳茗，未免辜负良朋。”老残笑道：“这花是感你好诗来的。”高维道：“昨日我很想做两首诗贺这花，后来恐怕把花被诗熏臭了，还是不做的好。你来倒是切切实实的做两首罢！”老残道：“不然。大凡一切花木，都是要用人粪做肥料的。这花太清了，用粪恐怕力量太大，不如我们两个做首诗，譬如放几个屁，替他做做肥料，岂不大妙！”二人都大笑了一回。此后老残就在这里，无非都是吃酒、谈诗、养花、拜佛这些事体，无庸细述。

却说老残的家，本也寄居在他姊丈的东面，也是一个花园的样子。进了角门有大荷花池。池子北面是所船房，名曰海渡杯。池子东面也是个船房——面前一棵紫藤，三月开花，半城都香——名曰银汉浮槎。池子西面是一派五间的水榭，名曰秋梦轩。海渡杯北面，有一堂太湖石，三间蝴蝶厅。厅后便是他的家眷住居了。老残平常便住在秋梦轩里面。无事时，或在海渡杯里着棋，或在银汉浮槎里垂钓，倒也安闲自在。

一日在银汉浮槎里看《大圆觉经》，看得高兴，直到月轮西斜，照到槎外如同水晶世界一般。玩赏许久，方去安睡，自然一落枕便睡着了。梦见外边来了一个差人模样，戴着一顶红缨大帽，手里拿了许多文书，到了秋梦轩外间椅子上坐下。老残看了，甚为诧异，心里想：“我这里哪得有官差直至卧室外间，何以家人并不通报？”正疑虑间，只见那差人笑吟吟的道：“我们敝上请你老人家去走一趟。”老残道：“你是哪衙门来的，你们贵上是谁？”那差人道：“我们敝上是阎罗王。”老残听了一惊，说道：“然则我是要死了吗?”那差人答道:“是。”老残道:“既是死期已到,就同你走。”那差人道:“还早着呢,我这里今天传的五十多人,你老人家名次在尽后头呢!”手中就捧上一个单子上来。看真是五十多人,自己名字在三十多名上边。老残看罢说道:“依你说,我该甚么时候呢?”那差人道:“我是私情,先来给你老人家送个信儿,让你老人家好预备预备,有要紧话吩咐家人好照着办。我等人传齐了再来请你老人家。”老残说:“承情的很,只是我也没有甚么预备,也没有什么吩咐,还是就同你去的好。”那差人连说:“不忙,不忙。”就站起来走了。

老残一人坐在轩中,想想有何吩咐,直想不出。走到窗外,觉得月明如昼,景象清幽,万无声籁,微带一分凄惨的滋味。说道:“嗳!我还是睡去罢,管他甚么呢。”走到自己卧室内,见帐子垂着,床前一双鞋子放着。心内一惊说:“呀!谁睡在我床上呢?”把帐子揭开一看,原来便是自己睡得正熟。心里说:“怎会有出两个我来?姑且摇醒床上的我,看是怎样。”极力去摇,原来一毫也不得动。心里明白,点头道:“此刻站着的是真我,那床上睡的就是我的尸首了。”不觉也堕了两点眼泪,对那尸首说道:“今天屈你冷落半夜,明早就有多少人来哭你,我此刻就要少陪你了。”回首便往外走。

煞是可怪,此次出来,月轮也看不见了,街市也不是这个街市了,天上昏沉沉的,像那刮黄沙的天气将晚不晚的时候。走了许多路，看不见一个熟人，心中甚是纳闷说："我早知如此，我不如多赏一刻明月，等那差人回来同行，岂不省事。为啥要这们着急呢?"忽见前面有个小童，一跳一跳的来了。正想找他问个路，径走到面前，原来就是周小二子。这周小二子是本宅东头一个小户人家的娃子，前两个月吊死了的。老残看见他是个熟人，心里一喜，喊道："你不是周小二子吗?"那周小二子抬头一看，说："你不是铁二老爷吗?你怎么到这里来?"老残便将刚才情形告诉说了一遍。周小二子道："你老人家真是怪脾气。别人家赖着不肯死，你老人家着急要死，真是稀罕！你老人家此刻打算怎样呢?"老残道："我要阎罗王，认不得路。你送我去好不好?周小二子道："阎罗王宫门我进不去，我送你到宫门口罢！"老残道："就是这们办，很好。"说着，不消费力，已到了阎罗王宫门口了。周小二子说道："你老人家由这东角门进去罢。"老残道："费你的心，我没有带着钱，对不住你。"周小二子道："不要钱，不要钱。"又一跳一跳的去了。

老残进了东角门，约有半里多路，到了二门，不见一个人。又进了二门，心里想道："直往里跑也不是个事。"又走有半里多路，见是个殿门，不敢造次，心想："等有个人出来再讲。"却见东边朝房里走出一个人来，老残便迎了上去。只见那人倒先作了个揖，口中说道："补翁，久违的很了。"老残仔细一看，见这人有五十多岁，八字黑须，穿了一件天青马褂，仿佛是呢的，下边二蓝夹袍子。满面笑容问道："阁下何以至此?"老残把差人传讯的话说了一遍。那人道："差人原是个好意，不想你老兄这等性急，先跑得来了，没法只好还请外边去散步一回罢。此刻是五神问案的时候，专讯问那些造恶犯罪的人呢。像你老兄这起案子，是个人命牵连，与你毫不相干，不过被告一口咬定，须要老兄到一到案就了结的。请出去游玩游玩，到时候我自来奉请。"老残道了费心，径出二门之外，随意散步。

走到西角门内，看西面有株大树，约有一丈多的围圆，仿佛有一个人立在树下。心里想，走上前去同他谈谈，这人想必也是个无聊的人。及至走到跟前一看，原来是个极熟的人。这人姓梁名海舟，是前一个月死的。老残见了不觉大喜，喊道："海舟兄，你在这里吗?"上前作了一个揖。那梁海舟回了半个揖。老残道："前月分手，我想总有好几十年不得见面，谁想不过一个月，竟又会晤了，可见我们两人是有缘分。只是怎样你到今还在这里呢?我不懂的很。"那梁海舟一脸的惨淡颜色，慢腾腾的答道："案子没有定。"老残道："你有甚么案子?怎会耽搁许久?"梁海舟道："其实也不算甚事，欠命的命已还，那还有余罪吗?只是轇葛的了不得。幸喜我们五弟替了个人情，大约今天一堂可以定了。你是甚么案子来的?"老残道："我也不晓得呢。适才里面有个黑须子老头儿对我说，没有甚么事，一堂就可以了案的。只是我不明白，你老五不是还活着没有死吗，怎会替你托人情呢？”梁海舟道：“他来有何用，他是托了一个有道的人来解散的。”老残点头道：“可见还是道比钱有用。你想，你虽不算富，也还有几十万银子家私，到如今一个也带不来。倒是我们没钱的人痛快，活着双肩承一喙，死后一喙领双肩，歇耗不了本钱，岂不是妙。我且问你，既是你也是今天可以了案的，案了之后，你打甚么主意？”梁海舟道：“我没有甚么主意，你有甚么主意吗？”老残道：“有，有，有。我想人生在世是件最苦的事情，既已老天大赦，放我们做了鬼，这鬼有五乐，我说给你听：一不要吃；二不要穿；三没有家累；四行路便当，要快顷刻千里，要慢蹲在那里，三年也没人管你；五不怕寒热，虽到北冰洋也冻不着我，到南海赤道底下也热不着我。有此五乐，何事不可为。我的主意，今天案子结了，我就过江。先游天台雁宕，随后由福建到广东看五岭的形势，访大庾岭的梅花。再到桂林去看青绿山水。上峨嵋。上北顺太行转到西岳，小住几天，回到中岳嵩山。玩个够转回家来，看看家里人从我死后是个甚么光景，托个梦劝他们不要悲伤。然后放开脚步子来，过瀚海，上昆仑，在昆仑山顶上最高的所在结个茅屋，住两年再打主意。一个人却也稍嫌寂寞，你同我结了伴儿好不好？”梁海舟只是摇头说：“做不到，做不到。”老残以为他一定乐从，所以说得十分兴高采烈。看他连连摇头，心里发急道：“你这个人真正糊涂！生前被几两银子压的气也喘不得一口，焦思极虑的盘算，我劝了你多回决不肯听；今日死了，半个钱也带不来。好容易案子已了，还不应该快活快活吗？难道你还想去小九九的算盘吗？”只见那梁海舟也发了急，绉着眉头瞪着眼睛说道：“你才直下糊涂呢。你知道银子是带不来的，你可知道罪孽是带得来的罢！银子留下给别人用，罪孽自己带来消受。我才说是这一案欠命的案定了，还有别的案子呢！我知道哪一天是了期？像你这快活老儿，吃了灯草灰，放轻巧屁哩！”老残见他十分着急，知他心中有无数的懊恼，又看他面色惨白，心里也替他难受，就不便说下去了。

正在默然，只见那黑须老头儿在老远的东边招手，老残慌忙去了。走到老头儿面前，老头儿已戴上了大帽子，却还是马褂子。心里说道：“原来阴间也是本朝服饰。”随那老头儿进了宫门，却仍是走东角门进。大甬道也是石头铺的，与阳间宫殿一般，似乎还要大些。走尽甬道，朝西拐弯就是丹墀了。上丹墀仿佛是十级。走到殿门中间，却又是五级。进了殿门，却偏西边走约有十几丈远，又是一层台子。从西面阶级上去，见这台子也是三道阶路。上了阶，就看见阎罗天子坐在正中公案上，头上戴的冕旒，身上着的古衣冠，白面黑须，于十分庄严中却带几分和蔼气象。离公案约有一丈远的光景，那老者用手一指，老残明白是叫他在此行礼了，就跪下匍匐在地。看那老者立在公案西首，手中捧了许多簿子。只见阎罗天子启口问道：“你是铁英吗？”老残答道：“是。”阎罗又问：“你在阳间犯的何罪过？”老残说：“不知道犯何罪过。”阎罗说：“岂有个自己犯罪自己不知道呢？”老残道：“我自己见到是有罪过的事，自然不做。凡所做的皆自以为无罪的事。况且阳间有阳间律例，阴间有阴间的律例。阳间的律例，颁行天下，但凡稍知自爱的皆要读过一两遍，所以干犯国法的事没有做过。至于阴间的律例，世上既没有颁行的专书，所以人也无从趋避，只好凭着良心做去，但觉得无损于人，也就听他去了。所以陛下问我有何罪过，自己不能知道，请按律定罪便了。”阎罗道：“阴律虽无颁行专书，然大概与阳律仿佛。其比阳律加密之处，大概佛经上已经三令五申的了。”老残道：“若照佛家戒经科罪，某某之罪恐怕擢发难数了。”阎罗天子道：“也不见得。我且问你，犯杀律吗？”老残道：“犯。既非和尚，自然茹荤。虽未擅宰牛羊，然鸡鸭鱼虾，总计一生所杀，不计其数。”阎罗颔之。又问：“犯盗律否？”答曰：“犯。一生罪业，惟盗戒最轻。然登山摘果，涉水采莲，为物虽微，究竟有主之物，不得谓非盗。”又问：“犯淫律否？”答曰：“犯。长年作客，未免无聊，舞榭歌台，眠花宿柳，阅人亦多。”阎罗又问口、意等业，一一对答已毕。每问一事，那老者即举簿呈阅一次。

问完之后，只见阎罗回顾后面说了两句话，听不清楚。却见座旁走下一个人来，也同那老者一样的装束，走至老残面前说：“请你起来。”老残便立起身来。那人低声道：

"随我来。遂走公案前，绕至西距宝座不远，傍边有无数的小椅子，排有三四层，看着仿佛像那看马戏的，起码坐位差不多，只是都已有人坐在上面，惟最下一层空着七八张椅子。那人对老残道："请你在这里坐。"老残坐下，看那西面也是这个样子，人已坐满了。仔细看那坐上的人，煞是奇怪。男男女女参差乱坐，还不算奇。有穿朝衣朝帽的，有穿蓝布棉袄裤的，还有光脊梁的；也有和尚，也有道士；也有极鲜明的衣服，也有极破烂的衣服，男女皆同。只是穿官服的少，不过一二人，倒是不三不四的人多。最奇第二排中间一个穿朝服旁边椅子上，就坐了光脊梁赤脚的，只穿了一条蓝布单裤子。点算西首五排，人大概在一百名上下。却看阎罗王宝座后面，却站了有六七十人的光景，一半男，一半女。男的都是袍子马褂，靴子大帽子，大概都是水晶顶子花翎居多。也有蓝顶子的，一两个而已。女的却都是宫装。最奇者，这们多的男男女女立站后面，都泥塑木雕的相仿，没有一人言笑，也无一人左右顾盼。

老残正在观看，忽听他那旁坐的低低问道："你贵姓呀！"老残回头一看，原来也是一个穿蓝布棉袄裤的，却有了雪白的下须，大约是七八十岁的人了，满面笑容。老残也低低答道："我姓铁呀。"那老翁又道："你是善人呀。"老残戏答道："我不是善人呀。"那老者道："凡我们能坐小椅子的，都是善人。只是善有大小，姻缘有远近。我刚才看见西边走了一位去做城隍了，又有两位投生富贵家去了。”老残问道：“这一堆子里有成仙成佛的没有？”那老翁道：“我不晓得，你等着罢，有了，我们总看得见的。”正说话间，只见殿庭窗格也看不见了，面前丹墀也不是原来的样子了，仿佛一片敞地，又像演武厅似的。那老翁附着老残耳朵说道：“五神问案了。”当时看见殿前排了五把椅子，五张公案。每张公案面前，有一个差役站班，同知县衙门坐堂的样子仿佛。当真每个公堂面前，有一个牛头，一个马面，手里俱拿着狼牙棒。又有五六个差役似的，手里也拿着狼牙棒。怎样叫做狼牙棒？一根长棒，比齐眉棒稍微长些，上头有个骨朵，有一尺多长，茶碗口粗，四面团团转都是小刀子如狼牙一般。那小刀子约一寸长三四分宽，直站在骨朵上。那老翁对老残道：“你看，五神问案凄惨得很！算计起来，世间人何必作恶，无非为了财色两途。色呢，只图了片时的快活；财呢，都是为人忙，死后一个也带不走。徒然受这狼牙棒的苦楚，真是不值。”说着，只见有五个古衣冠的人从后面出来，其面貌真是凶恶异常。那殿前本是天清地朗的，等到五神各人上了公座，立刻毒雾愁云，把个殿门全遮住了。五神公座前面，约略还看得见些儿，再往前便看不见了。隐隐之中，仿佛听见无数啼哭之声似的。未知后事如何，且听下回分解。

第八回
血肉飞腥油锅炼骨　语言积恶石磨研魂

话说老残在那森罗宝殿上面，看那殿前五神问案。只见毒雾愁云里，靠东的那一个神位面前，阿旁牵上一个人来。看官，你道怎样叫做阿旁？凡地狱处治恶鬼的差役，总名都叫做阿旁。这是佛经上的名词，仿佛现在借留学生为名的，都自称四百兆主人翁一样的道理。闲话少讲。却说那阿旁牵上一个人来，梢长大汉，一脸的横肉，穿了一件蓝布大褂，雄赳赳的牵到案前跪下。上面不知问了几句什么话，距离的稍远，所以听不见。只远远的看见几个阿旁上来，将这大汉牵下去。

距公案约有两丈多远，地上钉了一个大木桩，桩上有个大铁环。阿旁将这大汉的辫子从那铁环里穿过去收紧了，把辫子在木桩上缠了有几十道，拴得铁结实。也不剥去衣服。只见两旁凡拿骨朵锤、狼牙棒的一齐下手乱打，如同雨点一般。看那大汉疼痛的乱蹦。起初几下子，打得那大汉脚蹦起直竖上去，两脚朝天。因为辫子拴在木桩上，所以头离不了地，身子却四面乱摔，蹦上去，落下来，蹦上去，落下来。几蹦之后，就蹦不高。落下来的时候，那狼牙棒乱打。看那两丈围圆地方，血肉纷纷落，如下血肉的雹子一样；中间夹着破衣片子，像蝴蝶一样的飘。皮肉分两沉重，落得快；衣服片分两轻，落的慢，看着十分可惨。老残座旁那个老者在那里落泪，低低对老残说道："这些人在世上时，我也劝道许多，总不肯信。今日到了这个光景，不要说受苦的人，就是我们旁观的都受不得。"老残说："可不是呢！我直不忍再往下看了。"嘴说不忍望下看，心里又不放心这个犯人，还要偷着去看看。只见那个人已不大会动了，身上肉都飞尽，只剩了个通红的骨头架子；虽不甚动，那手脚还有点一抽一抽的。老残也低低的对那老者道："你看，还没有死透呢，手足还有抽动，是还知道痛呢！"那老者擦着眼泪说道："阴间哪得会死，迟一刻还要叫他受罪呢！"

再看时，只见阿旁将木桩上辫子解下，将来搬到殿下去。再看殿脚下不知几时安上了一个油锅。那油锅扁扁的形式，有五六丈围圆，不过三四尺高。底下一个炉子，倒有一丈一二尺高，火门有四五尺高；三只脚架住铁锅，那炉口里火穿出来比锅口还要高二三尺呢。看那锅里油滚起来也高出油锅，同日本的富士山一样，那四边油往下注如瀑布一般。看着几个阿旁，将那大汉的骨头架子抬到火炉面前，用铁叉叉起来送上去。那火炉旁边也有几个阿旁，站在高台子上，用叉来接，接过去往油锅里一送。谁知那骨头架子到油锅里又会乱蹦起来，溅得油点子往锅外乱洒。

那站在锅旁的几个阿旁，也怕油点子溅到身上，用一块似布非布的东西遮住脸面。约有一二分钟的工夫，见那人骨架子，随着沸油上下，渐渐的颜色发白了。见那阿旁朝锅里看，仿佛到了时候了，将铁叉到锅里将那人骨架子挑出，往锅外地上一摔。又见那五神案前有四五个男男女女在那里审问，大约是对质的样子。老残扭过脸对那老者道："我实在不忍再往下看了。"那老者方要答话，只见阎罗天子回面对老残道："铁英，你上来，我同你说话。"老残慌忙立起，走上前去。见那宝座旁边，还有两层阶级，就紧在阎罗王的宝座傍边，才知阎罗王身体甚高，坐在椅子上，老残立在旁边，头才同他的肩膊相齐，似乎还要低点子。那阎罗王低下头来同老残说道："刚才你看那油锅的刑法，以为很惨了吗？那是最轻的了，比那重的多着呢！"老残道："我不懂阴曹地府为什么要用这么重的刑法，以陛下之权力，难道就不能改轻了吗？臣该万死，臣以为就用如此重刑，就该叫世人看一看，也可以少犯一二。却又阴限隔绝，未免有点不教而杀的意思吧。"阎罗王微笑了一笑说："你的戆直性情倒还没有变哪！我对你说，阴曹用重刑，有阴曹不得已之苦衷。你想，我们的总理是地藏王菩萨，本来发了洪誓大愿，要度尽地狱，然后成佛。至今多少年了，毫无成效。以地藏王菩萨的慈悲，难道不想减轻吗？也是出于无可奈何！我再把阴世重刑的原委告你知道。第一你须知道，人身性上分善恶两根，都是历一劫增长几倍的。

若善根发动，一世里立住了脚，下一世便长几倍。历世既多，以致于成就了圣贤仙佛。恶根亦然，历一世亦长几倍。可知增长了善根便救世，增长了恶根便害世。可知害世容易救世难。譬如一人放火，能烧几百间屋，一人救火，连一间屋也不能救。又如黄河大汛的时候，一个人决堤，可以害几十万人，一人防堤，可不过保全这儿丈地不决堤，与全局关系甚小。所以阴间刑法，都为炮炼着去他的恶性的。就连这样重刑，人的恶性还去不尽，初生时很小，一入世途，就一天一天的发达起来。再要刑法加重，于心不忍，然而人心因此江河日下。现在阴曹正在提议这事，目下就有个万不得了的事情，我说给你听，先指给你看。”说着，向那前面一指。只见那毒雾愁云里面，仿佛开了一个大圆门似的，一眼看去，有十几里远。其间有个大广厂，厂上都是列的大磨子，排一排二的数不出数目来。那磨子大约有三丈多高，磨子下面旁边堆着无数的人，都是用绳子捆缚得像寒菜把子一样的。磨子上头站着许多的阿旁，磨子下面也有许多的阿旁。拿一个人往上一摔，磨上阿旁双手接住，如北方瓦匠摔瓦，拿一壮几十片瓦往上一摔，屋上瓦匠接住，从未错过一次。此处阿旁也是这样。磨子上的阿旁接住了人，就头朝下把人往磨眼里一填，两三转就看不见了，底下的阿旁再摔一个上去。只见磨子旁边血肉同酱一样往下流注，当中一星星白的是骨头粉子。老残看着约摸有一分钟时的工夫，已经四五个人磨碎了。像这样的磨子不计其数。心里想道："一分钟磨四五个人，一刻钟岂不要磨上百个人吗？这么无数的磨子，若详细算起来，四百兆人也不够磨几天的。"心里这们想，谁知阎罗王倒已经知道了，说道："你疑惑一个人只磨一回就完了吗？磨过之后，风吹还原，再磨第二回。一个人不定磨多少回呢！看他积的罪恶有多少，定磨的次数。"老残说："是犯了何等罪恶，应该受此重刑？"阎罗王道："只是口过。"老残大惊，心里想道："口过痛痒的事，为什么要定这样重的罪呢？"

其时阎罗王早将手指收回，面前仍是云雾遮住，看不见大磨子了。阎罗王又已知道老残心中所说的话，便道："你心中以为口过是轻罪吗？为的人人都这么想，所以犯罪人多了。若有人把这道理说给人听，或者世间有点惊惧，我们阴曹少作点难，也是个莫大号功德。"老残心里想道："倘若我得回阳，我倒愿意广对人说。只是口过为什么有这么大的罪，我到底不明白。"阎罗王道："方才我问你杀、盗、淫这事，不但你不算犯什么大罪，有些功德就可以抵过去的。即是寻常但凡明白点道理的人，也都不至于犯着这罪。惟这口过，大家都没有仔细想一想。倘若仔细一想，就知道这罪比什么罪都大，除却逆伦，就数他最大了。我先讲杀字律。我问你，杀人只能杀一个吧？阳律上还要抵命。即使逃了阳律，阴律上也只照杀一个人的罪定狱。若是口过呢，往往一句话就能把这一个人杀了，甚而至于一句话能断送一家子的性命。若杀一个人，照一命科罪。若害一家子人，照杀一家子几口的科罪。至于盗字律呢，盗人财帛罪小，盗人名誉罪大，毁人名誉罪更大。毁人名誉的这个罪为甚么更大呢？因世界上的大劫数，大概都从这里起的。毁人名誉的人多，这世界就成了皂白不分的世界了。世界既不分皂白，则好人日少，恶人日多，必至把世界酿得人种绝灭而后已。故阴曹恨这一种人最甚，不但磨他几十百次，还要送他到各种地狱里去叫他受罪呢！你想这一种人，他断不肯做一点好事的。他心里说，人做的好事，他用巧言既可说成坏事，他自己做坏事，也可以用巧言说成好事，所以放肆无忌惮的无恶不作了。这也是口过里一大宗。又如淫字律呢，淫本无甚罪，罪在坏人名节。若以男女交媾谓之淫，倘人夫妻之间，日日交媾，也能算得有罪吗？所以古人下个淫字，也有道理。若当真的漫无节制，虽然无罪，身体即要衰弱了。身体发肤，受之父母。若任意毁伤，在那不孝里耽了一分罪去哩。若有节制，便一毫罪都没有的。若不是自己妻妾，就科损人名节的罪了。要知苟合的事也不甚容易，不比随意撒谎便当。若随口造谣言损人名节呢，其罪与坏人名节相等。若听旁人无稽之言随便传说，其罪减造谣者一等。可知这样损人名节，比实做损人名节的事容易得多，故统算一生积聚起来，也就很重的了。又有一种图与女人游戏，发生无根之议论，使女人不重名节，致有失身等事，虽非此人坏其名节，亦与坏人名节同罪。因其所以失节之因，误信此人游谈所致故也。若挑唆是非，使人家不和睦，甚至使人抑郁以死，其罪比杀人加一等。何以故呢？因受人挫折抑郁以死，其苦比一刀杀死者其受苦犹多也。其他细微曲折之事，非一时间能说得尽的，能照此类推，就容易明白了。你试想一人在世数十年间，积算起来，应该怎样科罪呢？”

老残一想，所说实有至理，不觉浑身寒毛都竖起来，心里想道：“我自己的口过，不知积算起来该怎样呢？”阎罗王又知道了，说：“口过人人都不免的，但看犯大关节不犯。如不犯以上所说各大关节，言语亦有功德，可以口德相抵。可知口过之罪既如此重，口德之功亦不可思议。如人能广说与人有益之事，天上酬功之典亦甚隆也。比如《金刚经》说：若有善男子、善女人，以七宝满尔所恒河沙数三千大千世界以用布施，得福多否？须菩提言甚多，世尊。佛告须菩提，若善男子、善女人，于此经中，乃至受持四句偈等为他人说，而此福德胜前福德。这是佛经上的话，佛岂肯骗人。要知‘受持’二字很着力的，言人能自己受持；又向人说，福德之大，至比于无量数之恒河所有之沙的七宝布施还多。以比例法算口过，可知人自身实行恶业，又向人演说，其罪亦比恒河中所有沙之罪过还重，以此推之，你就知道天堂地狱功罪是一样的算法。若人于儒经、道经受持奉行，为他人说，其福德也是这样。”老残点头会意。阎罗王回头向他侍从人说：“你送他到东院去。”

老残随了此人，下了台子，往后走出后殿门，再往东行过了两重院子，到了一处小小一个院落，上面三间屋子。那人引进这屋子的客堂，揭开西间门帘，进内说了两句话。只见里面出来一个三十多岁的人，见面作了个揖说："请屋里坐。"那送来的人，便抽身去了。

老残进屋说："请教贵姓？"那人说："姓顾名思义。"顾君让老残桌子里面坐下，他自己却坐桌子外面靠门的一边。桌上也是纸墨笔砚，并堆着无穷的公牍。他说："补翁，请宽坐一刻，兄弟手下且把这件公事办好。"笔不停挥的办完，交与一个公差去了。却向老残道："一向久仰的很。"老残连声谦逊道："不敢。"顾君道："今日敝东请阁下吃饭，说公事忙，不克亲陪，叫兄弟奉陪，多饮几杯。"彼此又说了许多客气话，不必赘述。老残问道："阁下公事忙的很，此处有几位同事？"顾君道："五百余人。"老残道："如此其多？"顾君道："我们是幕友，还有外面办事的书吏一万多人呢！"老残道："公牍如此多，贵东一人问案来得及吗？"顾君道："敝东亲询案，千万中之一二。寻常案件，均归五神讯办。"老残道："五神也只五人，何以足用？"顾君道："五神者，五位一班，不知道多少个五位呢，连兄弟也不知底细，大概也是分着省分的吧。如兄弟所管，就是江南省的事，其管别省事的朋友，没有会过面的很多呢。即是同管江南省事的，还有不曾识面的呢！"老残道："原来如此。"顾君道："今日吃饭共是四位，三位是投生的，惟有阁下是回府的。请问尊意，在饭后即回去，还是稍微游玩游玩呢?”老残道：“倘若游玩些时，还回得去吗?”顾君道：“不为外物所诱，总回得去的。只要性定，一念动时便回去了。”老残道：“既是如此，鄙人还要考察一番地府里的风景，还望阁下保护，勿令游魂不返，就感激的很了。”顾君道：“只管放心，不妨事的。但是有一事奉告，席间之酒，万不可饮，至嘱至嘱。就是街上游玩去，沽酒市脯也断不可吃呢!”老残道：“谨记指教。”少时外间人来说：“席摆齐了，请师爷示，还请哪几位?”听他说了几个名字，只见一刻人已来齐。顾君让老残到外间，见有七八位，一一作揖相见毕。顾君执壶，一座二座三座俱已让过，方让老残坐了第四座。老残说：“让别位吧!”顾君说：“这都是我们同事了。”入座之后，看桌上摆得满桌都是碟子，青红紫绿都有，却认不出是什么东西。看顾君一径让那三位吃酒，用大碗不住价灌，片刻工夫都大醉了。席也散了。看着顾君吩咐家人将三位扶到东边那间屋里去，回头向老残道：“阁下可以同进去看看。”原来这间屋内，尽是大床。看着把三人每人扶在一张床上睡下，用一个大被单连头带脚都盖了下去，一面着人在被单外面拍了两三秒钟工夫，三个人都没有了。看人将被单揭起，仍是一张空床。老残诧异，低声问道：“这是什么刑法?”顾君道：“不是刑法，此三人已经在那里呱呱价啼哭了。”老残道：“三人投生，断非一处，何以在这一间屋里拍着，就会到那里去呢？”顾君道：“阴阳妙理，非阁下所能知的多着呢！弟有事不能久陪，阁下愿意出游，我着人送去何如？”老残道：“费心感甚。”顾君吩咐从人送去，只见一人上来答应一声“是”。老残作揖告辞，兼说谢谢酒饭。顾君送出堂门说：“恕不送了。”

那家人引着老残，方下台阶，不知怎样一恍，就到了一个极大的街市，人烟稠密，车马往来，击毂摩肩。正要问那引路的人是甚么地方，谁知那引路的人，也不知道何时去了。四面寻找，竟寻不着。心里想道：“这可糟了，我此刻岂不成了野鬼了吗？”然而却也无法，只好信步闲行。看那市面上，与阳世毫无分别。各店铺也是悬着各色的招牌，也有金字的，白字的，黑字的；房屋也是高低大小，所售不齐。只是天色与阳间差别，总觉暗沉沉的。老残走了两条大街，心里说何不到小巷去看看。又穿了两三条小巷，信步走去，不觉走到一个巷子里面，看见一个小户人家，门口一个少年妇人，在杂货担子买东西。老残尚未留心，只见那妇人抬起头来，对着老残看了一看，口中喊道：“你不是铁二哥哥吗？你怎样到这里来的？”慌忙把买东西的钱付了，说：“二哥哥，请家里坐吧。”老残看着十分面熟，只想不起来她是谁来，只好随她进去，再作道理。毕竟此人是谁，且听下回分解。

第九回
德业积成阴世富　善缘发动化身香

话说老残正在小巷中瞻望，忽见一个少年妇人将他叫住，看来十分面善，只是想不起来，只好随她进去。原来这家仅有两间楼房，外间是客厅，里间便是卧房了。

老残进了客屋，彼此行礼坐下，仔细一看，问道："你可是石家妹妹不是？"那妇人道："是呀！二哥你竟认不得我了！相别本也有了十年，无怪你记不得了。还记当年在扬州，二哥哥来了，上上下下没有一个人不喜欢。那时我们姐妹们同居的四五个人，都未出阁。谁知不到五年，嫁的嫁，死的死，五分七散。回想起来，怎不叫人伤心呢！"说着眼泪就流下来了。老残道："嗳！当年石婶娘见我去，同亲侄儿一般待我。谁知我上北方去了几年，起初听说妹妹你出阁了。不道一二年，又听你去世了。又一二年，听说石婶娘也去世了。回想人在世间，真如做梦一般，一醒之后，梦中光景全不相干，岂不可叹！当初亲戚故旧，一个一个的，听说前后死去，都有许多伤感，现在不知不觉的我也死了，凄凄惶惶的，我也不知道往哪里去的是好。今日见着妹妹，真如见着至亲骨肉一般。不知妹妹现在是同婶婶一块儿住不是？不知妹妹见着我的父亲母亲没有？”石姑娘道：“我哪里能见着伯父伯母呢？我想伯父伯母的为人，想必早已上了天了，岂是我们鬼世界的人所能得见呢！就是我的父母，我也没有见着，听说在四川呢，究竟怎样也不得知，真是凄惨。”老残道：“然则妹妹一个人住在这里吗？”石姑娘脸一红说道：“惭愧死人，我现在阴间又嫁了一回了。我现在的丈夫是个小神道，只是脾气非常暴虐，开口便骂，举手便打，忍辱万分，却也没一点指望。”说着说着，那泪便点点滴滴的下来。老残道：“你何以要嫁的呢？”石姑娘道：“你想我死的时候，才十九岁，幸尚还没有犯甚么罪，阎王那里只过了一堂，就放我自由了。只是我虽然自由，一个少年女人，上哪里去呢？我婆家的翁姑找不着，我娘家的父母找不着，叫我上哪里去呢？打听别人，据说凡生产过儿女的，婆家才有人来接。不曾生产过的，婆家就不算这个人了。若是同丈夫情义好的，丈夫有系念之情，婆家也有人来接。将来继配生子，一样的祭祀，这虽然无后，尚不至于冻馁。你想我那阳间的丈夫，自己先不成个人，连他父母听说也做了野鬼，都得不着他的一点祭祀，况夫妻情义，更如风马牛不相干了。总之，人凡做了女身，第一须嫁个有德行的人家，不拘怎样都是享福的。停一会我指给你看，那西山脚下一大房子有几百间，仆婢如云，何等快乐！在阳间时不过一个穷秀才，一年挣不上百十吊钱，只为其人好善，又孝顺父母，到阴间就这等阔气。其实还不是大孝呢！若大孝的人，早已上天了，我们想看一眼都看不着呢。女人若嫁了没有德行的人家，就可怕的很。若跟着他家的行为去做，便下了地狱，更苦不可耐，像我已经算不幸之幸了。若在没德行的人家，自己知道修积，其成就的比有德行人家的成就还要大得多呢。只是当年在阳世时不知这些道理，到了阴间虽然知道，已不中用了。然而今天碰见二哥哥，却又是万分庆幸的事。只盼望你回阳后努力修为，倘若你成了道，我也可以脱离苦海了。”老残道：“这话奇了。我目下也是个鬼，同你一样，我如何能还阳呢？即使还阳，我又知道怎修积？即使知道修积，侥幸成了道，又与你有甚么相干呢？”石姑娘道：“一夫得道，九族升天。我不在你九族内吗？那时连我爹妈都要见面哩！”老残道：“我听说一夫得道，九祖升天。那有个九族升天之说吗？”石姑娘道：“九祖升天，即是九族升天。九祖享大福，九族亦蒙少惠，看亲戚远近的分别。但是九族之内，如已下地狱者，不能得益。像我们本来无罪者，一定可以蒙福哩！”老残道：“不要说成道是难极的事，就是还阳恐怕也不易罢！”石姑娘道：“我看你一身的生气，决不是个鬼，一定要还阳的。但是将来上天，莫忘了我苦海中人，幸甚幸甚。”老残道：“那个自然。只是我现在有许多事要请教于你。鬼住的是什么地方？人说在坟墓里，我看这街市同阳间一样，断不是坟墓可知。”石姑娘道：“你请出来，我说给你听。”

两人便出了大门。石姑娘便指那空中仿佛像黄云似的所在，说道："你见这上头了没有？那就是你们的地皮。这脚下踩的，是我们的地皮。阴阳不同天，更不同地呢！再下一层，是鬼死为聻的地方。鬼到人世去会作祟，聻到鬼世来亦会作祟。鬼怕聻，比人怕鬼还要怕得凶呢！"老残道："鬼与人既不同地，鬼何以能到人世呢？"石姑娘道："俗语常言，鬼行地中如鱼行水中，鬼不见地，亦如鱼不见水。你此刻即在地中，你见有地吗？"老残道："我只见脚下有地，难道这空中都是地吗？"石姑娘道："可不是呢！我且给凭据你看。"便手搀着老残的手道："我同你去看你们的地去。"仿佛像把身子往上一攒似的，早已立在空中，原来要东就东，要西就西，颇为有趣。便极力往上游去。石姑娘指道："你看，上边就是你们的地皮了。你看，有几个人在那里化纸呢。"看那人世地皮上人，仿佛站在玻璃板上，看得清清楚楚。只见那上边有三个人正化纸钱，化过的，便一串一串挂下来了。其下有八九个鬼在那里抢纸钱。老残问道："这是件甚事？"石姑娘道："这三人化纸，一定是其家死了人，化给死人的。那死人有罪，被鬼差拘了去，得不着，所以都被这些野鬼抢了去了。"老残道："我正要请教，这阳间的所化纸钱银锭子，果有用吗？"石姑娘说："自然有用，鬼全靠这个。"老残道："我问你，各省风俗不同，银钱纸锭亦都不同，到底哪一省行的是靠得住的呢？"石姑娘道："都是一样，哪一省行甚么纸钱，哪一省鬼就用甚么纸钱。”老残道：“譬如我们遨游天下的人，逢时过节祭祖烧纸钱，或用家乡法子，或用本地法子，有妨碍没妨碍呢？”石姑娘道：“都无妨碍。譬如扬州人在福建做生意，得的钱都是烂板洋钱，汇到扬州就变成英洋，不过稍微折耗而已。北五省用银子，南京芜湖用本洋，通汇起来还不是一样吗？阴世亦复如此，得了别省的钱，换作本省通用的钱，代了去便了。”老残问道：“祭祀祖、父能得否？”石姑娘道：“一定能得，但有分别。如子孙祭祀时念及祖、父，虽隔千里万里，祖、父立刻感应，立刻便来享受。如不当一回事，随便奉行故事，毫无感情，祖、父在阴间不能知觉，往往被野鬼抢去。所以孔圣人说‘祭如在’，就是这个原故。圣人能通幽明，所以制礼作乐，皆是极精微的道理。后人不肯深心体会，就失之愈远了。”老残又问：“阳间有烧房化库的事，有用没用呢？”石姑娘说：“有用。但是房子一事，不比银钱，可以随处变换。何处化的库房，即在何处，不能挪移。然有一个法子，也可以行。如化库时，底下填满芦席，莫教他着土。这房子化到阴间，就如船只一样，虽千里万里也牵得去。”老残点头道：“颇有至理。”于是同回到家里。

略坐一刻，可巧石姑娘的丈夫也就归来，见有男子在房，怒目而视。问石姑娘这是何人？石姑娘大有觳觫之状，语言蹇涩。老残不耐烦，高声说道：“我姓铁，名叫铁补残，与石姑娘系表姊妹。今日从贵宅门口过，见我表妹在此，我遂入门问讯一切。我却不知阴曹规矩，亲戚准许相往来否？如其不许，则冒昧之罪在我，与石姑娘无涉。”

那人听了，向了老残仔细看了一会说：“在下名折礼思，本系元朝人，在阴曹做了小官，于今五百余年了。原妻限满，转生山东去了，故又续娶令表妹为妻。不知先生惠顾，失礼甚多。先生大名，阳世虽不甚大，阴间久已如雷震耳。但风闻仙寿尚未满期，即满期亦不会闲散如此，究竟是何原故，乞略示一二。”老残道：“在下亦不知何故，闻系因一个人命牵连案件，被差人拘来。既自见了阎罗天子，却一句也不曾问到，原案究竟是哪一案，是何地何人何事，与我何干系，全不知道，甚为闷闷。”折礼思笑道：“阴间案件，不比阳世，先生一到，案情早已冰消瓦解，故无庸直询。但是既蒙惠顾，礼宜备酒馔款待，惟阴间酒食，大不利于生人，故不敢以相敬之意致害尊体。”老残道：“初次识荆，亦断不敢相扰。但既蒙不弃，有一事请教。仆此刻孤魂飘泊，无所依据，不知如何是好？”折礼思道：“阁下不是发愿要游览阴界吗？等到阁下游兴衰时，自然就返本还原了，此刻也不便深说。”又道：“舍下太狭隘，我们同到酒楼上热闹一霎儿罢！”便约老残一同出了大门。

老残问向哪方走，折礼思说：“我引路罢。”就前行拐了几个弯，走了三四条大街，行到一处，迎面有条大河，河边有座酒楼，灯烛辉煌，照耀如同白日。上得楼去，一间一间的雅座，如蜂窝一般。折礼思拣了一个座头入去，有个酒保送上菜单来。折公选了几样小菜，又命取花名册来。折公取得，递与老残说：“阁下最喜招致名花，请看阴世比阳间何如？”老残接过册子来惊道：“阴间何以亦有此事。仆未带钱来，不好相累。”折公道：“些小东道，尚做得起，请即挑选可也。”老残打开一看，既不是北方的金桂玉兰，又不是南方的宝宝媛媛，册上分着省份，写道某省某县某某氏，大惊不止，说道：“这不都是良家妇女吗？何以当着妓女！”折礼思道：“此事言之甚长。阴间本无妓女，系菩萨发大慈悲，所以想出这个法子。阴间的妓女，皆系阳间的命妇，罚充官妓的，却只入酒楼陪坐，不荐枕席。阴间亦有荐枕席的娼妓，那都是野鬼所为的事了。”老残问道：“阳间命妇何以要罚充官妓呢？”折礼思道：“因其恶口咒骂所致。凡阳间咒骂人何事者，来生必命自受。如好咒骂人短命早死等，来世必夭折一度，或一岁而死，或两三岁而死。阳间妓女，本系前生犯罪之人，判令投生妓女，受辱受气，更受鞭扑等类种种苦楚。将苦楚受尽，也有即身享福的，也有来生享福的。惟罪重者，一生受苦，无有快乐时候。若良家妇女，自己丈夫眠花宿柳，自己不能以贤德感化，令丈夫回心，却极口咒骂妓女，并咒骂丈夫。在被骂的一边，却消了许多罪，减去受苦的年限。如应该受十年苦的，被人咒骂得多，就减作九年或八年不等。而咒骂人的，一面咒骂得多了，阴律应判其来生投生妓女，一度亦受种种苦恼，以消其极口咒骂之罪。惟犯此过的太多，北方尚少，南方几至无人不犯，故菩萨慈悲，将其犯之轻者，以他别样口头功德抵销。若犯得重者，罚令在阴间充官妓若干年，满限以后往生他方，总看他咒骂的数目，定他充妓的年限。”老残道：“人在阳间挟妓饮酒，甚至眠花宿柳，有罪没有？”折公道：“不能无罪，但是有可以抵销之罪耳。如饮酒茹荤，亦不能无罪，此等统谓之有可抵销之罪，故无大妨碍。”老残道：“既是阳间挟妓饮酒有罪，何以阴间又可以挟妓饮酒，岂倒反无罪耶？”折公道：“亦有微罪，所以每叫一局，出钱两千文，此钱即赎罪钱也。”老残道：“阳间叫局，也须出钱，所出之钱可算赎罪不算呢？”折公道：“也算也不算。何以谓之也算也不算？因出钱者算官罪，可以抵销。不出钱算私罪，不准抵销，与调戏良家妇女一样。所以叫做也算也不算。”老残道：“何以阳间出了钱还算可以抵销之公罪，而阴间出了钱即便抵销无罪，是何道理呢？”折公道：“阳间叫局，自然是狎亵的意思，阴间叫局则大不然。凡有钱之富鬼，不但好叫局，并且好多叫局。因官妓出局，每出一次局，抵销轻口咒骂一次。若出局多者，早早抵销清净，便可往生他方。所以阴间富翁喜多叫局，让他早早消罪的意思，系发于慈悲的念头，故无罪。不但无罪，且还有微功呢。所以有罪无罪，专争在这发念时也。若阳间为慈悲念上发动的，亦无余罪也。”老残点头叹息。折公道：“讲了半天闲话，你还没有点人，到底叫谁呀？”老残随手指了一名。折公说：“不可不可！至少四名。”老残无法，又指了三名。折公亦拣了四名，交与酒保去了。不到两秒钟工夫，俱已来到。老残留心看去，个个容貌端丽，亦复画眉涂粉，艳服浓妆；虽强作欢笑，却另有一种阴冷之气，逼人肌肤，寒毛森森欲竖起来。坐了片刻各自散去。折公付了钱钞，与老残出来，说：“我们去访一个朋友吧。”老残说：“甚好。”

走了数十步，到了一家，竹篱茅舍，倒也幽雅。折公扣门，出来一个小童开门，让二人进去。进得大门，一个院落，上面三间敞厅。进得敞厅，觉桌椅条柗，亦复布置得井井有条；墙上却无字画，三面粉壁，一抹光的，只有西面壁上题着几行大字，字有茶碗口大。老残走上前去一看，原来是一首七律。写道：

野火难消寸草心，百年荏苒到如今。
墙根蚯蚓吹残笛，屋角鸱枭弄好音。
有酒有花春寂寂，无风无雨昼沉沉。
闲来曳杖秋郊外，重迭寒云万里深。

老残在墙上读诗，只听折礼思问那小童道：“你主人哪里去了？”小童答道：“今日是他的忌辰，他家曾孙祭奠他呢，他享受去了。”折礼思道：“那们回来还早呢，我们去吧。”老残又随折公出来，折公问老残上哪里去呢，老残道：“我不知道上哪里去。”折公凝了一凝神，忽然向老残身上闻了又闻，说：“我们回去，还到我们舍下坐坐吧。”不到几时，已到折公家下。方进了门，石姑娘迎接上来，走至老残面前，用鼻子嗅了两嗅，眉开眼笑的说：“恭喜二哥哥！”折公道：“我本想同铁先生再游两处的，忽然闻着若有檀香味似的，我知道必是他身上发出来的，仔细一闻果然，所以我说赶紧回家吧。我们要沾好大的光呢！”石姑娘道：“可盼望出好日子来了。”折礼思说：“你看此刻香气又大得多了。”老残只是愣，说：“我不懂你们说的甚么话。”石姑娘说：“二哥哥，你自己闻闻看。”老残果然用鼻子嗅了嗅，觉得有股子檀香味，说：“你们烧檀香的吗？”石姑娘说：“阴间哪有檀香烧！要有檀香，早不在这里了。这是二哥哥你身上发出来的檀香，必是在阳间结得佛菩萨的善缘，此刻发动，顷刻你就要上西方极乐世界的。我们这里有你这位佛菩萨来一次，不晓得要受多少福呢！”正在议论，只觉那香味越来得浓了，两间小楼忽然变成金阙银台一般。那折礼思夫妇衣服也变得华丽了，面目也变得光彩得多了。老残诧异不解何故，正欲询问，未知后事如何，且听下回分解。

附录二

《老残游记》外编卷一（残稿）

堂堂塌，堂堂塌，今日天气清和，在下唱一个道情儿给诸位贵官解闷何如？唱道：

尽风流，老乞翁，托钵盂，朝市中。人人笑我真无用，远离富贵钻营苦，闲看乾坤造化工，兴来长啸山河动。虽不是，相如病渴；有些儿，尉迟装疯。

在下姓百名炼生，鸿都人氏。这个鸿都，却不是南昌故郡、洪都新府的那个洪都，到是“临邛道士鸿都客，能以精神致魂魄”的那个鸿都。究竟属哪一省哪一府，连我也不知道，大约不过是北京、上海等处便是。少不读书，长不成器，只好以乞丐为生。非但乞衣乞食，并且遇着高人贤士，乞他几句言语，我觉得比衣食还要紧些。适才所唱这首道情，原是套的郑板桥先生的腔调。我手中这鱼鼓简板也是历古相传，听得老年人说道，这是汉朝一个钟离祖师传下来的。只是这“堂堂塌”三声，就有规劝世人的意思在内，更没有甚么工、尺、上、一、四、合、凡等字。

嗳，堂堂塌，堂堂塌，你到了堂堂的时候，须要防他塌，他就不塌了；你不防他塌，他就是一定要塌的了。

这回书，因老残游历高丽、日本等处，看见一个堂堂箕子遗封，三千年文明国度，不过数十年间，就倒塌到这步田地，能不令人痛哭也么哥！在下与老残五十年形影相随，每逢那万里飞霜、千山落木的时节，对着这一灯如豆、四壁虫吟，老残便说，在下便写，不知不觉已成了《老残游记》六十卷书。其前二十卷，已蒙天津《日日新闻》社主人列入报章，颇蒙海内贤士大夫异常称许。后四十卷因被老残随手包药，遗失了数卷。久欲补缀出来再为请教，又被这“懒”字一个字耽阁了许多的时候。目下不妨就把今年的事情叙说一番，却也是俺叫化子的本等。

却说老残于乙巳年冬月在北京前门外蝶园中住了三个月，这蝶……①也安闲无事。一日正在家中坐着，来了两位，一个叫东阁子，一个叫西园公，说道：“近日朝廷整顿新政，大有可观了。满街都换了巡警兵，到了十二点钟以后，没有灯笼就不许走路，并且这些巡警兵都是从巡警学堂里出来的，人人都有规矩。我这几天在街上行走，留意看那些巡兵，有站岗的，有巡行的，从没有一个跑到人家铺面里去坐着的。不像以前的巡兵，遇着小户人家的妇女，还要同人家胡说乱道。人家不依，他还要拿棍子打人家。不是到这家店里要茶吃，便是到那家要烟吃，坐在板凳上

① 编者按：这中间遗失稿笺一张，约400字。

跷着一只脚唱二簧调、西帮子。这些毛病近来一洗都空了。”东阁子说道：“不但没有毛病，并且和气的很。前日大风，我从百顺胡同福顺家出来回粉坊琉璃街，刚走到大街上，灯笼被风吹歪了，我没有知道。哪知灯笼一歪，蜡烛火就燎到灯笼泡子上，那纸灯笼便呼呼的着起来了。我觉得不好，低头一看，那灯笼已烧去了半边，没法，只好把它扔了。走了几步，就遇见了一个巡警兵上来，说道：‘现在规矩，过了十二点钟，不点灯笼就不许走路。此刻已有一点多钟，儜没有灯笼，可就犯规了。’我对他说：‘我本是有灯的，被风吹烧着了。要再买一个，左近又没有灯笼铺。况且夜已深了，就有灯笼铺，已睡觉了，我有甚么法子呢?’那巡兵道：‘儜往哪里去?’我说：‘回粉坊琉璃街去。’巡兵道：‘路还远呢，我不能送儜去。前边不远，有东洋车子，我送儜去雇一辆车坐回去罢。’我说：‘很好很好。’他便好好价拿手灯照着我，送到东洋车子跟前，看着坐上车，还摘了帽子呵呵腰才去，真正有礼。我中国官人总是横声恶气，从没有这们有礼过，我还是头一遭儿见识呢!”老残道：“巡警为近来治国第一要务，果能如此，我中□前途大有可望了。”

西园公道：“不然。你瞧着罢，不到三个月，这些巡警都要变样子的。我□一件事给你们听。昨日我到城里去会一个朋友，听那朋友说道：‘前日晚间，有一个巡警局委员在大街上撒尿，巡警兵看见，前来抓住说：“嘿！大街上不许撒尿，你犯规了。”那委员从从容容的撒完了尿，大声嚷道：“你不认得我吗？我是老爷，你怎样敢来拉我？”那巡兵道：“我不管老爷不老爷，你只要犯规，就得同我到巡警局去。”那委员更怒，骂道：“瞎眼的王八旦！我是巡警局的老爷，你都不知道！”那巡兵道：“大人传令时候，只说有犯规的便扯了去，没有说是巡警局老爷就可以犯规。儜无论怎样，总得同我去。”那委员气极，举手便打。那巡警兵亦怒道：“你这位老爷怎么这们不讲理！我是办的公事，奉公守法的，你怎样开口便骂，举手便打？你若再无礼，我手中有棍子，我可就对不起你了。”那委员怒狠狠的道：“好东西，走走走！我到局子里揍你个王八旦去！”便同到局子里，便要坐堂打这个巡兵。他同事中有一人上来劝道：“不可！不可！他是蠢人，不认得老兄，原谅他初次罢。”那委员怒不可遏，一定要坐堂打他。内中有一个明白的同事说道：“万万不可乱动，此种巡兵在外国倒还应该赏呢。老兄若是打了他或革了他，在京中人看着原是理当的，若被项宫保知道，恐怕老兄这差使就不稳当了。”那委员怒道：“项城便怎样？他难道不怕大军机么？我不是没来历的人，我怕他做甚么？”那一个同事道：“老兄是指日飞升的人，何苦同一小兵呕气呢？”那一个明白事的，便出来对那拉委员来的巡警兵道：“你办事不错，有人撒尿，理当拉来。以后裁判，便是我们本局的事了。你去罢。”那兵垂着手，并一并脚，直直腰去了。’老兄试想一想，如此等事，京城将来层见迭出，怕那巡警不松懈么？况天水侍郎由下位骤升堂官，其患得患失的心必更甚于常人。初疑认真办事可以讨好，所以认真办事。到后来阅历渐多，知道认真办事不但不能讨好，还要讨不好，倒不如认真逢迎的讨好还靠得住些，自然走到认真逢迎的一条路上去了。你们看是不是呢？”

老残叹道：“此吾中国之所以日弱也！中国有四长，皆甲于全球：廿三行省全在温带，是天时第一；山川之孕蓄，田原之腴厚，各省皆然，是地理第一；野人之勤劳耐苦，君子之聪明颖异，是人质第一；文、周、孔、孟之书，圣祖、世宗之训，是政教第一，理应执全球的牛耳才是。然而国日以削，民日以困，骎骎然将至于危者，其故安在？风俗为之也。外国人无论贤愚，总以不犯法为荣；中国人无论贤愚，总以犯法为荣。其实平常人也不敢犯法，所以犯法的，大概只三种人，都是有所倚仗，就犯法了。哪三种人呢？一种倚官犯法；一种倚众犯法；一种倚无赖犯法。倚官犯法的，并不是做了官就敢犯。他既做了官，必定怕丢官，到不敢犯法的。是他那些官亲或者亲信的朋友，以及亲信的家丁。这三样人里头，又以官家亲信的家丁犯法尤甚，那两样稍微差点。你想前日巡警局那个撒尿的委员，不是倚仗着有个大军机的靠山吗？这都在倚官犯法部里。第二种就是倚众犯法。如当年科岁考的童生，乡试的考生，到了应考的时候，一定要有些人特意犯法的。第二便是今日各学堂的学生，你看那一省学堂里没有闹过事。究竟为了甚么大事么？不过觉得他们人势众了，可以任意妄为，随便找个题目暴动暴动，觉得有趣。其实落了单的时候，比老鼠还不中用。第三便是京城堂官宅子里的轿夫，在外横行霸道，屡次打戏园子等情，都老爷不敢过问，这都在倚众犯法部里。第三种便是倚无赖犯法，地方土棍、衙门口的差役等人，他就仗着屁股结实。今日犯法捉到官里去打了板子，明日再犯法；再犯再打，再打再犯，官也无可如何了。这叫做倚无赖犯法。大概天下的坏人无有越过这三种的。”

西园子道：“停这话我不佩服。倘若说这三种里有坏人则可，若要说天下坏人没有越过这三种的，未免太偏了。请教：强盗、盐枭等类也在这三种里吗？”老残道：“自然不在那里头。强盗似乎倚无赖犯法，盐枭似乎倚众犯法，其实皆不是的。”西园子道：“既是这们说，难道强盗、盐枭比这三种人还要好点吗？”老残道：“以人品论，是要好点。何以故呢？强盗虽然犯法，大半为饥寒所迫，虽做了强盗，常有怕人的心思，若有人说强盗时，他听了总要心惊胆怕的，可见天良未昧。若以上三种人犯了法，还要自鸣得意，觉得我做得到，别人做不到。闻说上海南洋公学闹学之后，有一个学生在名片上居然刻着南洋公学退学生，竟当做一条官衔，必以为天下荣誉没有比这再好的。你想是不是天良丧尽呢？有一日，我在张家花园吃茶，听见隔座一个人对他朋友说：‘去年某学堂奴才提调不好，被我骂了一顿，退学去了。今年又在某处监督，被我骂了一顿。这些奴才好不好，都是要骂的。常骂几回，这些监督、教习等人就知道他们做奴才的应该怎样做法呢。可恨我那次要众人退学，众人不肯。这些人都是奴性，所以我不愿与之同居，我竟一人退学了。’”老残对西园子道：“儜听一听这种议论，尚有一分廉耻吗？我所以说强盗人品还在他们之上，其要紧的关键，就在一个以犯法为非，一个以犯法为得意。以犯法为非，尚可救药；以犯法为得意，便不可救了。我再加一个譬语，让儜容易明白。女子以从一而终为贵，若经过两三个丈夫，人都瞧不起她，这是一定的道理罢？”西园子道：“那个自然。”老残道：“阁下的如夫人，我知道是某某小班子里的，阁下费了二千金讨出来的。她在班子里时很红，计算她从十五岁打头客起，至十九岁年底出来，四五年间所经过的男人，恐怕不止一百罢？”西园子道：“那个自然。”老残道：“阁下何以还肯要她呢？譬如有某甲之妻，随意与别家男子一住两三宿，并爱招别家男子来家随意居住，常常骂本夫某甲不知做奴才的规矩，倘若此人愿意携带二千金来嫁阁下，阁下要不要呢？”西园子道：“自然不要。不但我不要，恐怕天下也没人敢要。”老残道：“然则阁下早已知道有心犯法的人品，实在不及那不得已而后犯法的多矣。妇人以失节为重，妓女失节，人犹娶之，为其失节出于不得已也。某甲之妻失节，人不敢要，为其以能失节为荣也。强盗、盐枭之犯法，皆出于饥寒所迫，若有贤长官，皆可化为良民，故人品实出于前三种有心犯法者之上。二公以为何如？”东阁、西园同声说是。东阁子道：“可是近日补哥出去游玩了没有？”老残道：“没有地方去呢。阁下是熟读《北里志》《南部烟花记》这两部书，近来是进步呢，是退化呢？”东阁子道：“大有进步。此时卫生局已开了捐，分头二三等。南北小班子俱是头等。自从上捐之后，各家都明目张胆的挂起灯笼来。头等上写着某某清吟小班，二等的写某某茶室，三等的写三等某某下处。那二三等是何景象，我却不晓得，那头等却是清爽得多了。以前混混子随便可以占据屋子坐着不走，他来时回他没有屋子，还是不依，往往是把好客央告得让出屋子来给他们。此时虽然照旧坐了屋子尽是不走，若来的时候回他没屋子，他却不敢发膘了。今日清闲无事，何妨出去溜达溜达。”老残说：“好啊！自从庚子之后，北地臙脂我竟□曾寓目，也是缺典，今日同行甚佳。”说着便站起身来，同出了大门。

过大街，行不多远，就到石头胡同口了。进了石头胡同，望北慢慢地走着，刚到穿心店口，只见对面来了一挂车子，车里坐了一个美人，眉目如画，面上的光彩颇觉动人。老残向东阁子道：“这个人就不错，儜知道她叫甚么？”东阁子说：“很面熟，只是叫不出名字来。”看着那车子已进穿心店去，三人不知不觉的也就随着车子进了穿心店。东阁子嚷道："车子里坐的是谁?"那美人答道："是我。你不是小明子么?怎么连我也看不出来哪?"东阁子道："我还是不明白，请你报一报名罢。"车中美人道："我叫小蓉。"东阁子道："你在谁家?"小蓉道："荣泉班。"说着，那车子走得快，人走得慢，已渐渐相离得远了。看官，你道这小蓉为甚么管东阁子叫小明子呢?岂不轻慢得很吗?其实不然，因为这北京是天子脚下，富贵的大半是旗人。那旗人的性情，最恶嫌人称某老爷的，所以这些班子里揣摩风气，凡人进来，请问贵姓后，立刻就要请问行几的。初次见面，可以称某大爷，某二爷，汉人称姓，旗人称名。你看《红楼梦》上，薛蟠是汉军，称薛大爷，贾琏、贾环就称琏二爷、环三爷了，就是这个体例。在《红楼梦》的时候，琏二爷始终称琏二爷，环三爷始终称环三爷。北京风俗，初见一二面时称琏二爷、环三爷，若到第三面时，再称琏二爷、环三爷，客人就要发膘闹脾气，送官、封门等类的辞头汩汩的冒出口来的，必定要先称他二爷、三爷才罢。此之谓普通亲热。若特别的亲热呢，便应该叫小琏子、小环子。汉人呢，姓张的、姓李的，由张二爷、李三爷渐渐的熬到小张子、小李子为度。这个道理不但北方如此。南方自然以苏、杭为文物声明之地，苏、杭人胡子白了，听人叫他一声度少牙，还喜欢的了不得呢。可见这是南北的同情了。东阁子人本俊利，加之他的朋友都是漂亮不过的人，或当着极红的乌布；或是大学堂的学生；或是庚子年的道员，方引见去到省；或是汇兑庄的大老板。因为有这班朋友，所以各班子见了他，无不恭敬亲热，也无人不认识他，才修出这“小明子”三个字的徽号。在旁人看着，比得头等宝星还荣耀些呢。

闲话少讲，却说三人慢慢池走到了荣泉班门口，随步进去，只听门房里的人“嗥”的叫了一声，也不知他叫的是甚么。老残便问，东阁子答道：“他是喊的‘瞧厅’两个字，原是叫里面人招呼屋子的意思。”三人进了大门，过了一道板壁腰门，上了穿堂的台阶，已见有个人把穿堂东边的房门帘子打起，口称：“请老爷们这里屈坐屈坐。”三人进房坐下，看墙上□□，知是素云的屋子。那伙计还在门口立着，东阁子道：“都叫来见见！”那伙计便大声嚷道：“都见见咧！都见见咧！”只见一个个花丢丢、粉郁郁的，都来走到屋门口一站，伙计便在旁边报名。报名后立一秒钟的时候，翩若惊鸿，婉若游龙的去了。一共来了六七个人，虽无甚美的，却也无甚丑的。伙计报道：“都来齐了。”东阁子道：“知道了，我们坐一坐。”老残诧异，问道：“为何不见小蓉？”东阁子道：“红脚色例不见客，少停自会来的。”

约有五六分钟工夫，只见房门帘子开处，有个美人进来，不方不圆的个脸儿，打着长长的前刘海，是上海的时装；穿了一件竹青摹本缎的皮袄，模样也无甚出众处，只是一双眼睛透出个伶俐的样子来。进门便笑，向东阁子道："小明子呀，你怎么连我也不认得了呀！你怎么好几个月不来，公事很忙吗?"东阁子道："我在街上，你在车子里一幌……（下缺）

附录三
《老残游记》相关评论资料

关于《老残游记》

刘大绅

一、宣布作者姓名之前后

《老残游记》一书，为先君一时兴到笔墨。初无若何计划宗旨，亦无组织结构，当时不过日写数纸，赠诸友人。不意发表后，数经转折，竟尔风行。不独为先君豫想所不及，且先君亦未尝有此豫想。先君在日，除一般读者，因不知谁作，泛为赞美外；戚党中知者，亦每面致称誉。先君常欿然，以为随意笔墨，不虞得誉，殊非所愿。故雅不欲人知真姓名，并因此故，尝欲重作一稿，名为《老残游记外编》。曾写得少许，后因故中止。先君归道山后，政体改变，书销更畅。除一般读者及伪续者外，学士大夫等，亦注意钩稽作者姓氏。然吾家人则因先君本意不愿宣布姓名，故虽知有人研究探索，亦均付诸不闻不问之列。暨民国初元，北大教授如蔡孑民、胡适之诸先生等，因与从弟大钧相稔，得略知梗概，然犹未详也。当时诸先生中，关于此书，曾有一文登之《晨报》。但依旧多揣测之辞，文出谁氏手，今已不能记忆，绅适居天津，见之。且因所经验者，知再阏将笑端更多；乃致函更正，且声明并世诸贤，如对此书有所询问，当竭所知以告。至此，《老残游记》之作者姓名，方正式宣布，为世间所知。其后南北询者颇众，而问词每超佚范围。不惟不胜答，亦且不能答。同乡丁君，时方编镇江志书，知此事，劝写一述略交彼编入志书中。同时《大公报》周耀西君，亦要求发表真相。绅以志书中先君述略，非可以轻率着笔，乃简单写一稿付周君，但未发表。至二十一年（1932）五弟大经以二编副本，授上海蟫隐庐书店。以绅不赞成未付印。次年侄儿厚源复来北方商印二编事，绅语以他人印为另一问题，我家则不能随意刊印。厚源返沪，语于其父及其从叔，乃以彼等之剪存本授林语堂先生，并要求绅写一源委寄附书末，诺之，稿未寄而印已成，即现在良友公司出版之二集也。最近儿子厚滋在北平研究院史学会任编辑，其同事吴世昌先生，语以燕京大学英文学系主任英国谢迪克先生，现译《老残游记》为英文，有询问事，拟相见，并欲睹遗物云云。除经吴先生介绍与谢迪克先生晤谈外，并遵嘱先概括写一关于此书之稿。其余则候谢迪克先生提出范围外，再缕晰答之。窃以为，先君一生学问经济，以不自炫故，不独未为人知，且遭受蜚语，身殁异域。不意因不经意作品，转于身后承诸先生殷殷注意，加以提倡，并重荷友邦学者，为之移译。厚谊高情，吾刘氏子裔感勒宁有涯涘。用谨缕述所知，以明真相。亦即所以答中外诸先生之盛谊，并致谢忱焉。

二、著作《老残游记》之源委

方拳匪乱后未数年，京曹中有沈虞希、连梦青两先生，均与《天津日日新闻》之方药雨先生为友。某日沈以事赴津，偶语方先生以中朝事，方先生揭之报端。为清孝钦显皇后所知，大怒。严究泄漏者，逮沈至刑部，立杖毙之，并缉同党，株连及连。连匿友人家三日，始借使馆之助，孑身仓皇遁走至沪。时吾家正侨寓上海北成都路之安庆里，连既抵申，其太夫人尚在原籍；连日夜忧思，友好亦以为不甚安全，劝其迎养。然连以横遭灾祸，资装尽失，实无力生活于上海。且性又孤介，不愿受人资助，时商务印书馆刊行小说月志，名《绣像小说》，连经人介绍，售稿与之，每千字酬五元。连乃开始其笔墨生涯，作一小说，名《邻女语》。大致描写拳匪事。未几，连太夫人至沪，以廉值赁居于爱文义路之眉寿里，则先君所居间。以屋为马眉叔先生产，马与先君为至友也。连卖文所入，仍不足维持其菽水所需。先君知其耿介，且亦知其售稿事，因草一小说稿赠之，连感先君意，不得不受。亦售之于商务，并与订约，不得删改原文一字。此小说即近三十余年中一般人认为神秘预言之《老残游记》。方先君初草此稿赠连时，不过前三数回。迨连与商务订约，始继续作之。每晚归家，信手写数纸，翌晨即交汪剑农先生录送连寓。不独从未着意经营，亦从未覆看修改。直待《绣像小说》刊出后，始复见之。登至第八卷，商务窜易文字，并删去一卷。连怒其违约，与有违言，遂不复售稿。先君因亦中辍，然当时稿在商务未经刊出者，尚有数卷也。翌年先君至津，方药雨先生询不作原委，先君语之。方先生劝续作，在《天津日日新闻》逐日发表。如此直至第二十卷为止，始告一段落。是为初编。故此初编之稿，前后两半描写，俨若分界者，实缘于非一气呵成。至后半之稿，写作地址，则有在天津报馆，有在北平寓所。事隔多年，现已无从指定矣。此后先君因创设海北公司，奔走平、沪、东三省及朝鲜、日本等地，席不暇暖，《老残游记》亦复置之度外。暨海北公司失败，乃复着手写之，是为二编。仍逐日发表于《天津日日新闻》，共计十四卷。复因浦口地产事南下，即未再北来。除外编尚有少许外，亦未再复写。迨诬难既作，先君远征，举家仓皇，奔走营救。而产业及贵重物品，除被抄没者外，余悉被人乘势隐没窃盗讹诈而尽。遂无人更能顾及稿件与长物矣。先君既殁，家人更悲痛冤愤。时已赤贫如洗，全力谋归葬之不暇，尤念不及他事矣。又原稿前十四卷之后，皆有评语，亦先君自写，非他人后加。今坊印本多去之，实大误也。

三、《老残游记》之影射

《老残游记》一书，本来写作，既无用意，亦无背景。正当读法，只须就描写工拙，议论精粗，加以观察。果描写深到，议论精纯，则在文学上自有相当价值，以纯文学眼光观之可矣。若因时代关系，进而观描写之含义，推察当时社会一部分情状，亦为文学上应有之需求，则兼以历史学者、社会学者之眼光读之，亦未为不可。若更因文情之感动，进而对于作者有所追求，欲知其生平修养、思想渊源、人物表现，此已超越阅读范围，然仍不失为文学艺术者之光明行径、伟大同情。其又一方面，则无宗旨之阅读，茶余酒后，以为消遣；或共坐闲话，以为谈助，此亦正当之读法。以稗官家言，十九借托，除批评文字及结构外，原无研究之必要。甚而如妇人孺子，贩夫走卒，摭拾书中人物情事，离合悲欢，为赞叹凭吊之资，亦仍是相当读法。若舍此一切，而专就书中断章取义，或摘取一语，或采摭一事，推测揣拟，虚构附会；致市虎城狐，展转流播，则未免过信说部，为所囿矣。故绅以为世之读者，对《老残游记》，莫善于以文学眼光，或消遣方法阅之。若欲追求影事，及思想渊源，则请述所知，以备参证。如所不详，请俟异日补之。因有一部分先人日记存淮安寓所，兄弟子侄辈，均贸食四方，一时无从寻检也。

书中影事，约略可分二类：一属于人者，一属于事者。

写时往往以此事系于彼人，此人系于彼事；或一事分隶数人，一人分系数事。更有一人分为数人，数事并作一事。或初写本无影射，而后忽有所指者；亦有初写本有所指，而后忽无影射者。总之由于书成无心，行文所至，均随兴会所及，故欲确实指定某人为某，实势所不能。兹就记忆所及，能知者言之，黄瑞和指黄河，因先君曾在河南、山东办理黄河工程，故以黄瑞和治病影射之。蓬莱阁所见之帆船，喻中国；二十三四丈，喻行省数；管舵四人，喻军机大臣人数；八桅喻行省总督人数；新旧则喻当时督臣性质；东边有一块，约有三丈长短，喻东三省；船上扰乱情形，喻戊戌政变；高谈阔论人，喻当时志士；汉奸喻自己；因当时一般人固目先君为汉奸也。小布政司街，确有其处。为当年寓山东时居址街名。高升店有无不可知。黑妞、白妞确有其人，所写捧角情形，亦为当时实况。高绍殷、姚云松、刘仁甫、王子谨均有其人，惟姓是而名非。高、姚均当时抚幕人物；刘则候补官；吾家寓鹦鹉庙街时，对门而居者也；王则同寅，治喉病亦确有其事，以先君本精于医，庄宫保为张勤果公曜字汉仙。玉佐臣为毓贤，其残酷情况，本书描写不过十之五六；至今东人父老，犹能详之，即其介弟某，亦言之而不以为然。所纪各案，案情及人犯姓名，不必即真，亦不必则假，以当时毓贤讯供，两三语后，辄入人站笼毙之。官书固无案可征，而父老里党流传者，亦不能无因。申东造为杜秉国，官是而地非。柳小惠为杨少和，事是而名非。玙姑、扈姑、胜姑等，均无其人。玙为云玙，吾家旧藏琴名；扈为桑扈；胜为戴胜：均鸟名。黄龙子初无用意，后则影射黄归群先生。黄人瑞影射鲁某，人是而事非。翠花、翠环均无其人。史钧甫为施少卿。刚弼为刚毅。齐东村案为煊染文章，用意在写浮浪子弟有金银徒为伐性之斧。学道人能以明德应天，解除烦恼热障，使人心地清凉，还其本来。书中村名齐东，已标明取齐东野人语义。自此以下，二编所写，纯就自己学境描写，除赤龙子喻自己，青龙子喻蒋龙溪先生外，余均不可指实，并且亦无其事。至泰山斗姥宫尼姑款接宾客，久为纪载书所有，当时此风已熄，即偶有一二佛家弟子，焚修其间者，亦均无知识之可怜人，绝无艳云、逸云等俦也。又文章伯取文章之伯语义，自喻其文。德慧生本取德能生慧语义，在初编中不过姑拈作人名，示人为学门径，原无所指。其后因文势所趋，渐渐影射有人，又周耳影射周太谷先生。总之本书两编，原分三时期写成，故所描写之人与事，前后有相去多年，毫不相涉者，故十八九皆为借题发挥，所谓借他人轮廓，而参伍错综之，写胸中蕴结也。

《老残游记》最受人误会者，为描写中表现思想处。初编中，尤为先君不知不觉自然之流露。二编中则属有意专写。前半写心理，后半写佛义。不独当时人少见为怪，即今日亦未必不以为奇，而不测其源。实则先君蕴蓄，抒写者尚不及千百分之一，欲识其真，必先知学问渊源，必更先知泰州学派及先君性行。泰州学派即世所传之大成教、大学教、圣人教、黄厓教等。实则吾门中无论何人，均不承认此种种教名；即泰州学派四字，吾门中人亦不承认。以本无名称，咸外人强加诬枉者也。但在比较上泰州学派四字，虽大小不同，犹为近理，不妨暂假。因阳明之学，传于泰州，数百年未绝，人名之为泰州学派。吾宗不能谓与毫无关系。因清咸同之际，有周太谷先生者，崛起其地，集心学大成，传张石琴、李龙川两先生。先君龙川弟子也。先君少年时，天资绝颖，于书无所不读。性尤豪放，在乡里中，与外舅罗雪堂先生，同时被人目为二狂。后以事至扬州，遇龙川，一见心折，乃拜从受业。至是先君之学，始由雄放归入冲粹。然豪气则未尽除也。其后入仕及弃官服贾，仍无日不为学。平时所与往还，虽交游遍天下，而真相得者惟黄、蒋两先生，同学兄弟也。罗先生少年时同志也。其次则为姚松云、马眉叔两先生，先君所引为知己者也。先君向不拘泥小节，二编中描写赤龙子一段，即为自己写照。黄、罗两先生，每以是相规，先君辄笑而不答。黄先生规先君，谓自遣无如学道。蒋先生偶规先君，亦词委婉。故先君于黄、蒋两先生则敬而爱之，称之为先生而不肯以雁行齿。罗先生规先君最切亦最烈，先君则钦而畏之，称之为罗三先生。晚年几至避面，然交谊则无他。先君每谕绅曰："汝师为我甚至，所言未免太激，我岂不自知。"而罗先生亦每谓绅曰："汝父不听人劝，固知我言皆其所知；但今世何世，奈何甘蹈危机”云云，观此则先君当日性行，亦可得概略矣。

四、《老残游记》中之疑问

《老残游记》本为说部体裁，除隐事影人，或为阅者所不知，不妨加以注释。若关于文字，无论绅不应解述，任何人亦不宜为之。以其本非圣经奥典，绝无深义存于其间。行文又均为口头语，谈理亦平叙直衍，若加解说，未免有轻慢读者之嫌。但事实所需，则不尽如是，故先谨致最深歉意于读者前；然后就一般询问集中之点，略解释之。谅我罪我，则不敢计矣。

一、“三元甲子”一段，询问者最多。但此实不过借数学上专名，为时事描写，疑问者特未察耳。“三元甲子”四字，见于历数书中者，不知多少次。清高宗并有文详论之。其本来定义，指周天圜度之半环，每元又为其三分之一；用于纪历，多则代表若干万年，少亦代表十八万年。其数本无一定，随人之用而异，与代数中之A、B、X、Y等相同，根本即无所谓解释与定数。故以一日而言，一日有二个三元甲子，分为昼夜。昼夜又各有二个三元甲子。以一年而言，一年亦只有二个三元甲子；每个三元甲子之中，有一个开元甲子，又名上元。一个分差甲子，又名中元。一个转关甲子，又名下元。合上中下三元，故名为三元甲子。每个甲子，又分为六甲。而气运之推移偏胜，即可由此布算以得。虽则绅于此列举诸名，在未曾研究此术者，或仍将视为怪秘，今再举例明之。如一年三百六十五日有零，为太阳经天一周，弃其零差归闰，合于太阴，则为三百六十日。二分之则为半环，是为一个三元甲子。更三分之（即二个月计六十天），则为一个甲子。在此三个甲子中，必有一个昼夜停匀之时，是为分差甲子。又必有一个太阳回极之时，是为转关甲子。而转关甲子之后，历尽度数，即为下一甲子开始之时。又为开元甲子，一年之寒暑偏胜，阴阳推移，均可由此布算而得。而所谓甲子者，则以十干配十二支，其数差二。故六轮而一周，适得数六十，即以为所欲推算之日，或度数符号，六轮一周之第一干支为甲配子，故即以此为六十相配干支之名称。再简单言之，如以年为例，转关甲子即冬至、夏至，分差甲子即春分、秋分，开元甲子即立春、立秋。犹之代数中字母，随所用而代表指事指数。《游记》中不过缩小范围，随意取作绚染材料，亦以习俗相传有三元甲子之说。书成于甲辰至丁未数年间，当时已至甲辰时会，拳乱已为过去事实，革命正方兴未艾，据势谈事，何为预言。前三甲书中已自言亲历，可以不论，由甲辰以后迄今，有何事能与书相符，可知此不过一时谈助矣。况二编第一卷中，自驳术数前知之说，岂有自己转故作模效之理？故知纯出误会也。至亲历三甲之言，则先君生于丁巳，至作《游记》时，已四十余岁。中间实亲历甲子、甲戌、甲申、甲午四甲。在甲子时，年尚幼少，故云三甲也。

二、第九卷中七绝六首，亦为疑问集中之点。但此不过以韵语述自己学境与一部事实。惟中国诗之作法，本为兴比体例，兼有用典。读者不知事实，故为典实引误眼光。第一首“曾拜瑶池九品莲”一绝，述自己从龙川受学，得明至理。曾几何时，已光阴不在。第二首“紫阳属和翠虚吟”一绝，述归群约己讲学，自谦学力未纯，有时尚不能超然一切。第三首“情天欲海足风波”一绝，述一般学子虽狃于世见，但得人引导，立证天人。第四首“石破天惊一鹤飞”一绝，述太谷之学绝世不群，如长夜惊雷，震醒迷梦。自己从龙川得受以后，已莹明朗照。第五首“野马尘埃昼夜驰”一绝，述光阴迅速，世界众生扰扰生灭，及自己历学境界，由寂静入于冲纯，不形朕兆。第六首“菩提叶老法华新”一绝，述蒋、黄两先生在苏州讲学，南北弟子合宗二师，更不分别，欢喜赞叹也。

三、第十卷之《银鼠谚》，纯记毓贤、刚毅等酿成拳匪之祸，及联军入京事。语义甚显。其所引人疑问者，则因标题《银鼠谚》一语。“银鼠”取义即庚子。庚属金，白色，子属鼠，白金为银，故云然耳。

四、翠环本无其人，前已言之，无须再解。但二编书中，此人出家，改名环极。此则本从无意，因文势所逼，写成有意。综计此人名凡三改，初翠环无意也。继环翠因文生情，已渐有意。终环极，则有意矣。盖取少阴潜转，由剥至复，终归圜极之义。天道如环，七日来复，惟放下屠刀，始能立足也。

五、二编起始有关于东三省一段文字，近日亦有人视为预言以相问者。其实在当时隐伏之日、俄战机，已迫眉睫，某国上下焦虑，求免于事。未发前曾派遣密使，向张文襄、刘忠诚两公建议分藩屏障。两公电致荣文忠，不得复讯，因而搁置。某国遂不得不拚孤注，汲汲备战，其紧张情况，在当时凡留心时事者，类能知之。先君因鉴于大势，遂感觉此一片土地，不入于此，必入于彼。诚如林语堂先生所评，“识力过人，而非有怪诞前知”也。

五、《老残游记》之仿作

《老残游记》行销既畅，坊间谋利者，窃印之不足，更从而仿作焉。此盖旧有之鄙习，非因《老残游记》而始有也。始作俑者在汉口，名《续老残游记》，仅闻人告，未见其书，亦不知谁家出版。其后上海某书局又仿作，名《老残游记续编》，未出书前，曾登广告售预约。经绅见而询问，彼盖不知真有二编，绅亦不知彼为仿作也。其经理人因询问而来解释，兼述苦衷；且谓预约售出已多，广告费亦巨，中止则赔累不堪，股东亦将责难，个人即无以自处，再三要求原谅。并请将吾家真本付彼印行，报酬宁愿从丰云云。绅以未得家人同意，不能独许。且因无禁人不续之理，并鉴其实有困难，乃与之约定：不许用洪都百炼生名义，及二编或二集字样。并须先送阅稿本，如无妨害名誉处，方能不过问。此君均承诺。继又来谓请胶州傅君主编，傅君为近日名士，一再商量，傅君谓最好借原本一阅，庶行文不致唐突云云。绅答以此则不能，但先君生平大略，则不妨相告。其后此君第三次来，要求借用初编原印本校对，绅因当时窃印者讹误过多，允之，书成二先兄大黼字扆仲，适从苏州来，知其事，又向诘问。续者语以经过，告以原委，二先兄亦首肯。逾数日，续者送来新印之初编及仿作之续编各二十部，并述致酬意。二先兄及绅均拒其酬而留其书。书后为二先兄携返苏州，故此傅作之续编中，有游泰山斗姥宫，以及三教纵谈，与言易理；入北平，赴西安，办织布厂等事。皆其经理人闻绅所言先君踪迹大略，但以不得其详，故仅有蛛丝马迹而已。后数年，绅傭食平津，见傅君一文，述仿作经过，对原书致歉，文登于青岛之《新语副刊》中。此则绅兄弟对傅君之磊落行径，至为敬佩者也。其后在津，又见有两种仿作，上海一种仿作，皆文字芜秽，尽人一见即知其伪，无驳斥价值矣。惟当先君在时，商务改删、代作而登于《绣像小说》者，最易令人误会为先君真稿，而转以《日日新闻》刊布之真稿为伪，此不可不辩也。盖当日商务以书中三元甲子一段为迷信，从第十卷末尾黄龙子言十年后局面不同处："子平问是好是坏呢？答自然是坏"句起，直至第十二卷开始处："看那集上人烟稠密"前一句止，中间全行删去。另自作一小段插于其中，以为过渡接笋文字。参观《日日新闻》本及先君手迹原稿照片，可以证明之。不过先君手迹原稿，与《日日新闻》所刊者，亦尚有数语出入。即手迹原稿本，由连先生交《绣像小说》者，其末尾“可知道世界却被他搅坏了”句之下，即直接“申子平听得五体投地佩服”一句。在《日日新闻》刊载时，先君又增入“总之这种乱党，其在上海、日本的，至以免杀身之祸，要紧要紧”数语。又良友本二集之末，厚源即铁孙跋中，谓最初在《日日新闻》披露，以及汤武革命等语。此则子侄辈年幼误注。按三家兄在《日日新闻》校对，系庚子年事，不独厚源尚未生，即三家兄亦尚未婚也。先君作此书在甲辰至丁未数年间，《绣像小说》第九期始登其第一卷，其时三家兄与绅均在上海青年会习英文，何来校稿之事？至谓原文为汤武革命，当时编辑改用彖词，并增加了一段等语；则手稿墨迹俱在，观照片即知然否。盖厚源此语，实别有苦衷，言之綦长也。

六、《游记》作者被祸始末

先君少年时，负奇气，性豪放，不规规于小节。先祖本治理学，由御使出官河南。时捻匪未平，先祖历任繁剧，到处抚字絣，军报簿书，日不暇给，治事尤敬慎。先君随侍任所，蒿目时艰，隐然有天下已任意。故所在辄交其才俊，各治一家言。方此时世谊中有世某者，为先祖子侄行辈，新及第，持其墨卷并砚石一方来谒。先祖见之，并训之曰："少年前程无限，奈何效世俗所为？家即不充，须膏火，书来我当相济"云云。返其墨卷及砚石，贶以二十金，并遣人护之归。此事在先祖不过惓怀故人，期其子弟远大，不以陋俗自封。不虞竟因好成怨，为先君后来被祸一因。迨先祖乞病解组，全家侨寓淮安，先君随侍归里，益肆力于学，家传者如治河、天算、乐律、词章、天文、医学、兵学，先君俱诣臻精绝。复纵览百家，学既恣放，言论自不同人。于时事观察尤犀利，识见亦远到，以是又有狂人之目。先祖既殁，先君以事赴扬州，受学龙川后，复穷力内典，归宗于《易》。至是先君之学，又化绚烂，归于冲简。而先君任天下之心，亦一变为悲天悯人。投效河工，实出于悲悯一念，初非家食不足也。不意因此又种祸机，即当时在张勤果处者先君外，袁世凯氏亦为张公故交子弟。张公留其人在左右，不外遣。袁悒悒不得志，嘱先君为请于张公，张不可。袁因怨及先君。同时刚毅、毓贤诸氏，亦均在山东，因彼此学识不同，志趣各异，先君亦为所怒。迨后先君离济南至汉口，又因平汉路事，与盛宣怀氏龃龉。离汉赴平，建议平浦路事，又不容于同乡京官，至除去乡籍，不认为丹徒人。于是怨家遍地矣。先君知所怀抱，无望于当道，乃弃官而贾。会有英人某氏，筹采山西煤产，已与晋抚胡，有成议，聘先君为华经理。先君见草议非知，尽去其有碍两国交好者，往返北平、山西者凡三次，草约始定。上之总理衙门，令复议。而英人某氏，亦以先君所议草约为不满，解先君聘。致未届期之酬，而径与总理衙门自商之，先君却酬，因有归志。同时英人某所办晋矿，不得于先君及晋抚者，悉获于总署。事后，为刚毅所闻，谓先君售国，径电政府，请明正典刑。先君盖知当道不足谋国，归意愈决。会维新事起，先君为知好所留，暂观究竟。至庚子春，先君南下。未几拳祸即起，联军入京。京人士乏食，先君知外军挟愤而来，必多糜烂。因使署多己之旧好，欲调护无辜，乃尽斥鬻所有，购米北上办赈，并设平粜局，抑人操纵。因此遂又恶杭人沈某、甬人洪某。其后米匮，方谋续运，适俄军欲用所踞大仓之屋，拟举仓储粟尽焚之。事为先君所闻，联合同时他人所办赈助机关，集资挽张某为介，尽购其米，都人士赖以不饥。然而不意此一事遂为先君后来获谴主因也。事已，先君南归，复共戚党集资购荒地于浦口。谓此地将来必为商货吐纳所，勿俟外人索辟商埠，我先自经营之。后数年，平浦路议起，浦口适为终点。一时地价大起，先君与戚党集资所购者，又为人注目。会江浦县有巨绅陈浏者，以言官致仕于家，强欲得地，先君拒之。陈乃致书于言官吴某，揭先君为外人购产。时世袁诸氏，已入军机，衔宿憾，密令逮先君。会外母舅丁衡甫先生，以晋抚入觐，闻之，以全家保于庆邸之前，事得暂寝。翌年夏，袁又罪以散太仓粟及浦地事，电端忠愍相缉。端密嘱世丈王孝禹先生左右先君速避，误于仆人陈贵，先君遂被祸。家人时均在苏，绅在平，大先兄在沪。闻讯后先仓皇奔赴，仅大先兄赁乘专车，行较速，得一面。余未及至，先君已为军舰送汉口。二先兄追至汉，以无资斧，徒步从行二百余里，仅得于晨行夜宿间，遥瞻颜色，不得语。幸途遇世谊，赠以资，始得遂从。至兰州，姻丈毛实君先生，留二先兄于署，不听去。先君遂孑身由世仆李贵追随赴新。绅至宁遵王孝禹先生嘱，返平谋救。姻丈乔茂萱先生，拟以绅往代戍，罗、丁两先生均谓事出宿憾，与寻常不同；不先事疏解，恐徒多陷一人，或且致他变。方慎重相谋，而高子谷、钟笙叔两先生祸又作，益不敢触当道怒。逾年又谋请代，丁先生为恳于庆邸，则谓姑待至十月间万寿大赦时。于是又不得不暂忍。不料先君七月即殁于迪化也。计先君于前一年（1908）六月初二日由南京启行，至是年（1909）七月初八日病殁，共十三个月零七日。竟不及待请，而遂弃绅等长往。呜呼痛矣！先君既殁，家人谋归丧。间关万里，资无从出。赖毛实君先生电新抚袁，并力助之。灵榇至兰州，由二先兄奉以返，三家兄及绅迎于洛阳，大先兄迎于汉口，以舟车之易，不能不有人预洽也。抵里之次年，乃永安于先茔。总之，先君一生，所如辄阻，怨家遍地，即远戍身殁，亦基于此。岂真先君炫才急功忤人轻世所致？昔之卢梭举国欲杀，耶苏被害于耶路撒冷，孔子削迹受厄，如来饿槁荒山。岂此诸圣哲亦皆炫才急功忤人轻世哉？允矣！林语堂先生之言曰："夫时代之不了解，乃先觉之常刑。"盖先君自从龙川受学以后，即抱饥溺胞与之怀，以养天下为己任。未尝自措利害，而时代汶汶，蚩蚩之见，遂欲得以甘心。先知先觉，至是乃不得不牺牲其身矣。

七、《游记》作者之事业及家族

吾家于宋高宗南渡时，始迁于镇江。本为保安军籍人。迁镇始祖光世公，字平叔，为延庆公之第三子。历二十二世，至先祖子恕公罢官后，始寄籍淮安。先君为第二十三世，清咸丰七年（1857）九月初一日生于六合，男女兄弟五人，先君齿最幼。生来歧嶷，颖悟绝人，初从适包氏先姑母识字，未久即能背诵《唐诗三百首》。故先君感旧口号中，有阿姊指授之语，即指此事。稍长从同邑赵君举先生读，过目成诵，惟不喜时艺，性尤脱略，不守约束。先祖母治家严肃，颇不喜之。先胞伯性情亦与先君异，责善尤苛。迨先祖卸官归后，衰疾时作，未久即殁。先胞伯主持家计，颇念先君不事生产。先君乃请于先祖母，于淮安之南市桥设肆屋三楹，售关东烟草。先胞伯亦喜先君之有业也，特简选练达诚笃之人为佐。先君因以其人司会计，核名实，己则时一至焉而已。年终肆资折阅几尽，除夕交帐，司会计人不自安，先君慰以酒食，留之度岁。夜半此人竟自刎于吾家，而遗书禁妻孥索诈。新年后，先君逐去家至扬州，依戚卞氏。不得意，且无以为生，乃悬壶为人治疾，依然门可罗雀也。未久以应试故，先返淮安，转而至宁。但未终试，即弃去。走六合，省外家及戚旧。继复至沪，设石昌书局，是为我国市廛间有石印之始。因戚属盗售人印书，致讼累，讼解，书局亦败，归淮安。次年，为光绪十四年（1888），赴河南谒吴清卿中丞，投效河工。时豫河决于郑，龙久不合，已数易督工。先君至，短衣徒步杂徒役间，身亲指挥策励之，于十二月竟庆安澜。吴大喜，列案请奖，以先君名居首。先君辞让，归奖于先胞伯。吴乃设局，绘三省河图，而以先君董其事。时鲁亦患河，张勤果见豫工奖案，因函招先胞伯，复书，辞不赴，且详述让奖故。张因檄豫调先君，以同知任鲁河下游提调。豫图成后，先君始赴鲁晋谒。是为先君入宦之始，时光绪十七年（1891）也。先君在山东三年，河工冠于诸省，积劳异得保知府。《治河七说》《黄河变迁图考》《勾股天元草》《弧角三术》诸书，均成于此时。会丁先祖母艰，归里守制。服阕，东抚福润以奇才异能，保送总理衙门考验，是为先君长后入京之始。旋以张文襄之召至鄂，建芦汉路议。与盛氏见不同，辞归京师。经王文勤之介，建言筑津镇路，又为同乡京官所攻，因决弃官为贾。初受外商聘，主持福公司山西煤矿，及道清路议，继以护持国权，为人解聘。南归后，办五层楼，规模如今之百货店，未成而败。庚子变起，入平办赈，办平粜。和议成后，复南归，在上海办汽机织布厂于徐家汇，手机织布厂于北成都路。复与高子衡先生议办铁机绸厂于浙江之杭州，李少穆先生议办炭素炼钢厂于湖南之株州，均不成。又北走平津，与子谷先生拟于北平创设自来水与电车，仍不成。至天津与郑永昌先生创设海北公司，制炼精盐，运销朝鲜。至上海，与杨让堂先生创设海运航船，往来大连、日本沿岸贸易，均垂成而败。最后，乃决从事于浦口地产，欲自辟为商埠，报效官家地至数百亩，备建埠之用，不谓因此竟致祸端也。综计先君一生事业，无不识远虑深，创于人所未知未见时，卒因此致人攻讦。今者代异时迁，先君昔所受人诟病者，悉成利国要图，群知而竟立矣。夫复何言！

附言　告刘氏兄弟子侄者

吾述关于《老残游记》之事，及先人被祸前后，大略已备。今当正告吾兄弟子侄曰：先人远殁，吾家被祸惨酷，不独外人罕详，即吾家中，亦惟吾一人知之最审。然而闷于胸中垂三十年，不相告语者，以吾尚有三兄。今长次两兄，经家难后，不胜冤抑，摧折死矣。三兄年虽未耄，然半生忧患，创重痛深，亦衰颓如翁。一经言及，辄不宁者多日。又虑子弟年稚，惟口兴戎，复巢劫余，宁堪再受摧折？今则当事诸人，已多异物，恩怨两尽。且因《老残游记》，揣测过多，而子弟中亦有误恩为怨者，故不能不一摅此臆。惟吾兄弟子侄，应知先人之陷，固谓祸成于陈、吴，作于世、袁，然当年遍地怨家，先人宁不自知？知之而犹不晦迹，则先人之意有所在矣。固非如浅见者惟己身利害是计，亦非如褊心者谓愎不纳谏微词所贬也。先人抱悲悯之怀，外人不能知，吾家人当知之。吾家人见先人之施于戚党故旧者，当知之。若是，则先人之受祸，实缘于运会使然。先人固明知之，躬婴之而不悔也。果使先人亦如世俗，存心欲盗虚名，猎实利，求田园，长子孙者，亦久致富贵，而全身远害矣。以先人之才之学，陈、吴、世、袁，固不足以为祸也。吾兄弟子侄，知先人志行，即应知所以自处，而勿含怨于人，以及人之子孙矣。此亦即所以仰体先人之心者也。即使不然，以人世恩仇之见为言，则天道好还，当时害我家之祸首，其颠复之惨，今日有子孙已绝者，有子孙沦贱者，亦有穷老无依，犹颠连丐食者！如某人，去夏吾尚见之，并劝人佣之，当时吾心之慰，以为对越先人，较报复尤快也。盖吾先人自受学龙川以后，即届超凡入圣境地，此龙川先生之语。可知先人本无人世是非利害之见，更何心于恩仇。吾辈为卑幼者，虽不敢仰企先人学境，然亦应知凡人世之恩仇，其恶我者，为孽性使然，我但当悯其受尽应报，不当更存仇复之心。其好我者，亦为情之应尽，义之当为。我只应留勿忘之念，不应别存报答之心。以天人六道，皆在悯度之列，但悲慈力之不足，更何暇分别耶？且一有别，此身先已堕落，此岂先人所愿于吾辈为子孙者？故吾兄弟子侄，闻吾言后，自今已往，但当努力作好，勿替家声，勿废家学，以求仰慰在天先灵可矣。又《老残游记》一书，虽先人游戏笔墨，然手泽所寄，亦应谨慎将护。固不能人云亦云，随不知者强为注解，亦不当轻心刊印，效人之惟利是趋，而令人羞我千余年之旧家子弟，忝所生也。是则我愿与吾兄弟子侄共勉之矣。兹并敬录先人《丙申年述怀诗》，愿吾兄弟子侄观之。诗曰：

余年初弱冠，束脩事龙川。
虽未明道义，洒扫函丈前。
无才学干禄，乃志在圣贤。
相从既已久，渐知叩两端。
孔子号时中，知时无中偏。
万事譬诸物，吾道为之权。
得权识轻重，处各循自然。
因物以付物，谁为任功愆。
此意虽渐近，真知良独难。
灵台有微滓，一跌千仞渊。

二十五年十一月八日大绅述

《老残游记》序

胡　适

一、作者刘鹗的小传

《老残游记》的作者自己署名为“鸿都百炼生”；他的真姓名是刘鹗，字铁云。罗振玉先生的《五十日梦痕录》里有一篇《刘铁云传》，纪叙他的事实和人品都很详细；我们没有更好的材料，所以把这篇转录在这里：

罗振玉的《刘铁云传》

予之知有殷虚文字，实因丹徒刘君铁云。铁云，振奇人也，后流新疆以死。铁云交予久；其平生事实，不忍没之，附记其略于此。

君名鹗，生而敏异。年未逾冠，已能传其先德子恕观察（成忠）之学，精畴人术，尤长于治河。顾放旷不守绳墨，而不废读书。予与君同寓淮安；君长予数岁。予少时固已识君，然每于衢路闻君足音，辄逡巡避去，不欲与君接也。是时君所交皆井里少年；君亦薄世所谓规行矩步者，不与近。已乃大悔，闭户敛迹者岁余。以岐黄术游上海，而门可罗爵。则又弃而习贾；尽倾其资，乃复归也。

光绪戊子（1888），河决郑州。君慨然欲有以自试，以同知往投效于吴恒轩中丞。中丞与语，奇之，颇用其说。君则短衣匹马，与徒役杂作；凡同僚所畏惮不能为之事，悉任之。声誉乃大起。河决既塞，中丞欲表其功绩，则让与其兄渭清观察（梦熊）而请归读书。中丞益异之。时方测绘三省黄河图，命君充提调官。河图成，时河患移山东，吾乡张勤果公（曜）方抚岱方。吴公为扬誉，勤果乃檄君往东河。

勤果故好客，幕中多文士，实无一能知河事者。群议方主贾让不与河争地之说，欲尽购滨河民地，以益河身。上海善士施少卿（善昌）和之，将移海内赈灾之款助官力购民地。君至则力争其不可，而主束水刷沙之说。草《治河七说》，上之。幕中文士力谋所以阻之，苦无以难其说。

时予方家居，与君不相闻也；忧当世之所以策治河者如是，乃著论五千余言，以明其利害，欲投诸施君，揭之报纸，以警当世。君之兄见而大韪之，录副寄君。君见予文，则大喜，乃以所为《治河七说》者邮君之兄以诒予，且附书曰：“君之说与予合者十八九。群盲方竞，不意当世尚有明目如公者也！但尊论文章渊雅，非肉食者所能解。吾文直率如老妪与小儿语，中用王景名，幕僚且不知为何代人，乌能读扬、马之文哉?”时君之玩世不恭尚如此。

岁甲午(1894),中东之役起,君方丁内艰归淮安,予与君相见,与君预测兵事。时诸军皆扼守山海关,以拱京师。予谓东人知我国事至熟,恐阳趋关门而阴捣旅大以覆我海军,则我全局败矣。侪辈闻之,皆相非难。君之兄且引法越之役法将语,谓旅大难拔,以为之证。独君意与予合,忧旅大且旦夕陷也。乃未久竟验。于是同侪皆举予与君齿,谓二人者智相等,狂亦相埒也。

君既服阕,勤果卒官,代之者福公(润),以奇才荐。乃征试于京师,以知府用。君于是慨然欲有所树立。留都门者二年,谓扶衰振敝当从兴造铁路始,路成则实业可兴,实业兴而国富,国富然后庶政可得而理也。上书请筑津镇铁路,当道颇为所动。事垂成,适张文襄公请修京鄂线,乃罢京镇之议。而君之志不少衰,投予书曰:“蒿目时艰,当世之事百无一可为。近欲以开晋铁谋于晋抚,俾请于朝。晋铁开则民得养,而国可富也。国无素蓄,不如任欧人开之,我严定其制,令三十年而全矿路归我。如是,则彼之利在一时,而我之利在百世矣。”予答书曰:“君请开晋铁,所以谋国者则是矣,而自谋则疏。万一幸成,而萋斐日集,利在国,害在君也。”君不之审。于是事成而君“汉奸”之名大噪于世。

庚子（1900）之乱，刚毅奏君通洋，请明正典刑。以在沪上，幸免。时君方受廪于欧人，服用豪侈。予亟以危行远害规君。君虽韪之，不能改也。联军入都城，两宫西幸。都人苦饥，道殣相望。君乃挟资入国门，议振恤。适太仓为俄军所据，欧人不食米，君请于俄军，以贱价尽得之，粜诸民，民赖以安。君平生之所以惠于人者实在此事，而数年后柄臣某乃以私售仓粟罪君，致流新疆死矣。

当君说晋抚胡中丞奏开晋铁时，君名佐欧人，而与订条约，凡有损我权利者，悉托政府之名以拒之，故久乃定约。及晋抚入奏，言官乃交劾，廷旨罢晋抚，由总署改约。欧人乘机重贿当道，凡求之晋抚不能得者，至是悉得之，而晋矿之开乃真为国病矣。

鸣呼！卖国以自利，世所诟为汉奸者且不忍为而当道竟悍然为之，势不至辛亥之变，举三百年祖宗之天下而并售之不止。君既受窍钩之诛，而彼卖祖宗之天下者且安荣如故也，然则庄生之言，宁为过乎？

至于君既受廪于欧人，虽顾惜国权，卒不能剖心自明于人，在君乌得无罪？而其所以致此者，则以豪侈不能自洁之故，亦才为之累也。噫，以天生才之难，有才而不能用，执政之过也。怀才而不善自养，致杀身而丧名，吾又焉能不为君疚哉？书毕，为之长叹。

我们读了这篇传，可以想象刘鹗先生的为人了。他是一个很有见识的学者，同时又是一个很有识力和胆力的政客。当河南初发现甲骨文字的时候，许多学者都不信龟甲兽骨能在地中保存几千年之久。刘先生是最早赏识甲骨文字的一位学者。他的一部《铁云藏龟》要算是近年研究甲骨文字的许多著作的开路先锋。罗振玉先生是甲骨文字之学的大师；他也是因为刘先生的介绍方才去研究这些古物的。只可惜近二十年来研究甲骨文字的大进步是刘先生不及见的了。

刘鹗先生最自信的是他对于治河的主张。罗先生说他在郑州河工上“短衣匹马，与徒役杂作”；我们读《老残游记》中描写黄河与河工的许多地方，也可以知道他的治河主张是从实地观察得来的。罗《传》中记刘先生在张曜幕府中辩论治河的两段也可以和《老残游记》相参证。张曜即是《游记》中的庄宫保。第三回中老残驳贾让“不与河争地”的主张，说：

> 贾让只是文章做得好，他也没有办过河工。

刘先生自己是曾在河工上“与徒役杂作”的，所以有驳贾让的资格了。当时张曜却已行过贾让的主张了。罗《传》中的施善昌大概即是《游记》第十四回的史观察。他的主旨载在第十四回里。这回试行“不与河争地”“废了民埝，退守大堤”的结果是很可惨的。《游记》第十三回和第十四回在妓女翠环的口里极力描写那回的惨劫，很能教人感动。老残的结论是：

> 然创此议之人却也不是坏心，并无一毫为己私见在内；只因但会读书，不谙世故，举手动足便错。……岂但河工为然？天下大事坏于奸臣者十之三四，坏于不通世故之君子者倒有十分之六七也！（十四回）

刘先生自己主张王景的法子。老残说：

> 他（王景）治河的法子乃是从大禹一脉下来的，专主“禹抑洪水”的“抑”字。……他是从“播为九河，同为逆河”“同”“播”两个字上悟出来的。（三回）

这就是罗《传》说的“束水刷沙”的法子。刘鹗先生自信此法是有大功效的，所以他在《游记》第一回楔子里说一段黄瑞和浑身溃烂的寓言。黄瑞和即是黄河，“每年总要溃几个窟窿；今年治好这个，明年别处又溃几个窟窿”。老残“略施小技”，“说也奇怪，这年虽然小有溃烂，却是一个窟窿也没有出过”。他说：

别的病是神农、黄帝传下来的方法，只有此病是大禹传下来的方法；后来唐朝有个王景得了这个传授，以后就没有人知道此方法了。

这段话很可以看出他对于此法的信仰了。

我们拿罗振玉先生做的那篇传来和《老残游记》对照着看，可以知道这部小说里的老残即是刘鹗先生自己的影子。他号铁云，故老残姓铁。他是丹徒人，寄居淮安；老残是江南人，他的老家在江南徐州（三回）。罗《传》中说刘先生曾“以岐黄术游上海，而门可罗爵”；老残也会“摇个串铃，替人治病，奔走江湖近二十年”。最明显的是治河的主张；在这一方面老残完全是刘鹗，毫没有什么讳饰。

刘鹗先生一生有四件大事：一是河工，二是甲骨文字的承认，三是请开山西的矿，四是贱买太仓的米来赈济北京难民。为了后面的两件事，他得了许多毁谤。太仓米的案子竟叫他受充军到新疆的刑罚，然而知道此事的人都能原谅他，说他无罪。只有山西开矿造路的一案，当时的人很少能了解他的。他的计画是要“严定其制，令三十年而全矿路归我。如是则彼之利在一时，而我之利在百世矣”。这种办法本是很有远识的。但在那个昏愦的时代，远见的人都逃不了惑世误国的罪名，于是刘先生遂被人叫做“汉奸”了。他的老朋友罗振玉先生也不能不说：“君既受廪于欧人，虽顾惜国权，卒不能剖心自明于人，在君乌得无罪？”一个知己的朋友尚且说他乌得无罪，何况一般不相知的众人呢？

《老残游记》的第一回“楔子”便是刘先生“剖心自明于人”的供状。这一回可算得他的自叙或自传。老残同了他的两个至友德慧生与文章伯——他自己的智慧，道德，文章——在蓬莱阁上眺望天风海水，忽然看见一只帆船“在那洪波巨浪之中，好不危险”。那只帆船便是中国。

> 船主坐在舵楼之上，楼下四人专管转舵的事。前后六枝桅杆，挂着六扇旧帆；又有两枝新桅，挂着一扇簇新的帆，一扇半新不旧的帆。

四个转舵的是军机大臣，六枝旧桅是旧有的六部，两枝新桅是新设的两部。

> 这船虽有二十三四丈长，却是破坏的地方不少：东边有一块，约有三丈长短，已经破坏，浪花直灌进去；那旁，仍在东边，又有一块，约长一丈，水波亦渐渐浸入；其余的地方，无一处没有伤痕。

二十三四丈便是二十三四个行省与藩属。东边那三丈便是东三省；还有那东边一丈便是山东。

那八个管帆的却是认真的在那里管，只是各人管各人的帆，仿佛在八只船上似的，彼此不相关照。那〔些〕水手只管在那坐船的男男女女队里乱窜，不知所做何事。用远镜仔细看去，方知道他〔们〕在那里搜他们男男女女所带的干粮，并剥那些人身上穿的衣服。

老残和他的朋友看见这种怪现状，气的不得了。德慧生和文章伯问老残怎样去救他们，老残说：

依我看来，驾驶的人并未曾错，只因两个缘故，所以把这船就弄得狼狈不堪了。怎么两个缘故呢？一则他们是走“太平洋”的，只会过太平日子，若遇风平浪静的时候，他驾驶的情状亦有操纵自如之妙，不意今日遇见这大的风浪，所以都毛了手脚。二则他们未曾预备方针，平常晴天的时候，照着老法子去走，又有日月星辰可看，所以南北东西尚还不大很错。这就叫做“靠天吃饭”。那知遇了这阴天，日月星辰都被云气遮了，所以他们就没了依傍。心里不是不想望好处去做，只是不知东南西北，所以越走越错。为今之计，依章兄法子驾只渔艇追将上去，他的船重，我们的船轻，一定追得上的。到了之后，送他一个罗盘，他有了方向，便会走了。再将这有风浪与无风浪时驾驶不同之处告知船主，他们依了我们的话，岂不立刻就登彼岸了吗？

这就是说，习惯的法子到了这种危险的时候就不中用了，须有个方针，认清了方向，作个计画，方才可行。老残提议要送给他们“一个最准的向盘，一个纪限仪，并几件行船要用的物件”。

但是他们赶到的时候，就听见船上有人在那里演说，要革那个掌舵的人的命。老残是不赞成革命的，尤其不赞成那些“英雄只管自己敛钱，叫别人流血的”。他们跳上船，把向盘、纪限仪等项送给大船上的人。

正在议论，那知那下等水手里面忽然起了咆哮，说道：“船主！船主！千万不可为这人所惑！他们用的是外国向盘，一定是洋鬼子差遣来的汉奸！他们是天主教！他们将这只大船已经卖与洋鬼子了，所以才有这个向盘！请船主赶紧将这三人绑去杀了，以除后患；倘与他们多说几句话，再用了他的向盘，就算收了洋鬼子的定钱，他就要来拿我们的船了！”谁知这一阵嘈嚷，满船的人俱为之震动。就是那演说的英雄豪杰也在那里喊道：“这是卖船的汉奸！快杀！快杀！”

船主舵工听了，俱犹疑不定。内中有一个舵工，是船主的叔叔，说道：“你们来意甚善，只是众怒难犯，赶快去罢。”

三人垂泪，赶忙回了小船。那知大船上人，余怒未息，看三人上了小船，忙用被浪打碎了的断桩破板打下船去。你想，一只小小渔船怎禁得几百个人用力乱砸？顷刻之间，将那渔船打得粉碎，看着沉下海中去了。

刘先生最伤心的是“汉奸”的喊声不但起于那些“下等水手”里面，并且出于那些“演说的英雄豪杰”之口！一班“英雄豪杰”只知道鼓吹革命是救国，而不知道献向盘与纪限仪也是救国，冒天下之大不韪来借债开矿造铁路也是救国！所以刘鹗“汉奸”的罪是决定不可改的了，他该充军了，该死在新疆了。

二、《老残游记》里的思想

《老残游记》有光绪丙午（1906）的自叙，作者自述这部书是一种哭泣，是一种“其力甚劲，其行弥远，不以哭泣为哭泣”的哭泣。他说：

吾人生今之时，有身世之感情，有家国之感情，有社会之感情，有种教之感情。其感情愈深者，其哭泣愈痛：此鸿都百炼生所以有《老残游记》之作也。棋局已残，吾人将老，欲不哭泣也得乎？

这是很明显地说，这部小说是作者发表他对于身世、家国、种教的见解的书。一个倜傥不羁的才士，一个很勇于事功的政客，到头来却只好做一部小说来寄托他的感情见解，来代替他的哭泣：这是一种很可悲哀的境遇，我们对此自然都有无限的同情。所以我们读《老残游记》应该先注意这书里发挥的感情见解，然后去讨论这书的文学技术。

《老残游记》二十回只写了两个酷吏：前半写一个玉贤，后半写一个刚弼。此书与《官场现形记》不同：《现形记》只能摭拾官场的零星罪状，没有什么高明或慈祥的见解；《游记》写官吏的罪恶，始终认定一个中心的主张，就是要指出所谓“清官”之可怕。作者曾自己说：

> 赃官可恨，人人知之；清官尤可恨，人多不知。盖赃官自知有病，不敢公然为非；清官则自以为不要钱，何所不可，刚愎自用，小则杀人，大则误国。吾人亲目所见，不知凡几矣。试观徐桐、李秉衡，其显然者也。廿四史中，指不胜屈。作者苦心：愿天下清官勿以不要钱便可任性妄为也。历来小说皆揭赃官之恶，有揭清官之恶者，自《老残游记》始。(十六回原评)

这段话是《老残游记》的中心思想。清儒戴东原曾指出，宋明理学的影响养成一班愚陋无用的理学先生，高谈天理人欲之辨，自以为体认得天理，其实只是意见；自以为意见不出于自私自利便是天理，其实只是刚愎自用的我见。理是客观的事物的条理，须用虚心的态度和精密的方法，方才寻得出。不但科学家如此，侦探访案，老吏折狱，都是一样的。古来的“清官”，如包拯之流，所以能永久传诵人口，并不是因为他们清廉不要钱，乃是因为他们的头脑子清楚明白，能细心考查事实，能判断狱讼，替百姓伸冤理枉。如果“清官”只靠清廉，国家何不塑几个泥像，雕几个木偶，岂不更能绝对不要钱吗？一班迂腐的官吏自信不要钱便可以对上帝、质鬼神了，完全不讲求那些搜求证据、研究事实、判断是非的法子与手段，完全信任他们自己的意见，武断事情，固执成见，所以“小则杀人，大则误国”。刘鹗先生眼见毓贤、徐桐、李秉衡一班人，由清廉得名，后来都用他们的陋见来杀人误国，怪不得他要感慨发愤，著作这部书，大声指斥“清官”的可恨可怕了。

《老残游记》最称赞张曜（庄宫保），但作者对于治河一案，也很有不满意于张曜的话。张曜起初不肯牺牲那夹堤里面几万家的生产，十几万的百姓，但他后来终于听信了幕府中人的话，实行他们的治河法子。《游记》第十四回里老残评论此事道：

> 创此议之人却也不是坏心，并无一毫为己私见在内；只因但会读书，不谙世故，举手动足便错。……

> 岂但河工为然？天下大事坏于奸臣者十之三四，坏于不通世故之君子者倒有十分之六七也！

这不是很严厉的批评吗？

他写毓贤（玉贤），更是毫无恕词了。毓贤是庚子拳匪案里的一个罪魁；但他做山东曹州知府时，名誉很好，有“清官”“能吏”之称。刘先生偏要描写他在曹州的种种虐政，预备留作史料。他写于家被强盗移赃的一案，上堂时：

> 玉大人拿了失单交下来，说：“你们还有得说的吗？”于家父子方说得一声“冤枉”，只听堂上惊堂一拍，大嚷道：“人赃现获，还喊冤枉？把他站起来！去！”左右差人连拖带拽拉下去了。（四回）

“站”就是受“站笼”的死刑。

> 这边值日头儿就走到公案面前，跪了一条腿，回道：“禀大人的话：今日站笼没有空子，请大人示下。”那玉大人一听，怒道：“胡说！我这两天记得没有站甚么人，怎会没有空子呢？”值日差回道：“只有十二架站笼，三天已满。请大人查簿子看。”
>
> 玉大人一查簿子，用手在簿子上点着说：“一，

二，三，昨儿是三个。一，二，三，四，五，前儿是五个。一，二，三，四，大前儿是四个。没有空，到也不错的。”差人又回道：“今儿可否将他们先行收监？明天定有几个死的，等站笼出了缺，将他们补上，好不好？请大人示下。”

玉大人凝了一凝神，说道：“我最恨这些东西！若要将他们收监，岂不是又被他多活了一天去了吗？断乎不行。你们去把大前天站的四个放下，拉来我看。”差人去将那四人放下，拉上堂去。大人亲自下案，用手摸着四人鼻子，说道：“是还有点游气。”复行坐上堂去，说：“每人打二千板子，看他死不死！”那知每人不消得几十板子，那四个人就都死了。

这是一个“清官”的行为！

后来于家老头子先站死了，于学礼的妻子吴氏跪倒在府衙门口，对着于学礼大哭一场，拔刀自刎了。这件事感动了三班差役，他们请稿案师爷去求玉大人把她的丈夫放了，“以慰烈妇幽魂”。玉大人笑道：

你们倒好！忽然的慈悲起来了！你会慈悲于学礼，你就不会慈悲你主人吗？……况这吴氏尤其可恨：他一肚子觉得我冤枉了他一家子！若不是个女人，他虽死了，我还要打他二千板子出出气呢！

于是于家父子三人就都死在站笼里了。

刚弼似是一个假名，只借“刚愎”的字音，却不影射什么人。贾家的十三条命案也是臆造出来的。故出事的地方名叫齐东镇，“就是周朝齐东野人的老家”；而苦主两家，一贾，一魏，即是假伪的意思。这件命案太离奇了，有点“超自然”的色彩，可算是这部书的一个缺点。但其中描写那个“清廉得格登登的”刚弼，却有点深刻的观察。魏家不合请一位糊涂的胡举人去行贿，刚弼以为行贿便是有罪的证据，就严刑拷问贾魏氏。她熬刑不过，遂承认谋害了十三命。

白耆覆审的一回（十八回）只是教人如何撇开成见，研究事实，考察证据。他对刚弼说：

> 老哥所见甚是。但是兄弟……此刻不敢先有成见。像老哥聪明正直，凡事先有成竹在胸，自然投无不利。兄弟资质甚鲁，只好就事论事，细意推求，不敢说无过，但能寡过已经是万幸了。

“凡是先有成竹在胸”，这是自命理学先生刚愎自用的态度。“就事论事，细意推求”，这是折狱老吏的态度，是侦探家的态度，也就是科学家寻求真理的态度。

覆审的详情，我们不用说了。定案之后，刚弼还不明白魏家既无罪何以肯花钱。他说：“卑职一生就没有送过人一个钱。”白公呵呵大笑道：

> 老哥没有送过人的钱，何以上台也会契重你？可见天下人不全是见钱眼开的哟。清廉人原是最令人佩服的，只有一个脾气不好，他总觉得天下人都是小人，只他一个人是君子。这个念头最害事的。把天下大事不知害了多少！老兄也犯这个毛病，莫怪兄弟直言。至于魏家花钱，是他乡下人没见识处，不足为怪也。

有人说：李伯元做的是《官场现形记》，刘铁云做的是做官教科书。其实“就事论事，细意推求”，这八个字何止是做官教科书？简直是做学问做人的教科书了。

我的朋友钱玄同先生曾批评《老残游记》中间桃花山夜遇玙姑、黄龙子的一大段（八回至十二回）神秘里夹杂着不少旧迷信，他说刘鹗先生究竟是“老新党头脑不清楚”。钱先生的批评固然是很不错的。但这一大段之中却也有一部分有价值的见解，未可完全抹煞。就是那最荒谬的部分也可以考见一个老新党的头脑，也未尝没有史料的价值。我们研究思想史的人，一面要知道古人的思想高明到什么地步，一面也不可不知道古人的思想昏谬到什么地步。

《老残游记》里最可笑的是“北拳南革”的预言。一班昏乱糊涂的妄人推崇此书，说他“关心治乱，推算兴亡，秉史笔而参易象之长”（坊间伪造四十回本《老残游记》

钱启猷序)；说他“于笔记叙事之中，具有推测步算之妙，较《推背图》《烧饼歌》诸数书尤见明晰”（同书胶州傅幼圃序)。这班妄人的妄言，本不值一笑。但这种“买椟还珠”的谬见未免太诬蔑这部书了，我们不能不说几句辨正的话。

此书作于庚子乱后，成于丙午年，上距拳匪之乱凡五年，下距辛亥革命也只五年。他说拳祸，只是追记，不是预言。他说革命，也只是根据当时的趋势，作一种推测，也算不得预言。不过刘鹗先生把这话放在黄龙子的口里，加上一点神秘的空气，不说是事理上的推测，却用干支来推算，所以装出预言的口气来了。若作预言看，黄龙子的推测完全是错的。第一，他只看见甲辰（1904）的变法，以为科举的废止和五大臣出洋等事可以做到一种立宪的君主政治，所以他预定甲寅（1914）还有一次大变法，就是宪政的实行。“甲寅之后，文明大著，中外之猜嫌，满汉之疑忌，尽皆销灭。”这一点他猜错了。第二，他猜想革命至庚戌（1910）而爆发，庚戌在辛亥革命前一年，这一点他几乎猜中。然而他推算庚戌以后革命的运动便“潜消”了，这又大错了。第三，他猜测“甲寅以后为文明华敷之世……直至甲子（1924）为文明结实之世，可以自立矣”。这一点又大错了。

总之，《老残游记》的预言无一不错。这都是因为刘先生根本不赞成革命，“北拳南革都是阿修罗部下的妖魔鬼怪”，运动革命的人“不有人灾，必有鬼祸”——他存了这种成见，故推算全错了。然而还有许多妄人把这书当作一部最灵的预言书！妄人之妄，真是无药可医的！

然而桃花山中的一夕话也有可取之处。玙姑解说《论语》“攻乎异端”一句话，说“端”字当“起头”讲，执其两端是说执其两头；她批评“后世学儒的人，觉得孔孟的道理太费事，不如弄两句辟佛老的口头禅，就算是圣人之徒……孔孟的儒教被宋儒弄的小而又小，以至于绝了”（九回）。这话虽然表示作者缺乏历史眼光，却也可以表示作者怀疑的态度。后来，

> 子平闻了，连连赞叹，说：“今日幸见姑娘，如对明师！但是宋儒错会圣人意旨的地方，也是有的，然其发明正教的功德，亦不可及。即如‘理’‘欲’二字，‘主敬’‘存诚’等字，虽皆是古圣之言，一经宋儒提出，后世实受惠不少。人心由此而正，风俗由此而醇。”
>
> 那女子嫣然一笑，秋波流媚，向子平睇了一眼。子平觉得翠眉含娇，丹唇启秀，又似有一阵幽香沁入肌骨，不禁神魂飘荡。那女子伸出一双白如玉软如棉的手来，隔着炕桌子，握着子平的手，握住了之后，说道：“请问先生：这个时候比你少年在书房里贵业师握住你手‘扑作教刑’的时候何如？”

子平默无以对。女子又道："凭良心说，你此刻爱我的心，比爱贵业师何如？圣人说的，'所谓诚其意者，毋自欺也。如恶恶臭，如好好色'。孔子说：'好德如好色。'孟子说：'食色，性也。'子夏说：'贤贤易色。'这好色乃人之本性。宋儒要说好德不好色，非自欺而何？自欺欺人，不诚极矣！他偏要说'存诚'，岂不可恨！圣人言情言礼，不言理欲，删诗以《关雎》为首。试问'窈窕淑女，君子好逑'，'求之不得'至于'转辗反侧'，难道可以说这是天理，不是人欲吗？举此可见圣人决不欺人处。《关雎》序上说道：'发乎情，止乎礼义。'发乎情，是不期然而然的境界。即如今夕嘉宾惠临，我不能不喜，发乎情也。先生来时，甚为困惫，又历多时，宜更惫矣，乃精神焕发，可见是很喜欢，如此亦发乎情也。以少女中男，深夜对坐，不及乱言，止乎礼义矣。此正合圣人之道。若宋儒之种种欺人，口难罄述。然宋儒固多不是，然尚有是处；若今之学宋儒者，直乡愿而已，孔孟所深恶而痛绝者也！"（九回）

这是很大胆的批评。宋儒的理学是从中古的宗教里滚出来的。中古的宗教——尤其是佛教——排斥肉体，禁遏情欲，最反乎人情，不合人道。宋儒用人伦的儒教来代替出世的佛教，固然是一大进步。然而宋儒在不知不觉之中受了中古禁欲的宗教的影响，究竟脱不了那排斥情欲的根本态度，所以严辨“天理”“人欲”的分别，所以有许多不人道的主张。戴东原说宋儒的流弊遂使后世儒者“以理杀人”；近人也有“吃人的礼教”的名言，这都不算过当的判断。刘鹗先生作这部书，写两个“清官”自信意见不出于私欲，遂固执自己的私见，自以为得理之正，不惜杀人破家以执行他们心目中的天理：这就是“以理杀人”的具体描写。玙姑的一段话也只是从根本上否认宋儒的理欲之辨。她不惜现身说法，指出宋儒的自欺欺人，指出“宋儒之种种欺人，口难罄述”。这虽是一个“头脑不清楚”的老新党的话，然而在这一方面，这位老新党却确然远胜于今世恭维宋明理学为“内心生活”“精神修养”的许多名流学者了。

三、《老残游记》的文学技术

但是《老残游记》在中国文学史上的最大贡献却不在于作者的思想，而在于作者描写风景人物的能力。古来作小说的人在描写人物的方面还有很肯用气力的；但描写风景的能力在旧小说里简直没有。《水浒传》写宋江在浔阳楼题诗一段要算很能写人物的了；然而写江上风景却只有“江景非常，观之不足”八个字。《儒林外史》写西湖只说“真乃五步一楼，十步一阁；一处是金粉楼台，一处是竹篱茅舍；一处是桃柳争妍，一处是桑麻遍野”。《西游记》与

《红楼梦》描写风景也都只是用几句烂调的四字句，全无深刻的描写。只有《儒林外史》第一回里有这么一段：

> 王冕放牛倦了，在绿草地上坐着。须臾，浓云密布，一阵大雨过了，那黑云边上镶着白云，渐渐散去，透出一派日光来，照耀得满湖通红。湖边上山，青一块，紫一块，绿一块。树枝上都像水洗过一番的，尤其绿得可爱。湖里有十来枝荷花，苞子上清水滴滴，荷叶上水珠滚来滚去。

在旧小说里，这样的风景画可算是绝无而仅有的了。旧小说何以这样缺乏描写风景的技术呢？依我的愚见看来，有两个主要的原因。第一是由于旧日的文人多是不出远门的书生，缺乏实物实景的观察，所以写不出来，只好借现成的词藻充充数。这一层容易明白，不用详细说明了。第二，我以为这还是因为语言文字上的障碍。写一个人物，如鲁智深，如王凤姐，如成老爹，古文里的种种烂调套语都不适用，所以不能不用活的语言，新的词句，实地作描写的工夫。但一到了写景的地方，骈文诗词里的许多成语便自然涌上来，挤上来，摆脱也摆脱不开，赶也赶不去。人类的性情本来多是趋易避难，朝着那最没有抵抗的方向走的；既有这许多现成的语句，现成的字面，何必不用呢？何苦另去铸造新字面和新词句呢？我们试读《红楼梦》第十七回贾政父子们游大观园的一大段里，处处都是用这种现成的词藻，便可以明白这种心理了。

《老残游记》最擅长的是描写的技术；无论写人写景，作者都不肯用套语烂调，总想镕铸新词，作实地的描写。在这一点上，这部书可算是前无古人了。

刘鹗先生是个很有文学天才的人；他的文学见解也很超脱。《游记》第十三回里他借一个妓女的嘴骂那些烂调套语的诗人。翠环道：

> 我在二十里铺的时候，过往的客人见的很多，也常有题诗在墙上的。我最喜欢请他们讲给我听。听来听去，大约不过这个意思。……因此我想，做诗这件事是很没有意思的，不过造些谣言罢了。

奉劝世间许多爱做诗的人们，千万不要为二十里铺的窑姐所笑！

刘鹗先生的诗文集，不幸我们没有见过。《游记》有他的三首诗。第八回里的一首绝句，嘲讽聊城杨氏海源阁（书中改称东昌府柳家）的藏书，虽不是好诗，却也不是造谣言的。第六回里的一首五言律诗，专咏玉贤的虐政，有“杀民如杀贼，太守是元戎”的话，可见他做旧律诗也还能发议论。第十二回里的一首五古，写冻河的情景，前六句云：

地裂北风号，长冰蔽河下。后冰逐前冰，相陵复相亚。河曲易为塞，嵯峨银桥架。……

这总算是有意写实了。但古诗的拘束太严了，用来写这种不常见的景物是不会满人意的。试把这六句比较这一段散文的描写：

老残洗完了脸，把行李铺好，把房门锁上，也出来步到河堤上看，见那黄河从西南上下来，到此却正是〔河〕的湾子，过此便向正东去了，河面不甚宽，两岸相距不到二里。若以此刻河水而论，也不过百把丈宽的光景。只是面前的冰插的重重叠叠的，高出水面有七八寸厚。再望上游走了一二百步，只见那上流的冰还一块一块的漫漫价来，到此地被前头的阑住，走不动，就站住了。那后来的冰赶上他，只挤得嗤嗤价响。后冰被这溜水逼的紧了，就窜到前冰上头去。前冰被压就渐渐低下去了。看那河身不过百十丈宽。当中大溜约莫不过二三十丈。两边俱是平水。这平水之上，早已有冰结满。冰面却是平的，被吹来的尘土盖住，却像沙滩一般。中间的一道大溜却仍然奔腾澎湃，有声有势，将那走不过去的冰挤的两边乱窜。那两边平水上的冰被当中乱冰挤破了，往岸上跑。那冰能挤到岸上有五六尺远。许多碎冰被挤的站起来，像个小插屏似的。看了有点把钟功夫，这一截子的冰又挤死不动了。

这样的描写全靠有实地的观察作根据。刘鹗先生自己评这一段道：

> 止水结冰是何情状？流水结冰是何情状？小河结冰是何情状？大河结冰是何情状？河南黄河结冰是何情状？山东黄河结冰是何情状？须知前一卷所写是山东黄河结冰。(十三回原评)

这就是说，不但人有个性的差别，景物也有个性的差别。我们若不能实地观察这种种个性的分别，只能有拢统浮泛的描写，决不能有深刻的描写。不但如此。知道了景物各有个性的差别，我们就应该明白：因袭的词章套语决不够用来描写景物，因为套语总是浮泛的，拢统的，不能表现某地某景的个别性质。我们能了解这段散文的描写何以远胜那六句五言诗，便可以明白白话文学的真正重要了。

《老残游记》里写景的部分也有偶然错误的。蔡孑民先生曾对我说，他的女儿在济南时，带了《老残游记》去游大明湖，看到第二回写铁公祠前千佛山的倒影映在明湖里，她不禁失笑。千佛山的倒影如何能映在大明湖里呢？即使三十年前明湖没有被芦田占满，这也是不可能的事。

大概作者有点误记了罢？

第二回写王小玉唱书的一大段是《游记》中最用气力的描写：

> 王小玉便启朱唇，发皓齿，唱了几句书儿。声音初不甚大，只觉入耳有说不出来的妙境：五脏六腑里像熨斗熨过，无一处不伏贴；三万六千个毛孔，像吃了人参果，无一个毛孔不畅快。唱了十数句之后，渐渐的越唱越高，忽然拔了一个尖儿，像一线钢丝抛入天际，不禁暗暗叫绝。那知他于那极高的地方，尚能回环转折。几转之后，又高一层，接连有三四叠，节节高起，恍如由傲来峰西面攀登泰山的景象：初看傲来峰削壁千仞，以为上与天通；及至翻到傲来峰顶，才见扇子崖更在傲来峰上；及至翻到扇子崖，又见南天门更在扇子崖上——愈翻愈险，愈险愈奇！
>
> 那王小玉唱到极高的三四叠后，陡然一落，又极力骋其千回百折的精神，如一条飞蛇在黄山三十六峰半中腰里盘旋穿插，顷刻之间，周匝数遍。从此以后，愈唱愈低，愈低愈细，那声音渐渐的就听不见了。满园子的人都屏气凝神，不敢少动。约有两三分钟之久，仿佛有一点声音从地底下发出。这一出之后，忽又扬起，像放那东洋烟火，一个弹子上天，随化作千百道五色火光，纵横散乱。这一声飞起，即有无限声音俱

来并发。那弹弦子的亦全用轮指，忽大忽小，同他那声音相和相合，有如花坞春晓，好鸟乱鸣。耳朵忙不过来，不晓得听那一声的为是。正在撩乱之际，忽听霍然一声，人弦俱寂。这时台下叫好之声轰然雷动。

这一段写唱书的音韵，是很大胆的尝试。音乐只能听，不容易用文字写出，所以不能不用许多具体的物事来作譬喻。白居易、欧阳修、苏轼都用过这个法子。刘鹗先生在这一段里连用七八种不同的譬喻，用新鲜的文字，明了的印象，使读者从这些逼人的印象里感觉那无形象的音乐的妙处。这一次的尝试总算是很有成功的了。

《老残游记》里写景的好文字很多，我最喜欢的是第十二回打冰之后的一段：

抬起头来看那南面的山，一条雪白，映着月光分外好看。一层一层的山岭却不大分辨得出。又有几片白云夹在里面，所以看不出是云是山，及至定神看去，方才看出那是云那是山来。虽然云也是白的，山也是白的，云也有亮光，山也有亮光，只因为月在云上，云在月下，所以云的亮光是从背面透过来的。那山却不然：山上的亮光是由月光照到山上，被那山上的雪反射过来，所以光是两样子的。然只就稍近的地方如此，那山往东去，越望越远，渐渐的天也是白的，山也是白的，云也是白的，就分辨不出甚么来了。

这种白描的工夫真不容易学。只有精细的观察能供给这种描写的底子；只有朴素新鲜的活文字能供给这种描写的工具。

民国八年（1919）上海有一家书店忽然印出一部号称“全本”的《老残游记》，凡上下两卷，上卷即是原本二十回；下卷也是二十回，说是“照原稿本加批增注”的。书尾有“著述于清光绪丙申年山东旅次”一行小字。这便是作伪的证据。丙申（1896）在庚子前五年，而著者原序的年月是丙午之秋，岂不是有意提早十年，要使“北拳南革”都成预言吗？

四十回本之为伪作，绝对无可疑。别的证据且不用谈，单看后二十回写老残游历的许多地方，可有一处有像前二十回中的写景文章吗？看他写泰安道上：

> 一路上柳绿桃红，春光旖旎；村姑野妇，联袂踏青；红杏村中，风飘酒帜；绿杨烟里，人戏秋千；或有供麦饭于坟前，焚纸钱于陌上。……

列位看官在《老残游记》前二十回里可曾看见这样丑陋的写景文字吗？这样大胆妄为的作伪小人真未免太侮辱刘鹗先生了！真未免太侮辱社会上读小说的人们了！

四、尾声

今年我作《三侠五义》序的时候，前半篇已付排了，后半篇还未脱稿。上海有一位女士，从她的未婚夫那边看见前半篇的排样，写信来和我讨论《三侠五义》的标点。她提出许多关于标点及考证的问题；她的热诚和细心都使我十分敬仰。她的未婚夫——一位有志气的少年——投身在印刷局里做校对，所以她有机会先读亚东标点本的各种小说的校样。她给我作了许多校勘表。我们通了好几次的信。六月以后，她忽然没有信来了。我这回到了上海，就写信给她，问她什么时候我可以去看她和她的未婚夫。过了几天，她的未婚夫来看我，我才知道她已于七月八日病死了。这个消息使我好几天不愉快。我现在写这篇《老残游记》序，心里常常想到这篇序作成时那一位最热诚的读者早已不在人间了！所以我很诚敬地把这篇序贡献给这位不曾见过的死友——贡献给龚羡章女士！

一九二五・十一・七，作于上海

《中国小说史略·清末之谴责小说》

鲁 迅

光绪庚子（1900）后，谴责小说之出特盛。盖嘉庆以来，虽屡平内乱（白莲教、太平天国、捻、回），亦屡挫于外敌（英、法、日本），细民暗昧，尚啜茗听平逆武功，有识者则已翻然思改革，凭敌忾之心，呼维新与爱国，而于“富强”尤致意焉。戊戌变政既不成，越二年即庚子岁而有义和团之变，群乃知政府不足与图治，顿有掊击之意矣。其在小说，则揭发伏藏，显其弊恶，而于时政，严加纠弹，或更扩充，并及风俗。虽命意在于匡世，似与讽刺小说同伦，而辞气浮露，笔无藏锋，甚且过甚其辞，以合时人嗜好，则其度量技术之相去亦远矣，故别谓之谴责小说。

…………

又有《老残游记》二十章，题“洪都百炼生”著，实刘鹗之作也，有光绪丙午（1906）之秋于海上所作序；或云本未完，末数回乃其子续作之。鹗字铁云，江苏丹徒人，少精算学，能读书，而放旷不守绳墨。后忽自悔，闭户岁余，乃行医于上海，旋又弃而学贾，尽丧其资。光绪十四年河决郑州，鹗以同知投效于吴大澂，治河有功，声誉大起，渐至以知府用。在北京二年，上书请敷铁道；又主张开山西矿。既成，世俗交谪，称为“汉奸”。庚子之乱，鹗以贱值购太仓储粟于欧人，或云实以振饥困者，全活甚众。后数年，政府即以私售仓粟罪之，流新疆死（约1850—1910，详见罗振玉《五十日梦痕录》）。其书即借铁英号老残者之游行，而历记其言论闻见，叙景状物，时有可观，作者信仰，并见于内，而攻击官吏之处亦多。其记刚弼误认魏氏父女为谋毙一家十三命重犯，魏氏仆行贿求免，而刚弼即以此证实之，则摘发所谓清官者之可恨，或尤甚于赃官，言人所未尝言，虽作者亦甚自憙，以为“赃官可恨，人人知之；清官尤可恨，人多不知。盖赃官自知有病，不敢公然为非；清官则自以为不要钱，何所不可？刚愎自用，小则杀人，大则误国。吾人亲目所见，不知凡几矣。试观徐桐、李秉衡，其显然者也。……历来小说，皆揭赃官之恶，有揭清官之恶者，自《老残游记》始”也。

后　记

《老残游记》是晚清谴责小说的代表作，也是人们认识清末社会的一部审美化的历史档案。得知先父严薇青教授校注的《老残游记》被纳入齐鲁书社最新再版计划，欣喜之余不免百感交集，父亲著书、研究《老残游记》的风雨历程历历在目，全部涌进了我的脑海……

先父严薇青教授是我国著名学者、教育家。1981 年父亲所注的《老残游记》由齐鲁书社出版，首版 12 万册很快脱销。1985 年修订版《老残游记》问世，又以 10 万册的高印数受到了国内读者的喜爱，并被译为德文、日文，其学术研究价值在学术界得到广泛赞誉，产生了极大影响。

其实，早在 20 世纪五六十年代，父亲便开始了对《老残游记》的学术研究。其时，他任山东师范学院中文系主任，正在给学生讲授晚清文学。依照那个时代所定的政治调子——“《老残游记》是一本反动的书，作者刘鹗是汉奸”，他完全可以照本宣科，人云亦云。但是一个知识分子的良心让他决定不能对学生说假话。于是，他撰写了论文《关于〈老残游记〉的作者刘鹗》，发表在 1962 年第 1 期

《文史哲》上。

这篇文章的发表，犹如一石激起千层浪，在学术界立即掀起一场轩然大波。《光明日报》《文汇报》先是开辟专栏，介绍父亲的研究成果，此后却又说这是反动文章，是为“汉奸”刘鹗翻案，是反动政客……在那个荒诞的年代，父亲因这些被强加的莫须有的罪名而惨遭批斗。

“文革”结束后，《老残游记》重见天日。继齐鲁书社对该书的出版、再版之后，自 1985 年起，父亲本着精益求精、严谨治学的态度，对《老残游记》重新进行注释，并将他对太谷学派的研究新成果补充进去。正如刘鹗后人、福建大学刘蕙孙教授所说：“薇青先生独深入考释，为研究《游记》及作者开辟新天地。”

1991 年，80 岁高龄的父亲将历时五年重新注释的《老残游记》交付齐鲁书社。不料此后齐鲁书社因社址搬迁，竟然将父亲倾注心血的书稿不慎丢失！而我得知这一消息，是在 1997 年父亲辞世七天之后。

作为女儿，我不知道怎样才能完成父亲的遗愿？我翻遍了父亲所有的手迹，也不曾找到他的底稿……

从新注《老残游记》书稿的交付至遗失，整整十年过去了。2001 年春节，我收拾文联新居壁橱中的杂物，在一个破旧纸箱内的牛皮纸袋里，发现一本封面纸色微微泛黄的《老残游记》，书中夹着几十页磨起了毛边的纸条，上面全是父亲密密麻麻的手迹。是它！它就是那部《老残游记》最原始的新注本！失而复得，失而复得！

为完成父亲的遗愿，我在父亲的学生、济南出版社编审戴永夏老师的鼓励下，开始整理书稿。然而我毕竟对古典文学没有做过专门研究，所以在历时两年的整理工作中，只好边学边干，完全依照父亲的手迹，进行了忠实记录。最后由我的二哥、山东科技大学教授严正方将删去或增添的注释序号做了调整，并全部誊清，终于完成了这部父亲生前最后注释的《老残游记》的整理工作。2004 年 6 月，新注本《老残游记》由济南出版社出版。

在我苦寻遗失书稿的岁月里，父亲校注的《老残游记》于 1997 年 10 月由台湾建安出版社出版；中国古典小说普及丛书本《老残游记》于 1998 年 10 月由齐鲁书社出版；插图本《老残游记》于 2002 年 9 月由齐鲁书社出版……

传承和弘扬中华优秀传统文化是时代赋予我们的重任。齐鲁书社最新推出的典藏版《老残游记》，不仅是对经典的挖掘保藏，也是面向全民的文化普及和传播。典藏版《老残游记》能够借此机会更好地发挥其作用，也是一大幸事！

在此向齐鲁书社的领导和编辑深表谢忱。

严　民

2023 年 5 月